Magdalen Nabb

Nachtblüten

Roman

*Aus dem Englischen von
Christa E. Seibicke*

Diogenes

Titel der Originalausgabe:
›Some Bitter Taste‹
Umschlagfoto von Alain Fleischer (Ausschnitt)

Die Figuren und Ereignisse,
die in diesem Roman beschrieben werden, sind frei erfunden,
es ist keinerlei Bezug zu einer realen Person,
weder einer lebenden noch einer verstorbenen, beabsichtigt.
Für die wie immer unschätzbare Hilfe,
alles betreffend, was mit den Carabinieri zusammenhängt,
möchte die Autorin General Nicolino D'Angelo
herzlich danken.

All rights reserved
Alle Rechte vorbehalten
Copyright © 2002
Diogenes Verlag AG Zürich
www.diogenes.ch
100/02/44/1
ISBN 3 257 06327 X

I

Der junge Mann, Gjergj, hatte sich einfach davongemacht. Seine wenigen Habseligkeiten verschwanden von einem Tag auf den anderen aus dem kleinen Zimmer in der Villa, und das war's. Der Maresciallo hatte noch oft Veranlassung, sich zu fragen, was wohl aus ihm geworden sein mochte. Aber das Albanerproblem... man konnte nur immer wieder sein Bestes versuchen. Wenigstens war Dori von der Straße weg. Und in gewissem Sinne zählte das am Ende mehr, weil schließlich auch ein Kind betroffen war. Das dürfte jetzt wie alt sein? Drei Monate ungefähr.

Der Maresciallo war nach einem schönen Frühlingsnachmittag auf dem Lande unterwegs zur Carabinieri-Wache im Palazzo Pitti. Er hoffte inständig, daß der kommende Sommer nicht wieder so heiß werden würde wie der letzte. Er erinnerte sich noch gut an den Tag, als sie bei der Rückkehr aus den Ferien im heimischen Syrakus von der drückenden Hitze und dem Touristengedränge überfallen wurden. Florenz im Juli...

Glanzpunkt des Oltrarno, wie das Viertel am linken Arno-Ufer heißt, ist der Palazzo Pitti, der, nur einen Steinwurf vom Ponte Vecchio entfernt, mit seiner mäch-

*tigen, langgestreckten Fassade wie ein steinernes Boll-
werk über dem Platz thront und die Aussicht auf den
dahinterliegenden Boboli-Hügel versperrt... Es bedarf
schon einiger Phantasie, sich hinter der streng rustikalen, von Arkaden gegliederten Palastfront die verbor-
gene Parkanlage vorzustellen, die sich auf dem Hügel
ausdehnt und den Blicken der Besucher erst dann erschließt, wenn sie den Palast betreten und ihre Schritte
in den weitläufigen Innenhof lenken...*

Maresciallo Guarnaccia blätterte in einem Reiseführer.
Hübsch bebildert. Kostete auch eine schöne Stange Geld.
Er hätte wetten mögen, daß die Frau, die das Buch hatte
liegenlassen, als sie auf die Wache gekommen war, um den
Verlust oder Diebstahl ihrer Brieftasche anzuzeigen, diese
beim Kauf des Reiseführers auf dem Tresen vergessen
hatte. Wenn es bei dieser Hitze erst einmal anfing mit der
Vergeßlichkeit...

Seufzend lehnte er sich in seinem Ledersessel zurück.
Da kommt man erfrischt und hoffnungsfroh aus dem Urlaub heim und denkt, nun würde alles anders werden. Aber
kaum daß man sein Büro betritt, ist wieder alles beim
alten.

Ein junger Carabiniere klopfte und streckte den Kopf
zur Tür herein. Guarnaccia blickte auf. »Ist die letzte Frau
wegen Ihres Reiseführers zurückgekommen?«

»Nein. Kann ich den nächsten reinschicken?«

»Wie viele sind denn noch draußen?«

»Im Warteraum nur vier, aber da wäre noch diese Prostituierte... Ich hatte sie für heute morgen bestellt...«

»Oh.«

»War das falsch? Sie wollte nur mit Ihnen sprechen, und Lorenzini meinte…«

»Sie haben das schon ganz richtig gemacht. Und schicken Sie sie gleich zu mir, wenn sie kommt.«

»Jawohl, Maresciallo. Und soll ich jetzt…?«

»Geben Sie mir noch zwei Minuten, mein Junge, ja?«

Was war mit zwei Minuten gewonnen? Nun, zunächst einmal konnte er seine Jacke ausziehen. Erst halb zehn, und er verging bereits vor Hitze. Gewiß, daheim in Syrakus hatten sie oft neununddreißig, vierzig, einundvierzig Grad, aber dafür wehte immer eine leichte Brise vom Meer herüber. Dagegen Florenz im Juli … Er blätterte die restlichen Seiten des bunt bebilderten Reiseführers durch.

Sehenswert auch der Neptunbrunnen auf der Piazza della Signoria, von der man besonders abends einen traumhaften Ausblick auf Florenz genießt.

Wohl wahr, und obendrein saß er hier im Palazzo Pitti und hatte das schönste Panorama direkt vor den Fenstern. Nur daß er die bei der Hitze nicht öffnen konnte, ja sogar die Läden geschlossen halten mußte. Florenz im Juli spottete jeder Beschreibung. Wenn nur das Arnotal nicht so ein schwüler Kessel wäre. Wer Tag für Tag die übelriechende Suppe aus Autoabgasen, Schweiß, Brackwasser und Kanalisationsgestank einatmete, hatte nur noch das Bedürfnis, daheim zu bleiben, wo es kühl und sauber war. Jeden Abend hieß es in den Nachrichten, daß Kinder, Kranke, Asthmatiker und alte Menschen den Aufenthalt im Freien während der heißesten Tageszeit meiden sollten. Carabinieri waren anscheinend keine schutzwürdige Spezies.

»Puh!« Der Maresciallo hängte seine Uniformjacke neben Mütze und Holster hinter die Tür. Mit den kurzen Hemdsärmeln fühlte er sich ein klein wenig wohler, und mit etwas Glück würde er heute das Büro nicht verlassen müssen. Als er seinen massigen Leib zwischen Schreibtisch und Sessel zwängte, kam ihm flüchtig der Gedanke, daß sich die drückende Florentiner Hitze vielleicht leichter ertragen ließe, wenn er etwas schlanker wäre. Und schon fragte er sich, ob diese unvernünftige Nachurlaubseuphorie womöglich daher rührte, daß er sich vorgestellt hatte, nach der Völlerei in den Ferien, die er mit dem Besuch daheim entschuldigte, ein neuer Mensch zu werden, schlank und agil – was natürlich reines Wunschdenken gewesen war.

»Nein, nein … Damit hat es gar nichts zu tun.« Er wußte jetzt, woher diese Aufbruchstimmung nach den Ferien kam. Aus der Schulzeit. Kühlere Temperaturen, neue Schuhe, neue Lehrer, ein neuer Anfang. Zufrieden, daß er das Gefühl eingeordnet hatte, rief er sich ins Gedächtnis, daß jedes neue Schuljahr ihm selbst nur Ungemach beschert hatte und seinen Lehrer jede Menge Verwirrung, und wandte sich wieder der Gegenwart zu. Er war übergewichtig, überhitzt und überarbeitet, und es lagen noch zwei brütend heiße Monate vor ihm. Aber wenigstens saß er jetzt hinter seinem großen Schreibtisch, und heutzutage warf ihm auch niemand mehr vor, unaufmerksam zu sein. Ausgenommen seine Frau.

»Maresciallo?«

»Sie ist da, Maresciallo. Die Prostituierte ...«

»Dann herein mit ihr, und sagen Sie den anderen, sie sollen lieber heimgehen und heute nachmittag wiederkommen. Wer unbedingt warten will, kann warten, aber das wird länger dauern.« Der Maresciallo hatte bereits zwei Monate geduldig daran gearbeitet, dem Mädchen die verständliche Angst vor der uniformierten Staatsgewalt zu nehmen. Und wenn er entschlossen war, das Vertrauen der kleinen Albanerin in diesem entscheidenden Moment nicht wieder zu verlieren, so ging es ihm dabei mehr um ihre als um seine Interessen. Wenn man einen Zuhälter festnahm und verurteilte, stand schon ein Dutzend andere bereit, um seinen Platz einzunehmen, aber für das Mädchen konnte die Geschichte noch ein glückliches Ende nehmen.

»Setzen Sie sich, Dori.« Sie sah phantastisch aus, hochgewachsen, mit wunderschönen langen Beinen, kurzem, sehr blondem Haar, blauen Augen, vollen, geschminkten Lippen. Das Gesicht einer Porzellanpuppe. Bestimmt hätte sie ein gefragtes Model werden können, wenn sie das Glück gehabt hätte, anderswo als in Albanien geboren zu sein. »Wie geht es Ihnen?«

»Ganz gut.«

»Keine Übelkeit mehr?«

»Es geht. Jedenfalls arbeite ich. Ich denke, es ist das beste, ich gehe anschaffen und verdiene Geld, solange ich kann.«

»Noch einen Monat, und man wird es sehen.«

»Na und? Manche Männer stehen drauf. Von den anderen Mädchen haben das schon viele erlebt. Sie wissen doch, wie die Männer sind. Es gibt etliche, die sind heiß auf uns, wenn wir unsere Tage haben. Die Schwangerschaft ist nicht mein größtes Problem.«

»Wer schmeißt denn den Laden, jetzt wo Ilir sitzt?«

»Sein Vetter Lek.«

»Dachte ich mir.«

»Macht für mich keinen Unterschied, oder? Lek ist in Ordnung…«

»Aber?«

»Nichts… Diese Freundin von mir… Sie wissen, der Brief und das Geld, das Sie gefunden haben… na ja, Lek hat mir ihre Adresse abgeluchst.«

»Verstehe. Und es überrascht mich nicht. Er denkt wohl, sie ist genauso hübsch wie Sie, und Ilir sitzt.«

»Sie irren sich. Er will Ilir nicht aufs Kreuz legen. Er ist doch sein Vetter. Darum hat Ilir seine Mädchen ja auch ihm anvertraut und nicht einem aus seiner Clique. Lek handelt nur in Ilirs Interesse. An einem Geschäft mit uns Mädchen wäre er sowieso nicht interessiert. Er hat eine Baufirma. Damit verdient er einen Haufen Geld.«

Der Maresciallo war vollkommen im Bilde über den Mann und seine Baufirma, doch er behielt sein Wissen für sich. Er sagte nur: »Weiß Ihre Freundin, worauf sie sich da einläßt?«

»Sie weiß, was sie eintauscht. Wissen Sie, wie man dort am Arsch der Welt, wo sie herkommt, über Frauen spricht? ›Eine Frau sollte mehr arbeiten als ein Esel, denn die Esel fressen Heu, die Frauen dagegen Brot.‹«

»Na schön, Dori. Aber bedenken Sie, daß nicht all diese Mädchen soviel Glück haben wie Sie. Apropos, was ist denn nun mit Mario? Sie können ihn doch nicht ewig hinhalten. Ich dachte eigentlich, Sie wären gekommen, weil Sie sich endlich entschieden hätten.«

Sie kramte Zigaretten und ein orangefarbenes Plastikfeuerzeug aus ihrer Handtasche und blickte sich dann zögernd um. Er schob ihr einen großen gläsernen Aschenbecher hin. »Also, wie sieht's aus? Haben Sie sich entschieden?«

»Meinen Sie wegen Mario oder in der anderen Sache?«

»Beides gehört zusammen, Dori. Heirat oder Knast, darauf läuft's hinaus. Wenn Sie Ilir verpfeifen, dann müssen Sie von der Straße verschwinden. Verpfeifen Sie ihn nicht, dann wird man Sie einlochen. Wir brauchen Sie vielleicht als Belastungszeugin gegen ihn, aber unabhängig davon haben wir genug gegen Sie in der Hand. Wollen Sie, daß Ihr Kind im Gefängnis zur Welt kommt? Sie dürfen von jetzt an nicht mehr nur an sich denken.«

Er sah ihr an, daß sie noch keine Beziehung zu diesem Kind hatte, aber wenn es erst einmal geboren war, würde sie schon zur Besinnung kommen, und auch wenn ein so hübsches Mädchen wie sie sich vielleicht mehr als einen heiratswilligen Kunden angeln konnte, wäre ein Mann, der bereit war, sie mit einem Kind zu nehmen, wohl doch nicht so leicht zu finden.

Ilir Pictri, ihr ›Beschützer‹, war geschnappt worden, als er bei ihr abkassierte, was er in gewissen Abständen während ihrer Nachtschicht zu tun pflegte, aus Angst, sie könnte andernfalls etwas für sich abzweigen oder bestohlen werden. Dori brachte es in einer Nacht locker auf zwei Millionen Lire. Sie hatte Anweisung, zu bestimmten Zeiten eine Telefonzelle im Cascine-Park aufzusuchen, so zu tun, als ob sie telefonierte, und die Geldscheine unter das Telefonbuch zu schieben. Ilir ging dann gleich nach ihr in die Zelle, tat so, als würde er telefonieren, und nahm das Geld an sich. Für zwei Carabinieri in Zivil war es ein leichtes gewesen, dieses Manöver zu durchschauen und Ilir während eines ›Anrufs‹ festzunehmen. Jetzt saß er in Untersuchungshaft und wartete auf seinen Prozeß, und sie brauchten Doris Aussage, um ihn wegen Zuhälterei zu verurteilen. Als sie nach Pictris Festnahme seine Wohnung durchsucht hatten, fanden sie einen Brief von Dori an eine Freundin daheim in Albanien. Die Übersetzung ergab, daß Dori dem Mädchen zuredete, ebenfalls nach Florenz zu kommen. Sie hatte ihr geschrieben, wieviel sie dort verdienen könne, Fahrgeld beigefügt sowie Kontaktadressen und genaue Anweisungen für eine illegale Einreise. Mit diesem Brief hatte auch sie sich der Zuhälterei schuldig gemacht, und das Gericht schlug ihr einen Deal vor. Sie solle gegen Ilir aussagen, und die Klage gegen sie würde fallengelassen. Und nun hatte einer von Doris Kunden, ein gewisser Mario B., ihr einen Heiratsantrag gemacht. Der Maresciallo hatte sich mit ihm in Verbindung gesetzt, hatte von Mann zu Mann mit ihm gesprochen, und Mario schien gewillt, das Mädchen zu heiraten, obwohl sie schwanger war. Ja, er hatte sogar gesagt: »Wer weiß, vielleicht ist das Kind ohnehin von mir. Außerdem hat sie es mir selbst gesagt, wissen Sie. Es ist also nicht so, daß sie versucht hätte, es vor mir zu verheimlichen, wie das vielleicht manche andere getan hätte. Sie ist ein gutes Mädchen, das in schlechte Verhältnisse geraten ist.«

Und der Maresciallo dachte: ›Sie ist groß, blond und sexy, und du bist zwar anständig und ehrbar, aber ansonsten nur ein biederer Bürohengst, dessen Gesicht genauso langweilig ist wie sein Beruf.‹ Also versuchte er nicht, Mario von seinem Vorhaben abzubringen. Er hörte ihm einfach zu. Der Junge würde eine Portion Glück brauchen, damit diese Ehe gutging, aber welche Ehe hielt schon ohne Glück?

Und jetzt hörte er Dori zu. Sie war wesentlich realistischer als ihr Zukünftiger, und ihre Bedenken waren nur zu verständlich. Falls sie sich jemals Hoffnungen oder gar Illusionen gemacht hatte, so waren ihr die ausgetrieben worden, lange bevor Ilir mit seinem Geld die sündteure Passage bezahlte, die sie durchnäßt und halb verhungert in einem Schlauchboot nach Puglia brachte.

»Außerdem, wie lange wird er denn kriegen? Wenn er rauskommt, könnte er sich immer noch an mir rächen, ob ich nun verheiratet bin oder nicht.«

»Du kannst es dir leisten, dich freizukaufen.« Sie wußten beide, daß er nicht ganz ehrlich zu ihr war. Im Schnitt lag der Preis für ein Mädchen bei etwa fünfundzwanzig Millionen Lire. Aber eins, das so aussah wie Dori, fand man nicht alle Tage. Sie war nicht in der Lage, Ilir auszuzahlen.

»Also, dann heirate Mario. Ihr werdet in Prato leben, eine andere Stadt, eine andere Welt...«

Sie zündete sich eine neue Zigarette an und überlegte. Beiden gingen die gleichen Bilder durch den Kopf, die weder er noch sie in Worte fassen mochte. Stockdunkle Nächte auf der Autobahn. Mädchen, die sich weigerten mitzuspielen, Mädchen, die glaubten, sie könnten es auf eigene Faust schaffen, und die mißhandelt und gefoltert irgendwo im Straßengraben landeten. Im jüngsten Fall war das Mädchen noch glimpflich mit ein paar Knochenbrüchen davongekommen. Sie war im achten Monat schwanger gewesen. Das Kind hatte überlebt.

Trotzdem war es, nach ihren Erfahrungen in Albanien, die Staatsgewalt, die diese Mädchen fürchteten, waren es die Uniformen, die sie haßten.

Wenn nur dieser Mario ein bißchen mehr Pep hätte, dann würde er ihr drohen, sein Angebot zurückzunehmen, statt blökend wie ein Schaf an ihrem Rockzipfel zu hängen. Das würde sie vielleicht aufschrecken, ihr klarmachen …

Der Maresciallo hatte selber noch etwas in petto, aber er fühlte sich nicht berechtigt, seinen Trumpf auszuspielen. Einen, der sie, vielleicht zu Unrecht, mit dem organisierten Verbrechen in Verbindung bringen würde. Lieber erst einmal abwarten. Er hatte schließlich eine Aufgabe zu erfüllen, und Capitano Maestrangelo, sein Vorgesetzter, hätte sicher kein Verständnis dafür, wenn er einen so wichtigen Fall vermasselte, in der Hoffnung, eine hübsche Nutte unter die Haube zu bringen. Es blieb ihm nichts weiter übrig, als stellvertretend Marios Rolle zu übernehmen. Er heftete seinen Blick auf die Karte seines Viertels, die hinter dem Mädchen an der Wand hing, und sagte: »Ich wollte das eigentlich nicht zur Sprache bringen …« Und das war die reine Wahrheit.

»Was denn?« Sie wurde nervös, bekam den Rauch in die falsche Kehle, hustete.

»Ich habe mit Mario gesprochen …«

»Ach? Und haben Sie ihm abgeraten? Ist es das, was Sie mir sagen wollen? Haben Sie ihm empfohlen, sich eine nette kleine Italienerin zu suchen, ein anständiges Büromädchen ...«

»Nein, nein ... nichts dergleichen. Nein ...«

»Was dann? Was?«

»Genau das Gegenteil, Dori. Ich habe mein Bestes für Sie getan, aber Sie haben ihn zu lange hingehalten, verstehen Sie? Inzwischen hat er bestimmt darüber geredet – mit seinen Kollegen im Büro, sogar mit seiner Mutter. Können Sie sich vorstellen, was eine Mutter für ein Theater macht in so einem Fall? Wie sie ihm zusetzen wird? Mit Tränen und Wutanfällen, tagein, tagaus?«

»Seine Mutter hat er mir gegenüber nie erwähnt. Und warum sollte er es ihr erzählen? Oder seinen Freunden? Was geht es irgendwen an, außer uns beiden?«

»Na, irgendwann mußte er seine Familie einweihen.«

»Er brauchte ihnen nicht zu sagen, daß ich auf den Strich gehe.«

»Aber er konnte ihnen nicht verschweigen ...«

»Daß ich Albanerin bin. Na los, sagen Sie's schon! Wenn eine aus Albanien kommt, dann kann sie ja nur auf den Strich gehen, stimmt's? Scheißrassisten!«

»Ja, ja, aber in Ihren Fall trifft es nun mal zu, oder? Also werden sie versuchen, ihm die Heirat auszureden. Wahrscheinlich lassen sie ihn nicht eine Minute mehr in Ruhe, weder daheim noch am Arbeitsplatz, und das wird nicht ohne Wirkung bleiben. Schnappen Sie sich Ihren Mario, solange Sie noch die Chance haben, Dori, bevor Sie AIDS kriegen, bevor Ilir wieder freikommt, weil Sie nicht gegen ihn ausgesagt haben, bevor Ihr Baby zur Welt kommt.«

Es wirkte. Anderthalb Stunden später hatte er Dorina Hoxhas Unterschrift auf einer von Lorenzini abgetippten Aussage, die dafür sorgen würde, daß Ilir ein paar Jahre hinter Gittern blieb. Und nun, da sie ausgepackt hatte, konnte Dori nicht mehr auf den Strich gehen, sondern mußte sich mit Mario zusammentun, der zum Glück Waise war.

Als der Carabiniere das nächste Mal den Kopf zur Tür hereinstreckte, beschied ihn der Maresciallo mit einem zufriedenen kleinen Seufzer: »Mittagspause…«

2

Ich weiß, es ist gleich eins, aber Sie sagten doch, wenn jemand unbedingt…«

»Wer ist es denn?«

»Eine Signora… Hirsch.«

»Nein, nein! Schicken Sie mir keine Ausländer rein, wenn Lorenzini nicht greifbar ist.«

Lorenzini sprach ein paar Brocken Englisch und konnte den Touristen, wenn anders keine Verständigung möglich war, immerhin den Weg zum Präsidium in der Via Borgognissanti auch auf Französisch und Deutsch erklären. Folglich galt er als das Sprachtalent der Wache.

»Lorenzini ist noch da, und die Signora ist Italienerin. Jedenfalls hat sie einen italienischen Paß.«

»Also gut. Schicken Sie sie rein.«

Manche Leute sprudelten los und überfielen ihn mit ihren Klagen, kaum, daß sie zur Tür hereinkamen, andere wußten nicht, wo beginnen. Der Maresciallo sah zu, wie diese Frau diskret die Blicke schweifen ließ, während sie Platz nahm, ihr Leinenkleid glattstrich und versuchte, ihre Gedanken in eine verständliche Form zu bringen. Der Anblick der Armeekalender hinter seinem Kopf, der vom Photokopierer und Aktenschrank würden sie dabei nicht eben beflügeln, dachte er. Schlohweiß hob sich ihr Haar gegen den oliv schimmernden Teint ab, ihre Augen waren fast so schwarz wie ihr elegantes Kleid. Guarnaccias Blick fiel auf die goldene Halskette, die leicht verschmutzten Brillanten in ihrem Ring. Einen Trauring trug sie nicht. Die armen Leute hier im Viertel San Frediano waren redselig. Die nannten das Kind beim Namen. Sie hatten keinen Rückhalt außer der eigenen Familie, und sie kamen zu ihm, um ihr Herz auszuschütten und an seine Hilfsbereitschaft zu appellieren. Damen mit alten Brillanten hatten in der Regel einflußreiche Freunde, die ihnen weiterhalfen, und wenn sie trotzdem zu ihm kamen, dann erwarteten sie durchgreifende Maßnahmen, wollten aber so wenig wie möglich von sich preisgeben. Er starrte die Signora mit seinen großen, leicht vorstehenden Augen an. Sekundenlang hielt sie seinem Blick stand, dann glitten ihre Augen zur Seite und in die Höhe. Die Spitzen der lackierten Fingernägel tasteten nach der Halskette. Er wartete. Sie entschloß sich, ihn doch nicht zu belügen, und schaute ihn wieder an, als sie sagte: »Ich bin zu Ihnen gekommen, weil ich mich fürchte.«

»Soso. Und wovor fürchten Sie sich, Signora?«

Doch ihr Blick huschte schon wieder unstet aufwärts und zur Seite. »Ich weiß nicht. Ich … jemand war während meiner Abwesenheit in meiner Wohnung. Natürlich habe ich keine Ahnung, wer das gewesen sein könnte.«

»Ist etwas gestohlen worden?« Er langte nach einen Bogen linierten Papiers mit geprägtem Briefkopf, um Ihre Aussage aufzunehmen.

»Nein! Nein, es ist nichts gestohlen worden, und ich möchte nicht… Müssen Sie das protokollieren?«

»Keineswegs, Signora, wenn Sie es nicht wollen.«

Er legte das Blatt zurück.

»Nein, lieber nicht. Ich dachte, wenn ich Ihnen davon erzähle, also ganz vertraulich, dann könnten Sie mir vielleicht einen Rat geben. Meine Nachbarin, eine junge Frau, deren Mann Architekt ist – sie haben ein kleines Mädchen, das mir nachmittags hin und wieder Gesellschaft leistet, wenn beide Eltern arbeiten – aber das tut natürlich nichts zur Sache. Ich möchte Ihnen nur erklären, warum ich hergekommen bin, obwohl mir nichts …«

»Sie sind mir keine Erklärung schuldig, Signora«

»Mag sein, aber ich möchte nicht, daß Sie denken, ich würde bloß Ihre Zeit vergeuden und sei nur zum Reden gekommen, wo ich doch keinen Diebstahl zu melden habe.«

»Dafür bin ich da.«

»Sie sind sehr freundlich, aber da fällt mir ein … unlängst wurde mir die Handtasche gestohlen – Sie kennen das ja, ein junger Bursche auf einem Motorroller. Es heißt, eine Frau, die unverletzt davonkommt, solle dankbar sein, daß es ihr nicht so ergeht wie den vielen, die ihre Tasche festzuhalten versuchen und von dem flüchtenden Täter über die Fahrbahn geschleift werden. Jedenfalls habe ich in Ihrem Präsidium in der Via Borgognissanti Anzeige erstattet, und obwohl sie ausgesprochen höflich waren, sehr nett, wirklich, hatte ich nicht das Gefühl, daß ich dort hätte hingehen können mit … also um über meine …«

»Um über Ihre Ängste zu sprechen, meinen Sie? Nun, da haben Sie recht. Im Präsidium sind sie sehr überlastet. Sehr vernünftig, daß Sie zu uns gekommen sind. Diese Nachbarin, die Sie erwähnten, kenne ich die?«

»Von früher, ja. Sie meinte, Sie würden sich nicht mehr an sie erinnern, aber Sie hätten ihr und ihrem Mann sehr geholfen damals, gleich nach der Geburt der Kleinen, als sie befürchten mußten, man würde sie aus ihrer Wohnung setzen. Vielleicht erinnern Sie sich doch?«

»Nein, tut mir leid. Aber wahrscheinlich habe ich gar nicht groß was unternommen, damals. Sie haben Ihren Nachbarn also erzählt, was Sie bedrückt?«

Wieder wich sie seinem Blick aus, ihre Finger bebten und nicht nur die, auch Nase, Mund, Hals.

»Ich hab's erwähnt, ja. Für den Fall, daß sie jemanden auf der Treppe gesehen hätte, in der Nähe meiner Wohnungstür.«

»Sehr vernünftig. Und Sie sind absolut sicher, daß nichts weggekommen ist?«

»Ja.«

»Irgendwelche Spuren, die auf ein gewaltsames Eindringen hindeuten?«

»Keine.«

»Was haben Sie denn für ein Schloß?«

»Ein Stangenschloß. Sechs horizontale Riegel und einen vertikalen vom Boden bis zum Türrahmen.«

»Also keins, das sich mit einer Kreditkarte knacken läßt. Nun gut, Signora, wenn niemand eingebrochen ist und auch nichts fehlt, wieso glauben Sie dann, daß jemand in Ihrer Wohnung war?«

»Das glaube ich nicht, ich weiß es.«

»Und woher?«

»Verschiedenes war nicht an seinem Platz. Ich bin nicht übertrieben ordentlich, aber man spürt es, wenn gewisse

Dinge nicht mehr so sind, wie man sie zurückgelassen hat. Jeder hat so sein System, nach dem er seine Sachen einräumt... Aber ich merke schon, Sie denken doch, ich stehle Ihnen Ihre Zeit.«

»Nein, nein. Ich halte Sie für eine intelligente und vernünftige Frau, die ihre Zeit nicht vergeudet und die meine schon gar nicht. Ich glaube nicht, daß Sie hier wären – daß Sie sich Angst einjagen ließen –, wenn es nur um eine vage Vermutung ginge. Ist Ihnen etwas aufgefallen, ein Geruch, irgendeine Spur, die auf einen Fremden hindeutet, Zigarettenrauch zum Beispiel, falls Sie selbst Nichtraucherin sind?«

Sie schien für einen Moment den Atem anzuhalten. Man sah förmlich, wie eine Welle der Furcht ihren Körper überlief. Seine großen Augen waren unverwandt auf sie gerichtet, und jetzt erwiderte sie seinen Blick wie gebannt.

»Beim erstenmal.« Er konnte sie kaum verstehen.

»Hier drinnen hört uns niemand, Signora. Sie können ruhig lauter sprechen. War es Zigarettenrauch? Asche? Irgendein Geruch.«

»Ein Geruch, ja. Aber nicht nach Zigaretten. Eher wie Zigarren.«

»Und die anderen Male? Haben Sie da auch einen fremden Geruch bemerkt?«

»Ein Messer.«

»Ein *Messer*?« War sie am Ende doch verrückt, wie so viele, die mit ähnlichen Verdächtigungen zu ihm kamen? »Was für ein Messer? Ein Dolch? Ein Jagdmesser? Ein Brotmesser?«

»Kein Brotmesser, aber es war ein Küchenmesser.«

»Verstehe. Und gehörte dieses Küchenmesser Ihnen?«

»Ja.«

»Und es war nicht an seinem angestammten Platz.«

»Sie glauben mir nicht, oder? Ich wollte Ihnen nichts von dem Messer sagen. Ich wußte, Sie würden mich für verrückt halten. Aber es lag in der Diele, gleich hinter der Tür, so daß ich es beim Reinkommen sofort sehen mußte. Ich bin nicht verrückt, Maresciallo, ich bin in Gefahr!«

»Aber, aber, Signora, niemand hat etwas von Verrücktsein gesagt.«

Sie hatte sich so sehr bemüht, ruhig zu bleiben, aber nun brannten hektische rote Flecken auf ihrem Gesicht, und die Augen waren blutunterlaufen. Der Maresciallo erhob sich.

»Bitte! Sie hören mir ja gar nicht zu!«

Offenbar war er zu rasch aufgestanden. »Ich höre Ihnen zu, Signora. Ich will nur einen meiner Carabinieri bitten, Ihnen ein Glas Wasser zu bringen, und dann beruhigen Sie sich und erzählen mir Ihre Geschichte zu Ende.«

Als er zurückkam und sich wieder hinsetzte, war sie schon etwas gefaßter, aber ihr Gesicht zeigte jenen ergebenen Ausdruck, den der Maresciallo schon hundertmal gesehen hatte, wenn ein Delinquent endlich bereit war, ein Geständnis abzulegen. Doch er war ziemlich sicher, daß diese Frau nichts zu gestehen hatte, was in sein Ressort fiel, und er sollte recht behalten.

»Ich sage Ihnen lieber gleich, daß ich in einer psychiatrischen Klinik war. Sie würden es ja doch herausbekommen. Aber das war nur wegen schwerer reaktiver Depressionen nach dem Tode meiner Mutter. Ich bin sehr einsam… aber nicht paranoid oder so was. Wenn Sie sich erkundigen, werden die Ärzte Ihnen das bestätigen.«

Ein Carabiniere brachte das Glas Wasser und flüsterte: »Es ist niemand mehr draußen. Kann ich dann zum Essen gehen?«

Der Maresciallo sah auf die Uhr und erhob sich. »Meinetwegen, aber erst sorgen Sie dafür, daß diese Dame sich mit ihrem Glas Wasser ins Wartezimmer setzt und dort bleibt, bis sie sich wieder erholt hat und heimgehen kann. Signora, geben Sie meinem Carabiniere Ihre Adresse und machen Sie sich weiter keine Sorgen. Ich werde persönlich bei Ihnen vorbeikommen.«

»Warten Sie, da ist noch etwas.«

Es kam immer noch irgend etwas nach. Wenn die Leute seine Hilfe wollten, ohne ihm die ganze peinliche Wahrheit zu enthüllen, dann lockten sie ihn solange mit immer neuen kleinen Anreizen, bis sie sich seine Aufmerksamkeit gesichert hatten. Die Frau kramte fahrig in ihrer Handtasche. »Ich habe einen Drohbrief bekommen. Da. Schauen Sie sich das an.«

Der Maresciallo nahm den Umschlag entgegen. Er enthielt eine Ansichtskarte, einen dieser geschmacklosen Scherzartikel, auf denen die Genitalien von Michelangelos David in Großaufnahme prangten und die in allen Bars der Stadt vertrieben wurden. Der Maresciallo tippte hier eher auf einen Streich, wie Nachbarskinder ihn einer nervigen alten Jungfer spielten, die sie dauernd drangsalierte, weil das Radio zu laut war oder die Haustür offenstand.

Die Frau sagte nichts, aber er spürte ihren forschenden Blick auf sich ruhen, als er die Karte umdrehte. Sie war adressiert an Sara Hirsch, Sdrucciolo de' Pitti 8, 50125 Firenze und war im Juli hier in der Stadt aufgegeben worden. Das genaue Datum ließ sich auf dem verwischten Poststempel nicht entziffern.

Der Text lautete: »Da wir nun wissen, wo Sie wohnen, werden wir Ihnen einen Besuch abstatten. Und dann haben Sie nichts zu lachen.« Anschrift und Mitteilung waren in Druckbuchstaben geschrieben.

Der Maresciallo sah sie durchdringend an. »Signora, Sie wissen, von wem das stammt.«

»Wie können Sie so was sagen? Wie sollte ich …«

»Nein, Signora, Sie mißverstehen mich. Wer immer das geschrieben hat, muß Ihnen bekannt sein. Und Sie kennen auch seine Schrift, weshalb der Absender auf sehr stümperhafte Weise versucht hat, sie zu verstellen. Schauen Sie sich dieses N an und dann die übrigen – oder das W hier und da und da. Jedesmal eine andere Schreibweise.«

»Aber warum? Ich habe doch niemandem etwas zuleide getan. Warum sollte man mich bedrohen? Was wollen diese Menschen von mir?«

»Die Botschaft ist ganz eindeutig, Signora. ›Wir wissen, wo Sie wohnen.‹ Der Absender will Ihnen Angst machen und Sie aus Ihrer Wohnung vergraulen. Ich nehme an, Sie sind nicht die Eigentümerin?«

»Nein … nein.«

»Tja, Signora, wer immer hinter dieser anonymen Botschaft steckt, er will Sie dort raushaben. Und da es auf legalem Wege sehr lange, manchmal bis zu zwanzig Jahre, dauern kann, einen Räumungsbefehl zu erwirken, gibt es leider hin und wieder Anwälte, die skrupellos genug sind, sich solch krimineller Druckmittel zu bedienen, besonders gegenüber einer alleinstehenden Frau. Eine üble Sache, Signora, und sehr unangenehm für Sie, aber wenigstens wissen Sie jetzt, was dahintersteckt, und Sie haben allen Grund, auf diese Leute böse zu sein. Doch zu fürchten brauchen Sie sich nicht. Ich habe ein paar dieser niederträchtigen Advokaten kennengelernt, aber wirklich zu Schaden gekommen ist durch ihre Taktiken noch niemand.«

Sie stand auf. »Ich muß gehen. Ich muß nachdenken, was zu tun ist ...« Sie streckte die Hand nach der Postkarte aus.

»Einen Augenblick ...« Und er fotokopierte die Karte, bevor er sie ihr zurückgab. »Ich denke, wenn Sie daheim nachsehen, werden Sie feststellen, daß Sie irgendein Schriftstück mit der Handschrift dieses Menschen bei sich haben, irgend etwas im Zusammenhang mit Ihrem Mietvertrag. Und wenn man Sie weiter belästigen sollte, können wir einen Graphologen hinzuziehen.«

Er ging nicht näher auf die Art dieser möglichen Belästigung ein. Schließlich hatte sie den ominösen Eindringling, der sich angeblich Zutritt zu ihrer Wohnung verschafft hatte, nicht mehr erwähnt, und es war mehr als wahrscheinlich, daß sie sich das Ganze in ihrer Angst vor der anonymen Drohung bloß eingebildet hatte. Oder vielleicht hatte sie die Geschichte auch bloß erfunden, um seine Aufmerksamkeit zu gewinnen. Nun, er hatte ihr erklärt, was es mit der Botschaft auf sich hatte, doch das

25

schien sie nicht zu erleichtern. Schon merkwürdig, was die Leute bereit waren zuzugeben und was nicht. Vielleicht hatte sie das Gefühl, so ein Räumungsbefehl sei eine Schande, etwas, das nur armen Leuten widerführe, die ihre Miete nicht bezahlen konnten. Aber in Florenz war niemand davor gefeit. Doch das sagte er nicht. Vermutlich wäre es ihr nur peinlich, wenn er sie jetzt zu trösten versuchte. Als er sie zur Tür brachte, hielt sie noch einmal inne und sah ihm mit hochgerecktem Kinn fest in die Augen.

»Denken Sie ja nicht, daß ich mich einschüchtern lasse.«

»So ist's recht, Signora! Warum sprechen Sie nicht mal mit Ihrem Anwalt und tragen ihm vor, was ich Ihnen gesagt habe?«

»Das mache ich. Gleich, wenn ich heimkomme, werde ich ein paar Telefonate führen. Ich werde meine Rechte verteidigen. Ich habe noch mehr Trümpfe in petto als diese Leute wissen. Nein, ich bin nicht schwach, auch wenn ich mich so fühle.«

Es war natürlich denkbar, daß ihre Geschichte von A bis Z stimmte und daß sie trotzdem verrückt war. Was sie erzählt hatte, konnte einem geistig gestörten Menschen genauso passieren wie jedem anderen. Und diese letzte Rede klang wie tagtäglich eingeübt.

Die Frau war hin und her gerissen zwischen dem Wunsch, fortzukommen, und dem Bedürfnis, ihn zu überzeugen. Und als könnte sie seine Gedanken lesen, griff sie jetzt doch noch einmal auf ihre ursprüngliche Geschichte zurück.

»Was immer Sie auch denken mögen, ich habe Ihnen die

Wahrheit gesagt. Dieses Messer lag direkt hinter der Wohnungstür.«

»Verstehe. Und wo ist Ihre Küche?«

»Gleich neben dem Flur, rechts vom Eingang… Sie wollen doch nicht unterstellen, ich hätte das Messer selber fallenlassen?«

»Ich unterstelle gar nichts. Nein, nein. Aber haben Sie vielleicht eine Katze? Oder einen Hund?«

»Nein. Ich habe mir immer eine Katze gewünscht, aber bis ich mich nicht entsprechend darauf eingerichtet habe … Was wollen Sie damit sagen?«

»Nichts, außer…«

»Hören Sie, da ist noch etwas…«

»Wenn es noch was gibt, dann können Sie einen Vermerk bei meinem Carabiniere hinterlassen. Und ich komme diese Woche mal an einem Nachmittag vorbei, wenn Sie Zeit hatten, mit Ihrem Anwalt zu sprechen.« Guarnaccia nahm den Carabiniere beiseite und sagte leise: »Stellen Sie fest, ob sie die Schlösser hat auswechseln lassen, nachdem ihre Handtasche geraubt wurde, ja? Sie wissen ja, wie das ist mit Leuten, die allein leben. Vor lauter Angst steigern sie sich in hysterische Zustände hinein, und dann stellt sich raus, daß sie nicht einmal die simpelsten Vorsichtsmaßnahmen getroffen haben.«

Sie beobachtete ihn scharf und versuchte mitzuhören. Als der Carabiniere auf sie zutrat, sah sie den Maresciallo aus erschrockenen Augen an und fragte: »Und Sie kommen wirklich vorbei, wie Sie es versprochen haben?«

»Ganz bestimmt.«

Der Maresciallo kam zu spät zum Mittagessen.

»Du bist spät dran«, sagte Teresa. »Ich werde dir frische Pasta machen. Die Jungs haben deine Portion mitgegessen.«

»Wo stecken sie denn?«

»Sitzen in ihrem Zimmer über dem neuen Computerspiel.«

Mit den Küchendüften stellte sich auch die Hochstimmung des frisch heimgekehrten Urlaubers wieder ein. Teresa beugte sich über ein Gewürztöpfchen und knipste große Basilikumblätter für seine Pasta ab. Ein Glas von ihrem schier unerschöpflichen Vorrat an eingeweckten Tomaten stand geöffnet auf der marmornen Arbeitsplatte, und in einer Kiste in der Ecke türmten sich erst gestern morgen auf Sizilien gepflückte Orangen und Zitronen mit rauher Schale und glänzenden Blättern. Ihr Aroma erfüllte die ganze Wohnung mit dem Duft seiner Kindheit. Wovon sprach Teresa gerade?

»Du hörst mir ja gar nicht zu.«

»Wie? Doch, natürlich. Und nein, ich werde nicht versuchen, ihre gräßlichen Computerspiele zu lernen.«

Einmal hatte er es probiert, aber da war Totò ihm bald entnervt in die Parade gefahren. »Ach, Papa!«

Giovanni hatte mehr Geduld bewiesen. Er war selber ein bißchen schwer von Begriff und verlor immer, obwohl er für sein Leben gern spielte.

»Für diesen Unfug ist mir meine Zeit zu schade, und sie sollten sich auch mit vernünftigeren Dingen beschäftigen.«

»Es war deine Schwester, die ihnen das Computerspiel geschenkt hat.«

»Sie hätten Nunziata nicht dazu überreden können, wenn du mich letzte Weihnachten nicht beschwatzt hättest, diesen dämlichen Computer anzuschaffen, ›weil sie den für die Schule brauchen‹.«

Alle weiteren Klagen überließ er dem schrillen elektronischen Fiepen und den kreischenden Stimmen nebenan. Er wußte wohl, daß Teresa absichtlich so laut mit den Töpfen klapperte, um den Krach aus dem Kinderzimmer zu übertönen. Die Spaghetti schwappten ins Sieb. Während er einen Stich Butter in die sämige Sauce rührte, begann Teresa mit dem Abwasch.

»Willst du dich nicht einen Moment hersetzen?«

»Ich habe mit den Jungs gegessen. Du hast nicht angerufen, um Bescheid zu sagen, daß du später kommst.«

»Keine Zeit.« Er haßte es, wenn sie Geschirr spülte, statt sich mit ihm zu unterhalten.

»Siehst du, mir geht's genauso. Ich hab noch zwei Maschinen Wäsche vor mir, von dem Berg Bügelzeug ganz zu schweigen. Ich weiß nicht, was schlimmer ist, die Vorbereitung auf die Ferien oder die Arbeit hinterher. Außerdem kann man sowieso nicht mit dir reden, wenn du so schlecht aufgelegt bist.«

»Was denn, ich?«

»Ja. Wenn du mich fragst, willst du nur deshalb nicht mit ihnen spielen, weil du zu langsam bist und Totò die Geduld mit dir verliert, was man ihm weiß Gott nicht verdenken kann.«

Und hatte er das nicht eben selbst gesagt? Er war gekränkt und bereute es kein bißchen, daß er seinen Espresso im Stehen hinunterkippen und gleich wieder zu der wartenden Klientel zurückkehren mußte, die er vor der Mittagspause heimgeschickt hatte.

Er nickte den Wartenden zu, als er durch den Vorraum in sein Büro ging, und während er die Tür hinter sich schloß, brummelte er, Teresas Klage über die Wasch- und Bügelberge variierend: »Ich weiß nicht, was schlimmer ist am Urlaub, das Wegfahren oder das Wiederkommen.«

Am Ende hatte Teresa ihre zusätzliche Arbeitslast binnen drei Tagen abgetragen. Der Maresciallo begann am vierten Tag gerade einmal Land zu sehen.

Ein Mädchen aus Brescia, in Tränen aufgelöst: »Es sind die Schlüssel, um die ich mir Sorgen mache. Ich komme mir so töricht vor.«

»Nein, nein, Signorina, Sie dürfen sich das nicht so zu Herzen nehmen. Wenn Sie doch sagen, man könne den Sohn Ihrer Freunde erreichen und neue Schlüssel anfertigen lassen …«

»Aber dann müssen alle Schlösser ausgewechselt werden. Danach werden sie mich nie mehr in ihrem Haus wohnen lassen, ganz bestimmt nicht.«

»Sie konnten nichts dafür, Signorina. Diese Handtaschenräuber sind teuflisch flink. Und nun versuchen Sie sich genau zu erinnern: Sie sagten, Sie waren auf der Piazza del Carmine. So, und war es ein Moped oder ein Roller?«

»Ein Roller, dunkelblau.«

»Trug der Fahrer einen Helm?«

»Ja, auch einen dunkelblauen, mit weißen Zickzacklinien drauf, wie Blitze.«

Ein ›alter Kunde‹ also. Dieser verdammte Bengel! Als

30

ob seine Mutter mit ihrem aussichtslosen Kampf gegen den Krebs nicht schon genug gestraft wäre …

Häusliche Gewalt. Eine Stammkundin, eine Walküre mit Schoßhündchen: »Wau! Wau wau wau!«

»Schätzchen! Armes Schätzchen. Nun sei still, ist ja gut.«

»Wau wau!«

»Haben Sie Ihre Anwältin verständigt?«

»Ja, natürlich. Sie meint, der Fall käme frühestens im September vor Gericht. Und in der Zwischenzeit solle ich ihn nicht ins Haus lassen. Sie haben ja keine Ahnung, wie gewalttätig er ist.«

»Doch, Signora, das weiß ich. Sie haben mich schließlich schon mehrfach alarmiert …«

»Das war, bevor ich die Trennung erwirkte. Sie machen sich keinen Begriff …«

»Wau wau wau wau wau! Grrr …«

»Also, ich glaube, sie mag Ihre Uniform nicht.«

»Das tut mir leid.«

»Pscht … guter Mann, ja, das ist ein lieber Mann. Schau, er will dich streicheln.«

»Nicht auf den Schreibtisch, Signora, wenn ich bitten darf. Behalten Sie den Hund auf dem Schoß. Und wenn Ihre Anwältin Ihnen gesagt hat, Sie sollen ihn nicht hereinlassen, warum haben Sie es dann doch getan?«

»Weil mein Schätzchen nicht fressen will, wenn er nicht da ist.«

»Wau!«

Ein Mann um die siebzig, wutentbrannt: »Sie und ich, wir verstehen uns! Ich habe übrigens bei der Kavallerie gedient, weiß nicht, ob ich das erwähnt habe.«

»Doch, ich glaube schon.«

»So eine defekte Laterne ist ja gleichsam eine Einladung an alle Straßenräuber. Ich habe an den Bürgermeister geschrieben, aber der ließ sich nicht mal zu einer Antwort herab. Darum übergebe ich den Fall jetzt Ihnen, Sie sind ein verständiger Mann.«

»Besten Dank.«

Ein Fahrraddiebstahl: »Wieso klaut einer so ein wertloses Vehikel? Das ist es, was ich nicht begreife.«

»Sind Sie sicher, daß in der Nacht nicht die Straßenreinigung unterwegs war? Sie sollten bei der Kommunalpolizei nachfragen, ob die Ihr Rad nicht mitgenommen haben.«

Eine Frau, deren Nachbar aus dem Obergeschoß allabendlich zum Fenster hinausrauchte: »Und meine Terrasse als Aschenbecher mißbraucht. Ich habe den Boden schön mit Kokosmatten ausgelegt – was, wenn die nun Feuer fangen?«

»Ah, die Unwissenheit, Signora, was die nicht schon alles angerichtet hat. Sagen Sie ihm nur, ich wisse Bescheid, das dürfte ihn zur Räson bringen. Und wenn nicht, dann komme ich persönlich vorbei.«

Der Katzenjäger: »Sie müssen doch etwas tun können.«

»Ja, aber das ist bereits geschehen.«

»Das kann ich mir nicht vorstellen.«

»Aber es ist so.«

Sie wohnte in einem der kleinen Reihenhäuser unten an der Ponte alla Vittoria, und einer ihrer Nachbarn, wer genau, wußte sie nicht, ballerte regelmäßig mit einer Schrotflinte aus seinem Schlafzimmerfenster und zielte aufs Geratewohl nach den Katzen. »Und gleich hinten an unsre Gärtchen grenzt ein Schulhof! Was, wenn er ein Kind trifft? Sie brauchen doch nur festzustellen, wer in der Straße eine Flinte besitzt.«

Genau das hatten sie getan, und es stellte sich heraus, daß die junge Dame die einzige in der Siedlung war, die keine hatte.

»Alle Ihre Nachbarn haben gültige Waffenscheine, Signorina. Aber wenn Sie sich ein bißchen weiter hinauslehnen, sobald die Ballerei losgeht, dann könnten Sie vielleicht feststellen, aus welchem Haus die Schüsse kommen. Andernfalls…«

»Gestern hat er gleich zwei erwischt. Die eine ist tot, die andere hat eine Schrotladung im Rücken. Ich habe sie gefunden und in die Tierklinik gebracht, aber sie ist gelähmt, und ich weiß, ich werde sie einschläfern lassen müssen.«

Noch eine Katze. Diesmal eine Vermißtenanzeige: »Hat sich nicht eingewöhnt im neuen Haus, die Mieze. Das hat man doch oft bei Katzen, nicht wahr? Sie muß über die Mauer in die Boboli-Gärten gelangt sein, und da dachte ich, wo Sie doch gleich nebenan sitzen… also ich habe Ihnen ein Foto mitgebracht. Den schwarzen Fleck an ihrem

Knie, den können Sie gar nicht übersehen. Ihre Männer gehen doch Streife im Park?«

»Nein, nein, bedaure… Aber wenn Sie das Foto einem der Gärtner geben – die füttern zweimal am Tag die Katzen im Park –, und ich bin sicher, sie werden die Ihre finden.«

Eine gestohlene Kamera, angezeigt in Zeichensprache: »Sprechen Sie Deutsch?«

»Lorenzini!«

Trotzdem, als er an diesem Nachmittag um halb sechs die Fenster öffnete und die Läden aufstieß, durfte er sich gratulieren, denn es sah so aus, als könne er den Rückstand noch an diesem Abend aufarbeiten. Aber hatte er nicht noch etwas vergessen, irgendeinen Besuch, den er für diese Woche zugesagt hatte? Später, als er den Dienstplan für den nächsten Tag zusammenstellte, setzte ihm das vermeintliche Versäumnis immer noch zu, und als er den Plan fertig hatte, fiel es ihm wieder ein: die Frau mit der Postkarte. Nichts Dringendes, aber er hatte ihr versprochen, diese Woche vorbeizukommen. Wenn er nicht erschien, würde sie sich erst recht ängstigen, weil er sie mit falschen Versprechungen in Sicherheit gewiegt hatte. Er stand auf und nahm seine Jacke vom Haken hinter der Tür. Da klingelte das Telefon. Capitano Maestrangelo vom Präsidium.

»Einbruch in der Villa L'Uliveto, Sir Christopher Wrotheslys Anwesen oben auf dem Pian dei Giullari, hinter der Piazzale Michelangelo… fällt also noch in Ihren Zuständigkeitsbereich. Offenbar nur eine Bagatelle, aber Sie sollten trotzdem mal nach dem Rechten sehen. Ich hole Sie in zehn Minuten ab. Sie haben doch keine dringenderen Termine?«

»Nein, nein…«

Der Maresciallo knöpfte seine Jacke zu und warf einen Blick ins Bereitschaftszimmer. »Lorenzini?«

»Maresciallo?«

»Ich muß weg. Wenn was ist, können Sie mich über Capitano Maestrangelos Autotelefon erreichen. Kleiner Einbruch. Nichts Aufregendes.«

Lorenzini machte ein skeptisches Gesicht. Wann hätte der Capitano je seinen Schreibtisch wegen eines Einbruchs verlassen, egal ob klein oder groß?

»Ah, aber hier geht es um einen ausländischen Bürger von Rang. Da macht man halt ein bißchen Druck, um Eindruck zu schinden.«

»Hm.«

»Sie könnten den Dienstplan fertigmachen…« Trotzdem, dachte der Maresciallo, als er hinter sich abschloß, widerstrebend die Treppe hinabstieg und sich gegen das schwüle Treibhaus dort draußen wappnete: Mit Druck allein war dieser Einsatz nicht zu erklären. Vielleicht eine persönliche Gefälligkeit, aber der Capitano…

Dann stand er auf der Piazza, und der immer noch unbarmherzig herniederbrennende Sonnenball im Verein mit der aufgestauten Hitze, die aus den mächtigen Steinquadern des Palazzo Pitti entwich, setzten ihm derart zu, daß er keinen klaren Gedanken mehr fassen konnte und nur noch auf Selbstschutz bedacht war. Also kramte er Taschentuch und Sonnenbrille hervor und wechselte von dem glutheißen Platz in den Schatten der Arkaden.

3

Hitze und Stille. So heiß, daß selbst die Vögel verstummten. Und das rhythmische Fideln der Grillen betonte nur das bleierne Schweigen ringsum. Capitano Maestrangelo und der Maresciallo warteten vor dem Seiteneingang, zu dem sie der Pförtner verwiesen hatte, der ihren Wagen hereinließ und über die Zypressenallee zur Villa dirigierte. Wie man es von den Landhäusern der Medici her kennt, führte auch hier eine doppelläufige Freitreppe hinauf zum Hauptportal auf der Beletage. Das Anwesen war einst von einer kaum minder berühmten Bankiersfamilie erbaut worden. Der Capitano blickte zur Balustrade empor, wo Statuen und antike Urnen in den dunstig blassen Himmel ragten. Der Maresciallo spähte hinunter auf die schwefeligen Schmutzschwaden, die die Stadt einhüllten. Wer es von den Hügeln herab so schön und wehrlos dort liegen sah, unfähig, all den Smog auszuhusten, an dem es erstickte und verfiel, der mußte einfach Mitleid haben mit Florenz.

»Wer so was nicht mit eigenen Augen gesehen hat, macht sich keine Vorstellung…« murmelte der Capitano bewundernd.

»Wie recht Sie haben.« Der Maresciallo seufzte und sah zu Boden.

»Es tut mir unendlich leid, daß Sie warten mußten. Bitte verzeihen Sie mir. Hier entlang, bitte.« Der Mann, der ihnen die Tür öffnete, war Jeremy Porteous, Sir Christophers Sekretär. Als die beiden sich vorstellten, schüttelte er erst dem höherrangigen Offizier zuvorkommend die Hand, dann kurz und ohne ihn anzusehen dem Maresciallo. Sie folgten ihm in eine kühle, kreisförmige Halle mit einem untätigen Springbrunnen in der Mitte. Der Maresciallo nahm seine dunkle Brille ab, doch bis seine Augen sich an das dämmrige Licht gewöhnt hatten, erkannte er nur flüchtig eine geschwungene Steintreppe und Teile eines Mosaikfußbodens. Über einen Korridor, wo eine schwache Glühbirne in einem kunstvoll gearbeiteten Kronleuchter nur auf sich selbst aufmerksam machte, gelangten sie in einen weitläufigen Raum, wo das Licht einer stärkeren Birne auf schlicht bemalte Schränke und einen rustikalen quadratischen Tisch fiel. Offenbar war dies der Küchentrakt. Hier machte Porteous halt, wandte sich nach ihnen um und sagte: »Sir Christopher wird Sie im Garten empfangen. Ich denke, ich sollte Sie darauf hinweisen, daß es ihm nicht gutgeht und jede Aufregung gefährlich für ihn sein könnte.«

»Weiß er von dem Einbruch?« fragte der Capitano.

»Das schon, aber wir sind alle der Meinung, daß wir ihn nicht auf den Gedanken bringen sollten, jemand von seinem festen Personal könnte darin verwickelt sein. Das würde ihn wesentlich mehr belasten als der Verlust des gestohlenen Gutes... besonders im Falle eines ganz bestimmten jungen Mannes... jede Enttäuschung von dieser Seite... Kurzum, was immer Ihre Ermittlungen ergeben, wir wären dankbar, wenn Sie Ihre Schlußfolgerungen erst uns anvertrauen würden. Ich bin sicher, Sie verstehen mich…«

Ach, wirklich? Und wen meinte er mit ›wir‹? Der Maresciallo hatte bereits eine Abneigung gegen diesen Mann gefaßt. Ein Händedruck kann viel verraten. Nicht, daß der seine schlaff oder feucht gewesen wäre. Er war irgendwie zu… elegant und ein bißchen zu warm und klebrig für den Geschmack des Maresciallos. Und als er ihn jetzt betrachtete, während er dem Capitano detaillierte Anweisungen gab, fand er diesen Mann insgesamt zu geschniegelt, und obwohl er groß und schlank war und seine Nase spitz zulief, wirkte alles andere an ihm ausgesprochen weich. Weiche Haut, weiches, graumeliertes Haar, weicher, legerer Anzug, aus Seide vermutlich, weiche, kultivierte Stimme. Und dieses Parfüm! Der Maresciallo trat einen kleinen Schritt zurück. Seine Anwesenheit war ohnehin nicht von Bedeutung. Porteous wandte sich ausschließlich an den Capitano.

»Es war, wie gesagt, nur ein sehr leichter Schlaganfall – zwei, drei Tage war er etwas verwirrt, konnte weder lesen noch die Uhrzeit erkennen oder sich erinnern, was er gerade gesagt hatte, aber er wußte durchaus, wie es um ihn stand, und das war sehr beängstigend für ihn.«

»Das läßt sich denken«, sagte der Capitano, »so was muß in der Tat beängstigend sein.«

Der Capitano war selbst ein Mann von Eleganz. Ernsthaft und gesetzt. Aber gewiß kein Weichling. Ganz im Gegenteil.

»Inzwischen hat sich sein Zustand wieder stabilisiert. Aber die Ängste sind geblieben.«

»Verständlich.«

»Und darum braucht er Ruhe und muß jede Aufregung vermeiden. Vorsichtshalber benutzt er einen Rollstuhl, den wir außerhalb seines Blickfeldes verstauen, sobald wir ihn in seinen Sessel gesetzt haben. Er ist sehr stolz und erwähnt seinen Zustand mit keinem Wort, weshalb ich Sie herzlich bitten möchte…«

»Sie können ganz beruhigt sein«, unterbrach ihn der Capitano. Und der Maresciallo, der ihn gut kannte, hörte die höflich kaschierte Ungeduld aus seiner Stimme heraus. Falls Porteous sie auch bemerkt hatte, ließ er sich davon nicht beirren, sondern schwatzte weiter über Sir Christophers Abneigung gegen Ärzte und Sir Christopher dies und Sir Christopher das und Sir Christopher jenes. Der Maresciallo fühlte sich an jemanden erinnert. Er stutzte einen Moment, doch dann fiel es ihm ein: an diese salbungsvoll beflissenen Priester, die immer so selbstgefällig und ölig grinsend um den Papst herumscharwenzelten, wenn man ihn im Fernsehen sah. Kein Zweifel, wenn die je zu Wort kamen, war es die gleiche Geschichte: der Heilige Vater dies und der Heilige Vater das… nach dem Attentat, wie lange war das her… die Zeit verging ja so rasch.

»Hier entlang, bitte.« Porteous öffnete eine Tür. Ein leuchtendes Karree aus frischem Grün und Goldtönen. Der Maresciallo blinzelte und setzte seine Sonnenbrille wieder auf. Sie gingen zwischen Zitronenbäumen entlang, viele davon mannshoch, und wieder, wie zu Hause in seiner Küche, umwehte den Maresciallo der herbe Geruch seiner Heimat und Kindheit. Aber diese Zitronenbäume standen in verzierten Terrakottakübeln Spalier und säumten einen langen Kiesweg, an dessen anderem Ende man eine Limonaia erkannte, ein Freilichttreibhaus, dessen hohe Bogentüren hinter den geöffneten braunen Läden nur angelehnt waren. Links und rechts vom Weg trennten kurzgeschorene Hecken die verschiedenen Beete des Küchengartens voneinander. Der Maresciallo, der sich immer fürs Essen interessierte, schaute sich aufmerksam an, was da so alles angebaut wurde, und entdeckte zu seinem Erstaunen zwischen den üblichen Gemüsen und Salaten auch eine Maisparzelle. Vermutlich unterhielt man auf einem Anwesen dieser Größe, und er wußte, daß die Villa L'Uliveto über einen riesigen Grundbesitz verfügte, auch einen Hühnerhof. Trotzdem war das hier ein ungewöhnlicher Platz für den Anbau von Hühnerfutter. Freilich, der Mann war Ausländer, aber seine Gärtner doch sicher nicht…

Auf halbem Wege zur Limonaia bogen sie nach links in einen Wandelgang ein, der auf eine kunstvoll getrimmte und von jungen Zypressen beschirmte Hecke zuführte. Durch eine schmale Öffnung und einen Torbogen in einer bemoosten Steinmauer gelangten sie über ein paar Stufen hinunter in ein verschwiegenes Gartengeviert, das auf der anderen Seite von einer hohen Mauer begrenzt wurde. Vom Eingang her fiel der Blick über einen Seerosenteich auf eine Laube am anderen Ende des Gartens, der dem Maresciallo vorkam wie ein Saal unter freiem Himmel. Zur Rechten sah man über eine niedrige, von hohen Zypressen flankierte Balustrade den historischen Stadtkern unter seiner Abgaswolke liegen. Nach links, in Richtung des Haupthauses, führte eine Steintreppe auf eine halbrunde Terrasse zu, die von einer hohen Hecke umschlossen war. Deren grüne Nischen zierten marmorne Statuen. Allerdings waren zwei der Nischen leer, wie der Maresciallo bemerkte, als sie auf einem erhöhten Fußweg zu der Laube geführt wurden, die sich auf einem kreisrunden Sockel erhob und deren weinlaubbekränztes, schmiedeeisernes Dach hinten durch eine Wölbung in der bemoosten Gartenmauer und vorn von zwei steinernen Säulen getragen wurde. In ihrem grünen Schatten saß in einem tiefen Korbsessel der Hausherr, Sir Christopher, neben sich ein Tischchen mit Malutensilien und ein halbfertiges Bild auf einer Staffelei. Ein Rollstuhl war nirgends zu sehen, obwohl der Maresciallo im Schutz seiner dunklen Brillengläser danach Ausschau hielt, und Sir Christopher erhob sich, wenn auch etwas schwerfällig, zu ihrer Begrüßung. Vielleicht war es der Gedanke an einen Rollstuhl, gepaart mit der Erinnerung an seine Mutter nach ihrem Schlaganfall – jedenfalls hatte der Maresciallo einen alten Mann erwartet, in Decken gehüllt, vielleicht sogar mit Pantoffeln an den Füßen. Doch Sir Christopher war zwar blaß und sah müde aus, aber er trug einen cremefarbenen Leinenanzug mit einer gemusterten Fliege. Er wirkte nicht eigentlich krank, und er war jünger, als der Maresciallo erwartet hatte, höchstens Ende fünfzig. Sein braunes Haar freilich war eindeutig gefärbt. Porteous stellte sie vor, und dem Maresciallo fiel auf, wie Sir Christopher ihnen die Hand gab: verbindlich lächelnd und mit der gleichen Aufmerksamkeit für beide. Also ein Kavalier, ganz im Gegensatz zu dem weichen Bürschchen, das sich jetzt zurückzog.

»Sehr freundlich von Ihnen, daß Sie sich herbemüht haben. Wie ich von Jeremy hörte, haben wir diesmal nichts wirklich Wertvolles eingebüßt. Er erstellt gerade eine Liste der fehlenden Gegenstände, die er uns sicher gleich herausbringen wird. Vielleicht möchten Sie sich solange zu mir setzen und etwas trinken?«

Sie nahmen Platz. Der Capitano lehnte die angebotene Erfrischung ab, und der Maresciallo, wiewohl beeindruckt von der Auswahl an (hauptsächlich alkoholischen) Getränken, die auf einem niedrigen Korbtisch neben Sir Christophers Sessel bereitstanden, sagte: »Ich wäre dankbar für ein Glas Wasser, falls es keine Umstände macht. Bei der Hitze…« Und selbst Wasser würde er tunlichst nur in kleinen Mengen trinken, um nicht ins Schwitzen zu geraten, nachdem er sich im Wagen des Capitanos so schön abgekühlt hatte.

»Aber gern.«

Der Maresciallo hatte erwartet, daß zum Servieren ein Diener, vielleicht ein Butler herbeischweben würde, aber Sir Christopher bediente ihn persönlich. Er gab reichlich Eis ins Glas, das der Maresciallo nicht wollte, aber auch nicht zurückweisen mochte. Er hätte es lieber halten sollen wie der Capitano, denn nun wußte er nicht, wohin mit seiner Mütze und mußte sie riskant auf einem Knie balancieren, während er an dem eiskalten Wasser nippte.

»Sie sagten, ›diesmal‹ sei es glimpflich abgegangen. Darf ich daraus schließen, daß früher schon bei Ihnen eingebrochen wurde?« Nichts konnte den Capitano aus der Fassung bringen, und seine gebräunte Hand ruhte leicht und anmutig auf der perfekt ausbalancierten Mütze.

»Einmal hat es uns leider sehr schlimm getroffen, aber das ist jetzt viele Jahre her. Und das Betrübliche damals war nicht so sehr der beträchtliche Wert der gestohlenen Kunstwerke aus der Sammlung meines Vaters, sondern der Umstand, daß ganz offenkundig ein Angehöriger des Hauses an dem Diebstahl beteiligt war. Jemand, der die Einbrecher hereinließ und ihnen die kostbaren Stücke zeigte. Es fanden sich nämlich keine Spuren eines gewaltsamen Eindringens, und die beiden Hunde auf dem Gelände haben die Täter nicht verbellt.«

Während der Capitano seine Fragen stellte, lauschte der Maresciallo dem Zirpen der Grillen und dem schwachen Plätschern der Fontäne in der Mitte des Seerosenteichs. Das eiskalte Glas schmerzte in seiner Hand, aber da der Tisch außerhalb seiner Reichweite stand, wußte er nicht, wie er es hätte loswerden können. Ob es umfallen würde, wenn er es auf die unebenen Steinplatten stellte, zwischen die blühenden Kriechpflanzen, die gleich heimtückischen Fallen aus dem Boden sproßten? Doch da bemerkte Sir Christopher seine Verlegenheit, beugte sich vor und sagte: »Erlauben Sie…«

Wie der Maresciallo war auch er ein bißchen übergewichtig, und die blasse Hand, die sich nach dem Glas ausstreckte, hatte dicke Finger. »Wir sahen uns gezwungen, einen jungen Mann zu entlassen, den wir gerade erst eingestellt hatten und der beim Katalogisieren der Sammlung helfen sollte, die mein Vater nie auf den neuesten Stand gebracht hatte und die leider bis heute nicht vollständig erfaßt ist. Der junge Mann – sonst eine sehr gewissenhafte Kraft –, war der einzige außer meinem Kurator, der seit fast dreißig Jahren bei uns ist, und meinem besten Freund Renato, einem Kunstexperten, mit dem ich schon mein Leben lang zusammenarbeite, der die Diebe zu den wertvollen Bildern geführt haben kann.«

»Sie hätten sich nicht auch ohne Hilfe die schönsten Stücke heraussuchen können?«

»Ach, verehrter Capitano, wenn Sie das Obergeschoß dieses Hauses gesehen hätten, dann wüßten Sie, daß das ein Ding der Unmöglichkeit wäre. Mein Vater war ein leidenschaftlicher Sammler. Er kaufte seine Kunstwerke nicht für dieses Haus, nein, die Villa diente ihm nur als Depot für seine Sammlung, von der er übrigens nie etwas veräußert hat. Dort oben hat er so etwas wie Aladins Schatzkammer eingerichtet. Bedingt durch die Katalogisierung, aber auch weil einzelne Stücke restauriert werden mußten, kamen manche Bilder an einen anderen Platz, Paare wurden getrennt und so weiter. Trotzdem machten die Diebe keinen Fehler, sondern trafen ihre Auswahl mit, wie ich leider zugestehen muß, bewundernswerter Sicherheit.«

»Und vermutlich kam keins der gestohlenen Stücke je auf den Markt?«

»Nein. Das war ein Auftragsraub. Passionierte Sammler kennen keine Skrupel. Sie lassen ihren Händler wissen, daß sie ein bestimmtes Kunstwerk suchen, und stellen keine Fragen, wenn das Gewünschte nach einer gewissen Zeit geliefert wird. Schade, daß wir den Jungen fortschicken mußten. Er hatte Geschmack, und man möchte den Nachwuchs doch fördern, nicht wahr? Jeremy ist auch in dem Alter zu mir gekommen, damals noch völlig ahnungslos. Und heute ist er ein ausgewiesener Experte.«

»Sir Christopher…«

Jeremy Porteous, der weiche Schönling, war zurück und schwenkte ein Blatt Papier.

»Danke, mein Lieber. Capitano, da haben Sie die Liste mit den gestohlenen Sachen, keine besonderen Wertgegenstände, wie Sie sehen, aber mein Anwalt wird sich mit der Versicherung in Verbindung setzen, und die verlangt eine Kopie unserer Meldung an Sie.«

»Natürlich.« Der Capitano nahm die Liste entgegen und reichte sie unbesehen an den Maresciallo weiter. »Maresciallo Guarnaccia wird sich um alles kümmern. Er wird diese Liste auf eins unserer Anzeigenformulare übertragen und Ihnen zur Unterschrift vorlegen. Selbstverständlich werden wir die Liste auch an alle Florentiner Antiquitätenhändler verteilen, aber Sie wissen vermutlich, daß ich Ihnen keine großen Hoffnungen machen kann…«

»O ja, das ist mir völlig klar, und es tut mir leid, daß ich wegen der leidigen Versicherung Ihre Zeit in Anspruch nehmen mußte. Ich erwarte auch gar nicht, daß ich etwas von den gestohlenen Sachen wiederbekomme. Und obwohl ich das bedauere, da das Silber aus dem Schlafzimmer meines Vaters stammte, das seit seinem Tode unverändert geblieben ist, gilt meine größte Sorge doch dem armen Jungen, Giorgio.«

»Wie meinen Sie?«

»Ich wäre in der Tat untröstlich, und mit Ihren Mitteln, Sichern der Fingerspuren und so weiter, läßt sich doch gewiß beweisen…«

»Bitte, Sie dürfen sich nicht aufregen«, unterbrach Porteous. »Der Junge hat mir versichert…«

»Genau wie Alex, der hat uns auch geschworen, er sei unschuldig, und ich bin immer noch nicht überzeugt, daß wir damals richtig gehandelt haben. Ich kann nicht zulassen, daß Giorgio Unrecht geschieht…«

Porteous legte dem Älteren eine Hand auf die Schulter und wiederholte leise: »Sie wissen doch, daß Sie sich nicht aufregen dürfen.«

»Ja, ich weiß.«

»Der Maresciallo muß mit all Ihren Angestellten sprechen, Sir Christopher, diesen Giorgio eingeschlossen. Ist er der Nachfolger des Jungen, den Sie nach dem großen Raub damals entlassen haben?«

»Nein. O nein, seit Alex hatten wir schon eine ganze Reihe von… Giorgio ist erst seit kurzem hier, erst seit ein paar Monaten. Ein reizender Junge. Sie werden doch nicht…? Ich meine…«

»Der Maresciallo wird ihn genauso verhören wie Ihre übrigen Angestellten.« Der Capitano erhob sich. »Sir Christopher, bitte glauben Sie mir, wenn ich sage, daß ich Ihre Prioritäten sehr wohl nachvollziehen kann. Sie wollen sich in Ihrem eigenen Hause sicher fühlen, sich auf die Loyalität Ihres Personals verlassen können, und es ist sehr begreiflich, daß Sie darauf mehr Wert legen als auf die Wiederbeschaffung von ein paar Silberwaren. Ich würde mir jetzt gern alle Eingänge zum Haus ansehen und dann den Raum oder die Räume, in denen die Diebstähle stattgefunden haben. Der Maresciallo wird Ihnen unterdessen unser weiteres Vorgehen erläutern. Und ich bin sicher, er kann Sie davon überzeugen, daß Sie keinen Grund zur Besorgnis haben.«

Dem Maresciallo sank der Mut. Maestrangelo lebte in dem unerschütterlichen Glauben, er, Guarnaccia, könne gut mit Menschen umgehen und sie zum Reden bringen. Was in diesem Falle weiß Gott unsinnig war. Warum der Capitano sich persönlich herbemüht hatte, war ihm immer noch ein Rätsel. Auf der Fahrt hierher hatte er sich nicht danach zu fragen getraut, aber wenn es sich um die übliche Geschichte handelte: Druck von oben, besondere Kulanz gegenüber einem namhaften ausländischen Mitbürger, dann sollte doch wohl der Capitano hier sitzen und höflich Konversation machen, während der Maresciallo sich um die Ermittlungen kümmerte, Türen und Schlösser auf gewaltsames Eindringen überprüfte, das Personal verhörte und so weiter. Statt dessen erwartete der Chef von ihm, daß er einen Millionär tröstete, dem man ein paar Nippsachen gestohlen hatte – einfach lächerlich! Außerdem, um jemanden aus der Reserve zu locken, mußte man sich langsam an die Leute herantasten, mit ihnen über alltägliche Dinge plaudern, bis man oder vielmehr der Gesprächspartner den rechten Einstieg fand. Die Leute, die zu ihm kamen, hatten schließlich das Bedürfnis sich auszusprechen. Aber wie in Gottes Namen sollte er mit diesem Menschen eine zwanglose Unterhaltung beginnen? Was konnte der schon für alltägliche Sorgen haben?

In seiner Not verschanzte sich der Maresciallo hinter dienstlichen Themen, erklärte, daß man von den Angestellten Fingerabdrücke nehmen müsse – nur, um sie als Verdächtige ausschließen zu können –, daß die Spurensicherung das Haus auch von außen untersuchen würde und welche Vorkehrungen zu treffen seien für den Fall, daß es sich hier nur um einen Probelauf für einen größeren Coup handele, den die Täter planten, sobald die Aufregung sich gelegt hatte.

Als ihm nichts mehr einfiel und der Capitano immer noch auf sich warten ließ, kehrte er in Gedanken wieder zu der Frage zurück, wie wohl die alltäglichen Probleme eines reichen Mannes aussehen mochten. Suchend blickte er sich um und hoffte auf eine Eingebung, mied jedoch das Bild auf der Staffelei, weil er darüber bestimmt das Falsche sagen würde. Es kam ihm ziemlich dilettantisch vor, aber das lag vermutlich daran, daß er an die Gemälde in den Galerien des Palazzo Pitti gewöhnt war und nichts von moderner Malerei verstand. Er wandte sich dem Garten zu, ein Terrain, auf dem er sich wesentlich sicherer fühlte. Weiße und hellrosa Geranien entfalteten ihre Blütenpracht in Terrakottavasen und -urnen. Von den weißen Kletterrosen, die sich an Mauern und Baumstämmen emporrankten, waren einige wenige noch nicht verblüht. Niedrige Hecken mit geometrischem Formschnitt umgaben verschiedenste Sträucher und helle Rabatten mit winzigen, unscheinbar wirkenden Blumen.

»Ihr Garten ist sehr gepflegt.« Nun, auf die Hecken traf das immerhin zu. Ansonsten schien ziemlicher Wildwuchs zu herrschen, besonders, da aus jedem Spalt in den Mauern und Plattenwegen irgendwelche Pflanzen oder irgendwelches Unkraut sproß. Dabei hatte der Mann doch sicher ein Heer von Gärtnern. Hätte er nur den Mund gehalten.

»Ja, die Anlagen sind sehr schön, und was speziell diesen Garten angeht, so habe ich allen Grund, dankbar dafür zu sein, denn ich habe ihn viele Jahre vernachlässigt. Ansonsten verbringe ich mindestens eine Stunde am Tag mit den Gärtnern. Aber dieser Garten... die Leute haben ihn geliebt und umhegt und nichts darin geändert, höchstens ein, zwei Skulpturen fortgeschafft, die restaurierungsbedürftig waren. Ich weiß, daß sie es nicht für mich tun, aber ich bin trotzdem dankbar.«

Der Maresciallo verstand nichts von alledem, aber da er offensichtlich auf ein Thema gestoßen war, das sein Gegenüber interessierte, suchte er nach einem weiteren Anhaltspunkt, um das Gespräch über den Garten in Gang zu halten.

Im Schutz der dunklen Brillengläser schweiften seine Augen forschend umher und trafen verblüfft auf ein vertrautes Bild, das für seine Zwecke wie gerufen kam. Unter den Skulpturen befand sich dort unten links die Statue einer jungen Magd, aus deren Wasserkrug sich ein unerschöpfliches Rinnsal in ein Becken zu ihren Füßen ergoß.

»Ist das eine Kopie der Statue aus den Boboli-Gärten?«

Sir Christopher folgte seinem Blick und lächelte. »Nein, nein, aber Ihr Gedächtnis hat Sie nicht getrogen. Die Statue in den Boboli-Gärten ist eine Renaissance-Nachbildung dieses römischen Originals aus dem zweiten Jahrhundert nach Christus.«

»Grundgütiger...« Nun, er hatte sein Bestes gegeben. Der Capitano hatte kein Recht, ihn in ein solches Dilemma zu stürzen. Er würde sich nicht noch einmal zum Narren machen, und wenn sie eine geschlagene Stunde stumm beieinandersitzen und den Grillen lauschen mußten.

»Sie müssen die Boboli-Gärten gut kennen, Maresciallo, wenn Ihnen die Ähnlichkeit zwischen den beiden Statuen so rasch aufgefallen ist.«

»Recht gut, ja. Meine Wache liegt im linken Flügel des Palazzo Pitti. Zu dem Viertel am linken Arnoufer, das ich in Obhut habe, gehört auch dieser Hügel.«

»Dann stehe ich ja auch unter Ihrer Obhut. Freut mich, das zu hören. Und sind wir eine brave kleine Gemeinde in diesem Ihrem Viertel? Ich komme heutzutage nur noch so selten hinunter in die Stadt, daß ich gar nicht mehr auf dem laufenden bin. Haben Sie oft mit Schwerverbrechern zu tun? Von hier oben wirkt Florenz immer so friedlich.«

Das stimmte. Kein Verkehrslärm und keine Abgase drangen hier herauf. Die engen, von Mopeds verstopften Gassen, verwitterte Fensterläden, die Prostituierten im Park, der Hundekot auf den Straßen, Pizzareste in fettigem Papier, Coladosen und Spritzen im Rinnstein – all das schmorte unsichtbar unter einer abgasgeschwängerten Dunstglocke, über die nur das heitere Mosaik aus roten und ockerfarbenen Dächern, Kuppeln und Türmen hinausragte.

»Schwerverbrecher? Schon auch, aber die meiste Zeit kümmere ich mich um …« Er merkte, daß Sir Christopher ihm seine Befangenheit nehmen wollte, und auch wenn ihn diese Umkehrung der gewohnten Rollenverhältnisse überraschte, so war er doch dankbar dafür. »Mein größter Feind ist, offen gestanden, die Hitze, und wenn man obendrein noch etwas übergewichtig …« Hätte er das nicht sagen sollen? Schließlich war Sir Christopher …

»Und bestimmt haben Sie wie wir alle den Vorsatz,

50

demnächst eine Fastenkur zu machen.« Und lächelnd setzte er hinzu: »*Der Triumph der Hoffnung über die Erfahrung.*«

Ein gedämpftes Platschen unterbrach ihr Gespräch, und auf der Oberfläche des Teiches vor ihnen bildeten sich lauter kreisförmige Wellen.

»Die Frösche erwachen zu ihrer Abendmahlzeit. Ich liebe diesen Teich schon seit frühester Kindheit, als ich nur in Begleitung einer Kinderfrau in seine Nähe durfte. Einmal hatte ich eine, die erzählte mir, aus den Knospen der Seerosen würden Elfen und Feen geboren und wenn ich nur hübsch geduldig wäre und warten würde, bis einer der Blütenkelche sich entfalte, dann könne ich mit eigenen Augen sehen, wie so ein kleines Undinchen sich gähnend aufrichte und davonflöge. Ich hatte keine Ahnung, daß das nur einer ihrer vielen Tricks war, um mich vom übermütigen Spielen und Herumtollen abzuhalten. Ich hatte nämlich rheumatisches Fieber, wissen Sie. Das greift die Herzklappen an. Nun, ihr Märchen tat seine Wirkung; stundenlang saß ich mucksmäuschenstill hier am Teich, und Seerosen haben für mich immer noch etwas Wunderbares. Es ist zwar schade, daß der Springbrunnen nur so schwach vor sich hin tröpfelt, doch die Seerosen vertragen nun mal keinen lebhaften Wellengang.«

»Und die Mücken stören Sie nicht?«

»Ach, nein. Um die kümmern sich schon die Frösche, und die kleinen Fische dort, sehen Sie, die fressen die Larven. Das war hier übrigens der Garten meiner Mutter. Wie Sie wissen, gehört zu jeder großen Parkanlage mindestens ein Geheimgarten. Wir haben zwei davon, aber dieser war ihr der liebste. Die architektonischen Elemente und die Skulpturen sind noch original, aber die Blumen hat sie ausgewählt.«

Wobei sie in den Augen des Maresciallos keine glückliche Hand bewiesen hatte. Zwar wehten ihm herrliche Düfte entgegen, aber er bevorzugte farbenfrohe Gärten, und hier blühte alles, was der Julihitze trotzte, weiß oder so blaß und matt, daß es aufs gleiche hinauskam. Von irgendwoher roch es nach Lavendel, aber als er die Lavendelbüsche entdeckt hatte, waren auch die weiß. Sehr merkwürdig, diese Auswahl. »Sehr hübsch«, murmelte er höflich. »Weiß muß ihre Lieblingsfarbe gewesen sein…«

»Ah, ja, Sie wundern sich wohl über dieses monochrome Arrangement. Sie sind ein sehr aufmerksamer Beobachter, nicht wahr? Ich würde Ihnen diesen Garten gern so zeigen, wie man ihn sehen sollte. Meine Mutter nannte ihn ihren Nachtgarten. Seine Schönheit entfaltet sich erst bei Einbruch der Dämmerung. Auf der Terrasse dort oben hat meine Mutter früher, so in den fünfziger Jahren, Abendgesellschaften gegeben. Sehen Sie den überwachsenen Torbogen dort in der Mitte der rückwärtigen Mauer? Da wurden die Gäste hereingeführt, entweder durch eine Glyzinienlaube direkt von der Einfahrt her, oder über einen mit Kletterrosen überdachten Pfad von Mutters Salon heraus. Ich weiß, Sie sind über eine Abkürzung vom Küchengarten aus gekommen. Dort hinten gibt es weiter links noch einen Durchgang, den Sie von hier aus nicht sehen können und der direkt zum Küchentrakt führt. Die Tafel war hufeisenförmig angeordnet, und alle saßen hinter dem Tisch, wegen der Aussicht, verstehen Sie? Und wenn dann der Mond aufging, dann bewunderte man in seinem silbrigen Licht, eingerahmt von den Zypressen zu beiden Seiten der Balustrade, Florenz bei Nacht. Nun werden Sie auch die Blumenwahl verstehen.«

»Sie leuchten im Dunkeln?«

»Ja, aber es sind auch Nachtgewächse darunter, die erst mit Einbruch der Dämmerung ihren Duft entfalten.«

»Ihre Mutter muß sehr phantasievoll gewesen sein.«

»Sie war ein wunderbarer Mensch. Sie hieß Rose und war ohne Frage die schönste Frau, die ich je gesehen habe. Sie glauben, ich sage das, weil sie meine Mutter war, aber wenn Sie ins Haus zurückkommen, dann schauen Sie sich ihr Porträt im großen Saal an. Natürlich hängt auch ein Bild meines Vaters dort... Ich glaube – und in letzter Zeit habe ich fast täglich darüber nachgedacht –, das Schicksal hat es so bestimmt, daß wir alle einen Elternteil enttäuschen...« Er verstummte, und sein blasses Gesicht, das sich zusehends belebt hatte, während er den Garten beschrieb, wurde wieder zur teilnahmslosen Maske.

Der Maresciallo erinnerte sich der Freudentränen in den Augen beider Eltern, als sie ihn zum ersten Mal in Uniform gesehen hatten, und zog es vor zu schweigen. Er lauschte den Grillen, dem Quaken der Frösche, dem Plätschern des Wassers. Sein Blick war unverwandt auf die Seerosen geheftet, als erwarte er, daß eine ihren Blütenkelch entfalte, und er versuchte sich vorzustellen, wie es wäre, an einem solchen Ort aufzuwachsen. Das einzige, was ihrer beider Kindheit gemeinsam hatte, waren die sengende Sonne und der Duft von Orangen und Zitronen.

»Leben Ihre Eltern noch, Maresciallo?«

»Nein, nein… Meine Mutter starb vor sechs Jahren, und mein Vater ist schon lange tot.«

Sir Christopher schüttelte seufzend den Kopf. »Wir begreifen es immer zu spät, nicht wahr? Wie wir miteinander reden sollten, um Vergebung bitten, uns um Verständnis füreinander bemühen, alles ins reine bringen, bevor es zu spät ist. Dabei wäre es ganz einfach, aber uns fehlt die Einsicht in die Notwendigkeit. Mein Vater war selber mit seinen Eltern zerstritten und duldete nicht, daß man sie in seiner Gegenwart erwähnte. Ich weiß noch, wie ich ihn bei unserer ersten gemeinsamen Reise nach England über seine Heimat, seine Kindheit ausfragen wollte. Aber er antwortete nur: ›Mein Leben begann, als ich deine Mutter kennenlernte.‹ Ob auch er seine Eltern enttäuscht hat, so wie ich… Ich hätte nie so sein können, wie mein Vater sich das gewünscht hat – das englische Internat, der Leistungssport, die Fuchsjagd…«

»Nein, gewiß nicht, bei Ihrer angegriffenen Gesundheit…«

»Wenn Sie wüßten, wie ich Gott gedankt habe für meine angegriffene Gesundheit, die mich davor bewahrte, dieses geliebte Zuhause gegen so ein gräßliches Knabeninternat einzutauschen zu müssen, und die dem armen grauen Pony meine lustlosen Reitübungen ersparte. Eine Zeitlang schickte man mich mit kleinen Leckerbissen hinunter auf die Koppel hinter dem Olivenhain, wo ich das Pony füttern sollte. Ich paßte immer gut auf, damit niemand sah, wie ich das Zeug über den Zaun warf, um dem Tier nur ja nicht zu nahe zu kommen. Dann setzte ich mich unter einen Olivenbaum, zog mein Buch aus der Tasche und las

54

ein Stündchen, während das Pony zuerst die Möhren oder den Apfel verschlang und dann wieder friedlich vor sich hin graste. Was wohl am Ende aus dem Tier geworden sein mag? Wahrscheinlich wurde es verkauft. Und warum wollte mein Vater mir mit aller Gewalt eine englische Lebensart anerziehen? Meine gute Mutter tat, was in ihrer Macht stand, um mich zu beschützen, ohne daß sie ihm je widersprochen hätte. Zumindest, bis sie aufgab und sich so tief in sich selbst zurückzog, daß niemand, nicht einmal ich, sie mehr erreichen konnte.«

Sir Christophers Kopf ruhte an der hohen Rückenlehne seines Korbsessels. Seine Augen waren geschlossen. »Maresciallo, ich muß mich bei Ihnen bedanken.«

Was um alles in der Welt meinte er?

»Ja, ich danke Ihnen wirklich sehr, denn aus irgendeinem Grund kann ich zu Ihnen endlich wieder über diesen Garten sprechen und über die Erinnerungen, die er in mir weckt. Dabei habe ich ihn jahrelang gemieden. Meine Mutter wandte sich von ihm ab und dann … Nein, dahinter steckt leider keine romantische Geschichte. Mein Mutter starb in einer Klinik. An Krebs. Dies nur für den Fall, daß Ihnen irgendein dramatisches Szenario vorgeschwebt haben sollte.«

»Nein«, antwortete der Maresciallo wahrheitsgemäß. Er gab sich niemals irgendwelchen abenteuerlichen Vorstellungen hin.

»Man hat Ihnen vermutlich gesagt, ich sei sehr krank, aber zu stolz, es zuzugeben.«

»So ungefähr.«

»Sie sind ein aufmerksamer Beobachter. Und mir

scheint, Sie haben auch sehr viel Menschenkenntnis. Jedenfalls ist das mein Eindruck. Was soll ich Ihnen sagen? Ich weiß, daß ich nicht mehr lange zu leben habe, und im Gegensatz zu einem Ertrinkenden sehe ich mein Leben sehr langsam vor mir Revue passieren. Mein Anwalt besucht mich jeden Tag, und jedesmal sehe ich mich außerstande, ihm die endgültige Fassung meines Testaments zu diktieren. So ein letzter Wille verfügt ja nicht nur über den Besitz eines Menschen, sondern über sein ganzes Leben. Ich nehme an, Sie sind verheiratet, haben Kinder?«

»Ja. Ja, ganz recht.«

»Dann ist Ihnen Ihr Skript in weiten Teilen vorgegeben. Aber ich, der ich keine Erben habe, muß mir das meine erst erfinden. Freilich habe ich Gott sei Dank ein paar Fixpunkte in meinem Leben, will sagen, einige wahre Freunde, die mir ein Leben lang die Treue gehalten haben. Mein Anwalt ist einer davon. Und dann der gute Renato, dessen Kunstverstand mir immer ein Vorbild war und der mich wohl noch mehr geprägt hat als mein Vater. Und natürlich gehört auch Jeremy Porteous dazu, den Sie ja kennengelernt haben. Er ist seit seinem neunzehnten Lebensjahr bei mir und weicht nie von meiner Seite.«

»Da haben Sie aber Glück«, log der Maresciallo, dem ein solches Arrangement ganz und gar nicht gefallen hätte. Und die Vorstellung, einen Neunzehnjährigen als Sekretär einzustellen... Nun ja, das Privatleben des Mannes war schließlich seine Sache.

»Ja, ja, ich habe wirklich Glück gehabt. Wenn man nur auch meine Malerei gebührend gewürdigt hätte, dann dürfte ich mich kaum beklagen, aber das geht natürlich vielen Künstlern so. Die Galeristen heutzutage sind nichts als billige Profitgeier ohne jeden kulturellen Hintergrund oder Sinn für Ästhetik. Immerhin haben einige der bedeutendsten Persönlichkeiten der gebildeten Welt, denen dieses Haus ein beliebter Treffpunkt war, meinen Arbeiten Bewunderung gezollt.

Allein, ich darf Sie nicht mit meinen Sorgen belasten. Ich wollte Ihnen, wie gesagt, nur danken. Welch eine Fügung, daß ich ausgerechnet heute den Mut aufbrachte, wieder einmal den Garten meiner Mutter zu besuchen. Ein Versuch, all die verdrängten Probleme meiner Vergangenheit aufzuarbeiten. Als ob ich geahnt hätte, daß dieser kleine Diebstahl mir jemanden zuführen würde, mit dem ich über Mutters Garten sprechen könnte und über seine Schönheit, statt nur den traurigen Erinnerungen nachzuhängen. Ich muß mein Leben gründlich überdenken, alle Winkel erforschen, die dunklen wie die hellen. Alles miteinander versöhnen und in Einklang bringen.«

»Ich verstehe. So was ist oft leichter mit einem Fremden.«

»Wenn es der richtige ist.«

Der Maresciallo murmelte höflichkeitshalber etwas Unverständliches, und da Sir Christopher die Augen immer noch geschlossen hielt, wollte er ihm Zeit geben, sich zu fassen, und begann, die Liste der gestohlenen Gegenstände durchzusehen. Silberne Haarbürsten und Kämme, eine silberne Schmuckschatulle, Manschettenknöpfe und Krawattennadeln.

Der Maresciallo blickte sinnierend auf. Was mochte es für ein Gefühl sein, all diesen Luxus zu besitzen? Auf der

Liste war neben jedem Gegenstand der ungefähre Schätzwert aufgeführt. Sein ganzer Überziehungskredit reichte nicht an den Preis von zwei silbernen Haarbürsten mit dem Monogram JW heran. Der Maresciallo hielt nichts von romantischen Sprüchen wie ›Geld macht nicht glücklich.‹ Annehmlichkeiten und Sicherheit konnte man sich sehr wohl davon kaufen, und wenn er genug Geld gehabt hätte, damals, als seine Mutter nach dem Schlaganfall so lange bettlägerig gewesen war, dann hätte er sich leisten können, Frau und Kinder zu sich zu holen. Das Versäumnis dieser Jahre war nicht wiedergutzumachen. Teresa, die unten in Syrakus bei der Pflege seiner Mutter half, hatte ohne seinen Beistand auskommen und obendrein auch noch die Jungen allein erziehen müssen. Nein, man brauchte Geld, um es in diesem Leben zu etwas zu bringen.

Aber nicht zuviel, sonst schaffte es wiederum ganz neue Probleme wie die Angst vor Entführung oder einem Börsenkrach, erbitterte Familienstreitigkeiten, Mißtrauen gegen alle und jeden. Gegen Krankheit und Tod war man so oder so nicht gefeit …

War der Mann nun etwa eingeschlafen? Er bereitete sich auf den Tod vor, und sein bester Freund war sein Anwalt … Er war tatsächlich eingeschlafen!

Der Maresciallo erhob sich erleichtert, als er von fern den forschen Schritt des Capitanos erkannte. Es war nicht mehr ganz so heiß wie zuvor, aber seine Unbeholfenheit im Gespräch mit Sir Christopher hatte ihn nervös gemacht, und er nahm die dunkle Brille ab und fuhr sich mit dem Taschentuch über die Stirn. Im Nu stachen ihm die

Strahlen der tiefstehenden Sonne in die Augen, und er beeilte sich, die Brille wieder aufzusetzen.

Sir Christopher war wieder wach und machte Anstalten, sich zu erheben.

»Verzeihen Sie, aber ich habe Sie doch nicht aufgeregt, oder?« Er schien eher verwirrt als besorgt.

»Nein, nein... das ist nur eine Allergie. Mir tränen die Augen vom Sonnenlicht. Aber ich glaube, da kommt Capitano Maestrangelo. Sie müssen mich nun entschuldigen. Nein, bitte. Das ist wirklich nicht nötig...«

Sir Christopher begleitete ihn die paar Schritte bis zum Seerosenteich. Als der Maresciallo ihm die Hand reichen wollte, wäre er in seiner Tapsigkeit fast über eine schräg geneigte Marmortafel gestolpert, deren Unterkante von einem weißen Blütenpolster verdeckt wurde.

»Tut mir leid... Entschuldigen Sie.« Das, worauf er da neben dem Teichrand getreten war, sah aus wie ein kleiner marmorner Grabstein. Dieser Garten war gespickt mit peinlichen Fußangeln.

»Durchaus nicht Ihre Schuld. So wie diese entzückenden Blumen den Weg verdecken, weiß man ja wirklich kaum, wo man hintreten soll. *Medio de fonte leporum...* Wie wahr.«

»Mitten aus dem Quell der Freude ... aha ...« Beim Beginn der Inschrift konnte der Maresciallo sich noch mit ein paar italienischen Ableitungen behelfen, aber dann war er im wahrsten Sinne des Wortes mit seinem Latein am Ende.

»Bravo. Ja, ich habe oft gehört, daß der Lateinunterricht an italienischen Schulen besser sei als in England. Sie waren offensichtlich kein so schlechter Schüler wie ich. Das

heißt, zur Schule bin ich eigentlich nie gegangen... meine
Krankheit, Sie wissen... Aber mein Tutor war Engländer
und leider sehr phantasielos. Bei fast jeder Lateinprüfung,
die er mir gestellt hat, bin ich durchgefallen. *Hamilcar
Hannibalis pater, dux Carthaginiensis...* Warum glauben
die Lehrer bloß, alle kleinen Jungen würden sich für
Kriege interessieren? ... Aber verzeihen Sie, ich vergaß
ganz, daß Sie ja selber zum Militär gehören.«

Der Maresciallo starrte immer noch auf die Marmortafel.

»Ist das ein Grabstein für eine Katze?« Er war zu klein
für einen Hund und zu groß für einen Kanarienvogel.

»Nein, mein Lieber, da liegt niemand begraben. Ah, Jeremy, hast du dem Capitano alles gezeigt?«

»Ja, und er hat auch schon mit Giorgio gesprochen.«

»Ich wollte Sie doch in diesem Punkt wenn möglich beruhigen, Signore.«

»Und?«

»Soweit ich es bis jetzt beurteilen kann, würde ich sagen, der junge Mann ist in der Tat unschuldig. Sie entloh-
nen ihn mehr als angemessen, und es fehlt ihm an nichts.
Er scheint sehr an Ihnen zu hängen und weiß wohl, daß er
alles verlieren und nichts gewinnen würde, wenn er wegen
ein paar Silbersachen bei Ihnen in Ungnade fiele, die er
obendrein sehr schnell und also zu einem schlechten Preis
veräußern müßte. Ich glaube ihm.«

Sir Christopher, der dem Capitano jedes Wort von den
Lippen abgelesen hatte, als ob sein Leben davon abhinge,
atmete tief durch und streckte seine Hand aus.

»Ich danke Ihnen, Capitano, ich danke Ihnen von Her-

60

zen. Und diesem tüchtigen Mann natürlich auch. Ich hoffe, wir sehen uns wieder?« Die Frage richtete sich an den Maresciallo, und der Blick, der sie begleitete, war fast flehentlich.

Maestrangelo versicherte ihm, er könne ganz beruhigt sein. »Der Maresciallo wird Ihnen die Kopie der Anzeige zur Unterschrift vorlegen. Er wird bei der Registrierung der Fingerabdrücke zugegen sein und mit dem übrigen Personal sprechen.«

»Und hoffentlich auch mit mir. Unsere Unterhaltung heute hat mir sehr viel Freude gemacht.«

Er meinte das anscheinend ganz aufrichtig. Trotzdem wandte er ihnen gleich darauf den Rücken, ging wieder in die Laube und ließ sich in seinen Korbsessel sinken, als ob er die beiden im Nu vergessen hätte.

Er hat nicht mehr lange zu leben, dachte der Maresciallo, der wußte, was es zu bedeuten hatte, wenn jemand so losgelöst und entrückt wirkte. Er ist bereit abzutreten, aber ihm fehlt immer noch sein Skript, wie er das nennt, und so findet er den Ausgang nicht.

Als sie die kurvenreiche Viale de'Colli hinunterfuhren, leuchteten die Bäume rosa und golden, wie von Theaterscheinwerfern angestrahlt. »Ein herrlicher Sonnenuntergang«, sagte der Capitano.

Der Maresciallo fragte: »Sie waren also mit der Geschichte des Jungen zufrieden? Oder wollten Sie Sir Christopher nur beruhigen?«

»So ganz zufrieden bin ich nicht, nein. Was übrigens diesen Giorgio angeht, so heißt er in Wirklichkeit Gjergj Lisi und ist illegal ins Land gekommen – aus Albanien oder aus dem Kosovo –, aber sie haben ihm eine Aufenthaltsgenehmigung verschafft. Früher hat er Medizin studiert. Er ist ein ruhiger, intelligenter Junge und ungemein dankbar, daß er hier sein darf. Außerdem fällt der Diebstahl in Ihr Ressort. Nein, wenn ich nicht zufrieden bin, dann weil ich hier heraufkam in der Erwartung, das Haus eines Mannes kennenzulernen, der wahr und wahrhaftig eine Zeichnung von Leonardo besitzt.«

»Ach, wirklich? Und haben Sie sie gesehen?«

»Eben nicht! Weder die Zeichnung noch sonst etwas aus seiner Sammlung, abgesehen von ein oder zwei unbedeutenden zeitgenössischen Porträts. Man hat mir das Schlafzimmer seines Vaters gezeigt, und den Jungen mußte ich im Küchentrakt vernehmen. Aber sei's drum, immerhin war ich in dem Haus mit der Leonardo-Zeichnung, und außerdem gehören die Villa und der Park zu den berühmtesten von ganz Florenz. Sie kommen in einem Buch vor, das ich letzte Weihnachten von meiner Bank geschenkt bekam. Da sind fünf oder sechs Farbtafeln von L'Uliveto drin, und weil das Anwesen nicht öffentlich zugänglich ist, wollte ich halt diese Gelegenheit nutzen. Ich war Ihnen hoffentlich nicht im Wege, aber es handelt sich ja nur um eine Bagatelle.«

»Hm.«

»Sie meinen, es steckt mehr dahinter?« Der Capitano sah ihn forschend an. Er behauptete immer, je einsilbiger Guarnaccia werde, desto mehr sei von ihm zu erwarten. Der Maresciallo verstand das nicht. Wenn er verstummte, dann weil er nichts zu sagen hatte. Wollte ihn jemand ausfragen, dann machte ihn das nur verlegen, und er wurde noch schweigsamer. Alles, was er jetzt herausbrachte, war ein abwehrendes: »Nein, nein...« Der Capitano war ein tüchtiger Mann, er war seriös und gebildet. Aber er durfte nicht zuviel von einem Unteroffizier erwarten. »Nein, nein...«

Und so wandte sich ihr Gespräch, als sie in die Stadt hinunterkamen, anderen Themen zu: Doris Aussage, Ilir Pictris Vetter Lek und seiner ›Baufirma‹, einem lukrativen Geschäft, das er von einer Wohnung in der Via dei Serragli aus betrieb und gegen das der Capitano ermittelte, dem Zustand des mißhandelten schwangeren Mädchens mit den Knochenbrüchen.

»Der Fall kommt im September vor Gericht.«

»Dann haben Sie die Kerle also überführt? Aber das Mädchen ist doch noch längst nicht verhandlungsfähig? Ich hörte, sie sei noch im Krankenhaus. Lorenzini erwähnte so was.«

»Stimmt, aber es war noch ein anderes Mädchen dabei. Das haben sie auch bedroht, aber vermutlich wollten sie der Kleinen nur Angst einjagen. Was ihnen auch bestens gelungen ist. Sie hat über Notruf um Hilfe gebeten. Offenbar sind die Mädchen zusammen hergekommen – beide erst siebzehn.«

Es war sehr leicht, sich Volkes Stimme anzuschließen und jedem Schuldgefühl angesichts dieser unglücklichen albanischen Mädchen mit dem Argument vorzubeugen, die wüßten doch genau, wozu sie hierherverfrachtet würden und welche Gefahren ihnen drohten. Schließlich guckten die Albaner doch alle italienisches Fernsehen und sähen also auch die Nachrichten.

Die Crux an dieser wohlfeilen Ausrede war bloß, daß Menschen in Not sich alles zutrauen, wenn sie eine Chance sehen, ihrer ausweglosen Armut zu entkommen. Und das galt ganz besonders für unerfahrene junge Mädchen, die sich einbildeten, sie könnten auf der Straße ein bißchen Geld verdienen und dann aussteigen und ein besseres Leben anfangen. Womit sie doppelt falsch lagen. Die Zuhälter machten das große Geld, und die Mädchen schafften den Absprung nicht. Konnten ihn nicht schaffen, denn sie saßen rettungslos in der Falle. Außerdem kann eine Siebzehnjährige weder die eigenen Kräfte realistisch einschätzen, noch hat sie eine Vorstellung von den Perversitäten, die man ihr möglicherweise abverlangen wird.

Ein anderes Mädchen, das mit schweren Prellungen und Knochenbrüchen im Krankenhaus lag, hatte sich über ihrem ersten Kunden erbrochen und ihn und sein brandneues Auto besudelt. Zur Strafe zwang man sie, das, was der Kunde verlangt hatte, für ihren Zuhälter und zwei seiner Kumpane zu tun, und als sie auch die vollkotzte, wurde sie zusammengeschlagen.

»Hoffen wir, daß das Unglück des schwangeren Mädchens wenigstens ihre Freundin zur Vernunft bringt.«

»Sie denken sehr vernünftig«, sagte der Capitano. »Ich bin schon froh, wenn sie vor Gericht ihre Aussage macht.«

»Ist sie an einem sicheren Ort?«

»O ja. In einem Kloster.«

Sie fuhren durch die Via Maggio, und der Maresciallo erinnerte sich. »Würden Sie mich bitte hier rauslassen? Ich möchte die Abkürzung durch die Sdrucciolo de' Pitti nehmen. Ich muß dort noch einen Besuch machen.«

Mitunter gibt es Dinge, die wir uns selbst nicht erklären können, obgleich die Zeichen vorhanden wären, wenn wir sie nur zu deuten wüßten. Der Maresciallo stand in der dumpf brütenden Hitze, hörte in seinem Rücken den lärmenden Feierabendverkehr von der Via Maggio und sah am anderen Ende der Gasse eine Ecke vom Palazzo Pitti, dessen helles Gemäuer übergossen war vom Widerschein der untergehenden Sonne.

Auf einmal krampfte sich sein Magen zusammen, und ein Gedanke schoß ihm durch den Kopf. ›Ich muß die Feuerwehr rufen.‹ Ein flüchtiger Gedanke, auf den er nicht reagierte, geschweige denn, daß er danach gehandelt hätte. Er mußte sich zwingen, seinen Weg fortzusetzen.

Einerseits drängte es ihn loszurennen, andererseits hätte er sich am liebsten gar nicht von der Stelle gerührt, und so marschierte er denn stoischen Schrittes vorwärts, das ausdruckslose Gesicht hinter der dunklen Brille versteckt. Er fühlte sich wie von einer Wattewolke umhüllt, die jedes Geräusch und jede Bewegung verschluckte. Gleichzeitig aber nahm er wahr, wie lebhaft und geräuschvoll es um ihn her zuging. Ein ausgelassenes Kind, das ihm auf einem Dreirad entgegenkam, eine Mutter, die mit erhobener Hand hinterdreinlief. Ein Junge auf einem Moped, das nicht anspringen wollte, umwabert von einer Wolke blauer Auspuffgase.

Wieder durchzuckte ihn ein Gedanke: ›Es hat keinen Sinn, mir Vorwürfe zu machen.‹ Er kannte sich mit der Numerierung nicht aus, aber die Schaulustigen, die sich vor einem Antiquitätengeschäft auf der linken Straßenseite versammelt hatten, zogen ihn magisch an. Erst als eine der

Frauen aus der Gruppe sich umdrehte und den Mann neben sich anstupste und auf ihn zeigte, löste sich die Wattewolke auf. Das Moped brauste knatternd davon, die Mutter stieß einen Schrei aus, und der Maresciallo stellte sich dem Dreirad in den Weg, das direkt auf ihn zurollte.

»Oh, danke, Maresciallo! Vielen Dank – du kleiner Schlingel! Warte nur, bis wir nach Hause kommen!«

Als er vor der Nummer 5 ankam, sagte die Frau, die auf ihn gezeigt hatte: »Wir haben 112 angerufen. Wir dachten, es käme ein Streifenwagen.«

»Das haben Sie ganz richtig gemacht. Die Streife wird gleich hier sein.«

»Erkennen Sie mich denn nicht, Maresciallo? Linda Rossi.«

»Doch. Doch, ich erinnere mich.« Er erinnerte sich nicht, verstand aber den Zusammenhang. »Sie wohnen also über der Signora Hirsch, nicht wahr?«

»Im obersten Stock, ja. Ich hoffe, ich habe das Richtige getan, aber ich war so in Angst. Wissen Sie, die Signora…«

»Kommen Sie, wir gehen hinein.«

Das Treppenhaus war eng, aber in gutem Zustand. Allerdings ziemlich dunkel. Der Maresciallo hatte seine Sonnenbrille abgenommen, damit er wenigstens den gelblichen Schein einer Glühbirne in der kleinen Deckenlampe sehen konnte, wenn sonst schon nicht viel zu erkennen war. Die Wohnungstür im zweiten Stock war kanneliert und hatte glänzende Messingbeschläge. Der Verwesungsgeruch war unverkennbar, und die Frau neben ihm würgte.

»Entschuldigen Sie, ich kann nicht…«

»Gehen Sie nach oben in Ihre Wohnung.«

Sie preßte sich die Hand vor den Mund und huschte die Treppe hinauf.

Der Maresciallo nahm die Tür unter die Lupe. Soweit er feststellen konnte, hatte sie nicht einen Kratzer, aber man würde durch ein Fenster einsteigen müssen, um sie von innen zu öffnen. Alles übrige war Sache der Spurensicherung. Eine übelriechende Flüssigkeit sickerte unter der Tür durch. Er alarmierte die Feuerwehr.

4

Sie lag auf dem Rücken, mit dem Kopf zur Tür, ein Bein auf dem gefliesten Boden ausgestreckt, das andere unter dem Körper angewinkelt. Der linke Arm ragte zur Seite, die rechte Hand lag verkrampft auf ihrer Brust. Das Kinn war hochgereckt, als hätte sie sehen wollen, wer hinter ihr zur Tür hereinkam, aber das Gesicht war wie eine dunkel schillernde Maske, die in stiller Konzentration zu vibrieren schien. Besonders deutlich regte es sich in dem klebrigen Schleim unter den Augenlidern, wo sich bereits neues Leben aus dem erloschenen nährte. Fliegen schwirrten böse summend auf, als der Maresciallo die Tür so weit es ging aufstieß und sich in den Flur zwängte. Bevor sie sich wieder niederließen, sah er, daß die bläulichen Lippen zu einer grotesken Grimasse verzerrt waren und die Wunde am Hals von Maden wimmelte.

Der Maresciallo stieg über den ausgestreckten Arm hinweg und machte einen Bogen um das geronnene Blut, das sich an der Fußleiste sammelte, sowie um das dünne, zähfließende Rinnsal, das auf den Treppenabsatz hinaussickerte. Die Blutlache war ungewöhnlich groß. Auf dem Boden neben der offenen Küchentür lag ein Tranchiermesser.

In den wenigen ruhigen Minuten, die ihm zwischen

dem Eintreffen der Feuerwehr, die die Wohnung geöffnet hatte, und der Ankunft der Streifenwagen, des Staatsanwalts, der Fotografen und Kriminaltechniker blieben, überblendete der Maresciallo das grausige Schauspiel mit Szenen, die aus seiner Erinnerung aufstiegen.

Ein Messer. Kein Brotmesser, aber ein Küchenmesser war es.

Er sah Signora Hirsch vor sich, wie sie ihm in seinem Büro gegenübergesessen und vor Angst gezittert hatte, als er sie nach einem fremden Geruch fragte. Ob er ihr wieder entgegengeschlagen war, als sie ihre Tür zum letzten Mal öffnete? Jetzt roch man nur noch ihren toten Körper.

Er hielt sich ein sauberes, zusammengefaltetes Taschentuch vor den Mund und dachte an ihren flehenden Blick, als sie ihm gesagt hatte, daß sie wegen Depressionen behandelt worden, aber nicht verrückt sei. Er hatte seinerzeit Erfahrungen mit Geisteskranken gemacht. In dem Jahr, als die Irrenanstalten von Staats wegen geschlossen wurden und Menschen, die über Jahrzehnte in einer geschlossenen Abteilung gelebt hatten, sich plötzlich auf Gedeih und Verderb ihren Familien oder der Allgemeinheit ausgeliefert sahen. Er wußte wohl, daß es Leute gab, die fähig waren, sich selber die Kehle durchzuschneiden und ein Szenario wie dieses durchzuführen, nur um ihre eigenen Phantasien glaubhaft zu machen. Sie brauchten Hilfe, und mit Mitleid war ihnen nicht geholfen. Der Maresciallo machte sich keine Illusionen. Er wünschte inständig, daß er sie diese Woche noch besucht hätte, aber nur, weil ihr das vielleicht ein wenig menschlichen Halt hätte geben können, nicht, weil es irgendeinen Einfluß auf den Prozeß genommen hätte, der sich in ihrem Leben offenbar unaufhaltsam vollenden mußte.

»'n Abend, Maresciallo. Könnten Sie…« Er trat beiseite, als der Fotograf von der Spurensicherung sich anschickte, den Flur in der Totale aufzunehmen. Die Küche war nicht sehr groß. Ein bißchen altmodisch, sehr sauber. Die Messer steckten, bis auf das eine, in einem Holzblock neben dem Ablaufbrett. Auch die Wohnzimmereinrichtung wirkte recht altmodisch. Sie war natürlich nicht mehr jung gewesen, aber trotzdem… Die Erklärung ließ nicht lange auf sich warten. Die Wohnung hatte zwei Schlafzimmer, und sie schlief offenbar in dem kleineren, wo Bücher und Papiertaschentücher auf dem Nachttisch lagen. Das große Schlafzimmer war unbenutzt. Eine Tagesdecke aus goldfarbenem Atlas lag auf dem ansonsten abgezogenen Bett. Es war also das Heim ihrer Eltern gewesen. Sie hatte ihre Mutter erwähnt, von ihrem Tod gesprochen. Depressionen… »Ich bin nicht paranoid.« Vielleicht lohnte es sich herauszufinden, woran die Mutter gestorben war.

»Fertig? Na, dann dreht sie mal um, ja…« Lautes Poltern. »Das Messer eintüten…« – »Nein, jetzt noch keine Journalisten! Ich hab doch gesagt…«

Die kostbaren Momente der Besinnung waren vorüber. Das Echo von Signora Hirschs Stimme verhallte. Das Fluidum des Mörders, das auch, nachdem er die Tür hinter sich geschlossen hatte, noch spürbar gewesen war, verflüchtigte sich. Die Wohnung wurde zum Tatort und die Frau zum Leichnam. Klick – relative Position der Leiche im Abstand zur Tür. Klick – die Leiche in Großaufnahme.

Klick – Halswunde und ausgetretene Blutlache. Klick –
die Wunde in Nahaufnahme. Klick – Verwesungsspuren,
Körperöffnungen, Schleimhäute. »Rektaltemperatur…«
Die Stimme des Arztes. »Mindestens achtundvierzig Stunden, wahrscheinlich länger, aber bei dieser Hitze…«

Der Staatsanwalt erschien auf dem Treppenabsatz. Ein
Mann um die fünfzig. Nicht groß, aber eine elegante Erscheinung. Der Maresciallo ließ den Blick über das ge-
streifte kurzärmelige Hemd gleiten, die helle Leinen-
hose und die blankpolierten Schuhe und erklärte sich den
distinguierten Eindruck mit dem Bankkonto, der lässig
über die Schulter geworfenen Jacke, der edlen und sehr abgewetzten ledernen Aktentasche und dem dünnen Zigarillo, das unangezündet in seinem Mundwinkel hing. Und
obwohl er den Mann noch nie gesehen hatte, war er instinktiv auf der Hut und beobachtete ihn verstohlen,
während er mit dem Arzt sprach. Dann trafen sich ihre
Blicke.

»Ah, Maresciallo… Guarnaccia, nicht wahr? Wie kommen Sie denn so schnell hierher?« Merkwürdigerweise war
das einzig Vertrauenerweckende an ihm das Zigarillo. Erinnerte ihn an Staatsanwalt Fussari, einen eigenwilligen,
anarchischen Charakter, mit dem er gleichwohl sehr vertraut gewesen war.

Der Maresciallo, der bei wichtigen Ermittlungen stets
im Weg zu sein glaubte, erklärte kurz, was ihn herge-
führt hatte, und wandte sich zum Gehen, zurück in sein
kleines Büro, zu gestohlenen Mopeds und entlaufenen
Katzen.

»Ausgezeichnet. Sehe keinen Grund, warum Sie den

Fall nicht übernehmen sollten – ist schließlich Ihr Revier, da kennen Sie doch bestimmt die Nachbarn, wertvolle Zeugen und so weiter. Also an die Arbeit, Maresciallo.«

Seufzend stieg der Maresciallo die Treppe zum obersten Stock hinauf. Er hatte nichts dagegen, den Fall zu übernehmen; was ihn bedrückte, war das Gefühl, hinter diesem Vertrauen in seine Fähigkeiten stecke mehr, als ein Dreisekundengespräch rechtfertigen könne. Der Notruf war nach Borgognissanti gegangen, und er ahnte, daß Capitano Maestrangelo seine Hand im Spiel hatte. Die Bemerkung über seinen vertrauten Umgang mit den Nachbarn hatte ihn verraten. Nun, er lag nicht falsch damit. Also auf zu den Nachbarn.

»Ich sollte mich wohl nicht darüber wundern. Wo Sie mit so vielen Leuten zusammenkommen. Aber wir werden nie vergessen, was Sie für uns getan haben.«

»Wie lange wohnen Sie schon hier?«

»Etwas über zwei Jahre. Mein Mann verdient sehr gut. Sie erinnern sich, er ist Architekt – nein, natürlich, wie sollten Sie…«

»Doch, jetzt erinnere ich mich. Er hat damals noch studiert.« Und wirklich erinnerte er sich an das winzige Appartement, in dem der Zeichentisch den meisten Platz eingenommen hatte. »Gehört Ihnen diese Wohnung?«

»Ja… zumindest wird sie uns gehören, wenn wir sie einmal abbezahlt haben.«

»Das freut mich für Sie.« Jetzt fiel ihm auch wieder ein, daß es damals Ärger wegen einer Räumungsklage gegeben hatte, was ihn wiederum an Signora Hirschs anonyme

Postkarte erinnerte. »Wissen Sie zufällig, ob auch Signora Hirsch Eigentümerin war?«

»Nein, das weiß ich leider nicht. Sie war sehr nett und freundlich, aber ein bißchen…«

»Reserviert?«

»Das trifft es genau, ja. Reserviert. Nicht der Typ, der im Treppenhaus gern mal ein Schwätzchen hält. Lisa – meine kleine Tochter – sagt, mit ihr habe sie sich viel unterhalten, aber womöglich war sie einem Kind gegenüber ja nicht so befangen.«

»Ah, ja, ich erinnere mich. Die Signora erwähnte, daß Sie arbeiten gehen und daß sie sich manchmal um Ihre kleine Tochter kümmere.«

»Lisa ist zwölf, aber wir lassen sie trotzdem nicht gern allein in der Wohnung. Signora Hirsch tat immer so, als ob Lisa ihr Gesellschaft leiste. Sie wollte kein Geld annehmen dafür, daß sie auf sie aufpaßte. Einmal sagte sie, seit dem Tod ihrer Mutter habe sie doch sonst niemanden mehr, um den sie sich kümmern könne. Maresciallo, sagen Sie mir die Wahrheit. Sie ist tot, oder?«

»Ja, sie ist tot.«

»Ich wußte es. Ich hab's Signor Rinaldi gleich gesagt, aber er wollte mir nicht glauben – Männer wie er hören grundsätzlich nicht auf das, was eine Frau sagt –, er dachte, ich würde übertreiben, dabei hat es auf seinem Flur weiß Gott schlimm genug gerochen. Er hat den Laden unten im Parterre und wohnt im ersten Stock. Als ob eine so feine Dame wie Signora Hirsch ihren Müllsack hinter der Wohnungstür stehen lassen würde, wenn sie verreist – das war seine Erklärung –, aber er hat sie ja immer geschnitten. Ich glaube, sie sind sich mal ein bißchen in die Haare geraten. Vergessener Müllsack, also wirklich! Oh, ich weiß, es gibt Leute, die bringen so was fertig, aber doch nicht sie – nie im Leben. Außerdem hatte sie gar nicht vor zu verreisen. Sonst hätte sie mir Bescheid gesagt. Freitagnachmittags haben wir nämlich eine feste Vereinbarung, wegen Lisa. Ich bin freischaffende Lektorin und kann die meiste Zeit zu Hause arbeiten, aber manchmal muß ich halt doch in den Verlag, wie heute nachmittag, also habe ich bei ihr geläutet und sah – oh …« Sie hielt sich die Hand vor Mund und Nase, als müsse sie sich immer noch gegen den Gestank wappnen. »Sie war irgendwie in Schwierigkeiten. Ich riet ihr, sich an Sie zu wenden, aber ich weiß nicht, ob sie es getan hat.«

»Doch, sie war bei mir, aber ich habe nicht so recht verstanden, worum es ging. Wann haben Sie sie zuletzt gesehen?«

»Letzten Sonntag.«

»Sind Sie sich da ganz sicher?«

»Absolut. Wir waren über Mittag aufs Land rausgefahren, um Freunde zu besuchen, die dort draußen ein Haus renovieren. Es ist noch längst nicht fertig, aber sie arbeiten jeden Sonntag daran. Mein Mann hilft ihnen ein bißchen, und so treffen wir uns manchmal sonntags zum Picknick. Letzten Sonntag kamen wir erst gegen sieben heim, und da haben wir Signora Hirsch auf der Treppe überholt.«

»Hat sie Ihnen erzählt, wo sie gewesen ist?«

»Ja, bei ihrem Bruder. Den besuchte sie hin und wieder nachmittags auf ein Stündchen. Ich glaube, in letzter Zeit war sie öfter dort.«

»Hat sie je seinen Namen erwähnt?«

»Nicht daß ich wüßte, nein.«

»Und kam er auch manchmal hierher?«

»Das weiß ich nicht. Ich habe ihn jedenfalls nie gesehen. Aber was ich Ihnen eigentlich noch sagen wollte – also kaum, daß wir oben waren, ging das Telefon. Signora Hirsch war am Apparat, völlig außer sich, und sagte, es sei jemand in ihrer Wohnung gewesen. Den Verdacht hatte sie nicht zum ersten Mal. Mein Mann ging hinunter, und als er nicht gleich wiederkam, folgte ich ihm. Sie war in einem furchtbaren Zustand. Ich fragte sie, ob sie irgendein Beruhigungsmittel hätte. Mir war immer schon aufgefallen, daß sie beim Treppensteigen oft pausieren mußte, und ich machte mir Sorgen ihretwegen … Jedenfalls nahm sie dann auch irgend etwas ein, aber zu Bett gehen wollte sie nicht. Sie sagte, sie bliebe lieber auf dem Sofa im Wohnzimmer, wo ihr der Fernseher Gesellschaft leiste. Ich riet ihr, Sie sobald wie möglich aufzusuchen, und die Signora versprach es. Das war das letzte Mal, daß ich sie gesehen habe.«

»Und irgendein Fremder ist Ihnen in letzter Zeit nicht im Treppenhaus aufgefallen?«

»Nein, nie. Die Wohnung unter uns steht im Moment leer, und überhaupt ist das ein sehr ruhiges Haus, abgesehen von Signor Rinaldis Möbeltransporten zwischen dem Laden und seiner Wohnung, wo er manchmal Sachen lagert, weil er unten so wenig Platz hat. Aber ich habe bestimmt nie irgendwelche Fremden im Treppenhaus oder auf dem Flur im zweiten Stock herumlungern sehen.«

Der Maresciallo sah auf die Uhr. »Diesen Rinaldi finde ich um die Zeit vermutlich in seinem Laden?«

75

»Nein, heute nicht. Als ich bei ihm war und wir berieten, ob man die Carabinieri rufen solle, wollte er gerade zusperren. Er betreibt sein Geschäft nämlich ganz allein, wissen Sie, und wenn er neue Waren einkauft oder eine Antiquitätenmesse besucht, dann muß er den Laden schließen, bis auf die seltenen Male, wo er jemanden findet, der ihn vertritt. Heute ist niemand da.«

»Dann muß ich eben wiederkommen. Aber sagen Sie, wie war das, als Signora Hirschs Mutter noch lebte? Bekamen sie da manchmal Besuch?«

»Oh, das war lange vor unserer Zeit. Wir sind erst seit zwei Jahren hier, und vorher wurde diese Wohnung, genau wie die darunter, immer nur kurzfristig vermietet – meist an Ausländer, Akademiker, die ein Studienjahr in Florenz verbringen, oder so. Ich weiß das von Signora Hirsch, die damals sagte, sie sei froh, daß wir die Wohnung genommen hätten, weil sie nun dauerhafte Nachbarn und ein bißchen Anschluß bekäme. Was – ich sollte das wohl nicht fragen, aber – ich meine, hatte ich recht mit der Vermutung, daß sie nicht ganz gesund war? Hatte sie was mit dem Herzen?«

»Viel kann ich Ihnen dazu nicht sagen. Die Leiche muß erst obduziert werden, aber die Zeitungen werden darüber berichten, und darum sage ich es Ihnen lieber gleich: Es sieht aus, als sei sie überfallen worden.«

»Überfallen? Sie meinen, es hat sich tatsächlich jemand bei ihr eingeschlichen? Sie ist doch nicht etwa ermordet worden?«

»Wir wissen noch nicht genau, was passiert ist.«

»Aber sind wir dann hier noch sicher? Ich meine wegen

Lisa? Verzeihen Sie... das ist der Schock, ich fange erst langsam an zu begreifen.« Ihre Hände zitterten, und sie versuchte ihre Nervosität zu überspielen, indem sie so tat, als räume sie das Wohnzimmer auf, das bereits tadellos aufgeräumt war. »Vielleicht möchten Sie sich setzen... Ich muß mich hinsetzen. Mir ist ein bißchen schwummerig. Entschuldigen Sie.«

Damit sank sie in einen Sessel, und der Maresciallo stand neben ihr und legte seine große, warme Hand beruhigend auf ihre Schulter. »Kommt Ihr Mann bald nach Hause?«

»Er kommt nie vor neun.«

»Rufen Sie ihn an und sagen Sie ihm, er soll heimkommen. Ihre Tochter ist hier?«

»Sie ist in ihrem Zimmer und macht Hausaufgaben.«

»Gut, und Sie beschäftigen sich am besten mit dem, was Sie normalerweise um diese Zeit tun würden.«

»Ich sollte das Abendessen vorbereiten.«

»Dann machen Sie das. Sie haben nichts zu befürchten. Im zweiten Stock wimmelt es von unseren Leuten, und ich bleibe auf jeden Fall auch da, bis Ihr Mann nach Hause kommt. Ich werde später noch mal raufkommen und nach Ihnen sehen.«

»Danke.«

Als sie ihn zur Tür brachte, rief jemand von unten durchs Treppenhaus: »Maresciallo? Sind Sie das, Maresciallo? Wir haben hier was gefunden, das sollten Sie sich unbedingt mal ansehen.«

Die Mütze in der Hand, lief er nach unten. Die Männer in Signora Hirschs Wohnung standen vor einem offenen

Einbauschrank links vom Eingang. Er hatte offenbar als Garderobe gedient, aber die Mäntel, die dort gehangen hatten, waren zum Großteil von den Bügeln gerutscht, und in der Wand dahinter klaffte ein großes Loch. Staub und Mörtel bedeckte den Stapel Mäntel am Boden des Schranks. Ein achtlos hineingeworfener Handfeger mit rotem Griff war herausgefallen, als man den Schrank öffnete.

»Da hätten wir des Rätsels Lösung.« Der Staatsanwalt wies mit seinem Zigarillo auf das gähnende Loch in der Wand. »Ich würde sagen, da war ein Safe drin. Die Kerle werden sie bedroht haben, damit sie ihnen die Kombination nennt, aber sie gab sie nicht preis.« Er blickte sich um. »Sieht nicht so aus, als ob sie was besessen hätte, das ein Menschenleben wert war. Aber Sie wissen natürlich mehr über das Opfer, Maresciallo.«

»Auch nicht viel…«

»Hier sichert die Kriminaltechnik immer noch die Fingerabdrücke. Kommen Sie mit ins Treppenhaus. Da draußen sind sie fertig.« Als sie auf den Flur hinaustraten, senkte er die Stimme. »Ich wünschte, ich könnte mir meinen Zigarillo anzünden. Würde zumindest den Geruch verbessern. Also, sagen Sie mir alles, was Sie wissen.«

Und der Maresciallo erzählte ihm alles, einschließlich der Geschichte mit dem Küchenmesser, der Postkarte und dem Zigarrengeruch. Der Staatsanwalt nahm sein Zigarillo aus dem Mund, betrachtete es mit leisem Lächeln und steckte es sich wieder zwischen die Lippen. »Von einem Safe hat sie nichts gesagt?«

»Nein, aber vielleicht wissen die Nachbarn von oben mehr. Bin gleich wieder da.«

»Ich begleite Sie.«

»Ich glaube nicht... Die Leute haben ein Kind, wissen Sie... Ein leibhaftiger Staatsanwalt würde die Kleine am Ende bloß einschüchtern.« Falls der Staatsanwalt das für einen Vorwand hielt, so würde er sich letztlich doch lieber als angsteinflößende Autoritätsperson sehen als zu glauben, man unterstelle ihm, daß er vielleicht nicht gut mit Kindern umgehen könne. Jedenfalls ließ er ihn allein nach oben gehen. Signora Rossi hatte sich offenbar wieder gefaßt, denn aus ihrer Küche wehten ihm appetitliche Düfte entgegen.

Lisa Rossi, die von ihren Schulbüchern aufblickte, hätte man eher für fünfzehn als für zwölf gehalten, aber der Maresciallo vermutete, das sei nur ein Indiz dafür, daß er langsam alt werde. Das Mädchen war hübsch und zierlich, und nur die dick mit Abdeckcreme überschminkten Pickel verrieten, daß sie mitten in der Pubertät steckte. Die Wände ihres winzigen Zimmers waren mit den Postern finster dreinschauender Popstars dekoriert. Eine Menagerie von Stofftieren saß in einer Reihe auf dem Bett.

»Sie ist ein bißchen komisch, aber ich mag sie.«

»Inwiefern war sie komisch? Deine Mutter hat dir gesagt, daß sie tot ist, oder?«

»Ja, aber ich hab im Moment nicht dran gedacht... also, ich *mochte* sie gern... muß ich das tun?«

»Was denn?«

»Über sie reden, als ob es sie nicht mehr gäbe. Ich empfinde das nicht so. Aber bis jetzt kannte ich auch noch niemanden, der gestorben ist.«

»Schon gut. Du brauchst nicht in der Vergangenheitsform von ihr zu sprechen, wenn du das nicht möchtest. Und solange du dich an sie erinnerst, ist sie in gewissem Sinne auch noch da.«

»Meine Mutter sagt, sie sei überfallen worden. Mama ist ganz verstört.«

»Und du? Macht es dir Angst?«

»Nein. Es ist bloß so ein … komisches Gefühl.«

»Komisch wie Signora Hirsch? Erzähl mir, warum du glaubst, daß sie komisch war.«

»Ach, ich weiß nicht … nur daß sie sich halt so alt macht, als ob sie meine Oma sein könnte. Sie redet nie über das, was heute ist, immer nur über Dinge, die vor zig Jahren passiert sind, und über Leute, von denen ich nie gehört habe. Mir macht das nichts aus, bloß so alt ist sie – ich meine, war sie – doch noch gar nicht, oder? Jedenfalls sieht sie nicht so aus, und trotzdem zieht sie sich an wie eine alte Frau.«

Und hatte er nicht den gleichen Eindruck gehabt? Vielleicht lag es also doch nicht nur an den Möbeln ihrer Mutter. »Lisa, darf ich mich einen Moment auf dein Bett setzen?« Für mehr als ihren Schreibtisch und den Stuhl war kein Platz im Zimmer, und er wollte nicht so von oben herab mit ihr sprechen.

»Ja, klar.«

»Ich muß dich etwas ganz Wichtiges fragen. In der Diele von Signora Hirschs Wohnung gibt es einen Einbauschrank, und ich möchte wissen, ob du da schon mal reingeschaut hast.«

Das Mädchen zögerte und wickelte sich eine lange

blonde Haarsträhne um den Finger. »Gilt ein Geheimnis auch noch, wenn der, dem man versprochen hat, es nicht zu verraten, tot ist?«

»Das kommt drauf an.«

»Woher weiß ich dann, ob ich's Ihnen erzählen darf?«

»Mach dir darüber keine Sorgen. Mir kannst du's auf jeden Fall erzählen, denn wenn es ein Geheimnis ist, das man für immer bewahren sollte, dann sag ich's dir, und wir beide werden es nie jemandem verraten. Wenn du's mir sagst, zählt das nicht, weil ich doch Carabiniere bin.«

Jetzt wirkte sie ganz wie eine Zwölfjährige, ein kleines Mädchen, das erwachsen spielte und wenn es ernst wurde, erschrocken einen Rückzieher machte.

»Also in dem Schrank, da war ein Safe drin. Sie hat nichts davon gesagt, aber ich hab's gesehen, als sie ein paar Sachen herausgeholt und mir gezeigt hat.«

»Was denn für Sachen? Sahen die wertvoll aus? Waren es vielleicht Schmuckstücke?«

Lisa zuckte die Achseln. »Alter Kram. Kerzenleuchter und ein paar alte Bücher und Kleider, so was halt. Vielleicht hatten die Sachen ihrer Großmama gehört. Sie hat ihre Großeltern gar nicht gekannt, aber sie redete dauernd von ihnen, wie das alte Leute machen.«

»Und was war mit ihrem Bruder? Hat sie über den auch gesprochen?«

»Nein. Nur über ihre Großeltern und manchmal über ihre Eltern. Von denen war auch ein Bild im Safe und dann noch eins mit Blumen. Das war ihr Geheimnis, sagte sie, daß sie diese Bilder besaß. Finden Sie das nicht komisch?«

»Kommt drauf an. Diese Bilder – waren das Gemälde? Dann könnten sie wertvoll gewesen sein.«

»Es waren bloß alte Schwarzweißfotos. Also ist es nun ein echtes Geheimnis oder nicht?«

Der Maresciallo überlegte. Wenn es sich irgend vermeiden ließ, war er Kindern gegenüber niemals unehrlich.

»Ich bin nicht ganz sicher. Aber sobald ich's weiß, werde ich's dir sagen, versprochen. Und bis dahin behältst du es für dich.«

»Darf ich's nicht mal meiner Mama und meinem Papa verraten?«

»Nicht mal denen. Du hast ihnen doch noch nichts davon erzählt, oder?«

»Nein.«

»Du brauchst sie nicht anzulügen. Wenn sie dich danach fragen, dann sag ruhig, ich hätte gesagt, sie sollen sich an mich wenden. Du hast mir sehr geholfen, Lisa, und ich möchte mich bei dir bedanken.«

Er sah ihr an, daß sie sich über sein Lob freute, und war sicher, daß er sich auf sie verlassen konnte. Als er wieder hinunterging, hörte er schon im Treppenhaus die lauten Stimmen der Reporter und Pressefotografen, die sich gegenseitig überschrien.

»Stimmt es, daß ihr die Kehle durchgeschnitten wurde?«

»Muß ja schon tagelang da drin gelegen haben, so wie das hier stinkt.«

»Bei der Hitze…«

»Nur eine Aufnahme von der Tür in die Diele?«

»Wurde die Wohnung durchwühlt?«

»Bloß eine von dem Schrank – war da ein Safe…«

»Meine Herrschaften, bitte.« Der Staatsanwalt war freundlich, sehr besonnen und ganz und gar Herr der Lage. »Wir sind gerade dabei, den Leichnam abzutransportieren. Wenn Sie uns in Ruhe unsere Arbeit machen lassen, dann kriegen Sie nachher von mir eine Stellungnahme. Unten. Ah, Maresciallo! Sehen Sie zu, daß die Carabinieri das Treppenhaus und den Ausgang freihalten, ja? Und lassen Sie keine Fernsehteams rauf. Die können filmen, wie der Sarg verladen wird, und damit hat sich's.«

Die Geschichte von dem Wandsafe würde trotzdem in die Zeitungen kommen, und kein Journalist würde so phantasielos sein, sich einen so langweiligen Inhalt wie ein paar vergilbte Fotos und alte Klamotten dafür auszudenken.

Etwa zwanzig Minuten später erschien der Staatsanwalt vor dem Haus und gab der Presse den ungefähren Todeszeitpunkt bekannt, den der Maresciallo bei einem Besuch im Nachbarhaus ermittelt hatte. Die Bewohner im zweiten Stock hatten sich furchtbar aufgeregt über das Bollern und Hämmern gegen ihre Wand, mit dem, ohne daß sie es ahnen konnten, nebenan der Safe entfernt wurde. »Von allem anderen abgesehen, hatten wir an diesem Abend Gäste – und seit wann sind Maurer so spät noch bei der Arbeit? Das war ja so schlimm, daß wir dachten, die brechen jeden Moment durch. Bei diesen alten Häusern kann das ohne weiteres passieren. Jedenfalls war's, über den Daumen gepeilt, halb neun. Ist es wahr, daß sie ihr die Kehle durchgeschnitten haben? Ich hab ja immer gesagt, irgendwas stimmt nicht mit der – sie war doch Ausländerin, nicht? Gut, sie hatte keinen Akzent, aber der Name…«

Der Pathologe gesellte sich zum Staatsanwalt und gab – törichterweise, wie der Maresciallo fand – ebenfalls eine Presseerklärung ab, in der er zwar nicht explizit die Todesursache nannte, aber die Wunde am Hals bestätigte sowie einen erheblichen Blutverlust, worauf die Reporter unisono in ihre Blöcke kritzelten: »Mordopfer mit durchschnittener Kehle aufgefunden!«

Dann die Fragen: Enthielt der Safe gestohlenen Schmuck, den sie nicht zu tragen gewagt hatte? Stimmt es, daß sie regelmäßig zu einem geheimnisvollen Fremden ging, der ihre Besuche nie erwiderte? Könnte es sein, daß derjenige im Gefängnis saß und sie deshalb niemandem von ihm erzählen mochte? Die Antwort lautete jedesmal: kein Kommentar. Aber die Reporter würden einfach all ihre Fragen, nebst den noch ausgefalleneren Antworten, die ihnen später dazu einfielen, zitieren, um ihre Artikel für die morgige Zeitung aufzufüllen, und mit der Standardformulierung schließen: »Zum gegenwärtigen Zeitpunkt geben die Ermittler keine weiteren Informationen preis.«

›Nun ja‹, dachte der Maresciallo, während er in philosophisch abgeklärter Stimmung zu seiner Wache im linken Flügel des Palazzo Pitti hinaufstieg, ›die machen halt auch nur ihren Job.‹ Und als er unter dem Torbogen durchging, wo schon die große Laterne brannte, hoffte er, daß auch seine Frau heute abend philosophisch gestimmt sein möge. Denn er war wieder spät, sehr spät dran und hatte nicht angerufen.

Krieg den Hooligans: 45 Fiorentina-Fans droht für den Rest des Jahres Stadionverbot –
Bürgermeister Online: Der Saal Clemente VII im Palazzo Vecchio wird digital aufgerüstet. Ab Oktober können die Florentiner einmal im Monat vom heimischen PC aus mit ihrem Bürgermeister chatten –
Alleinstehende Frau in der eigenen Wohnung überfallen und verblutet, nachdem die Täter ihr die Kehle durchgeschnitten hatten. Der Leichnam wurde erst vier Tage später entdeckt –
Guten Abend, verehrte Zuschauer. Soweit die Schlagzeilen unserer dritten Ausgabe der Regionalnachrichten. Und nun zu den Meldungen im einzelnen…

»Salva! Beeil dich, dein Fall kommt im Fernsehen!«

Der Maresciallo erschien kurz darauf in einen weißen Bademantel gehüllt, stellte sich neben das Sofa und rubbelte sich mit einem großen Handtuch die Haare trocken. Das Abendessen war schon fast verkocht gewesen, als er heimkam, und so hatte er mit dem Duschen warten müssen.

»Willst du dich nicht setzen und es dir ansehen?«

»Da wird nicht viel zu sehen sein.«

»Pscht! Siehst du, jetzt, wo wir einen Computer haben, werden wir uns direkt an den Bürgermeister wenden können.«

»Wir haben keinen Computer, die Jungs haben einen, und sofern der Bürgermeister keine Lust auf Computerspiele hat, wird er wohl kaum von ihnen hören.«

»Ist sie das in dem Sarg, der da in die Ambulanz verladen wird?«

»Ja.«

»Ich habe über solche Einbrecher gelesen, die alte Menschen mit Gas betäuben und sie dann ausrauben, aber jemandem die Kehle durchschneiden ... Warum reden die eigentlich immer in der Mehrzahl? Woher wissen sie, daß es nicht bloß ein Täter war?«

»Ein Safe von der Größe wäre zu schwer gewesen für einen einzelnen und ...«

»Da, guck doch mal! Das bist du neben der Ambulanz, oder? Nein, doch nicht.«

»Laß uns schlafen gehen.«

In einem Mordfall sind die ersten achtundvierzig Stunden von entscheidender Bedeutung. Danach fangen die Zeugen bereits an, Daten und Uhrzeiten durcheinanderzubringen, Verdächtige haben ihre Alibis fabriziert oder sich über die Grenze abgesetzt. Eventuell widersprüchliche Aussagen sind aufeinander abgestimmt, konspirative Telefonate geführt und verräterische Kleidungsstücke vernichtet worden. Und wer immer in diesen ersten beiden virulenten Tagen mit wichtigen Informationen ins Rampenlicht drängt, sollte keine Zeit haben, sich noch einmal zu überlegen, ob er wirklich in so einen brisanten Fall verwickelt werden will. Also konnte der Capitano doch nicht erwarten, daß er gerade jetzt zur Villa L'Uliveto raufstiefelte und kostbare Zeit mit der Fahndung nach ein paar Nippsachen vergeudete?

»Bleiben Sie dran. Ich habe den Staatsanwalt auf der anderen Leitung.«

Der Maresciallo wartete ergeben. Natürlich hatte er

noch keinen Tatverdächtigen, ja, nicht einmal eine halbwegs brauchbare Spur, aber er wollte heute vormittag Signora Hirschs Papiere durchgehen und so rasch wie möglich ihren Bruder sowie den Anwalt ausfindig machen. Er war sich bewußt, daß er bislang noch niemandem von dem Handtaschendiebstahl erzählt hatte, der darauf schließen ließ, daß ein Fremder sich ihrer Schlüssel bemächtigt, sie ihren Mörder also nicht selbst hereingelassen hatte…

»Maresciallo?«

»Ja. Ich hätte da noch etwas erwähnen sollen… Als das Opfer zu mir kam, also, da gab sie an, daß ihre Tasche…«

»Es ist Ihr Fall. Sagen Sie's dem Staatsanwalt. Er wird in einer Viertelstunde in der Wohnung sein und erwartet Sie dann dort. Allerdings möchten Sie zuvor noch die beiden Läden im Haus aufsuchen. Aber was Ihren Besuch bei Sir Christopher angeht, so würde ich Sie bitten, ihn nicht abzusagen, sondern nur zu verschieben. Ich werde Sie persönlich entschuldigen, und die Fingerabdruckabnahme heute vormittag, die übernehme ich für Sie. Ich könnte auch jemand anderen schicken, aber das würde er uns sehr übelnehmen, wissen Sie, und ich möchte da keine Unstimmigkeiten… Guarnaccia?«

»Ja. Ja, natürlich, ganz wie Sie meinen, Capitano…«

»Gibt's Probleme?«

»Nein… nein, ich denke, wenn wir zügig vorgehen, werden wir dem Fall Hirsch rasch auf den Grund kommen. Die Signora lebte so zurückgezogen, daß…« Der Maresciallo staunte über sich selbst. Er war kein Detektiv. Wie kam er dazu zu behaupten, er könne einen Fall lösen, von dem er noch so gut wie gar nichts wußte? Der Capitano würde sich gewiß fragen, was mit ihm los sei. Dabei ließ er sich aus purer Verlegenheit dazu hinreißen, so daherzureden, und hatte eigentlich nichts weiter im Sinn, als möglichst rasch das Thema zu wechseln. »Sie haben mir noch nicht gesagt… also was Sir Christopher angeht… sind wir da nur gehalten, einem prominenten ausländischen Mitbürger gegenüber Kulanz zu zeigen? Entschuldigen Sie die Frage, aber in dem Fall bräuchte ich ihm ja nur einen Höflichkeitsbesuch abzustatten, so kurz wie möglich. Sie verstehen, was ich meine? Also um die Wahrheit zu sagen – nachdem die Chance, den gestohlenen Kram wiederzubeschaffen, gleich Null ist und er obendrein nicht will, daß wir jemanden vom Personal beschuldigen, weiß ich nicht, warum er uns überhaupt gerufen hat. Diese Leute denken wohl, wir hätten nichts Besseres zu tun.«

»Der Meinung sind sie, falls sie überhaupt darüber nachdenken, was ich bezweifle. Ich will offen zu Ihnen sein, Guarnaccia. Natürlich war es anfangs eine reine Gefälligkeit, und warum ich persönlich mitgekommen bin, wissen Sie ja bereits. Aber nun hat er eigens um Ihren Besuch gebeten, also tun Sie ihm den Gefallen, wenn nicht aus Achtung vor der Uniform, die wir tragen, dann mit Rücksicht auf seine Krankheit und sein Alter. Ich kenne niemanden, der soviel Geduld für alte und einsame Menschen aufbringt wie Sie.«

Und diesem tüchtigen Mann natürlich auch…

»Ja, ja. Aber er ist nicht alt.«

»Nein, nach heutigen Maßstäben wahrscheinlich nicht

... und was seine Krankheit angeht, so heißt es, bei guter Pflege habe er noch etliche Jahre vor sich.«

»Nein.«

»Nein? Hat er Ihnen mehr über sein Leiden erzählt? Obwohl er sich so geniert deswegen?«

»Nein. Er hat mir nicht viel erzählt, aber er geniert sich überhaupt nicht für seine Krankheit. Nein, nein, es geht zu Ende mit ihm, und er weiß es.«

»Das hat er gesagt?«

»Nein.« Nein, nein, nein! Der Maresciallo hätte sich am liebsten in ein Mauseloch verkrochen. Dem Fall Hirsch fühlte er sich gewachsen; er kannte die Sdrucciolo de' Pitti in- und auswendig, wußte, wie man mit Leuten wie den Rossis und mit Zeugen wie den Ladeninhabern umgehen mußte. Vielleicht würde er den Fall nicht lösen, bis jetzt hatte er nicht die kleinste Spur; trotzdem wußte er, wo er stand und was er zu tun hatte. Warum konnte der Capitano nicht einen schneidigen jungen Offizier in die Villa schicken, einen dieser Absolventen von der Militärakademie, der aus einer guten Familie stammte und mit dem Engländer Tee trinken würde, ohne im Blumengarten über die eigenen Füße zu stolpern.

Und diesem tüchtigen Mann natürlich auch. Werde ich Sie wiedersehen? Der traurige, fast flehende Blick, bevor Sir Christopher sich abgewandt hatte.

Was wollten, was erwarteten die Leute von ihm?

Sie werden also bei mir vorbeikommen, wie versprochen? Signora Hirschs ängstliche Augen. Auf sie wollte er sich jetzt konzentrieren, nur daß ihm das ein bißchen spät einfiel, nicht wahr? Tagelang hatte er sie völlig vergessen.

Und diesem tüchtigen Mann natürlich auch… Sir Christopher würde sterben. Diesen letzten Weg müssen wir alle allein gehen. Wie sollte er ihm dabei helfen?

»Guarnaccia?«

»Ich gehe, sobald der Staatsanwalt mich entbehren kann.«

Er stand auf, streifte Jacke und Holster über, nahm seine Mütze vom Haken, gab Lorenzini Bescheid und tastete schon auf der schmalen Stiege nach seiner dunklen Brille. Die Sonne brannte so grell vom ausgebleichten Himmel, daß ihm im Nu die Augen übergingen. Im Vorhof des Palazzos drückte er sich in den Schatten einer hohen Mauer, der freilich auch keinen Schutz bot vor der sengenden Hitze, der stickigen Luft. Bei diesen tropischen Temperaturen machten die Autoreifen mitunter das gleiche schmatzende Geräusch wie an Regentagen, aber es regnete nicht, außer zwischendurch einmal ein paar dicke Tropfen, die, kaum daß sie den Boden berührten, schon wieder verdampften, so daß man sich erst recht wie in einem türkischen Bad vorkam. Der Maresciallo bewegte sich nur langsam. Denn er wollte vermeiden, daß ihm schon nach ein paar Schritten das Hemd am Leib klebte und ihn sein Gedächtnis und seine Geduld vor lauter Erschöpfung im Stich ließen. Wem im Juli tagsüber der Geduldsfaden reißt, der fängt sich frühestens nach der abendlichen Dusche wieder. Nicht zu glauben, wie viele Menschen sogar noch gutes Geld dafür zahlten, um sich nicht nur all diesen Unbilden auszusetzen, sondern sich auch noch mit einer fremden Stadt und einer Sprache herumzuschlagen, deren sie nicht mächtig waren.

»Du hältst die Karte ja verkehrt herum!«

»Ich hab dir gesagt, du kriegst mich in keinen Laden mehr!«

»Mama, ich hab Durst!«

»Eine sehr berühmte Gemäldesammlung, und nun will ich kein Wort mehr von euch hören, bis…«

»Mußtest du dir das ganze Eis aufs Hemd kleckern?«

Ohne ein Wort zu verstehen, konnte der Maresciallo den Klageliedern folgen, die ihm in einem Dutzend Fremdsprachen um die Ohren schwirrten. Und während er am nächsten Fußübergang wartete, grummelte er wie jeden Sommer: »Ich weiß nicht, wozu die alle hierherkommen, wären wahrhaftig besser zu Hause geblieben, die Ärmsten.«

Weiter vorn hatte es eine Massenkarambolage gegeben. Statt noch länger auf Grün zu warten, schob sich der Maresciallo, begleitet von einem obligatorischen Hupkonzert, zwischen den wartenden Autos über die Fahrbahn.

Im Vergleich zur Hauptstraße war die Sdrucciolo de' Pitti eine Oase des Friedens. Zwar verstopften Mopeds und Fahrräder die enge Gasse, und gelegentlich mußte man sich platt gegen eine Mauer drücken, um einem weißen Mercedes-Taxi auszuweichen, ansonsten aber konnte man mitten auf dem Pflaster laufen und blieb vor dem ärgsten Lärm verschont. Rinaldi, der Antiquitätenhändler, stand vor seinem Laden und spähte die Gasse hinunter, ganz so, als erwarte er jemanden. Dann wandte er sich in die andere Richtung und sah statt dessen den Maresciallo auf sich zukommen.

»Ah! Ich habe das von Signora Hirsch gehört. Wenn Sie

denken, ich könne Ihnen helfen, dann kommen Sie herein. Sie gestatten, daß ich die Straße im Auge behalte? Ich erwarte nämlich eine Lieferung. Sind sehr gute Leute, die besten, die man kriegen kann, aber bei Objekten von großem Wert, Sie verstehen...«

»Natürlich. Kümmern Sie sich nur um Ihre Lieferung. Wir können uns nachher unterhalten, ich warte solange drinnen.« Kaum daß er im Laden stand, bereute er seine Entscheidung. Normalerweise war es ihm sehr lieb, unbemerkt Örtlichkeiten in Augenschein nehmen und erst recht Menschen von hinten beobachten zu können. Aber in diesem Fall war die Bezeichnung ›Objekte von großem Wert‹ eine ebensolche Untertreibung wie die, ihn einen ›Elefanten im Porzellanladen‹ zu nennen. Also setzte er die Sonnenbrille ab und blieb unbeweglich auf der Stelle stehen. Nur seine großen Augen, denen nichts entging, wanderten durch den langen dämmrigen Raum mit dem rötlich glänzenden Parkett, den vergoldeten Bilderrahmen und verwitterten Statuen. Das Tageslicht, das von der Gasse hereinfiel, wurde größtenteils von Rinaldis breitem Rücken verschluckt. Aber eine reichverzierte, vergoldete Lampe mit seidenem Schirm warf ihren mattgoldenen Schein auf einen zierlichen Sekretär mit ornamentalen Intarsien, an dem Rinaldi wohl für gewöhnlich saß. Auf der sehr ordentlichen Schreibplatte standen lediglich ein elegantes Schreibtischset und eine silberne Schale mit Visitenkarten. Vor der Tür hielt mit tuckerndem Motor ein dreirädriger Transportwagen – offenbar die erwartete Lieferung. Rinaldi kam als erster herein. Ängstlich besorgt wie eine Katzenmutter ihre Jungen, so umstrich er die beiden baumlangen Kerle, die eine fast mannshohe und augenscheinlich ungemein schwere Kiste in den Laden schleppten. Ihre Gesichter waren vor Anstrengung gerötet, und sie schnappten nach Luft.

»Halt! Setz sie ab! Ich kann nicht mehr…« Die Männer stellten die Kiste hochkant in die Mitte des kleinen Raums und griffen sich keuchend und vornübergebeugt an die Brust. Einer der beiden, dessen fettige blonde Haare zu einem Pferdeschwanz zusammengebunden waren, schwitzte so stark, daß große Tropfen von seiner Nase auf den gebohnerten Fußboden spritzten. Auch der kahl geschorene Schädel des anderen glänzte vor Schweiß. »Ich dachte schon, die kriegen wir nie auf den Wagen. Nächstes Mal brauchen wir aber einen dritten Mann… O Gott…«

»Es gibt aber keinen dritten, dem ich so vertrauen könnte wie euch.« Rinaldi, der unaufhörlich die Hände öffnete und schloß, schien selber kaum atmen zu können. »Ihr müßt sie nach hinten in die Werkstatt bringen, zu den Restauratoren.«

Und die beiden schafften auch das noch, obwohl der Maresciallo befürchtete, sie könnten bei der neuerlichen Anstrengung einen Herzanfall erleiden. Die Kiste wurde aufgebrochen, und Guarnaccia erhaschte einen flüchtigen Blick auf in Stein gehauene Gewandfalten, die freilich rasch unter einem Vorhang verschwanden. Und als die beiden Lastträger wieder in den Laden kamen, schlossen sie die Tür hinter sich.

Sie gingen ohne Bezahlung und wechselten nur ein fast unmerkliches Zeichen mit Rinaldi. Der Maresciallo war dergleichen gewohnt. Er ermittelte in einem Mordfall, und sie versuchten eine läppische Schwarzarbeit vor ihm zu vertuschen. Bei so gut wie jeder Untersuchung hatte man unnötige Scherereien mit Leuten, die einem ganz offensichtliche Dinge verheimlichten, für die man sich ohnehin nicht interessierte. In den meisten Fällen handelte es sich dabei um Steuerbetrug und Ehebruch.

Der Maresciallo beschloß, Rinaldi unverzüglich auf andere Gedanken zu bringen.

»Wenn Sie mir die Frage gestatten: Titulieren Sie Ihre Lieferungen immer so persönlich? Ich meine… Sie nannten diese Kiste eben eine ›Sie‹…«

»Was…? Oh, ich verstehe.« Die Ablenkung war geglückt, der Händler wirkte erleichtert. »Also in dieser Kiste war eine Statue der Göttin Athene. Wahrlich eine ›Sie‹, nicht wahr? Hat leider sehr gelitten – die Luftverschmutzung, Sie verstehen. Nun, Sie kommen sicher wegen des tragischen Falles oben im zweiten Stock. Aber ich habe die Frau kaum gekannt.«

»Ach ja, ich hörte bereits, daß sie sehr reserviert gewesen sei, nicht viel mit ihren Nachbarn gesprochen habe.«

»Mit mir überhaupt nicht.«

»Sie haben sie also nie besucht?«

»Niemals. Ein ›Guten Morgen, Guten Abend‹ auf der Straße oder im Treppenhaus, das war alles.«

»Wirklich? Vielleicht ist es nur Tratsch, aber irgendwo hörte ich von einer Auseinandersetzung…«

»Wie Sie ganz richtig sagen: Die Leute tratschen, Maresciallo.«

»Also keine Unstimmigkeiten?«

»Nein.«

Der Maresciallo hüllte sich in Schweigen. Reglos und massig stand er da und musterte Rinaldi in aller Ruhe. Das wellige Haar, das ihm, obwohl bereits schlohweiß, bis auf den Kragen seines Sweatshirts fiel. Die roten Wangen und die Lachfältchen um die Augen, die seinem Gesicht einen jovialen Ausdruck verliehen. Das kleine Bäuchlein. Vor allem seine Hände verrieten, daß er eher auf die siebzig als auf sechzig zuging, aber er trug immer noch Bluejeans. Ein eitler Mensch, der nicht nur sein Alter zu überspielen versuchte. Wahrscheinlich fand er Gefallen an lukrativen Geschäften, deren Ausführung eine gehörige Portion Waghalsigkeit erforderte. Vielleicht hatte er gerade ein paar solcher Geschäfte laufen, aber selbst wenn eines davon die geheimnisvolle ›Sie‹ in der Kiste betraf, würde er den Maresciallo nur auslachen, falls der versuchen sollte, ihm zu drohen. Und das ganz zu Recht. Doch der Maresciallo arbeitete ohnehin nicht mit Drohungen. Er wollte den Mann nur so in Verlegenheit bringen, daß er schließlich doch irgend etwas über seine Nachbarin preisgab, bloß um das peinliche Schweigen zu beenden. Wie lange so ein Manöver in Anspruch nahm, das stand immer im umgekehrten Verhältnis zu Intelligenz und Bildung des Opfers. Es gab welche, die hielten durch bis zum bitteren Ende – vom Verhör über Prozeß und Berufung bis zur Haft, ja, bis in den Tod. Rinaldi brauchte keine halbe Minute. Ein sehr gescheiter Mann.

»Sie kennen doch sicher das alte Sprichwort: ›Kein Rauch ohne Feuer‹? Ich meine, in Ihrem Beruf haben Sie bestimmt gelernt, sich auf das Gerede der Leute Ihren eigenen Reim zu machen.«

»O ja, gewiß.«

»Also wir hatten keinen Streit, aber das Verhältnis war –
nun, sagen wir gespannt –, nachdem sie mir etwas hatte
verkaufen wollen und mein Angebot ihr unverschämt
erschien. Ich bin sicher, wenn Sie sich hier umschauen,
werden Sie feststellen, daß das, was sie zu bieten hatte,
kaum…«

»O ja, gewiß. Lauter erlesene Stücke, was Sie hier haben.«

»Genau. Und Sie waren doch sicher in ihrer Wohnung.
Muß ich noch mehr sagen? Trotzdem konnte ich sie natürlich verstehen. Für sie hatte das, was sie mir andrehen
wollte, vermutlich ideellen Wert, und wenn sie es aus Geld-
not verkaufen mußte, kann es schon sein, daß sie sich
durch mein Angebot gekränkt fühlte und mich dann bei
den Leuten schlechtgemacht hat.«

»Verstehe. Daß sie direkt schlecht von Ihnen gesprochen hätte, habe ich allerdings nirgends gehört. Und am
Ende haben Sie ihr die Leuchter ja auch abgekauft, nicht
wahr?«

»Wie bitte?«

»Vielleicht ein Irrtum meinerseits. Aber ich hörte, daß
sie ein paar Kerzenleuchter besaß, und da sie nicht mehr in
der Wohnung sind, dachte ich… Andererseits, wenn Sie
nicht genug geboten haben, hat sie sie vielleicht an jemand
anderen verkauft. Ja, so wird es gewesen sein. Waren Sie
zu Hause an dem Abend, als Signora Hirsch ermordet
wurde?«

»Ich dachte, Sie wüßten nicht, wann sie ums Leben
kam, nur, daß sie schon seit einer Weile tot ist.«

»Montagabend. Steht heute morgen in der Zeitung.«

»Aha. Nun, ich kaufe mir nicht jeden Tag eine Zeitung.«

»Nicht einmal, wenn Ihre Nachbarin ermordet wurde?«

»Nicht einmal dann. Da ich die Signora kaum kannte, fühle ich mich auch nicht betroffen. Übrigens habe ich heute morgen schon mit dem Staatsanwalt über den Fall gesprochen. Er war kurz vor Ihnen da. Wie sich herausstellte, kennen wir uns von früher. Sind uns auf irgendeiner Abendgesellschaft vorgestellt worden.«

»Oje. Er ist also bereits im Haus? Dann sollte ich mich wohl beeilen. Er wartet sicher schon. Wir sehen uns ja wohl noch. Guten Morgen, Signore.« Und der Maresciallo ging nach nebenan ins Lebensmittelgeschäft.

Dort überließ Paolo, der Inhaber, die Kundschaft seinem aufgeweckten Sohn, während er dem Maresciallo im Lager hinter dem Ladenlokal einen Stuhl anbot und telefonisch in der Bar auf der Piazza Pitti zwei Kaffee bestellte. Und dann führten die beiden ein sehr ergiebiges Gespräch.

»Haben Sie mal von einem Streit zwischen Rinaldi, dem Antiquitätenhändler, und Signora Hirsch gehört? Oder ist Ihnen aufgefallen, daß sie – wie er es nennt – ein gespanntes Verhältnis hatten?«

»Streit, gespanntes Verhältnis? Ich würde sagen, das trifft es beides nicht. Die arme Signora war in Tränen aufgelöst, das weiß ich noch wie heute. Weinend kam sie gleich hinterher zu uns in den Laden.«

Signora Hirsch: eben noch ganz würdevolle Eleganz, im nächsten Augenblick ein weinendes Häuflein Elend.

»Ich sagte noch zu ihr: Signora, sagte ich, gehen Sie nur schon nach oben, mein Junge bringt Ihre Einkäufe nachher rauf. Die Wasserflaschen sind sowieso zu schwer für Sie. Die Signora hatte nämlich Angina, wissen Sie.«

»Ach, wirklich? Wissen Sie das genau?«

»Aber ja! Meine Frau leidet auch darunter. Die arbeitet seit Jahren nicht mehr im Laden mit, weil sie sich schonen muß. Und das habe ich auch der Signora Hirsch gesagt, ich sagte: Überanstrengen Sie sich nicht. Solange ich hier bin, brauchen Sie keine schweren Einkaufstaschen zu schleppen. Und dann dürfen Sie sich auch nicht so aufregen, hab ich gesagt, das schadet nur Ihrer Gesundheit, und das ist die Sache doch nicht wert, oder?«

»Ich … ja, ja. Welche Sache?«

»Na, die Fassadenrenovierung. Gut, das Dach kam auch noch dazu, und ich glaube gern, daß das eine schöne Stange Geld gekostet hat.«

»Und darum der Krach mit Rinaldi? Er sagte auch, daß sie Geldsorgen hatte. Aber wenn sie sich an den Renovierungskosten beteiligen sollte, dann muß ihr die Wohnung gehört haben… eigenartig… Rinaldi sagt, sie hätte ihm etwas verkaufen wollen, und er habe ihr erklärt, daß es nicht soviel wert war, wie sie gehofft hatte.«

»Armes Ding. Tja, irgendwie hat sie's wohl doch geschafft. Die Renovierung ist abgeschlossen. Aber nun ist sie tot. Ach ja, die Gesundheit ist das höchste Gut – solange man die hat, sollte man allen anderen Ärger nicht so wichtig nehmen.« Paolo lächelte, und seine blauen Augen leuchteten noch heller als gewöhnlich, als er sein rosiges Gesicht vertraulich dem des Maresciallos näherte.

»Wahrscheinlich wissen Sie das längst, aber meine Tochter war Montagabend auch drüben eingeladen. Also auf Nummer 6. Nun ist mein Schwiegersohn Architekt und gut bekannt mit Rossi, der hier oben über der Signora Hirsch wohnt und auch dabei war an dem Abend. Und als dann der ganze Krach nebenan losging, da meinte mein Schwiegersohn, sie sollten rüberlaufen, er und Rossi, und nachschauen, was los sei. Tja, und hinterher haben wir uns natürlich gefragt, ob sie wohl noch rechtzeitig gekommen wären, um sie zu retten?«

»Ich glaube kaum. Nein, ich denke, als die Männer den Safe aus der Wand brachen, war es für die Signora schon vorbei.«

»Jetzt ist es natürlich sowieso zu spät, aber man fragt sich halt doch immer wieder… Soll ich noch einen Kaffee kommen lassen?«

»Nein, nein… Aber besten Dank, und Sie haben mir wirklich sehr geholfen.«

»Keine Ursache. Wir sind immer für Sie da.«

Als der Maresciallo, die Mütze in der Hand, in den zweiten Stock hinaufstapfte, hing er in Gedanken dem merkwürdigen Phänomen nach, das die Florentiner Abendgesellschaft nannten. Unabhängig davon, in welchem Bezirk man sich befand, kursierten offenbar überall die gleichen Klatschgeschichten. Ausgehend vom Kaufmann, der den Architekten kannte, der mit dem Nachbarn … Über den Journalisten, der den Barkeeper kannte, der die Lustknaben für den Marquis beschaffte, der die Amerikanerin geheiratet hatte, deren Putzfrau auch bei dem Übersetzer arbeitete, der den Journalisten kannte… Und während man die Anekdoten weiterreichte, wurden sie immer besser, so daß sich die letzte Version kaum mehr auf die schlichte Ausgangsstory zurückführen ließ.

Die Siegel waren erbrochen, die Tür stand offen. Der Maresciallo fand den Staatsanwalt mit einem Stapel von Dokumenten auf dem unbenutzten Doppelbett sitzen. Lächelnd blickte er auf und begrüßte ihn.

»Ah, Maresciallo. Guten Morgen. Und was können Sie mir über unseren Freund Rinaldi aus dem ersten Stock erzählen?«

»Er behauptet, Sie zu kennen.«

»Ja, das hat er mir auch gesagt. Von irgendeiner Abendgesellschaft her, die mir inzwischen entfallen sein muß. Könnte natürlich trotzdem stimmen. Ich hab für so was kein Gedächtnis. Und sonst?«

»Er sagt, er sei nie in dieser Wohnung gewesen. Und daß ihre Sachen nichts wert seien. Seinen Maßstäben genügten sie sicher nicht, das können wir wohl bestätigen. Rinaldi will so gut wie nie mit dem Opfer gesprochen haben, gibt aber zu, daß es einmal zu Unstimmigkeiten gekommen sei. Angeblich wegen irgend etwas, das sie ihm verkaufen wollte.«

»Und um was handelte es sich?«

»Das wollte er nicht sagen.«

»Aber ich wette, beim Kaufmann nebenan haben Sie's doch in Erfahrung gebracht.«

»Er sagt, bei dem Streit sei es um Renovierungsarbeiten am Haus gegangen.«

»Also ein Krach unter Wohnungseigentümern. Klassischer Fall. Setzen Sie sich, Maresciallo.«

Der Maresciallo ließ sich vorsichtig auf einem brokatenen Sessel mit geschwungener Lehne nieder. Ein Sitzmöbel, über das man vielleicht ein zartes Negligé drapieren konnte, das jedoch kaum stabil genug schien, neunzig Kilo Lebendgewicht zu tragen. In einer solch prekären Situation, wie sie dem Maresciallo leider ziemlich oft begegnete, pflegte er sich kerzengerade hinzusetzen und einen Großteil seines Gewichts auf die Beine zu verlagern.

»Ich dachte, Sie würden die beiden am ehesten aus der Reserve locken«, fuhr der Staatsanwalt fort. »Außerdem habe ich noch zwei Männer von Borgognissanti von Tür zu Tür geschickt. Schließlich müssen die Täter den Safe doch irgendwie hier rausgeschafft haben. Die beiden haben die ganze Straße abgeklappert, aber leider... keiner hat was gesehen.«

»Die Läden waren schon geschlossen, und die Nachbarn saßen beim Abendessen«, wiederholte der Maresciallo die Aussage des Lebensmittelhändlers. »Um die Zeit dürften praktisch nur Touristen unterwegs gewesen sein.«

»Ich fürchte, da haben Sie recht. Aber nun zu etwas anderem. Wie ich höre, hatte diese Frau Sie neulich aufgesucht. Ich möchte wissen, warum.«

»Tut mir leid, aber das weiß ich selber nicht so genau.«

Der Staatsanwalt musterte ihn einen Moment, dann schob er sich ein Zigarillo in den Mundwinkel, ohne es anzuzünden. »Dumme Angewohnheit, entschuldigen Sie. Versuche mir grade das Rauchen abzugewöhnen. Halte durch, solange es irgend geht. Ist ein erster Schritt. Wo waren wir stehengeblieben? Also, Ihr Vorgesetzter hält große Stücke auf Sie, wußten Sie das?«

»Ja, ich weiß, aber ich fürchte, manchmal überschätzt er mich. Als Detektiv bin ich nicht gerade umwerfend. Auf unserem Revier haben wir es eigentlich nur mit Handtaschenraub und gestohlenen Fahrrädern zu tun.«

»Und hin und wieder mit einem Mord.«

»Kommt schon mal vor. Darauf muß man in einer Großstadt gefaßt sein.«

»Nun, Guarnaccia, ich vertraue auf das Urteil Ihres Vorgesetzten. Maestrangelo ist ein tüchtiger Mann. Der bringt es eines Tages noch bis zum General. Und er kennt Sie lange genug – haben Sie ihn eigentlich schon mal lächeln sehen? Nein, lassen Sie, war nur so ein Gedanke. Ich glaube, ich habe in meinem ganzen Leben noch keinen so ernsthaften Mann wie ihn getroffen. Und wie ich höre, haben die Journalisten ihm den Spitznamen ›Wandelndes Grabmal‹ verpaßt. Kurz und gut, ich werde seinen Rat befolgen. Sie teilen mir Ihre Beobachtungen und Informationen mit, und ich verkneife mir sämtliche Fragen, die mit ›Warum‹ beginnen. Alles, was ich mir ausbitte, ist, daß Sie Ihre Beobachtungen nicht für sich behalten, gleichgültig wie verworren oder unerklärlich sie Ihnen auch vorkommen mögen. Ist das akzeptabel für Sie?«

»Ich tue mein Bestes ...« Was durchaus stimmte. Er tat immer sein Bestes, aber das war nicht eben viel. Und sich vorzustellen, daß er im Büro des Staatsanwalts erschien und bekundete, in dieser oder jener Angelegenheit ein komisches Gefühl zu haben – also alles, was recht war!

»Ihr Bestes genügt mir vollkommen. Und im Gegenzug werde auch ich mein Bestes tun und warten, bis Sie bereit sind zu reden, statt daß ich Ihnen mit meiner Ungeduld auf die Nerven falle. Die Presse interessiert unser Fall höchstens als Lückenbüßer, also haben wir von dieser Seite keinen Druck zu befürchten. Außerdem bin ich von Haus aus sehr geduldig. Darum hatten wir auch bisher noch nichts miteinander zu tun. Bis letztes Jahr war ich nämlich Jugendrichter, eine Aufgabe, die, wie Sie sich denken können, ein großes Maß an Einfühlungsvermögen und Geduld erfordert.«

Eingedenk der Geschichte mit Signora Rossis Tochter, wäre der Maresciallo jetzt am liebsten im Boden versunken. Er versuchte sich zu erinnern, was genau er bei der Gelegenheit gesagt hatte, brachte es aber nicht mehr zusammen.

Der Staatsanwalt lächelte verständnisvoll. »Sie taten gut daran, vorsichtig zu sein. Was meine Kollegen angeht, so wäre Ihr Mißtrauen bei vielleicht neunzig Prozent berechtigt gewesen. Aber nun an die Arbeit, Guarnaccia: Versuchen wir, Sara Hirschs Leben zu rekonstruieren.«

5

Der Maresciallo wartete. Die Mütze in der Hand, stand er in der dämmrigen Kühle eines weitläufigen Raums mit geschlossenen Läden und atmete den süßlichen Duft von Bienenwachs ein. Die schweren Möbel erinnerten ihn an seine längst vergangene Ministrantenzeit. An Wäschestärke und Weihrauch, die Hostien, die an seiner trockenen Zunge klebenblieben, an die warmen Paninos, die sie zum Frühstück bekamen und von denen die Marmelade tropfte … Der Schrank, in dem die Flasche Marsala für den Meßwein aufbewahrt wurde, hatte genauso ausgesehen wie der hier. Der vaterlose Vittorio hatte mit ihnen gewettet, daß er sich trauen würde, heimlich einen Schluck davon zu probieren.

Dafür kommst du in die Hölle.

Komm ich nicht. Zum Blut Christi wird der Wein ja erst bei der Wandlung.

Aber auf dem Etikett steht doch, daß er eigens für die Heilige Messe bestimmt ist.

Und wenn schon?

Du kommst in die Hölle!

Hatte er wirklich aus der Flasche getrunken oder nur so getan, als ob? Sie waren alle vor ihm zurückgewichen und hatten sich abgewandt. Vittorio hatte an diesem Morgen nicht mit ihnen gefrühstückt. Die Erinnerung daran schmerzte den Maresciallo, war der Junge doch immer halb verhungert gewesen. Die anderen erzählten, er sei heulend nach Hause gerannt, und einer behauptete sogar, er habe sich übergeben, grünen Schleim habe er erbrochen, was beweise, daß er vom Teufel besessen sei. Woher wußten sie das? Sie hatten doch alle beisammengesessen und ihre warmen Paninos verdrückt, wie hätten sie das also beobachten können? Am Montag fehlte Vittorio in der Schule, aber er war nicht krank, denn auf dem Heimweg hatten sie ihn in einem Weinberg gesehen, wo er die Trauben büschelweise von den Rebstöcken riß und gegen sein emporgerecktes Gesicht preßte, gierig beißend und schlürfend, und kaum, daß er die Schalen ausgespuckt hatte, griff er schon nach der nächsten Traube, während ihm der purpurne Saft über Kinn und Arme tropfte. Am blauen Septemberhimmel stand keine Wolke, aber zuvor mußte es geregnet haben, denn er erinnerte sich, daß Vittorios senkellose Schuhe tief in den weichen Lehmboden eingesunken waren und große welke Blätter an seinen nackten Beinen klebten. Er war nie wieder zum Ministrieren gekommen. Weil seine Mutter eine Prostituierte sei, behaupteten die anderen.

Das alles zeugte nicht gerade von christlicher Nächstenliebe. Und doch... die kühle Stille in diesem Raum, die weihevolle Ruhe wirkten so wohltuend, daß er gern eine ganze Stunde hätte warten mögen. Aber es dauerte nicht lange, da hörte er Schritte auf den karminroten Fliesen.

»Maresciallo? Es tut mir leid, aber während der Mittagshitze lassen wir das Mädchen gern ein wenig schlafen.

Wie Sie sich denken können, steht sie immer noch unter Schock. Vor der Verhandlung braucht sie möglichst viel Ruhe und kräftigende Nahrung. Aber natürlich kann ich sie wecken, falls es absolut…«

»Nein, nein…« Der Maresciallo, der in Gedanken ganz mit dem Fall Hirsch befaßt war, starrte die Nonne, eine hagere, sehr bewegliche Erscheinung und so groß wie er, zunächst verständnislos an. Doch dann versicherte er ihr hastig, daß er keineswegs hier sei, um mit dem albanischen Mädchen zu sprechen, dem das Kloster Zuflucht gewährte, und erklärte sein Anliegen.

»Ah, ich verstehe. Dann müssen wir in unseren Unterlagen nachsehen. Und vielleicht kann Schwester Dolores Ihnen weiterhelfen. Sie war damals nämlich schon hier. Aber bitte, setzen Sie sich doch. Ich mache Ihnen ein bißchen mehr Licht.« Sie öffnete die Fenster, stieß die braunen Jalousieläden etwas weiter auf und stellte die unteren Lamellen waagrecht, so daß Licht hereinströmen konnte, die Hitze aber ausgesperrt blieb. Die Fenster waren fast raumhoch, und der Maresciallo bewunderte die Kraft ihrer schlanken Hände und die präzise Anmut ihrer Bewegungen. Unbeholfen wie er war, beeindruckte ihn die Geschicklichkeit anderer immer sehr. Wie alt sie wohl sein mochte? Er verstand sich nicht besonders gut darauf, das Alter einer Frau zu schätzen, und nun gar eine Nonne! Schwester Dolores, mit der die erste Nonne nach einer weiteren angenehmen Wartefrist zurückkam, war entschieden sehr alt. Und krank – zumindest war sie es gewesen, denn beide Füße knickten stark einwärts, und sie konnte sich nur sehr langsam und mit Hilfe zweier Vierfuß-Gehhilfen fortbewegen. Doch ihre Augen hinter der häßlichen Brille blickten klug und scharf, und wie sich bald zeigte, verfügte sie über ein tadelloses Gedächtnis. Sobald sie an einem Tisch Platz genommen hatte, konnte sie anhand der Einträge in dem dicken Buch, das die andere Schwester ihr vorlegte, sowie der beiden Taufurkunden, die der Maresciallo mitgebracht hatte, rasch das wenige rekonstruieren, was sie von Sara Hirsch und ihrer Mutter Ruth wußte.

»Schwester Philip Anthony hat unser Archiv inzwischen im Computer gespeichert. Aber ich bin zu alt, um noch zu lernen, wie man damit umgeht.«

»Geht mir genauso«, sagte der Maresciallo, dem die eher furchteinflößende Nonne nun gleich viel sympathischer wurde.

»Hier … das ist meine Handschrift. Wie die Zeit vergeht … Wir haben Ruth Anfang 1943 aufgenommen, allerdings erinnere ich mich, daß sie da schon eine Zeitlang in Florenz war. Sie kam aus Prag. Ihr Vater, der, glaube ich, hier Geschäftsverbindungen unterhielt, hatte sie hergeschickt. Natürlich wollten die Eltern ihre Tochter retten. Sie selber sind in den Lagern umgekommen. Sie konnten natürlich nicht ahnen, wie die Dinge sich am Ende hier bei uns entwickeln würden. Niemand konnte das voraussehen. Keiner hätte geglaubt, daß die Ende 1938 so überstürzt verabschiedeten Rassengesetze tatsächlich zur Anwendung kommen würden. Aber so geschah es. Ruth wollte eigentlich gar nicht zu uns kommen, doch mit ihrem ausländischen Paß wäre sie draußen zu sehr aufgefallen. Auch für uns war es keine leichte Entscheidung. Italiener ließen sich viel problemloser verstecken. Wir brauchten sie nur zu taufen, und damit war es gut, zumindest bis die Besatzung kam. Aber mit Ausländern, die auch noch italienische Papiere benötigten, war es natürlich viel komplizierter.«

»Konnten Sie denn die erforderlichen Papiere überhaupt beschaffen?«

»Manchmal. Bei Ruth ist es uns geglückt. Viele andere blieben freilich staatenlos, als ihre Heimatländer dem Kommunismus anheimfielen. Mit Ruth Hirsch hatten wir ein zusätzliches Problem durch ihre Schwangerschaft. Der sicherste Weg, die zu verbergen, war der, sie als Novizin zu verkleiden, aber Sie können sich vorstellen... Jedoch, wir haben es geschafft, und das kleine Mädchen wurde, wie Sie aus den Urkunden ersehen, vierundvierzig hier geboren und getauft.«

»Wie ist Ruth Hirsch mit Ihnen in Verbindung getreten?«

»Durch die jüdische Gemeinde. Wie viele andere kam sie durch Kardinal Della Costa zu uns, der wiederum über den späteren Bürgermeister La Pira Kontakt zur jüdischen Gemeinde unterhielt. Mehr als zwanzig toskanische Klöster schlossen sich der Hilfsaktion an, und gemeinsam konnten wir vielen Menschen das Leben retten. Vielleicht wären es noch mehr gewesen, wenn unter den jüdischen Familien nicht so viele die Augen vor der Gefahr verschlossen hätten, bis es schließlich zu spät war...

Ruth und die kleine Sara blieben bei uns, bis die Deportationen begannen. Dann wurde es zu gefährlich, weil dauernd Razzien und Durchsuchungen stattfanden, und wir hätten ja das Kind nicht erklären können. Also brachten wir die beiden zusammen mit anderen Kindern, die wir versteckt hielten, in eins unserer Waisenhäuser auf dem Land. Hier ist der Eintrag über Ruths Verlegung.«

»Schwester Perpetua… so haben Sie sie also genannt? Hat sie je über den Vater des Kindes gesprochen?«

»Sie erzählte uns, sie seien durch die Kriegswirren getrennt worden. Sie sprach von ihm, als sei er ihr Ehemann gewesen…«

»Aber Sie glaubten ihr nicht.«

»Sie war achtzehn, als das Kind geboren wurde, und hatte, wie gesagt, schon eine Zeitlang in Florenz gelebt. Wenn ihre Geschichte stimmte, hätte die Hochzeit also gleich nach ihrer Ankunft stattgefunden haben müssen. Aber es ist nicht an uns zu richten. Und ungeachtet der tragischen Umstände müssen wir unserem Herrn danken, daß wir beide, Mutter und Kind, haben taufen können.«

Aus dem törichten Gefühl heraus, Sara, deren Geburt und Tod mit soviel brutaler Gewalt einhergegangen waren, verteidigen zu müssen, sagte der Maresciallo: »Von den Nachbarn habe ich auch gehört, daß Saras Mutter verheiratet war – jedenfalls hatte sie ein Foto von ihren Eltern. Und ich glaube, es gab auch noch ein zweites Kind. Sie sprach jedenfalls von einem Bruder…« Nach dem kühlen Blick der Nonne zu urteilen, machte er als Verteidiger wenig Eindruck. Resigniert gab er auf und fragte statt dessen: »Haben die beiden Sie gleich nach dem Krieg verlassen?«

Schwester Dolores blätterte wieder in dem dicken Buch und suchte mit trockenem bleichen Finger nach einem bestimmten Eintrag.

»Am fünfzehnten Januar fünfundvierzig. Bis zu dem Zeitpunkt hatte sie noch kein Geld und keine Bleibe.«

»Und dann? Hat jemand beides bereitgestellt? Sie glauben, der Vater...«

»Tut mir leid, Maresciallo, aber ich kann Ihnen nur die Fakten nennen, wie sie hier verzeichnet sind. Sie werden verstehen, daß wir uns keinen Spekulationen hingeben.«

»Verzeihen Sie. Ich wollte ja auch nur Ihre Meinung... Sie wurde ermordet.«

»Ich werde für sie beten.«

Der Maresciallo wandte sich hoffnungsvoll an die jüngere Nonne. »Hat sie Sie denn später nie besucht? Um Ihnen zu danken?«

Doch die Schwester antwortete nur mit einem Blick auf das Register, dessen Seiten Schwester Dolores umblätterte.

»Das Kloster erhielt eine Schenkung – eine stattliche Summe, wie Sie sehen – ›gestiftet von Ruth und Sara Hirsch im September 1946‹. Das ist der letzte sie betreffende Eintrag. Schwester ...« Die jüngere Nonne mußte ihr beim Aufstehen behilflich sein und ihr die Gehhilfen reichen.

Der Maresciallo dankte beiden für ihre Auskünfte und sagte, er fände selbst hinaus.

Als er im Büro des Staatsanwalts eintraf und von seinem Besuch im Kloster berichtete, stand ihm die Unzufriedenheit offenbar ins Gesicht geschrieben. Jedenfalls vergaß der Staatsanwalt sein Versprechen und fragte: »Aber warum? Welchen Grund könnten sie haben, Ihnen etwas zu verheimlichen? ... Schon gut, fahren Sie nur fort.«

»Das ist alles, was ich erfahren habe.«

»Nun, ich nehme an, was Ihnen Kopfzerbrechen macht, ist das, was Sie nicht erfahren haben.«

»Es fällt schwer zu glauben, daß der Vater, zumindest in ihrer Vorstellung, kein Wiener war, sondern Italiener, und natürlich katholisch.«

Der Staatsanwalt preßte die Lippen über dem Zigarillo in seinem Mundwinkel zusammen und wartete. Dann zündete er es an. »Seit dem Mittagessen habe ich durchgehalten.«

»Das muß hart sein.«

»Haben Sie nie geraucht?«

»Nein. Aber ich habe versucht, Diät zu halten.«

»Das ist sicher noch schlimmer. Keine Möglichkeit, den ›Anfechtungen der Sünde‹, wie die guten Schwestern, die Sie heute besucht haben, es ausdrücken würden, aus dem Weg zu gehen.« Er lächelte. »Solange ich mit Kindern arbeitete, hatte ich mich schon daran gewöhnt, ohne meine Zigarillos auszukommen. Aber jetzt werde ich rückfällig.«

Er war auch ebenso geduldig mit ihm, dachte der Maresciallo, wie vermutlich seinerzeit mit den Kindern; tat wohl nur so, als versuche er die schwankenden Aktenstöße auf seinem Schreibtisch zu ordnen... nein, er fahndete nach einem Aschenbecher...

»Da auf dem Stapel Papier steht einer, auf dem Fußboden.«

»Oh, danke...«

Er gab sich einen Ruck: »Die Schwester sagte, sie hätte mir die Fakten genannt, und ich glaube ihr. Dann war da noch die Schenkung... Das Geld muß von irgendwoher gekommen sein… Auch da gab sie mir die Fakten. Der Rest ist nur…«

»Vermutungen?«

»Wahrscheinlich, ja. Also, man erkennt ja immer erst im nachhinein, ob es sich bloß um Vermutungen handelt, oder ob wirklich etwas dahintersteckt. Tut mir leid, ich weiß, das hört sich alles recht verworren an.«

»Aber durchaus nicht, Maresciallo! Obwohl ich gestehen muß, daß ich mir nicht vorstellen kann, wie sie es angestellt haben soll, unter der Obhut der Freunde ihrer Eltern und noch dazu in jenen alles andere als freizügigen Zeiten gerade dieser ›Anfechtung der Sünde‹ zu erliegen. Aber schauen wir uns doch mal an, was die Klinik mir an Informationen liefern konnte. Ich habe Sara Hirschs Krankenakte hier, doch ich will versuchen, Ihnen eine Kurzfassung zu geben: Wie es scheint, wurde sie vor sieben Jahren auf eigenen Wunsch in Santa Maria Novella aufgenommen, als sie nach dem Tod ihrer Mutter so verzweifelt war, daß sie mit dem Leben nicht mehr zurechtkam. Sie fürchtete, den Verstand zu verlieren. Da Depressionen und Erschöpfungszustände oft auf eine unerkannte Krankheit zurückzuführen sind, hat man sie in der Klinik zunächst einmal gründlich durchgecheckt. Dabei wurde eine Angina diagnostiziert. Da sie etwas Übergewicht hatte, empfahl man ihr außerdem eine Diät. Übrigens ist ihre Mutter im selben Krankenhaus gestorben, auf der Intensivstation, nach einem Herzanfall. Sara wurde auch von einer Psychologin untersucht, darüber liegt ein eigener Bericht vor… etwas lang geraten… Darin heißt es, sie habe sich erst sieben Monate nach Ausbruch der Depression, die wiederum einige Monate nach dem Tod der Mutter begann, in Behandlung begeben. Die erste Verzögerung scheint die Ärztin mehr verwundert zu haben als die zweite – viele Menschen scheuen den Gang zum Psychiater –, aber eine befriedigende Erklärung scheint sie nicht gefunden zu haben. Sie schreibt, die Patientin sei bei den Sitzungen sehr verängstigt gewesen und habe sich jedesmal sehr aufgeregt, wenn man sie nach ihrem Alltag befragte, nach Zukunftsperspektiven, Kontakten zu anderen Menschen und so weiter. Der Gesamteindruck war der einer völlig isoliert lebenden Person, die, abgesehen von ihrer Mutter, offenbar keinerlei engere Beziehungen hatte.«

»Von einem Bruder war nicht die Rede?« fragte der Maresciallo.

»O doch. Offenbar erwähnte sie ihn in jedem zweiten Satz, aber anscheinend konnte oder wollte sie nichts Genaueres über ihn sagen. Das war so auffällig, daß die Ärztin vermerkte, sie habe Zweifel an der Existenz dieses Bruders. Nach meiner Erfahrung kommt es zwar bei einsamen Kindern häufig vor, daß sie sich Geschwister ausdenken, aber bei Erwachsenen habe ich noch nie von so einem Fall gehört. Sie etwa?«

»Nein, nein... Allerdings hatte sie kein Foto von einem Bruder, nur das von Vater und Mutter. Sagt jedenfalls die kleine Rossi. Könnte natürlich sein, daß sie auch eins von dem Bruder besaß und es nur nicht herzeigte.«

»So wie sie auch keine konkreten Informationen über ihn preisgab? Also, bis jetzt klingt er mir reichlich nach einer Phantasiefigur. Übrigens habe ich nur einen einzigen

Hirsch im Telefonbuch gefunden, doch der Anschluß existiert nicht mehr, also werde ich Sie gar nicht erst damit behelligen. Aber weiter im Text. Auf die Frage, ob sie je gearbeitet habe, antwortete sie, ihre Mutter habe das nicht gewollt, da sie es finanziell nicht nötig hatten. Sie selbst habe zwar als junges Mädchen daran gedacht, sich aber dann doch der Weisung ihrer Mutter gefügt, die zu sagen pflegte: ›Vergiß nie, wer du bist und daß du eines Tages den Platz in der Welt einnehmen wirst, der dir zusteht.‹ Ach, du meine Güte, das läßt das, was Sie über ihren mutmaßlichen Vater sagten, ziemlich glaubwürdig erscheinen, wie?«

»Sie hat sich nicht näher dazu geäußert?«

»Sie hat überhaupt nichts erklärt, nur eine Reihe von scheinbar unzusammenhängenden Fakten aufgezählt. Das einzige, was sie deutlich machte, war, daß sie dringend Hilfe brauchte.«

»Hm. Genauso hat sie sich auch bei mir verhalten. Und auch mir kam der Verdacht, daß einiges von dem, was sie erzählte, womöglich erfunden war.«

»Aber sie wurde ermordet.«

»Ja.«

»Ich lese Ihnen mal die abschließende Analyse der Psychologin vor: ›Die Patientin hat offenbar keine Schwierigkeiten, ihre psychische Befindlichkeit einzuordnen, und obwohl sie sich gegenwärtig nicht in der Lage fühlt, für sich selbst zu sorgen, ist sie über ihre Verhältnisse vollkommen im Bilde. Ihre Ängste sitzen sehr tief und entspringen echten Problemen, die sie indes nicht einmal in strikt vertraulichem Gespräch zu artikulieren vermag. Ganz augenscheinlich hängen diese Probleme mit ihrer

Mutter zusammen, zu der sie anscheinend gleichwohl ein enges und liebevolles Verhältnis hatte. Wie sie selbst erklärt, begann sie unter dem Gefühl der Hilflosigkeit und Schwäche erst seit dem Tode der Mutter zu leiden, ohne die niemand mehr da sei, der ihre ›Interessen verteidigt‹. Die Patientin hat offenbar ihr Leben lang darauf vertraut, daß das Problem, welches offenzulegen sie sich weigert, sich von selbst erledigen würde. Der Tod der Mutter scheint dann, neben dem ganz natürlichen Schmerz über den Verlust, die Erkenntnis ausgelöst zu haben, daß ihr eigenes Leben an ihr vorbeigegangen ist, indem sie sich, statt zu leben, auf einer Warteposition einrichtete.

Keine paranoiden Symptome. Keinerlei Hinweis auf manisches Verhalten im Krankheitsbild. Abschließende Diagnose: Reaktive Depression.

Das ist eigentlich alles. Die Psychologin empfiehlt Beruhigungsmittel, Diät, viel Bewegung, frische Luft etcetera etcetera. Später dann…« Der Staatsanwalt blätterte die Akte durch und übersprang Photokopien von Elektrokardiogrammen, Bluttests, Formulare und handgeschriebene Briefe. »Hier… zwei Jahre später wurde sie mit fast den gleichen Symptomen wieder in derselben Klinik aufgenommen. Die nämlichen Tests bei einem anderen Psychologen, der aber so ziemlich die gleiche Diagnose stellt: ›Kontaktarm, ängstlich, auf Ursachen ihrer Depression nicht ansprechbar‹. Da sind sogar Auszüge aus den Sitzungsprotokollen beigefügt:

Wenn Sie sagen ›Wären die Verhältnisse so, wie sie sein sollten‹ – was ist damit gemeint? Könnten Sie mir das etwas näher erklären?

Es gibt Probleme. Aber eines Tages wird mein Leben so werden, wie es sein sollte.

Haben Sie konkrete Gründe für diese Hoffnung auf einen radikalen Wandel in Ihrem Leben?

Ja, die habe ich.

Und glauben Sie, Sie könnten mir diese Gründe nennen?

Auf keinen Fall. Das sind sehr private und… komplizierte Vorgänge. Die Sie auch kaum verstehen würden.

Was meinen Sie, ob sie den Vater erpreßt hat?«

»Wenn ja, dann jedenfalls nicht sehr erfolgreich. Sie war in Tränen aufgelöst, weil sie ihren Anteil an den Renovierungskosten vom Haus nicht aufbringen konnte – allerdings habe ich das nur von dem Kaufmann gehört…«

»Und glauben Sie ihm?«

»Ich glaube, er hat nicht gelogen.«

»Dann halten Sie es also für wahr?«

»O nein, nein… es kann gar nicht stimmen. Nein, darum ist sie ja, soweit ich das verstanden habe, zu mir gekommen. Die Wohnung gehörte ihr nämlich gar nicht. Die Drohung auf dieser anonymen Postkarte: ›Nun, da wir wissen, wo Sie wohnen‹ – das ist genau die Taktik dieser skrupellosen Anwälte, die eine rasche Räumung erzwingen wollen.‹

Der Staatsanwalt musterte die Unterlagen aus der Wohnung Hirsch, die sich auf seinem Schreibtisch stapelten. »Darunter werde ich wohl keine Belege über ihre Wohnung finden.«

»Nein.«

»Und wahrscheinlich auch keinen Mietvertrag.«

»Wahrscheinlich nicht«, stimmte der Maresciallo zu.

»Dann müssen wir den Besitzer übers Grundbuchamt ermitteln – vorausgesetzt, der Eintrag liegt nicht zu lange zurück.«

»Was Sie unter Ihren Papieren finden könnten«, bemerkte der Maresciallo, »das ist der Name Ihres Anwalts – vielleicht anhand eines Briefes oder so. Sie sprach davon, daß sie einen Anwalt habe, und als ich ihr erklärte, jemand versuche, sie aus ihrer Wohnung zu drängen, sagte sie, sie wolle ihn konsultieren.«

»Das würde uns weiterhelfen«, räumte der Staatsanwalt ein, »aber viel Hoffnung habe ich nicht. Diese Unterlagen stammen aus einem Aktenschrank. Sie waren mustergültig geordnet. Jeder, der kompromittierendes Material hätte beiseite schaffen wollen, wäre da ohne weiteres fündig geworden.«

»Es sei denn…«

»Was?«

»Ich versuche mich an etwas zu erinnern, das sie in meinem Büro zu mir sagte. Als ich die Vermutung aussprach, jemand wolle ihr Angst einjagen, damit sie auszöge… da sprach sie von einem Trumpf – oder vielleicht auch mehreren –, die sie noch in petto habe.«

Der Staatsanwalt lehnte sich stirnrunzelnd in seinem Sessel zurück. »Wenn sie diese Trümpfe ausgespielt hat, dann unterzeichnete sie damit vermutlich ihr Todesurteil. Was mich wundert, ist, daß ihr mutmaßlicher Gegenspieler so rasch und effizient reagiert hat. Finden Sie das nicht auch beeindruckend?«

»Ich? Nein, nein…«

»Aber ich bitte Sie, Maresciallo, zwischen dem Besuch bei Ihnen und ihrem Tode… Und diesen Anwalt, den hat sie doch vermutlich auch noch gesprochen, bevor sie besagten Trumpf ausspielte.«

»Vielleicht hat sie ja nur mit ihm telefoniert.«

»Trotzdem war das eine Blitzaktion! Ihr Tod muß doch binnen zwei, wenn nicht gar nur einem Tag nach Ihrer Unterredung mit der Frau erfolgt sein. Und ich fürchte, genauer wird uns das nicht einmal der Autopsiebericht sagen können. Ist Ihnen – abgesehen von der organisierten Verbrecherszene natürlich – je ein Mord untergekommen, der so rasch geplant und ausgeführt wurde?«

»Eigentlich nicht, nein.«

»Na also. Sie glauben doch nicht, daß der Fall irgendwie mit dem organisierten Verbrechen in Verbindung steht?«

»Nein, nein…«

Der Staatsanwalt schien drauf und dran, seine vielgepriesene Geduld zu verlieren. Aber er hielt an sich. Der Maresciallo war bekümmert, nicht nur, weil er nichts Erhellendes beizusteuern hatte, sondern auch, weil ihm kaum noch Zeit blieb, auf seiner Wache nach dem Rechten zu sehen, bevor er einen weiteren Besuch machen mußte, für den er sich noch weniger gewappnet fühlte: oben in der Villa L'Uliveto. Der Staatsanwalt war so freundlich, ihn zu entlassen, als er erklärte, daß und warum er so in Druck sei. Als sie sich zum Abschied die Hand gaben, schien er nicht verärgert, aber bei Staatsanwälten wußte man nie… Sie waren gebildet und einem einfachen Maresciallo haushoch überlegen. Sie ließen sich ihren Ärger nicht anmerken, aber irgendwann später, da bekam man ihn zu spüren.

Dieser hier wirkte recht umgänglich, aber man durfte keine voreiligen Schlüsse ziehen, so wie der Staatsanwalt selbst es getan hatte, als er sich vorhin über Effizienz und Reaktionsschnelle ausließ. Dabei waren sie sich bislang noch nicht einmal über das Motiv im klaren, und selbst wenn sie mit ihrer Vermutung richtig lagen, war das rasche Handeln der Täter weit weniger verwunderlich als der Mord als solcher. Denn wenn das Motiv mit dem Inhalt des Safes zusammenhing und der, der ihn geraubt hatte, schon früher in der Wohnung gewesen war, dann hätte er die Signora nicht zu töten brauchen, wo doch ein einfacher Diebstahl weit weniger Staub aufgewirbelt hätte. Ein unnötiger Mord... Effizienz und Reaktionsschnelle? Nein, nein...

Es war dunkel, und es war schwül. Der Maresciallo und Lorenzini erstickten fast in dem kleinen, nicht als Polizeifahrzeug gekennzeichneten Wagen. Trotzdem hielten sie die Fenster geschlossen, denn draußen in der engen Straße war die Luft noch schlimmer, ebenso heiß wie drinnen, aber obendrein von Abgasen geschwängert. Der junge Carabiniere auf dem Rücksitz, der zum ersten Mal mit auf Nachtstreife ging, war dem Maresciallo zu übereifrig. Er hatte zu oft erlebt, wie diesen jungen Burschen ihr Ungestüm zum Verderben wurde, und er war ständig in Sorge um sie. Er warf einen Blick auf die Uhr am Armaturenbrett. Gleich Mitternacht. Sie standen in der Via dei Serragli. Um den Parkplatz zu kriegen, hatten sie viermal um den Block fahren müssen, als die erste Abendvorstellung im Goldoni aus war. Der Wagen sah aus wie ein Zivilfahrzeug, aber die Männer waren in Uniform. Vor Beginn der

Spätvorstellung hatte die lange, schmale Gasse sich ein wenig belebt, doch jetzt waren fast keine Fußgänger mehr unterwegs. Die Trattorien hatten längst geschlossen. Hie und da verstärkte die Neonreklame einer der wenigen Bars die matte Straßenbeleuchtung. Immer noch rauschten unentwegt Autos vorbei.

»Man fragt sich, wo zum Teufel die alle hinwollen um diese Zeit«, grummelte der Maresciallo, wie immer auf solch nächtlichen Einsätzen.

»In Discos und Clubs«, antwortete Lorenzini mechanisch.

In der Via dei Serragli betrieb Ilirs Vetter, ein gewisser Lek Pictri, seine ›Baufirma‹. In Wirklichkeit hatte er rechterhand, schräg gegenüber dem Kino, eine geräumige Wohnung im zweiten Stock, in der ständig bis zu acht albanische Einwanderer lebten. Lek Pictri betrog die Behörden damit, daß er diese Männer aufnahm und bei der Polizei als Angestellte seiner Baufirma meldete, die freilich nur auf dem Papier existierte. Als angeblich Vollbeschäftigte bekamen die illegalen Einwanderer nachträglich Aufenthaltsgenehmigungen und Ausweise und konnten fortan ganz legal als Immigranten durchgehen. Sobald sie alle Papiere beisammen hatten, zogen sie weiter, um – im Dienste der Pictri-Vettern – einträglichen Verbrechen nachzugehen, und machten in der Wohnung Platz für Neuankömmlinge. Bislang wußte niemand genau, wie hoch der Preis war, den sie für diese Starthilfe bezahlten, aber Pictris ›Firma‹ galt als Teil eines landesweiten Netzwerks, das die kostspielige und gefährliche Ausreise aus Albanien und die getürkten Legalisierungsverfahren ebenso kontrollierte wie den Handel mit Drogen und Prostituierten. Lek Pictri war der Maresciallo durch die Beschwerde eines ›alten Bekannten‹ auf die Schliche gekommen, der mit Pictri auf demselben Flur wohnte. Dieser Giancarlo Renzi war ein ehrbarer italienischer Dieb, der sich bitter über den regen Zustrom ausländischer Konkurrenz in seinem Metier beklagte. Der Maresciallo und seine Männer waren bereits zu ihrer in vierzehntägigem Turnus laufenden Nachtstreife ausgerückt, als Renzis Anruf ihnen über Funk durchgestellt wurde.

»Ich hörte laute Stimmen draußen auf dem Flur, und da habe ich durch den Spion gelinst und sie beobachtet.«

»Und du bist sicher, daß sie bewaffnet waren? Das ist sehr wichtig«, hakte der Maresciallo nach.

»In einem Fall bin ich mir ganz sicher. Bei den beiden anderen weiß ich's nicht. Aber der eine hat dem Mädchen eine Knarre an den Kopf gehalten, verdammt! Frauen waren bisher noch nie in der Wohnung. Wenn sie jetzt auch noch Prostituierte hier anschleppen, dann ist aber Sense. Ich habe schließlich zwei halbwüchsige Töchter. Schon schlimm genug, daß rund um die Uhr Ausländer hier ein und aus gehen. Wenn Sie nicht endlich was unternehmen…«

»Nur ruhig. Wir sind schon unterwegs.« Wenn Waffen im Spiel waren, konnte der Maresciallo ohne Durchsuchungsbefehl in die Wohnung. Aber wenn das Netzwerk so groß war, wie sie vermuteten, dann brauchten sie trotzdem mehr Zeit, mehr Informationen, damit sich ein solcher Einsatz wirklich lohnte. Lek Pictri allein nützte ihnen gar nichts. Und er sollte auf keinen Fall merken, daß er ob-

serviert wurde. Jetzt meldete sich die reguläre Nachtstreife, die zu ihrer Unterstützung abgestellt war, über
Funk.

»Hier Eins Eins Sieben. Wir sind auf der Piazza Santo
Spirito. Drogenfestnahme am Kiosk. Was ist – wollen Sie
stürmen?«

»Ich weiß noch nicht. Vorerst bleiben wir hier und ob-
servieren weiter.«

Der Maresciallo wußte, daß er eine Entscheidung fällen
sollte, zögerte sie aber instinktiv noch hinaus.

Lorenzini faßte ihn am Arm.

»Sie kommen.«

Doch es waren nicht die Albaner, sondern Renzi. Er
wartete eine Lücke im Verkehrsstrom ab und kam dann
über die dunkle Straße geschlurft. Er trug ein T-Shirt, das
nicht ganz über den Bauch reichte, Shorts und Gummilatschen. Mit Daumen und Zeigefinger nahm er die Zigarette
aus dem Mund und raunzte: »Wo bleiben Sie denn, verdammt? Hört sich an, als würden die das Mädchen um-
bringen!«

Der Maresciallo und Lorenzini öffneten die Wa-
gentüren. Auch wenn Pictri nur ein kleiner Fisch war – sie
konnten nicht untätig dasitzen und zulassen, daß er irgendein Mädchen zusammenschlug.

»Sie bleiben hier«, befahl der Maresciallo dem jungen
Carabiniere auf dem Rücksitz.

Doch noch ehe sie Zeit hatten auszusteigen, öffnete sich
gegenüber erneut die Haustür, und drei Männer und ein
Mädchen stiegen in einen weißen Mercedes, der mit heu-
lendem Motor losfuhr und erst links und dann rechts ein

geparktes Auto streifte, bevor er an Tempo gewann und
Richtung Porta Romana davonbrauste, der Stadtgrenze
entgegen. Die beiden knallten ihre Türen wieder zu und
nahmen die Verfolgung auf, während der zurückgeblie-
bene Renzi hinter ihnen herbrüllte.

Der Maresciallo verständigte die Verstärkung. »Wenn
sie erst auf der Autobahn sind, können wir nicht mehr
mithalten – die haben nicht nur mehr PS als wir, sie fahren
auch wie die Henker.« Den Kleinwagen, in dem sie unterwegs waren, hatten sie gewählt, weil er unauffällig war,
selbst in den engsten Gassen durchkam und wenig Park-
raum beanspruchte.

Wie der Maresciallo befürchtet hatte, bog der weiße
Mercedes von dem Kreisel an der Porta Romana auf die
Straße nach Siena ab. Beim nächsten Kreisverkehr würden
Pictri und seine Leute die Autobahn erreichen, und dann
konnten sie richtig aufs Gas treten.

Das Verstärkungsteam erreichte die Via dei Serragli
zeitgleich mit dem Ende der Spätvorstellung. In einer so
schmalen Gasse genügte ein einziges eingekeiltes Auto,
das sich mühsam aus seiner Parklücke herausarbeiten
mußte, und die hupende Blechlawine staute sich bis hinunter zum Fluß. Falls dann ausgerechnet noch ein Bus an
der Kreuzung zur Via Sant'Agostino den Weg versperrte,
war im Nu das ganze Viertel verstopft. Genau das passierte
jetzt. Sämtliche Fahrer hupten wie wild, bis auf die beiden
Carabinieri in dem Streifenwagen, von denen einer ausstieg
und zu helfen versuchte, indem er ein wuchtiges Motorrad
beiseite schob. Sein Kollege informierte unterdessen den
Maresciallo über Funk. »Versuchen Sie Sichtkontakt zu

halten. Sobald wir aus diesem Chaos raus sind, haben wir euch in Sekunden eingeholt.«

Falls die Albaner die Autobahn nahmen, würde das Unterstützungsfahrzeug wenigstens keine Schwierigkeiten haben, sie vor der nächsten Abfahrt einzuholen, selbst wenn es dem Maresciallo und Lorenzini nicht gelang, auf Sichtweite an dem Mercedes dranzubleiben. Aber über eine gute Strecke schafften sie auch das. Und auf der dunklen, leeren Autobahn waren die Rücklichter des weißen Mercedes weithin sichtbar.

Der junge Carabiniere, ein Wehrdienstler, beugte sich zwischen ihnen nach vorn und fragte: »Was ist los? Wo wollen die hin?«

Lorenzini antwortete nicht. »Komm schon, komm schon, Eins Eins Sieben… Verflixt, er hört mich nicht mehr…«

Der Maresciallo schwieg. Er wußte, was das zu bedeuten hatte. Er wußte auch, daß sie das alles hätten verhindern können, wenn sie nur mit einem regulären Einsatzfahrzeug unterwegs gewesen wären. So aber konnten sie nur versuchen, weiter Sichtkontakt zu halten, doch lange würden sie das nicht mehr schaffen. Ihre einzige Hoffnung war das Unterstützungsfahrzeug.

»Maresciallo? Wo sind die…«

»Schalten Sie das Fernlicht ein und halten Sie voll drauf.«

»Was…? Sind Sie sicher? Und wenn er uns einfach abhaut? Wir könnten nie…«

»Die Scheinwerfer an! Können Sie nicht schneller fahren? Eins Eins Sieben! Eins Eins Sieben! Wo steckt ihr?«

»Kommen grade auf die Autobahn. Sind gleich bei euch...«

»Überholt uns! Zielfahrzeug ist ein weißer Mercedes. Und schaltet gefälligst das Blaulicht ein.« Der Maresciallo spähte angestrengt nach vorn.

»Ich dachte, wir sollten uns nicht zu erkennen geben?« fragte Lorenzini verwirrt. »Und was hat das Mädchen damit zu tun?«

»Lek macht den Zuhälter für Ilirs Mädchen, solange der im Gefängnis sitzt. Wenn es sich so verhält, wie ich denke, dann ist das Mädchen eine Freundin von Dori, ein Neuankömmling. Er würde sich nicht mit Kobis Bande anlegen – können Sie denn nicht aufholen? Großer Gott, Sie haben ihn verloren!«

»Nein, hab ich nicht. Das ist bloß die Kurve. Er hat nicht viel Vorsprung, und er kann uns nicht sehen...«

»Ich will aber, daß er uns sieht. Wir bräuchten einen regulären Einsatzwagen. Wo ist Eins Eins Sieben? Die kommen nicht mehr rechtzeitig.«

»Sie meinen... Ich versuch's mit Lichthupe – da ist er! Hat einen Mordsvorsprung. Und legt noch einen Zahn zu. Glauben Sie, er hat uns gesehen?«

Die roten Rücklichter wurden immer schwächer. Aber da das Auto weiß und man auf eine dramatische Wendung vorbereitet war, sahen sie trotzdem, wie jetzt die linke Fondtür aufschwang. Zu spät! Das schwarze Bündel schlug auf dem Boden auf und rollte über die Fahrbahn, während der weiße Mercedes aus ihrem Blickfeld verschwand. Lorenzini trat auf die Bremse. Einen Moment lang konnten sie nichts erkennen, aber der Wagen hielt, ohne daß es den befürchteten dumpfen Aufprall gegeben hätte.

»Die haben was rausgeworfen, sah aus wie einer von diesen großen schwarzen Müllsäcken...« Die Stimme des jungen Carabiniere zitterte. Man hörte ihn mühsam schlucken. Er wußte, es war kein Müllsack, und wünschte doch, es wäre einer.

»Steigen Sie aus und stellen Sie das Warndreieck auf. Dann bleiben Sie auf dem Seitenstreifen.« Lorenzini fuhr soweit wie möglich rechts ran. Er hatte die Warnblinkanlage eingeschaltet.

Das dunkle Bündel hatte ausgerollt. Jetzt konnten sie es deutlich sehen. Es bewegte sich, richtete sich auf und kroch lebendig, auf allen vieren, über die Fahrbahn.

»Vorsicht! Da, auf der linken Spur!«

»Das Warndreieck! Jetzt einen Unfall – das hätte uns grade noch gefehlt!« Der Junge rannte mit dem roten Warndreieck nach hinten. Der Maresciallo und Lorenzini stiegen aus und versuchten sich dem Mädchen mit erhobenen Händen bemerkbar zu machen.

»Bleiben Sie, wo Sie sind! Unglaublich, sie scheint überhaupt nicht verletzt zu sein. Da, sie steht auf...« Lorenzini trat auf die Fahrbahn und schrie: »Halt! Stopp! Nicht bewegen!«

Sie war offenbar schwarz oder jedenfalls sehr dunkel gekleidet. Man sah nur ihr kleines, weißes Gesicht. Schwankend machte sie einen Schritt auf sie zu.

»Nein! Los doch, Lorenzini. Halten Sie sie zurück!« Oh, nein, nein...

Lorenzini rannte los, aber dann kamen von rechts

Scheinwerfer auf ihn zu, und er blieb stehen. Auch auf der linken Spur blendete ein Wagen auf, ein Blaulicht zuckte, eine Sirene gellte.

Mit warnend erhobenem Arm zeichnete sich Lorenzinis Silhouette im Scheinwerferkegel des Wagens ab, der von rechts auf sie zugerast kam. Der Maresciallo starrte wie gebannt auf das Gesicht des Mädchens, als könne er es durch schiere Willensübertragung zwingen zu reagieren, und wußte doch, daß es sinnlos war, sah sie wie betäubt dastehen, wußte, was passieren würde. Sie taumelte ihm entgegen, und er blickte in ein Kindergesicht. Sie schien etwas zu sagen, aber die Sirene, die sich von links näherte, übertönte ihre Stimme. In den Sekunden, bevor der von rechts kommende Wagen sie erfaßte, trafen sich ihre Blicke, sie streckte die Hand nach ihm aus und lächelte.

Sie wirbelte durch die Luft wie ein Dummy in einem Actionfilm und plumpste dann auf die Fahrbahn nieder. Die Bremsen quietschten, der Wagen überrollte sie mit einem dumpfen Knirschen und kam zum Stehen.

Unmittelbar nach einer Katastrophe hat man immer für einen scheinbar endlosen Moment das Gefühl, die Welt ringsum würde den Atem anhalten. An der Oberfläche des Lebens hat sich ein Spalt aufgetan, der einige von uns verschlingen wird und mit dem die übrigen sich arrangieren müssen. Aber erst kommt diese lähmende Pause, der Schock. Dann weicht, sofern es sich um einen Verkehrsunfall handelt, die unerträgliche Stille schallenden Kommandorufen, betroffenem Gemurmel oder Panikschreien. Fenster fliegen auf, Menschen strömen zusammen, die zuständigen Uniformen werden herbeigerufen, schwarze und weiße. Die entsprechenden Geräusche ertönen, Sirenen, Bremsen, das Klappern der Tragen, die aus den Rettungswagen heruntergelassen werden. Darauf folgt wieder ein Moment der Stille, spannungsgeladen diesmal, während man die Toten oder Verletzten abtransportiert; und endlich setzt die monotone Routine ein, werden Kennzeichen notiert und Spuren vermessen. Bis auf ein paar ganz Unentwegte kehren die Schaulustigen zurück in ihre Häuser, an den Arbeitsplatz, zu ihren unterbrochenen Gesprächen. Die Unbeteiligten, die Ahnungslosen, drängen nach, verlangen, daß es endlich weitergeht, hupen zornig gegen die unerklärliche, irritierende Verzögerung an. Die letzte Szene ist kurz und ernüchternd. Irgend jemand schwappt Sand oder Seifenwasser über eine Blutlache, beschädigte Fahrzeuge werden abgeschleppt, und die Verkehrslage normalisiert sich wieder, während das Leben den Vorfall absorbiert und weitergeht.

Aber eine verlassene nächtliche Autobahn ist ein trister Ort, ein Niemandsland, dachte der Maresciallo, während er in der dunklen Schwüle auf die Ambulanz wartete. Nur zwei Paar Scheinwerfer und das rotierende Blaulicht auf dem Dach von Eins Eins Sieben erhellten die stille Szene und beleuchteten Bäume, einen Strommasten, einen Mann, der sich auf dem Grünstreifen erbrach, eine Straßensperre weiter unten an der dunklen Fahrbahn, Bäume, das Auto, das eingedellt und mit verbeulter Stoßstange quer über der Trennlinie zwischen zwei Fahrspuren stand, Bäume, einen Strommasten, einen Mann, der sich erbrach, eine Straßensperre …

Unter dem Wagen mit der verbeulten Stoßstange hatte eine Taschenlampe eine sich rasch ausbreitende Blutlache aufgespürt, die offenbar von einer Schädelwunde des Mädchens herrührte. Jemand hatte an ihrem Hals nach dem Puls getastet und ihn, wenn auch schwach, gefunden. Keiner wagte es, sie oder das Auto zu bewegen. Das Mädchen verblutete.

Der Maresciallo sagte nichts. Aber er atmete leichter, als der Rettungswagen und die Feuerwehr eintrafen und mit ihnen gleißendes Licht, Betriebsamkeit, Stimmengewirr.

Sie sagten, das Mädchen sei nicht eingeklemmt, und der Wagen wurde zur Seite geschoben. Sie sagten, das Mädchen lebe noch, und ein Arzt legte ihr eine Infusion und hielt eine Flasche mit farbloser Flüssigkeit über ihr hoch. Man hob sie auf eine Trage, und der Maresciallo erhaschte einen flüchtigen Blick auf das kleine, weiße Gesicht. Ihr Körper schien zu schlaff und formlos für den eines lebenden Menschen. Und doch sagten sie, sie sei am Leben.

Die leise pendelnden, zarten Glieder beschworen eine Erinnerung an seinen Vater herauf, wie er den leblosen, aber noch warmen Kadaver eines Kaninchens seiner Mutter zum Abbalgen auf den Küchentisch warf. Er sah einen Schädelsplitter so weiß wie ihr kleines Gesicht. Sie wirkte zu jung, um nachts allein auf der Straße zu sein. Wenn sie nur, als sie benommen, aber offenbar nicht ernstlich verletzt, aufgestanden war, zwei Schritte in die andere Richtung gemacht hätte, dann wäre sie auf dem Grünstreifen gewesen, als das Auto kam. Aber sie hatte es nicht getan. Vermutlich angezogen durch die Scheinwerfer, die Gestalt des Maresciallos, der ihr den Arm entge-

genstreckte, war sie auf ihn zugegangen, mit einem Wort
auf den Lippen, das er nicht hören konnte, und mit einem
Lächeln.

6

»Es hat wirklich keinen Sinn, daß Sie noch länger warten – es sei denn, Sie könnten uns helfen, sie zu identifizieren.« Wie vorauszusehen, hatte man bei dem Mädchen keine Papiere gefunden.

»Noch weiß ich auch nicht, wer sie ist, aber ich glaube, etwas später werde ich es Ihnen sagen können.« Als man sie von der Sanitäts- auf eine Krankenhaustrage umbettete, hätte der Maresciallo die Schwester gern nach den schlaff herunterbaumelnden Gliedern gefragt, die ihn an einen Leichnam erinnerten, an ein kleines totes Kaninchen, aber er hatte es unterlassen, und nun wußte er nicht, wie er das Thema jetzt noch anschneiden sollte. »Wir wollen noch hören, was der Arzt zu sagen hat, dann gehen wir.«

»Meinetwegen, solange Sie nicht erwarten, daß sie das Bewußtsein wiedererlangt und eine Aussage machen wird.«

»Nein, nein... wir wissen bereits, was passiert ist. Wir sind dem Wagen gefolgt.«

Die Schwester hatte keine Zeit mehr, darauf zu antworten. Sanitäter schafften einen Drogensüchtigen mit Überdosis herein, gefolgt von zwei Polizisten. Unmittelbar zuvor hatte man bei einem frisch eingelieferten Herzinfarkt nur noch den Tod feststellen können, und nun protestierte seine Frau schluchzend und schlug mit den Fäusten gegen die Brust eines jungen Arztes. An der Wand saßen auf Plastikstühlen drei, vier leicht Verletzte mit grauen Gesichtern und ganz erschöpft vom Warten, während immer wieder dringendere Fälle an ihnen vorbeigeschoben wurden.

»Ich hole uns einen Kaffee aus dem Automaten«, sagte Lorenzini, und dann nahmen auch sie auf den harten roten Stühlen Platz, nippten an dem siedendheißen Kaffee und verbrannten sich die Finger an den kleinen Plastikbechern. »Wollen Sie sich mit Dori in Verbindung setzen?«

»Ich werd's versuchen. Ich hoffe, sie ist inzwischen verheiratet, aber wenn nicht, dann sollte das hier sie zur Besinnung bringen, ob das Mädchen nun ihre Freundin ist oder nicht.«

»Glauben Sie wirklich? Auf mich wirkt Dori immer wie eine, die sehr gut auf sich selbst aufpassen kann.«

»Diese Mädchen geben sich immer stärker als sie sind. Das kommt von der brutalen Behandlung, die läßt sie verrohen.«

»Da mögen Sie recht haben. Geben Sie her. Auf meiner Seite steht ein Abfalleimer.« Lorenzini warf ihre Kaffeebecher weg und gähnte. »Gott, war das ein langer Tag. Was haben Sie bei Ihrem Besuch in der Villa erreicht?«

»Gar nichts. Das heißt, ich bin schon dort gewesen, aber Sir Christopher konnte mich nicht empfangen. Er hatte kürzlich einen leichten Schlaganfall, und nun muß er jede Anstrengung oder Aufregung vermeiden. Bei meinem ersten Besuch erzählte er mir, daß er als Kind an rheumatischem Fieber litt.«

»Ah, wie meine Mutter. Die hatte auch schon zwei oder drei kleinere Schlaganfälle vor dem, an dem sie starb. Schädigt die Herzklappen, dieses rheumatische Fieber. Durch Rheumaknötchen, Vernarbungen und so wird die Herztätigkeit beeinträchtigt. Aber heißt das nun, daß Sie noch mal dort raufmüssen? Drei Termine wegen einer gestohlenen Haarbürste oder was immer es war? Vor dem Gesetz sind alle gleich, ausgenommen die Reichen …«

»Hm … Aber rheumatisches Fieber macht auch vor den Reichen nicht halt.«

Um die Wahrheit zu sagen, war der Besuch des Maresciallos, auch wenn er Sir Christopher nicht gesprochen hatte, zumindest insofern erfolgreich gewesen, als er seine Neugier auf den Tagesablauf eines reichen Mannes hatte stillen können, wenngleich seine Verwirrung im nachhinein in mancher Hinsicht noch größer war als zuvor, besonders, was den Mangel an Personal für ein Anwesen von dieser Größe betraf. Ein junger ausländischer Gärtner, sehr groß und blond, hatte ihn am Tor empfangen und gesagt, er habe Anweisung, ihn zur Haushälterin zu bringen. Und bevor sie sich auf Vorschlag des Maresciallos zu Fuß auf den Weg über die lange Auffahrt machten, hatte er in ein Walkie-Talkie gesprochen.

»Wenn Sie wollen, kann Ihr Fahrer im Pförtnerhaus warten.«

»Nein, nein … Auf dem schattigen Parkplatz ist er gut aufgehoben.« Der Spaziergang hinauf zur Villa bot willkommene Gelegenheit für einige scheinbar unverfängliche Fragen. »Arbeiten Sie ganztags hier?«

»Als Gärtner, ja – das heißt, eigentlich bin ich nur vorübergehend hier, während der Semesterferien. Ich komme aus England, wo ich Gartenbau studiere.«

»Aus England? Sie sprechen aber gut Italienisch.«

»Sie meinen, für einen Ausländer. Natürlich habe ich bei den anderen Gärtnern ein bißchen was von ihrem Florentiner Idiom aufgeschnappt. Besser als der schreckliche englische Akzent, den die haben, die eine Sprache studieren, statt sie einfach im Alltag zu erlernen. Jedenfalls werden sich die Praktika hier in meinem Lebenslauf gut machen – ich bin nämlich schon zum vierten Mal da. Und sobald ich meinen Abschluß habe, würde ich gern ganz herziehen.« Er verlangsamte seine Schritte, wandte sich dem Maresciallo zu und dämpfte die Stimme, obwohl weit und breit kein Mensch zu sehen war. »Also eigentlich bin ich nämlich so eine Art armer Verwandter.«

»Ein Verwandter?«

»Entfernt. Sehr entfernt und sehr arm.« Er lachte. Seine tiefblauen Augen glänzten heiter, aber seine Stimme blieb sorgsam gedämpft. »Meine Mutter war eine weitläufige Verwandte, Cousine vierten Grades oder so von jemandem, der in Sir Christophers Familie mütterlicherseits einheiratete. Sie schrieb meinetwegen an Sir Christopher, der sehr zuvorkommend antwortete, und nun bin ich hier.«

»Und wie kommen Sie mit ihm zurecht?«

»Oh, er ist sehr freundlich. Kommt jeden Morgen, um sich mit uns zu besprechen, vor allem natürlich mit dem Obergärtner. Der ist hier geboren, und der Vater von Sir Christopher hat ihm ein eigenes Häuschen vermacht – dort drüben, zwischen den beiden Weinbergen. Können Sie es sehen?«

Der Maresciallo staunte nicht schlecht. »Oben auf der Anhöhe? Da wohnt der Gärtner?«

»Nein!« Jetzt flüsterte der Junge nur noch, so daß der Maresciallo sich ganz nahe zu ihm hinüberbeugen mußte, um ihn zu verstehen. »Das Gärtnerhäuschen liegt viel näher, unten in der Talsenke. Sie können nur das Dach sehen. Das dort oben ist eine ziemlich große Villa, die früher als Gästehaus diente – für Sir Christophers geschätzten Freunde aus dem Hochadel und Schriftsteller und Künstler und Multimillionäre. Dazu könnte die Haushälterin Ihnen so einiges erzählen. Sie sagt, sein Vater habe Antiquitäten gesammelt und er sammle prominente Namen. Nun, warum nicht, ist doch ein harmloser Zeitvertreib. Und hat ihm immerhin einen Adelstitel eingebracht.«

»Ich dachte, sein Hobby sei die Malerei.«

»Ach, du lieber Himmel, nein! Die nimmt er sehr ernst. Was in meinen Augen weniger harmlos ist. Anspruchsneurose, wenn Sie verstehen, was ich meine?«

»Ich, nein… nein, da kann ich Ihnen nicht folgen.«

»Also, Menschen, die, wie man so sagt, mit einem silbernen Löffel im Mund zur Welt gekommen sind, bilden sich leicht ein, daß ihnen alles zusteht, was sie sich wünschen, und sei es, ohne einen Funken Talent ein berühmter Maler zu werden. Gerade auf künstlerischem Gebiet ist das zum Heulen, wenn man bedenkt, daß diese reichen Leute ihr ganzes Leben an etwas vergeuden, das sie nie beherrschen werden. Und bestimmt wissen sie das auch selbst, egal wie sehr sie sich anstrengen und sich was vormachen, meinen Sie nicht? Leider funktioniert es in man-

chen Bereichen sogar, wie zum Beispiel auf meinem Gebiet, der Landschaftsgärtnerei. Aber ich habe nicht die lei-
seste Chance, außer es gelingt mir hierzubleiben. Dabei
kenne ich eine Menge Leute, die es geschafft haben, nicht,
weil sie begabt waren, sondern weil sie entweder ein geeig-
netes Anwesen mit dem entsprechenden Grund geerbt
oder in die richtige Familie eingeheiratet hatten. Ach, ich
wünschte, ich könnte meine Ambitionen mit denen Sir
Christophers tauschen – ich meine, Farben und Leinwand
könnte auch ich mir leisten, aber was ich für meine Arbeit
brauche, ist all das.«

Der Maresciallo ließ den Blick über ›all das‹ schweifen
und verstand, worauf der Junge hinauswollte.

»Ich finde, es ist ein Jammer, daß die tollen Leute nicht
mehr herkommen. Das wären nämlich potentielle Auf-
traggeber für mich. Aber zur Zeit steht das Gästehaus leer.
Wie sieht's übrigens in der Villa aus? Waren Sie schon mal
drin?«

»Nur ganz kurz. Wollen Sie damit sagen, Sie kennen sie
überhaupt nicht?«

»Habe nie einen Fuß reingesetzt. Sir Christopher ließ
mich durch den Obergärtner willkommen heißen, aber ich
bezweifle, ob er wüßte, wer ich bin, wenn er jetzt hier vor-
beikäme und mich mit Ihnen sähe.«

Das brachte den Maresciallo auf das Rätsel, das ihn so
sehr beschäftigte.

»Wie kommt es, daß ich hier nur so wenige Leute gesehen habe? Ich meine, ich bin erst zum zweiten Mal da, aber
bei meinem ersten Besuch habe ich gar kein Personal
wahrgenommen – außer einem Sekretär.«

»Auf einem Besitz wie diesem soll man das Personal auch nicht sehen, Maresciallo.«

»Ach so, ja … das hatte ich nicht bedacht.«

»Trotzdem haben Sie nicht ganz unrecht. Zum Beispiel gibt es außer dem Obergärtner und mir noch sechs weitere Gärtner, die außerhalb wohnen und jetzt fast alle im Urlaub sind. Für den Garten ist das eine tote Zeit. Bei dieser trockenen Hitze wächst nicht mal das Unkraut. Sogar der Obergärtner geht den ganzen August in Urlaub. Und was das Hauspersonal betrifft – da mit Rücksicht auf Sir Christophers angegriffene Gesundheit keine Gäste mehr kommen, sind zur Zeit nur noch die Haushälterin und die Köchin ständig da. Für den letzten Butler, der nach dem großen Diebstahl gehen mußte, wurde kein Nachfolger mehr engagiert, und die Haus- und Küchenmädchen kommen von außerhalb. Die Köchin macht auch gerade Urlaub und wird für einen Monat von einem englischen Koch vertreten. Die Haushälterin verreist im August, und nach ihrer Laune zu urteilen, würde es mich nicht wundern, wenn sie nicht wiederkäme. Der Obergärtner sagt, es sei wegen Ihrer Aktion mit den Fingerabdrücken. Sie verdächtigen sie doch nicht wirklich, oder?«

»Natürlich nicht. Ich war zwar nicht dabei, aber ich bin sicher, daß bei allen, die im Haus arbeiten, Fingerabdrücke genommen wurden, und zwar nur, um sie aus dem Verdächtigenkreis auszuschließen. Überprüft werden lediglich unidentifizierte Fingerspuren und solche, die an Orten gefunden werden, wo sie nicht hingehören.«

»Hier haben sie den armen Giorgio im Verdacht. Weil er Albaner ist. Die Haushälterin lamentiert dauernd, daß man keine Ausländer hätte ins Haus lassen dürfen. Vor mir, natürlich.«

»Wenn ihr das mit den Fingerabdrücken so zusetzt, dann sollte ich vielleicht kurz mit ihr reden, wo ich schon mal hier bin.«

»Ihr ist das ganz schön an die Nieren gegangen. Ihre Fingerabdrücke waren nämlich die einzigen, die im Schlafzimmer von Sir Christophers Vater gefunden wurden, und das weiß sie. Dieses Zimmer hält sie selbst in Ordnung. Es wird ja nie benutzt, außer wenn Sir Christopher seine sentimentalen Anwandlungen kriegt und dort mit seinem toten Vater Zwiesprache hält. Dann läßt sie ihn rein, und sie hat ihn auch schon drinnen reden hören. Sie hat die Schlüssel, also können Sie sich denken...«

»Schlüssel kann man nachmachen.«

»Ich weiß. Und Diebe tragen Handschuhe, was Haushälterinnen nicht tun. Seine Haarbürsten – ich bitte Sie, was für Einfall. Na ja, jetzt wird die Sache wohl im Sande verlaufen. Trotzdem dürfte es gewissen Leuten ganz recht sein, wenn die Haushälterin tatsächlich geht... Ich nehme an, Sie wissen alles über den schweren Diebstahl vor ein paar Jahren?«

»Ja... Sie scheinen allerdings auch recht gut im Bilde zu sein.«

Er lachte leise. »O ja! Gärtner arbeiten meistens paarweise, wissen Sie, und wir können uns ja nicht immer nur über das Problem mit den Blattläusen unterhalten. So, da wären wir. Sollte mich allerdings wundern, wenn Sie ihn zu sehen kriegen... Es heißt, gestern und auch heute morgen sei es ihm sehr schlecht gegangen. Vermutlich die Aufregung. Ich glaube, er ist ein guter Mensch. Bei den Arbeitern hier ist er allgemein sehr beliebt, und auf deren Urteil gebe ich mehr als auf alles andere. Jedenfalls würde ich nach dem Studium wirklich gern weiter hier arbeiten... Ich hoffe, man läßt Sie zu ihm. Der Obergärtner meint, er sei sehr angetan von Ihnen, und die Haushälterin sagt das auch. Ich heiße übrigens Jim. Wir sollten uns mal unterhalten...«

Der Maresciallo konnte Sir Christopher nicht sprechen, ja, bekam nicht einmal die verstimmte Haushälterin zu sehen. Er hatte sich gerade überlegt, ob dieser Jim am Ende hoffte, daß er ein gutes Wort für ihn einlegen würde – was lächerlich war, auch wenn ihm der Junge gefiel –, als Porteous aus der Tür trat und der junge Gärtner ohne ein weiteres Wort verschwand, als ob er sich in Luft aufgelöst hätte.

»Es tut mir leid, aber Sir Christopher geht es heute nicht gut, gar nicht gut. Ich fürchte, Sie haben sich umsonst herbemüht.«

»Nein, nein...« Der Maresciallo hielt Porteous einen Plastikordner hin. »Wenn Sie Sir Christopher diese Papiere zu lesen und zur Unterschrift geben würden – das ist das Protokoll und die Diebstahlsanzeige. Die Kopien sind für Sir Christopher, zur Vorlage bei der Versicherung.«

»Ja, ja. Um all das wird sich sein Anwalt kümmern. Er ist ohnehin gerade bei Sir Christopher.« Porteous zögerte. Offenbar schien es ihm doch nicht ratsam, den Maresciallo gar so schroff abzuweisen. »Folgen Sie mir.«

Immerhin ging es diesmal nicht durch den Küchentrakt. Hinter der Kuppelhalle mit dem Mosaikfußboden und dem stillgelegten Springbrunnen hatten sie sich nach links gewandt und waren eine Weile schweigend durch dämmrige Korridore gegangen, bevor Porteous den Maresciallo vor einem Zimmer warten hieß und hineinschlüpfte. Die Tür hielt er mit der Hand einen Spaltbreit offen. Trotzdem gelang es dem Maresciallo, so sehr er sich auch anstrengte, nicht, auch nur ein Wort von dem, was drinnen gesprochen wurde, zu verstehen. Dann war Porteous wieder herausgekommen, bat ihn abermals, sich zu gedulden, und eilte davon. Wieder öffnete sich die Tür einen Spalt, und nun war Sir Christophers Stimme zu erkennen, aufgeregt, zittrig und besorgt.

»Besonders die kleinen Legate…« Was sagte er da? »Schondersch… krrei…legg …legg.« Mühsam lallend wiederholte er immer die gleichen Silben. War der Mann betrunken? War der Maresciallo, nachdem man ihn erst eigens herbestellt hatte, deshalb nicht vorgelassen worden?

»Seien Sie unbesorgt. Bis morgen habe ich alles aufgesetzt.«

»Schon-der-sch…!« Die vielen Flaschen neulich im Pavillon. Vielleicht hatte der Maresciallo sich durch die verträumte Schönheit dieses Sommergartens betören lassen, und es war gar nicht die Nähe des Todes gewesen, die Sir Christopher die Augen schließen und seine Gegenwart vergessen ließ, sondern übermäßiger Alkoholgenuß. Die Engländer tranken ja angeblich ziemlich viel.

Nach weiterem, fast unhörbarem Gemurmel kam der Anwalt heraus und schloß leise die Tür hinter sich. Als er seiner ansichtig wurde, machte der Maresciallo Stielaugen. Für einen Mann hatte dieser Advokat auffallend blaue Augen und dichte, seidige Wimpern, aber was den Maresciallo besonders überraschte, war seine Jugend. Als Rechtsbeistand eines Mannes vom Range Sir Christophers hätte er sich einen reifen, erfahrenen Herrn vorgestellt. Aber möglicherweise war der hier ja nur ein Juniorpartner aus einer großen Kanzlei. Allerdings offenbar ein sehr erfolgreicher. Oder aber beim Maresciallo machte sich wieder einmal sein Alter bemerkbar.

»Sie haben etwas für mich?« Der Anwalt zog eine goldene Füllfeder aus der Brusttasche und setzte mit einer plumpen, aber sorgsam manikürten Hand eine winzige Unterschrift auf eine Ausfertigung des Diebstahlprotokolls. Die andere steckte er kommentarlos ein. Dann führte er den Maresciallo fast wie einen Bären an der Kette zurück Richtung Ausgang.

»Hier durch die Halle und dann immer geradeaus…«

»Danke. Ab hier kenne ich mich aus.« Er hatte sich Zeit gelassen, die Gelegenheit genutzt für einen Blick ins düstere Rund der mit Fresken verzierten Kuppel und sich, fast auf Zehenspitzen, dem Springbrunnen genähert. Ob der wohl je angestellt wurde? Wahrscheinlich nicht. Das Marmorbecken war trocken und verstaubt.

Keine Gäste mehr, mit Rücksicht auf Sir Christophers angegriffene Gesundheit.

Dem Maresciallo kam das ganze Haus trocken und verstaubt und sehr traurig vor. Ein Geräusch zu seiner Rechten ließ ihn aufhorchen. Da weinte jemand. Hinter einer nur angelehnten Flügeltür brannte Licht. Eine jungenhaft helle Stimme beteuerte etwas, das der Maresciallo nicht verstand, obgleich er zwei, drei Worte aufschnappen konnte. Dann erstickte dieselbe Stimme in Schluchzen. Der Maresciallo stand wie angewurzelt. Er sah eine Hand, Porteous' Hand, dessen war er sich ganz sicher, eine kleine Geste machen und mehrfach wiederholen. Der Lichtschein fiel auf ein emporgewandtes Gesicht. Das tränenüberströmte Antlitz eines jungen Mannes, fast noch ein Kindergesicht. Porteous berührte ihn an der Schulter, nicht mit tätschelnden, sondern eher kreisenden, kleinen Massagebewegungen.

An dem Punkt war der Maresciallo so leise er konnte zu dem Korridor zurückgeschlichen, aus dem er gekommen war, und hatte dann noch einmal mit schweren Schritten die Halle durchquert. Als er diesmal an der Flügeltür vorbeikam, war sie geschlossen.

Als er Lorenzini um ein Uhr morgens im Krankenhaus davon erzählte, eigentlich nur um sich vom bangen Warten auf die Diagnose des Arztes abzulenken, wirkten die Vorgänge in der Villa L'Uliveto ganz und gar unwirklich. Lorenzini schien nicht sonderlich beeindruckt. Er zuckte nur mit den Schultern und meinte: »Also sind das lauter Homos da oben, dieser Sir Sowieso eingeschlossen. Und wenn gestohlene Haarbürsten seine einzige Sorge sind…«

»Und seine Gesundheit«, gab der Maresciallo zu bedenken. »Man hat mir gesagt, gestern und heute sei es ihm sehr schlechtgegangen.«

»Und da rufen sie einen Anwalt?« Lorenzini, ein in der Wolle gefärbter Toskaner, nahm kein Blatt vor den Mund. »Man sollte denken, sie würden als erstes einen Arzt holen.«

»Ja, das würde man annehmen… Natürlich war ich nur

ganz kurz drin. Wahrscheinlich ist irgendwann auch der Arzt bei ihm gewesen, aber ich hatte den Eindruck, ihm ist mehr um seinen Nachlaß bange, als vor dem nahen Ende.«

»Seine Probleme möchte ich haben … Sucht die Schwester da nach uns?«

Die Schwester wollte tatsächlich zu ihnen, aber nur, um sie wegzuschicken. »Wenn sie die Nacht übersteht, wird der Chirurg sie morgen röntgen lassen und dann entscheiden, ob er operiert.«

»Und besteht Hoffnung, daß sie überlebt?«

»Kaum, aber wenn, dann hat sie eine harte Zukunft vor sich. Wir wären Ihnen wirklich dankbar, wenn das mit der Identifizierung klappt.«

»Natürlich. Wir melden uns.«

Sie lockerten ihre steif gewordenen Glieder und traten aus der Kühle des großen Warteraums hinaus in die schwüle Nachtluft. Der junge Carabiniere hatte auf dem Fahrersitz gewartet, und als er ausstieg, um sich wieder nach hinten zu setzen, verrieten sein leicht taumeliger Gang und die schleppende Stimme, daß er eingenickt war, was ihm offensichtlich ein schlechtes Gewissen machte.

Seine Vorgesetzten gingen kommentarlos darüber hinweg. Lorenzini chauffierte sie zurück zum Pitti und fuhr von dort mit dem eigenen Wagen heim. Während der Maresciallo nach seinen Schlüsseln tastete, konnte er die beständig wechselnden Bilder nicht aus seinem Kopf verscheuchen, das vertrauensvolle Lächeln, mit dem das Mädchen auf ihn zugetorkelt war – was hatte sie gesagt? Für wen hatte sie ihn gehalten? Dann der schlaffe kleine Kadaver des armen Kaninchens, der zum Abbalgen auf dem

Tisch lag. Oben angekommen, schloß er leise auf und betete zugleich darum, daß das leise Einschnappen der Tür Teresa wecken möge, damit sie mit ihm sprechen würde.

»Salva?«

Zuerst sagte sie nicht viel. Sie hörte ihm zu, während er ihr von dem Mädchen erzählte, schaute ihm forschend ins Gesicht, wartete, bis er sich gewaschen und hingelegt hatte, und brachte ihm dann einen Kamillentee mit Honig.

Als sie ins Bett kam, ließ sie die Nachttischlampe brennen, damit er seinen Tee trinken konnte, während sie redete. Es kam ihm nicht darauf an, was sie erzählte. Sie hatte das nie verstanden, und in jungen Jahren hatte er sie manchmal gekränkt, wenn er sagte, sie sei doch ein rechtes Plappermaul. Er sagte es nicht unfreundlich, ja, machte sich nicht einmal lustig über sie. Er war einfach erstaunt über die Freude, die es ihr machte, sich ihm mitzuteilen, da er sich so gar nicht aufs Plaudern verstand.

Hör nicht auf. Ich wollte dich nicht unterbrechen.

Ich kann mir meine Worte sparen, du hörst ja doch nicht zu.

Das stimmt nicht. Ich höre zu. Ehrlich.

Sie hatte recht. Er hörte nicht ein Wort von dem, was sie sagte, er horchte auf sie, ihre Stimme, ihre Gegenwart, ihre Liebe. Eins dieser ständigen Mißverständnisse, die in allen dauerhaften Ehen vorkommen, dauerhaft, weil sie nicht auf Verständnis bauen, sondern auf Akzeptanz. Und so nahm sie ihm die Tasse ab und redete weiter, weil sie spürte, daß er das brauchte. Erst sprach sie von dem, was passiert war, lenkte dann wie selbstverständlich auf ihre eigenen Probleme über, insbesondere die Wahl von Giovannis nächster Schule, wonach sie auch von anderen Leuten berichtete, Angehörigen und Freunden, und ihm zum Abspann den täglichen Kleinkram schilderte, wie daß Totò einen Vierer in seinem Mathetest bekommen habe und der Klempner wieder nicht gekommen sei. Er drückte sie an sich, während sie sprach, so stark war sein Bedürfnis, das Vibrieren ihrer Stimme an seiner Brust zu spüren und das tröstliche Dahinplätschern ihres Redeflusses in sich aufzunehmen. Sein Herzschlag wurde ruhiger, und er atmete entspannter. Nach einer langen Weile schlief er ein. Im Schlaf spürte er einen kühlen Luftzug an seiner Seite und wußte, daß sie sich sanft aus seiner bärenhaften Umarmung gelöst und die Nachttischlampe ausgeschaltet hatte.

Die Geschichte von dem Mädchen, das man auf der Autobahn aus einem fahrenden Wagen geworfen hatte, erhielt, da es sich wieder bloß um eine dieser albanischen Nutten handelte und sie nicht einmal tot war, nur eine kleine Meldung im Lokalteil von *La Nazione*. Vorfälle wie dieser machten keine Schlagzeilen. Sie kamen zu oft vor, und wer nicht von Berufs wegen mit der Verbrechensbekämpfung im Rotlichtmilieu zu tun hatte, reagierte nicht teilnahmsvoller darauf als auf die Hunde, denen zu Beginn der Sommerferien ein ähnliches Schicksal bevorstand. Auf der Wache hatten sie die Meldung ausgeschnitten und dem Maresciallo auf den Schreibtisch gelegt, der eben von einem enttäuschenden Besuch im Grundbuchamt zurückkehrte. Er überflog den Zeitungsausschnitt, als Lorenzini ins Zimmer kam.

»Der Bericht ist für Sie abgegeben worden.«

Der Maresciallo nahm ihn entgegen. »Haben Sie Dori oder Mario unter einer der Nummern erreicht, die ich Ihnen gegeben habe?«

»Mario, ja. Ich hinterließ eine Nachricht, und er hat vor etwa einer Stunde zurückgerufen. Verheiratet sind sie noch nicht, aber das Aufgebot ist bestellt, und mit dem Mädchen hatten Sie auch recht. Dori hatte schon gehört, was mit ihrer Freundin passiert ist. Ich habe die Kopie von Doris Brief an sie in unseren Akten gefunden. Der Name ist... warten Sie, ich hab's aufgeschrieben, aber ich kann's nicht aussprechen – N-D-O-K-E-S – Vorname Enkeleda, und sie ist um die achtzehn. Leider hilft uns die Anschrift nicht weiter. Das ist nämlich nur die Kontaktadresse, über die der Transport der Mädchen hierher nach Italien läuft. Als Dori die Kleine kennenlernte, war sie offenbar schon von Zuhause ausgerissen. Ihre Familie, die in irgendeinem Bergdorf im Norden lebt, wollte sie zu einer Heirat zwingen, mit der sie nicht einverstanden war.«

»Dann wird also niemand nach ihr suchen, oder? Für die Familie ist sie schon so gut wie tot. Geben Sie Capitano Maestrangelo die Adresse aus der Lek-Pictri-Akte. Und lassen Sie mir den Namen da, ich rufe im Krankenhaus an und erkundige mich, ob irgendeine Veränderung eingetreten ist.«

Der Zustand des Mädchens war unverändert. Sie hatte das Bewußtsein nicht wiedererlangt. Trotzdem wollte man sie am nächsten Tag operieren. Noch lange, nachdem er den Hörer aufgelegt hatte, wurde der Maresciallo das Bild von dem schlaffen, schmächtigen Körper nicht los und auch nicht den Gedanken, daß, unabhängig von der Alba-

nienfrage, die jungen Leute heutzutage in der ganzen Welt
herumreisten, und falls eins von seinen Kindern in einem
fremden Land überfahren würde... Nun, er würde es gar
nicht erst soweit kommen lassen. Sie würden allein nir-
gendwohin fahren, bevor sie nicht mündig und erwachsen
waren... Bloß, wann hörte man auf, seine Kinder als Kinder zu betrachten und sich um sie zu ängstigen? Verschwand diese Angst von einem Tag auf den anderen?
Konnte man sie je überwinden, wenn man Dinge mit an-
sah, wie er sie tagtäglich erlebte? Er wußte, daß einige seiner Kollegen so weit gingen, ihre Kinder im Teenageralter
beschatten zu lassen, aus Furcht vor Drogen, schlechtem
Umgang. Das war falsch, aber wenn er wirklich Angst
hätte, würde er es nicht genauso machen?

Vor ihm auf dem Schreibtisch lag der Autopsiebericht
von Sara Hirsch. Kaum ein erfreulicher Themenwechsel,
aber immerhin eine Lektüre, die seine ganze Konzentration erfordern und ihn von seinen quälenden Gedanken
ablenken würde.

Sie bewirkte noch mehr.

An den Staatsanwalt der Republik, Florenz

*Am 15. d.M. wurde der unterzeichnende Pathologe Dr.
Federico Forli vom Gerichtsmedizinischen Institut der
Stadt Florenz in die Sdrucciolo de' Pitti 8 gerufen, um
eine äußerliche Untersuchung des Leichnams von
HIRSCH, SARA vorzunehmen, und nachfolgend gebeten, eine Sektion an vorgenanntem Leichnam durchzuführen. In Beantwortung der vordringlichen Fragen der*

*Ermittlungsbehörden gebe ich folgenden Befund zu
Protokoll:*

*1) Todeszeitpunkt: etwa 72 Stunden vor Auffinden der
Leiche
2) Todesursache: Spektruminfarkt des linken Ventri-
kels…*

Erleichtert lehnte sich der Maresciallo in seinem Sessel
zurück. Sara Hirsch war also, nachdem sie ihn am Montag
aufgesucht hatte, heimgegangen und hatte wie versprochen ihren Anwalt angerufen. Sie hatte ihre Trümpfe ausgespielt, und noch am selben Abend war, wie die Aussage
der Nachbarn und der Autopsiebericht übereinstimmend
bestätigten, jemand in ihre Wohnung eingedrungen und
hatte sie bedroht, um sich in den Besitz dieser Trümpfe zu
bringen. Sie hatte Herzprobleme, wie der Kaufmann gesagt hatte. Sie war an dem Schrecken gestorben. Ihr Tod
war ein Versehen. Wenn sie die Safekombination verraten
hätte, als man ihr das Messer an die Kehle hielt, wäre sie
noch am Leben und würde weiter versuchen, den
Maresciallo oder irgendeinen Psychiater von ihrer Geschichte zu überzeugen, ohne sie wirklich preiszugeben.
    Der Autopsiebericht führte im folgenden noch all die
Wunden auf, an denen Sara Hirsch nicht gestorben war:
ein unbedeutender Messerstich links am Hals mit hochge-
klapptem Hautfetzen; eine Schädelwunde und Quet-
schungen am Hinterkopf, wo sie auf dem Marmorboden
aufgeschlagen war. Von dieser Schädelverletzung stammte
auch das meiste ausgetretene Blut, wie die Fotodokumen-

tation zeigte. Kopfwunden bluten immer sehr stark, aber in ihrem Fall hatte die Blutung nicht lange gedauert. Die Herzattacke war besonders schwer gewesen. Der Staatsanwalt würde nun weitere detaillierte Analysen der äußeren Verletzungen anordnen, anhand derer sich die Dynamik des Sterbeprozesses rekonstruieren ließ.

Der Maresciallo interessierte sich mehr für das, was danach geschehen war. Waren die Einbrecher kopfscheu geworden? Eine Leiche hatte nicht zu ihrem Plan gehört. Der beschränkte sich auf eine Postkarte mit anonymen Drohungen, Warnbesuche in der Wohnung, das Messer in der Diele, Dinge, die... außer vielleicht das Messer, das auf einen skrupellosen Hauswirt schließen ließ...

Wir wissen, wo Sie wohnen...

Es lief immer noch auf den skrupellosen Hausbesitzer hinaus. Was immer in der Gleichung fehlte, mußte auf seiten Sara Hirschs ergänzt werden. Die Bedrohung mußte von ihr ausgegangen sein. Und am Ende hatte sich jemand gegen sie zur Wehr gesetzt. Wenn nur das Grundbuchamt auf dem neuesten Stand wäre! Dort war das Gebäude, in dem das Opfer gewohnt hatte, komplett als Eigentum eines gewissen Jacob Roth ausgewiesen. Ein ungefälliger Beamter hatte defensiv behauptet, ihre Einträge seien nie mehr als zwei Jahre im Rückstand, aber der Maresciallo wußte, daß das Unsinn war. Die Rossis hatten ihren Kaufvertrag vor zwei Jahren eingereicht, und Rinaldi gehörten vermutlich sowohl sein Laden als auch die Wohnung im ersten Stock. Allein, noch bestand Hoffnung, denn Eigentümerwechsel wurden vom Käufer in erster Instanz beim Liegenschaftsamt in der Via Laura gemeldet, und der verspätete Eintrag im Grundbuchamt entstand durch die bürokratischen Verzögerungen zwischen beiden Behörden. Natürlich gab es auch Leute, die einen Immobilienkauf gar nicht eintragen ließen, um so jahrelang ihrer Steuerpflicht zu entgehen. Zuerst hatte der Name Jacob Roth ihm Hoffnung gemacht, denn er war mit Sicherheit jüdisch, was bedeuten konnte, daß da vielleicht eine persönliche Beziehung zu den Hirschs bestanden hatte, ein Freundschaftsabkommen ohne Mietvertrag. So etwas kam vor, und dann war vielleicht auch eine niedrige Miete vereinbart worden oder ganz und gar mietfreies Wohnen, wobei der Mieter im Gegenzug für Instandsetzung und Unterhalt aufkommen mußte – daher Saras Problem mit der Fassadenerneuerung und der Dachreparatur.

Hier unterbrach der Maresciallo seine Überlegungen und ging zum Mittagessen. Anschließend begab er sich aufs Standesamt im Palazzo Vecchio. Einen lebenden Jacob Roth fand er dort nicht, was indes kaum verwunderlich war, da Roth laut Ausdruck des Grundbuchamts am 13.6.1913 in London geboren war. Aber der Maresciallo fand auch keinen toten Jacob Roth.

»Er muß ja nicht in Florenz wohnen, um hier ein Haus zu besitzen«, meinte der Staatsanwalt, als der Maresciallo mit diesem verwirrenden Ergebnis in seinem Büro erschien. »Wenn er in London geboren wurde, dann ist er vielleicht dorthin zurückgekehrt.«

»Ja, ja … Es ist bloß …«

Der Staatsanwalt wartete schweigend, und zu seiner eigenen Überraschung fuhr der Maresciallo in bestimmtem Ton fort: »Es ist bloß so ein Gefühl, das mir sagt, was immer da im Gange ist, muß sich hier bei uns abspielen. Sara Hirsch hat mir nur Bruchstücke von einem Puzzlespiel geliefert, aber die übrigen Teile sind hier in Florenz. Vielleicht liegt's an dem, was sie gesagt oder wie sie's gesagt hat. Ich wünschte, ich könnte mich an den Wortlaut erinnern – aber wenn der Kern ihres Problems irgendwo anders gelegen hätte, glauben Sie nicht auch, daß sie dann dorthin gegangen wäre? Sie gehörte nicht zu denen, die nach dem Krieg staatenlos waren. Sie hatte einen Paß. Und … sie war nervös, sie war in Tränen aufgelöst, aber sie war sich ihrer Sache sehr sicher. Vollkommen überzeugt.«

Der Staatsanwalt schwieg noch immer, drehte ein Zigarillo in der Hand, wartete.

»Und dann die Kriegsgeschehnisse… Sie war Jüdin, aber die Nonnen haben sie getauft…« Der Maresciallo runzelte die Stirn und wußte keine logische Verbindung zwischen den Fakten herzustellen.

Der Staatsanwalt kam ihm ganz ohne Aufhebens zu Hilfe. »›Wenn mein Leben einmal so ist, wie es sein sollte…‹ Ein Zitat aus dem psychiatrischen Protokoll. Maresciallo, wir müssen herausfinden, wer ihr Vater war. Ich denke, wir sollten nicht aufgeben und weiter nach diesem Jacob Roth suchen, dem das Haus gehört oder gehört hat. Was, wenn er ihr Vater war? Allerdings kann ich mir nicht vorstellen, wieso Schwester Dolores uns das hätte verschweigen sollen.«

»Das Geld! Wir wissen ja nicht, wieviel es war. Vielleicht eine sehr große Summe und sie möchte nicht, daß publik wird, daß das Kloster jüdisches Geld in nennenswerter Höhe auf seinem Bankkonto hat.«

»Wenn das der Fall wäre«, sagte der Staatsanwalt, »dann stehen unsere Chancen, sie zum Reden zu bringen, nicht schlecht. Wenn wir es mit falschem Stolz zu tun haben, statt mit dem geheiligten Beichtgeheimnis, dann empfiehlt es sich, den guten Schwestern noch einmal einen Besuch abzustatten. Das übernehme ich. Was ist Ihr nächster Schritt?«

Dem Maresciallo fiel gar nicht auf, was das für eine ungewöhnliche Frage war. Normalerweise verfolgte er wachsam und respektvoll, wie der Staatsanwalt die Ermittlungen führte, und hielt sich so lange im Hintergrund, bis der Fall ihn irgendwann so gepackt hatte wie eine Bulldogge, die sich in einen Knochen verbeißt, und er die Hierarchie vergaß. In diese Phase kam er jetzt, weshalb es ihm auch kaum auffiel, daß er etwas tat, was er noch nie zuvor im Leben gemacht hatte, nämlich ganz unbefangen erklärte, was er als nächstes vorhatte. Er wollte sich eine Zeitlang allein in Sara Hirschs Wohnung umsehen, jetzt, da die Spurensicherung alle wichtigen Beweismittel sichergestellt hatte und er ungehindert durch ihre Räume spazieren konnte, sich auf ihr Sofa setzen, ihre Bücher anschauen, die Gegenstände befragen, zwischen denen sich ihr Alltag abgespielt hatte. Und auch wenn er das nicht einmal vor sich selbst so recht eingestehen mochte, war er im Begriff, Sara Hirsch den Besuch abzustatten, den er ihr vor ihrem Tode versprochen hatte. Ausgerüstet mit einer schriftlichen Genehmigung und einem Schlüsselbund, kehrte er in die Sdrucciolo de' Pitti Nummer 8 zurück.

»Also dann…« sagte er in das stumme Wohnzimmer hinein. Was jetzt? Nichts, außer diesem seltsamen Gefühl, das ein Kind beschleicht, wenn es allein im Haus ist. Ein bißchen beängstigend, aber vor allem aufregend. Es ist niemand da, der »Nicht anfassen« sagt, aber auch niemand, der die gruseligen Schatten aus den Ecken verscheucht. Man ist ganz kribbelig angesichts all der lockenden Möglichkeiten; da sind Erwachsenengeheimnisse zu entdecken, verschlossene Schubladen zu öffnen, verstohlene Blicke auf fremde Briefe zu werfen. Kein fremdes Land, kein ferner Planet birgt so viele Geheimnisse wie ein unbeaufsichtigtes Haus, noch dazu eines, in dem ein Mord geschehen ist. Aber ein Tatort, an dem es von Ermittlern und Kriminaltechnikern wimmelt, strahlt nichts von diesem Zauber aus. Man muß allein sein und ganz still, um ein Haus zum Sprechen zu bringen.

Die Läden vor den Wohnzimmerfenstern waren geschlossen. Der Maresciallo knipste das Licht an, musterte aufmerksam das Ledersofa, bis er Sara Hirschs gewohnten Platz gefunden hatte, setzte sich darauf und sah sich um. Rinaldi hatte recht gehabt, als er sagte, daß nichts in dieser Wohnung seinen Anforderungen entsprach. Trotzdem war die Einrichtung gediegen und von guter Qualität. Keine billig nachgemachten Stilmöbel, aber auch keine besonders edle Handwerkskunst. Nirgends eins jener wertvollen Stücke, wie sie in den Antiquitätenläden an der Via Maggio einzeln vor edlen Brokatdraperien ausgestellt waren. Und nichts, von dem der Maresciallo sich hätte vorstellen können, daß Sara es anstelle ihrer Mutter ausgesucht hatte. Außerdem stimmte irgend etwas mit der Anordnung der Möbel nicht. Er saß zweifellos auf Saras Platz. Zu seiner Rechten stand ein Tisch mit einem kleinen Silbertablett, auf dem man sein Glas oder die Kaffeetasse abstellen konnte, während… während was? Während sie las? Das Deckenlicht, ein Lüster mit Glasprismen und einem halben Dutzend kerzenförmiger Leuchten war nicht hell genug zum Lesen, und eine andere Lampe gab es nicht. Also… während was? Während man starr geradeaus auf die Türen eines hohen Eichenschranks blickte? Früher waren die Sitzmöbel meist um den Kamin gruppiert. Heutzutage richtete man sie eher auf den Fernseher aus. Er stand auf und öffnete die Schranktüren. Der Fernseher war ein großer Kasten, auf dem ein Videogerät stand. Auf einem Bord darunter fand er eine Flasche Cognac und einen Cognacschwenker. Mehr allerdings interessierte ihn das, was er auf dem leeren Regal direkt über dem Fernseher nicht fand. Er schloß den Schrank und entschied sich für ein weiteres Gespräch mit Lisa Rossi, dem kleinen Mädchen von oben.

»Ein ganzes Regal voll – na ja, fast ein ganzes Regal. Manchmal haben wir uns zusammen einen Film angesehen, wenn ich mit den Hausaufgaben fertig und meine Mama noch nicht zurück war. Aber sie haben mir nicht so arg gefallen. Viele waren in Schwarzweiß, und die sind immer ziemlich traurig, oder? Weil es nur um früher geht und die Leute von damals. Haben die Videos was mit dem Geheimnis zu tun?«

»Das weiß ich noch nicht. Vielleicht.«

»Ist es denn wichtig, mein Geheimnis? Ich hab's niemandem erzählt.«

»Es ist sogar sehr wichtig. Kannst du zeichnen?«

»Nicht besonders. In der Schule kriege ich nie gute Noten im Zeichnen.«

»Aber du könntest die Sachen aus Signora Hirschs Safe zeichnen, die Leuchter zum Beispiel? Versuch's einfach mal … hier, in mein Notizbuch.«

»Der war ungefähr so … ziemlich flach mit 'ner Menge Kerzen, aber ich weiß nicht mehr, wie viele genau. Da, er ist ganz schief geworden, ich hab Ihnen ja gesagt, ich kann nicht zeichnen.«

»Das macht nichts. Und die anderen Sachen?«

»Die kann ich bestimmt nicht zeichnen. Da war noch so ein Stoffdings mit Fransen. Ich dachte, es wäre ein Rock, aber sie hat's nie auseinandergefaltet, und ein kleines Mützchen. Sonst waren, glaube ich, bloß noch Bücher drin. Gezeigt hat sie mir immer nur die Fotos, über die anderen Sachen hat sie nie was gesagt, aber gesehen hab ich sie halt.«

Der Maresciallo zögerte. Auf keinen Fall durfte man einem Zeugen die Antwort auf eine Frage suggerieren, aber er mußte noch einmal nachhaken. Wenn alle Videos verschwunden waren, dann mußte es einen Grund dafür geben. Die Diebe mußten gewußt haben, daß eines darunter für sie wichtig war, eines, auf dem etwas anderes drauf war als ein alter Filmklassiker. Mit einem unerwarteten Leichnam in der Diele konnten sie es nicht riskieren, lange danach zu suchen, sondern hatten einfach den ganzen Stapel mitgehen lassen, nur für den Fall, daß der eine Film, auf den sie es abgesehen hatten, nicht im Safe sein sollte. Er durfte sie nicht beeinflussen … Lisa sah ihn ruhig aus grauen Augen an und wartete.

»Und sie hat alle Videos in dem Schrank aufbewahrt, auf dem Regal über dem Fernseher? Du hast nie eins woanders gesehen?« Suggeriere ihr nichts, nenne jeden beliebigen Ort, bloß nicht den Safe. »Vielleicht irgendwo in einer Schublade, Lisa? Manchmal verwahren Leute Sachen, die ihnen wichtig sind, zuunterst in einem Schubfach. Hast du je…«

»Nein! Ich hab nie, niemals hätte ich… Ich will zu meiner Mama!«

Tränen schossen ihr aus den Augen, und ihr blasses Gesicht war plötzlich rot angelaufen. Was hatte er getan? Die Tür hinter ihm stand offen, und er rief laut: »Signora!«

»Was ist passiert? Was um Himmels willen haben Sie zu ihr gesagt?« Das Kind stürzte laut schluchzend an ihm vorbei und verbarg sein Gesicht an der Brust der Mutter.

»Sie hätten es nicht tun dürfen, das wissen Sie doch?« Der Staatsanwalt, den Guarnaccia mit einem brennenden Zigarillo überrascht hatte, rauchte weiter und musterte den Maresciallo ohne eine Spur von Verärgerung. »Immer nur mit einem Elternteil oder wenigstens einem Zeugen im Raum. Wir leben in schwierigen Zeiten, Maresciallo, Zeiten, in denen es uns nicht mehr möglich ist, einem Kind auch nur freundlich über den Kopf zu streichen. Dieses Mädchen könnte wer weiß was erfinden. Sie könnte es nicht beweisen, aber das bräuchte sie auch gar nicht.«

»Aber warum um alles in der Welt…«

»Sie hat offenbar etwas zu verbergen, irgendeine lächerliche Banalität, über die Sie zufällig gestolpert sind. Und Sie haben sich in eine Lage manövriert, die das Mädchen auf den Gedanken brachte, es könne Sie für seine Tränen verantwortlich machen, statt die Wahrheit zu gestehen.

Bleibt abzuwarten, ob sie's wirklich durchzieht. Sie hat nichts Genaueres gesagt, solange Sie dabei waren?«

»Kein Wort. Nur immerzu geweint hat sie. War fast hysterisch. Ich hätte niemals dort raufgehen sollen. Was habe ich mir nur dabei gedacht? Sie wären derjenige gewesen... Als ich feststellte, daß die Videos fehlten, hätte ich Sie sofort verständigen sollen. Ich hatte keine Veranlassung... Ich bin kein Ermittler ...«

»In diesem Fall sind Sie der Ermittler, Maresciallo, und es ist nur natürlich, daß Sie zu den Leuten raufgegangen sind. Ihr einziger Fehler war, mit dem Kind allein zu sprechen.«

»Ja. Bloß, was sie mir erzählt hat... das über Sara Hirschs Geheimnis... davon hatte sie ihrer Mutter nichts gesagt, also hätte sie auch mit mir nicht weiter darüber gesprochen, wenn...«

»Dann hätten Sie eben einen Carabiniere dazugerufen, einen der Männer von Ihrer Wache – tja, nun ist es zu spät. Wenn Sie jetzt zu zweit auftauchten, würde das arme kleine Ding denken, man wolle sie verhaften für das, was auch immer sie verbrochen zu haben glaubt. Schließlich haben wir es hier mit Mord zu tun, das muß dem Kind ja Angst eingejagt haben, selbst wenn seine kleine Vefehlung eigentlich gar nichts damit zu tun hat. Aber nun fahren Sie fort mit Ihren Ermittlungen. Ich werde mit Signora Rossi reden und die Situation entschärfen. Vertrauen Sie mir.«

Der Maresciallo kehrte auf seine Wache zurück. Er vertraute dem Staatsanwalt, aber er war sehr geknickt. Der Staatsanwalt war ein guter Mann, einer, der als Jugendrichter jahrelang Erfahrung im Umgang mit Kindern gesammelt hatte. Wenn jemand den Schaden wiedergutmachen konnte, dann er. Was dem Maresciallo so zusetzte, war der Umstand, daß er sich selber nicht mehr trauen konnte. Auch er hatte schließlich seine Erfahrungen gemacht in all den Jahren, die er sich nun schon um die Leute aus seinem Viertel kümmerte, hatte ein Vertrauensverhältnis zu ihnen aufgebaut, bis sie in ihm jemanden sahen, an den sie sich mit ihren großen und kleinen Problemen wenden konnten. Darüber hatte er bisher nie groß nachgedacht. Wenn es ihm überhaupt einmal in den Sinn kam, dann beschwerte er sich höchstens über den großen Andrang im Warteraum, all die Leute, die mit keinem außer ihm sprechen wollten. Dem einzigen, dem sie vertrauten. Und er sollte nun beschuldigt werden, ein Kind belästigt zu haben? Wenn das passieren konnte, dann lebten sie weiß Gott in schwierigen Zeiten, und er hatte nichts davon gemerkt, hatte unbefangen kleinen Jungs den Kopf getätschelt und kleine Mädchen getröstet, die sich verlaufen hatten. Mit Entsetzen erinnerte er sich, während er durch seinen Warteraum ging, wie einmal so ein kleines Mädchen in eben diesem Raum so hysterisch geworden war, daß es sich splitterfasernackt auszog. Und er hatte es beruhigt und so gut er konnte wieder angezogen, ohne einen Zeugen weit und breit. Bei dem Gedanken brach ihm der Schweiß aus. Ohne den gewohnten Blick ins Bereitschaftszimmer zog er sich in sein Büro zurück. Dort saß er und überdachte seine Lage. Als er ging, hatte Lisa immer noch laut geschluchzt. Wenn er sie nicht berührt, sondern nach ihrer Mutter gerufen hatte, ohne ihr auch nur einmal über das blonde Haar zu streichen, dann bloß, weil ihr Ausbruch so überraschend, so völlig unerwartet gekommen war, daß er nicht wußte, wie er darauf reagieren sollte. Gott sei Dank nicht!

Aber, um die Wahrheit zu sagen, empfand er eigentlich überhaupt keine Dankbarkeit. Das war alles grundverkehrt. Dieser Fall mochte vielleicht glimpflich ausgehen, aber das Leben würde nie wieder so sein wie früher. Wenn die Welt jetzt wirklich so aussah, dann war darin kein Platz mehr für ihn. Wenn er die Dinge nicht auf seine Art anpacken durfte – und was war seine Art? Sein Versprechen Sara Hirsch gegenüber zu vergessen, bis es zu spät war? War das seine Art, sich um die Leute in seinem Viertel zu kümmern? Geschah es ihm nicht ganz recht, wenn er nun für etwas beschuldigt wurde, das er nicht getan hatte, wo er doch mit dem, was er getan hatte, unbehelligt davongekommen war? Sara Hirsch gegenüber hatte er gleich zweimal versagt: Erst hatte er es nicht geschafft, ihr Leben zu retten, und nun gelang es ihm nicht, ihre Mörder zu finden.

Eine ganze Weile saß er so da, schob die Akten auf seinem Schreibtisch von einer Seite zur anderen, klappte sie auf und wieder zu, tat so, als würde er darin lesen. Er atmete nicht richtig. Ihm war zu heiß … Er hatte völlig vergessen, die Jacke auszuziehen. Er erhob sich, um es nachzuholen, und stand da und wußte nicht mehr, wozu er aufgestanden war. Obwohl ihm schrecklich heiß war, spürte er ein schweres, kaltes Gewicht im Magen. Als ob er eine Kröte verschluckt hätte. Er sah sich förmlich überschwemmt von lauter Fällen, in denen er gleichfalls versagt hatte. Was war mit dem albanischen Mädchen im Krankenhaus? Er ganz allein hatte die Entscheidung getroffen, die Wohnung nicht zu stürmen. Und Sir Christopher Wrothesly? *Ich stehe also auch unter Ihrer Obhut? Freut mich, das zu hören.* Er hatte wenig Grund zur Freude. Keine Zeit, einem kranken Mann einen Besuch abzustatten, so sehr war der große Ermittler damit beschäftigt, den Fall Hirsch zu lösen. Und dann war es zu spät gewesen. Der Mann war zu krank, um ihn zu empfangen.

»Nein, nein, nein…« Kein Wunder, daß die Welt kaum noch Verwendung für ihn hatte.

Lorenzini stand in der Tür. »Haben Sie Besuch?«

»Nein.«

»Ich dachte, ich hätte Sie sprechen gehört…«

»Nein.«

»Wollten Sie grade weggehen?«

»Nein.«

»Oh… da sind ein paar Sachen, für die ich Ihre Unterschrift brauche.«

»Legen Sie sie auf den Schreibtisch.«

Lorenzini tat, wie ihm geheißen, und zog sich zurück.

Die Kröte, die im Magen des Maresciallo hockte, blähte sich auf, wurde größer und kälter. Er brauchte Bewegung, mußte etwas tun. Er öffnete die Tür und rief einen Carabiniere aus dem Bereitschaftszimmer zu sich. Er hatte beschlossen, ins Krankenhaus zu fahren, nach dem Mädchen zu sehen, ihnen ihren Namen zu nennen, etwas Sinnvolles…

In seinem Rücken hörte er Lorenzinis Stimme: »Ich hab keine Ahnung. Eben sagte er noch, er geht nicht weg.«

7

Auf der Fahrt zum Krankenhaus herrschte dichter Verkehr. Der Maresciallo blickte hinaus auf die rollende Blechlawine, ohne sie wirklich wahrzunehmen. In gewissen Abständen hörte er, wie sein junger Fahrer irgend etwas sagte, und raffte sich pflichtschuldig zu einem neutralen: »Hmhm...« auf. Erst als er merkte, daß der Carabiniere sich damit nicht abspeisen ließ und daß sie im übrigen auf dem Parkplatz angelangt waren, fragte er: »Was ist?«

»Soll ich hier warten, oder möchten Sie, daß ich mit reinkomme?«

»Kommen Sie mit.«

Er schickte ihn mit Namen und Anschrift des Mädchens ins Schwesternzimmer.

»Hernach warten Sie im Wagen auf mich.«

Als er den Korridor entlangging und suchend nach rechts und links in die Stationszimmer spähte, stellte sich ihm eine junge Krankenschwester in den Weg und versuchte, ihn mit einem Hinweis auf die Besuchszeiten abzuwimmeln.

»Ja... danke...« Damit war er an ihr vorbeigeschlüpft und stand im nächsten Augenblick vor dem Zimmer des Mädchens. Ihr Kopf war vollständig bandagiert, aber er wußte, daß sie es war. In dem großen Klinikbett wirkte sie noch kindlicher. Ihr schmächtiger Körper war mit Schläuchen und Drähten gespickt. Sie hatte die Augen geschlossen. Er trat einen Schritt ins Zimmer hinein. Auf dem Bett gegenüber saß eine zweite Patientin, die sich angelegentlich in einem Handspiegel betrachtete. Sie trug einen seidig schimmernden, mit chinesischen Drachen bestickten Morgenmantel. Der Maresciallo starrte sie erschrocken an. Nicht, daß die Drachen ihn erschreckt hätten. Vielmehr heftete er den Blick ganz fest auf diese, um nur den Kopf der Frau nicht ansehen zu müssen.

»Ich dachte schon, es sei mein Mann, als ich Ihre Schritte hörte. Der schleicht sich manchmal außerhalb der Besuchszeit rein. Sie wissen ja, wie das ist – er arbeitet in einem Restaurant, und während unserer Besuchszeit hat er selbst Hochbetrieb.«

»Ja…« Er starrte noch intensiver auf die Drachen, bis ihm einfiel, sie könne vielleicht denken, er mustere ihre Figur. Sie war jung und schlank. Der Maresciallo zwang sich, den Blick zu heben und ihr ins Gesicht zu sehen. Sie war hübsch. Stark geschminkt, Lippen so rot wie das seidig schimmernde Negligé. Rasch wandte er sich ab und sah auf das albanische Mädchen hinunter. Enkeleda. Die Frau hinter ihm plapperte unbekümmert weiter. Sie schien sich gar nicht bewußt zu sein, daß man ihr, warum auch immer, die rasierte Schädeldecke abgesägt hatte – so wie man ein Ei köpft –, um sie hinterher mit großen, häßlich schwarzen Stichen wieder anzunähen. Man mußte unwillkürlich an Frankensteins Monster denken. Damit nicht genug, befand sich oben auf dem Schädeldach ein Loch, aus dem durch einen durchsichtigen Schlauch gelbe Flüssigkeit in einen Plastikbeutel sickerte, der mit Pflasterstreifen an ihrem Kopf befestigt war. Mehr noch als die schwarzen Stiche in der roten Wunde war es dieses schauerliche Arrangement, das den Maresciallo den Kopf wegdrehen ließ. Sie schien das nicht zu kränken. Er war offensichtlich Enkeledas wegen gekommen, doch da das Mädchen durchaus nicht ansprechbar war, glaubte sie sich anscheinend für die Unterhaltung zuständig und plapperte ungeniert weiter.

»Ich hoffe, es stört Sie nicht, aber ich war gerade dabei, mir die Augenbrauen zu zupfen, als Sie hereinkamen, und ich kann doch nicht bei der Hälfte aufhören, oder?«

Wie brachte sie das bloß fertig? Dem Maresciallo zog sich der Magen zusammen bei der Vorstellung, eine so schmerzhafte Prozedur in nächster Nähe zu dieser grausigen Kopfwunde vorzunehmen.

»Mein Therapeut sagt, es ist ein gutes Zeichen, wenn weibliche Patienten wieder anfangen, sich um ihr Erscheinungsbild zu kümmern. Erst heute morgen hat er das gesagt, als er dazukam, wie ich mir die Nägel lackierte. Na ja, das mag sein, wie es will, aber ich muß ganz einfach auf mein Äußeres achten, weil ich schließlich ein eigenes Geschäft habe, einen Frisiersalon – ausgerechnet! Ich bitte Sie, ein größeres Pech kann man sich doch gar nicht denken, wie? Oh, ich weiß, es wächst alles nach, aber was mich interessiert, ist: Wie lange wird das dauern? Ich meine, ich kann mich doch wohl kaum ohne Haare im Salon blicken lassen, oder?«

»Nein…«

»Meinen Sie, ich sollte mir eine Perücke zulegen?«

»Ich weiß nicht…«

»Die kosten ein Vermögen, wenn man was halbwegs Anständiges haben will, wissen Sie.«

»Wahrscheinlich, ja.«

»Andererseits könnte ich dann früher wieder anfangen zu arbeiten, also lohnt sich's vielleicht doch. Was würden Sie an meiner Stelle tun?«

Er konnte ihr nicht sagen, was er dachte: Daß er vor Angst schreien würde, wenn er ein Loch im Kopf hätte, aus dem ein Schlauch voll gelber Flüssigkeit herausragte – und was war das überhaupt für ein gelbes Zeug?

»Natürlich heißt es immer, je öfter man die Haare schneidet, desto schneller wachsen sie, und ich glaube, meine sind tatsächlich schon ein ganz schönes Stück gewachsen. Ich schätze, inzwischen sind sie ungefähr einen halben Zentimeter lang – was meinen Sie?«

»O ja, mindestens, ja…«

»Aber Sie schauen ja gar nicht hin. Na los, sagen Sie's ganz ehrlich.«

Er drehte den Kopf in ihre Richtung und versuchte trotzdem, nicht hinzusehen. »Einen halben Zentimeter, ja, reichlich.« Er wandte sich wieder der reglosen Gestalt mit dem unförmigen Kopfverband zu. In der Seitenstrebe des Bettes war ein Katheter eingehängt.

»Bis jetzt noch kein Lebenszeichen von dem armen Ding. Ich spreche viel zu ihr und lasse mein Radio laufen. Angeblich hilft das.«

»Ja.« Es hätte verdammt viel mehr geholfen, wenn er sie von diesen Männern weggeholt hätte, solange sie noch in der Wohnung waren.

»Sie sollten sie ansprechen, ihren Arm drücken, irgendwas, damit sie merkt, daß Sie da sind. Die Schwestern sagen, sie hat niemanden – sie ist Albanerin, oder?«

»Ja.«

»Na, dann hat sie nichts zu lachen, wenn sie wieder zu sich kommt. Die Schwestern haben mir alles erzählt. Man hat sie aus einem fahrenden Auto geworfen, nicht? So was ist schon ein paarmal passiert. Habe ich in den Nachrichten gesehen. Ist Ihnen nicht gut? Sie sind ein bißchen grün um die Nase. Ich hätte gedacht, in Ihrem Beruf wär' man an so was gewöhnt. Verkehrsunfälle, Morde und so weiter.«

»Sind… hatten Sie einen Verkehrsunfall?«

»Ich? Nein, Gehirntumor.«

»Gehirntumor? Aber Sie sehen so gesund aus, so vital…«

»Na ja, das Ding ist ja nun auch raus, nicht? Meine Haare sind's, die mir Sorgen machen. Die Vorstellung, als Friseuse mit kahlem Kopf im Laden zu stehen. Ich meine, gucken Sie mich doch an!« Sie zeigte nach oben, auf den Schlauch, und der Maresciallo tat so, als ob er hinsehen würde. Aus dem Bett neben ihm erklang ein leises, schelmisches Lachen. Verblüfft schauten sie beide Enkeleda an. Ihre Augen standen weit offen. Sie waren dunkelbraun und blickten belustigt auf das Gebilde auf dem Kopf der kahlen Patientin.

»So ist's recht, Schätzchen, lach nur mal kräftig. Ich schau doof aus, oder?« Sie deutete auf ihren bizarren Kopfputz und wiederholte: »Doof, nicht?«

Die Antwort war ein Lallen, das unverkennbar die

Worte der Frau wiederholen sollte, gefolgt von munterem Gekicher.

Der Maresciallo beugte sich vor und drückte auf die Klingel, die am Kopfende ihres Bettes hing.

»Es sollte sich sofort ein Arzt um sie kümmern.«

»Dafür werden die Schwestern schon sorgen. Hören wir uns erst mal an, was sie zu sagen hat, bevor die an ihr rumdoktern.« Sie kam näher und beugte sich über Enkeledas Bett. »Wie heißt du denn, Schätzchen? Sag uns deinen Namen, hm? Ich bin Marilena.« Sie zeigte auf sich. »Marilena. Und wer bist du? *Du?*«

»En-ke-le-da.«

»Enkeleda. Das ist hübsch. Sehen Sie, sie kann ihren Arm bewegen.« Der Arm zitterte, und die Hand war schlaff, aber es bestand kein Zweifel, worauf sie zeigte. »Doof.« Wieder kicherte sie, und ihre dunklen Augen zwinkerten. Dann ließ sie den Arm sinken, und ihre Miene veränderte sich, während sie mit den Augen den Raum absuchte. »Ma-ma? Ma-ma!«

»Sie verlangt nach ihrer Mutter, hören Sie? Der Stimme nach ist sie jünger, als die Ärzte sie geschätzt haben. Mach dir keine Sorgen, Herzchen. Die Schwestern werden sich um dich kümmern, und der Maresciallo hier wird deine Mama finden und zu dir bringen. Nein, nein, nicht weinen!«

Aber die Tränen quollen unaufhaltsam aus den dunklen Augen und liefen ihr über die Wangen. Ihre Rufe wurden schwächer, klangen aber nicht minder verzweifelt. »Ma-ma! Ma-ma!« Die zitternde Hand tastete über ihren Körper, als suche sie etwas. Sie runzelte die Stirn und jammerte wie ein hungriges Kätzchen.

»Tut's weh? Das ist nur eine Nadel – nicht anfassen, den Schlauch, Schätzchen. Armes kleines Ding... Tut es so weh?«

»Tut-es-weh!« Das Mädchen wies mit der schlaffen, zitternden Hand auf die Intubation. »Nix tut-es-weh! Nix tut-es-weh! Ma-ma!« Nun weinte sie richtig, und ihr ganzer Körper erbebte unter schwachen, mutlosen Schluchzern.

Der Maresciallo stürzte hinaus, vorbei an einer Schwester, die ihm etwas nachrief, aber er hörte nicht.

»Wo sind die Jungs?«

»In ihrem Zimmer. Sie haben schon gegessen.«

»Spielen wohl wieder mit diesem gräßlichen Computer.« Eine Feststellung, keine Frage, denn das irritierende Fiepen von nebenan war nicht zu mißdeuten.

»Salva, ich bitte dich! Sie haben Ferien. Und bis sie wieder zur Schule müssen, ist der Reiz des Neuen verflogen.«

»Ich verlange ja nichts weiter, als daß wir die Mahlzeiten gemeinsam einnehmen, wie eine Familie, statt daß wir beide allein hier sitzen und uns beim Essen diesen Krach anhören müssen.«

»Hast du eine Ahnung, wie spät es ist?«

»Nein, hab ich nicht.«

»Es ist zwanzig vor zehn.«

»Schon?«

»Also wirklich! Genausogut könnte ich zur Wand sprechen. Deine Mutter hatte ganz recht. Es hat keinen Sinn, mit dir zu reden, wenn du so eine Laune hast. Magst du noch Brot? Ich finde wirklich, du könntest ...«

Er kaute mechanisch und nahm den Klang ihrer Stimme in sich auf, die die Kröte in seinem Innern ruhig hielt. Nach der Rückkehr aus dem Krankenhaus hatte er bis jetzt allein in seinem Büro gesessen. Einen Zettel mit der Bitte, irgendwen anzurufen, hatte er achtlos beiseite geschoben. Und er erinnerte sich dunkel, irgendwelche Papiere unterschrieben zu haben, die Lorenzini ihm auf den Schreibtisch gelegt hatte, aber wo die restliche Zeit geblieben war, hätte er nicht zu erklären vermocht. Gut möglich, daß er sie damit verbracht hatte, Akten auf- und zuzuklappen, sie hin und her zu schieben und durchzublättern, als suche er etwas. Und so war es auch. Nur daß das, was er suchte, nicht in den Akten stand, die er durchforstete, ohne sie wahrzunehmen. Trotzdem war diese Blätterei vonnöten, war eine Art pantomimische Ersatzhandlung, auch wenn ihre praktische Nutzlosigkeit ihn irritierte. So verging die Zeit, und die bedeutungslosen Papiere, die weinende Rossi-Tochter, die zitternde Hand, die versuchte, eine Infusionsnadel abzureißen, erschienen abwechselnd vor seinem inneren Auge. Bilder, gegen die er sich nicht wehren konnte, gegen die er machtlos war. Hartnäckig schob er Aktenstöße hin und her. Rossi ... Lorenzinis Notiz. Wieder legte er den Zettel beiseite, sperrte sich vor der bangen Ahnung, die er auslöste, hielt aber diesmal die Hand darauf. Was hatte sie gesagt? Nein, nein ... nicht sie – der Kaufmann: »Nicht nötig, daß Sie so schwer schleppen«, war es das? Oder Rinaldi hatte es gesagt. Was gesagt? »Sie waren doch bestimmt in ihrer Wohnung ...« Nein, nein, es war Signora Rossi ... Er zog den Zettel wieder zu sich heran, aber ohne zu lesen, was darauf stand. Sie hatte es gesagt, irgend etwas über Möbel. Und endlich erklang Linda Rossis Stimme klar und vernehmlich in seinem Kopf: »Überhaupt ist das ein sehr ruhiges Haus, abgesehen von Signor Rinaldis Möbeltransporten zwischen dem Laden und seiner Wohnung.« Der Maresciallo schaufelte den ganzen Papierkram in eine Schublade, knallte sie zu und starrte auf die Karte von Florenz an der gegenüberliegenden Wand. Er tat einen tiefen Atemzug, fast einen Seufzer, stand auf, um näher heranzutreten, und konzentrierte sich mit finsterem Blick auf die Sdrucciolo de' Pitti, ja tippte mehrmals mit dem Zeigefinger auf den Schriftzug.

»Nicht nötig, daß Sie so schwer schleppen…« sagte er laut, den Kaufmann zitierend. Nicht nötig, überhaupt ein Risiko einzugehen.

Dann war er in die Wohnung gekommen. Um zwanzig vor zehn. Nach dem Essen sah Teresa sich die Spätnachrichten an, und er saß neben ihr und starrte blicklos auf den Bildschirm. Als sie zu Bett gingen, schlief er augenblicklich ein, und beim Frühstück war er so wenig gesprächig wie tags zuvor beim Abendessen. Unten auf der Wache schaute er kurz im Bereitschaftszimmer vorbei und erklärte: »Ich habe außer Haus zu tun.«

»Haben Sie meine Nachricht gefunden, die wegen des Anrufs bei…«

»Später. Wenn ich zurück bin.«

Lorenzini sah ihn prüfend an und fragte: »Brauchen Sie ein Auto?«

»Nein. Ich gehe zu Fuß. Ich will nur nach gegenüber, aber es kann eine Weile dauern.«

Draußen war es heißer denn je, doch die Sonne verschwamm in glasigem Dunst zu einem grellen, bleiernen Leuchten.

»Morgen, Maresciallo.«

»Oh, Maresciallo! Trinken Sie einen Kaffee mit?«

Das Licht war so grell, daß die Augen trotz der dunklen Brille schmerzten. Er betupfte sie mit einem zusammengefalteten Taschentuch, schob die Brille in seine Brusttasche und drückte die Klinke zum Antiquitätengeschäft. Die Tür ließ sich nicht öffnen. Er spähte in das dämmrige Ladenlokal. Die Lampe auf dem Sekretär brannte, aber es war niemand da. Rinaldi konnte natürlich grade hinten im Lager sein.

Er klopfte an die Glasscheibe, wartete, versuchte es mit der Klingel. Wahrscheinlich gingen die Lagerräume auf einen Hof mit Toilette und Waschgelegenheit hinaus, aber wenn Rinaldi dort war, warum hatte er dann zugesperrt? Außerdem bekommt man es eigentlich instinktiv mit, wenn in einem leeren Raum ein Telefon klingelt oder die Türglocke anschlägt. Der Maresciallo warf einen Blick auf den dreirädrigen Lieferwagen, der halb auf dem Bürgersteig parkte, und notierte sich die Nummer. Dann wandte er sich wieder den Namen auf den Klingelschildern zu. Sein Finger zögerte über ›Rinaldi‹ im ersten Stock, dann über dem Namen ›Rossi‹. Wären die Dinge im Lot gewesen, hätte er Linda Rossi gebeten, ihm die Haustür zu öffnen, so daß er Rinaldi hätte überraschen können. Denn so sicher er war, daß Rinaldi sich nicht in seinem Laden aufhielt, genauso sicher war er, daß er ihn oben in der Wohnung antreffen würde. Aber die Dinge waren nicht im Lot.

Die Haustür öffnete sich, und heraus trat Linda Rossi mit einem Plastikmüllsack.

»Ach, Maresciallo, ich bin ja so froh, daß Sie kommen! Warum haben Sie mich gestern abend nicht zurückgerufen? Ich dachte… eben hab ich's noch mal versucht, aber da hieß es, Sie seien außer Haus. Sie sind mir doch hoffentlich nicht allzu böse? Sie ist schließlich noch ein Kind, und sie hat sich halt so geängstigt nach dem Tod von Signora Hirsch.«

»Ja. Ja, das ist ganz verständlich.«

»Und eigentlich war's ja auch nicht der Rede wert.«

»Nicht der Rede wert…«

»Eine kindliche Dummheit… aber wollen Sie nicht hereinkommen?«

»Ich muß mit Signor Rinaldi sprechen…« Er war bestimmt im Haus!

Sichtlich verlegen, plapperte Linda Rossi weiter. »Ja, dann will ich Ihre Zeit nicht länger in Anspruch nehmen. Wie gesagt, eine kindliche Dummheit. Signora Hirsch ging hinunter, um ein paar Lebensmittel einzukaufen, und derweil kramte Lisa in ihrer Kommode, probierte ein paar Schmuckstücke an, stöberte nach geheimen Schätzen. Ich glaube, es war wegen des Safes, daß sie sich einbildete, in der Wohnung gäbe es Diebstahlsicherungen, versteckte Kameras und weiß Gott was. Jedenfalls dachte Lisa, Sie hätten es herausbekommen, und das machte ihr Angst, vor allem nach dem Tod der Signora… Sehen Sie, als Sie sie fragten, ob sie irgendwo eine Schublade aufgemacht hätte, da glaubte sie, sie habe ein Verbrechen begangen. Ich konnte sagen, was ich wollte, sie war nicht davon abzubringen. Sie wird sich nicht wieder beruhigen, bis Sie ihr persönlich…«

»Ich rede mit ihr, sobald ich Rinaldi gesprochen habe.«

»Ich muß zum Einkaufen nach Santo Spirito, auf den Markt. Dauert höchstens eine halbe Stunde, aber läuten Sie einfach. Lisa ist da. Ich wäre Ihnen so dankbar.«

»Seien Sie unbesorgt…« Er strebte vorwärts, den Blick schon hinaufgerichtet zum ersten Stock. »Ich rede mit ihr …« Er ging die Treppe hoch. Auf dem ersten Flur hörte er erregte Stimmen hinter der geschlossenen Wohnungstür. Er wartete, hatte es nicht eilig, die Kontrahenten drinnen zu unterbrechen. Zumal er auch von draußen genug mitbekam, ohne besonders die Ohren spitzen zu müssen. Nicht nur, weil die wütenden Stimmen laut genug waren, sondern weil er den Grund für den Streit verstand, auch ohne sich um die daraus resultierenden Beschimpfungen zu kümmern, die als Beweismittel ohnehin nicht taugten. Die Stimmen näherten sich der Tür.

»Nicht eine Lira mehr!«

»Sie können es sich gar nicht leisten, hier die Bedingungen zu diktieren!«

»Ha, und ob ich das kann! Und ob!«

»Wir haben getan, was Sie von uns verlangt haben. Jetzt zahlen Sie gefälligst.«

»Wofür? Wofür?«

»Es ist nicht unsere Schuld! Wir haben getan, was Sie verlangt haben.«

»Habe ich gesagt, daß sie dabei draufgehen soll?«

»Vielleicht nicht, aber es ist Ihnen doch ganz recht so, oder?«

»Bist du völlig übergeschnappt? Wie kann es mir recht sein, die Mordkommission auf dem Hals zu haben? *Ihr* solltet *mich* bezahlen für den Scheiß, den ihr angerichtet habt – noch dazu ganz für die Katz.«

»Und das ganze Zeug, das wir rausgeschafft haben? Was ist damit?«

»Was denn für Zeug? Und wo, bitte schön, ist es denn? Wo sind eure Beweise? Wenn ich euch einen Rat geben darf: Nehmt den Umschlag und verschwindet, bevor die euch auf die Schliche kommen!«

Jetzt meldete sich eine dritte Stimme, nicht so laut und weit weniger selbstbewußt: »Wenn das passiert, dann sind Sie mit dran.«

»O nein, ganz bestimmt nicht! Und dessen bin ich mir so sicher, daß ich meinem Freund, dem Staatsanwalt, mit Freuden einen Tip, euch zwei betreffend, geben werde.«

Hatte er zum Telefon gegriffen, während er das sagte? Wahrscheinlich, denn jetzt klang es drinnen ganz nach einem Handgemenge. Jemand brüllte: »Du Arschloch!« Und die Tür flog auf.

»Guten Morgen«, sagte der Maresciallo. »Ich wollte gerade läuten. Haben Sie was dagegen, wenn ich reinkomme?«

Für den Bruchteil einer Sekunde flackerte Angst in Rinaldis Augen auf, aber der Maresciallo zeigte ihm ein so ausdruckslos gleichgültiges Gesicht, daß er sich im Nu wieder gefangen hatte.

»Ah, Maresciallo! Was kann ich für Sie tun? Meine Träger werden Sie wohl entschuldigen, die wollten grade gehen.«

Die zwei hünenhaften Männer, beide so rot im Gesicht wie an dem Tag, als sie die Kiste mit der Marmorstatue in den Laden geschleppt hatten, wandten sich zur Tür, doch dann hielten sie inne. Der Maresciallo, der noch auf der Schwelle stand, füllte mit seiner massigen Statur den Türrahmen aus und fixierte sie mit seinen großen Augen. Er wartete. Die Blicke der beiden wanderten unruhig hin und her, doch sie versuchten nicht einmal, sich an ihm vorbeizudrängen. Sie beobachteten ihn so verstohlen, als befürchteten sie, bei der leisesten Provokation könne er sich auf sie stürzen. Sie hätten sich nicht zu ängstigen brauchen. Er war nur hinter Rinaldi her. »Meinetwegen müssen Sie nicht gehen«, sagte er jovial. »Im Gegenteil, es wäre mir lieber, Sie bleiben… nur für eine Minute. Im Zuge meiner Ermittlungen habe ich ein paar Fragen, Signor Rinaldi betreffend, und als seine… Mitarbeiter könnten Sie mir da vielleicht in dem einen oder anderen Punkt behilflich sein. Reine Routine, Sie verstehen. Lassen Sie mir nur Ihre Namen und Adressen da.«

Hinterher, als er ihnen bedeutete, sie seien nun entlassen, zögerten sie unschlüssig, als bräuchten sie ein Stichwort für ihren Abgang. Ein ausdruckslos-höflicher Blick war alles, was sie bekamen. Ratlos sahen sie Rinaldi an, der sie praktisch hinausbugsierte und die Tür hinter ihnen schloß, bevor er sich wieder dem Maresciallo zuwandte.

»Also? Was kann ich für Sie tun?« Alle zuvor zur Schau getragene Leutseligkeit war verschwunden. Auch versuchte er nicht mehr, sich mit Sprüchen wie ›Mein-Freund-der-Staatsanwalt‹ aus der Affäre zu ziehen. Er war immer noch obenauf, aber er war nicht dumm.

»Einen kleinen Gefallen könnten Sie mir tun«, antwortete der Maresciallo. »Ich würde gern Ihr Telefon benutzen.«

»Aber klar. Der Apparat steht gleich hier. Ich lasse Sie solange allein, damit Sie ungestört reden können.«

»Nein, nein. Bleiben Sie, wo Sie sind.« Der Maresciallo wählte, den Blick auf den ausgedrückten Zigarrenstummel in dem silbernen Aschenbecher neben dem Telefon gerichtet. Dann gab er Lorenzini seine Anweisungen durch sowie die Nummer des dreirädrigen Lieferwagens.

»Nein, Sie sollen ihnen nur folgen. Zwei Männer, ja. Alles weitere sage ich Ihnen, wenn Sie unterwegs sind.« Und er legte auf.

Rinaldi hatte sich immer noch in der Gewalt. »Ich weiß nicht, was die beiden angestellt haben, aber ich muß darauf hinweisen, daß sie nicht meine Angestellten sind, so daß…«

»Nein. Ich nehme nicht an, daß wir auch nur eine einzige Quittung über die Lieferungen finden werden, die sie in Ihrem Auftrag transportiert haben, aber das macht nichts. Ich bin sicher, sie werden uns alles darüber erzählen. Außerdem bin ich, wie gesagt, in erster Linie an Ihnen interessiert.«

»Ich kann mir nicht denken, warum.«

»So ganz bin ich mir darüber leider auch nicht im klaren«, gestand der Maresciallo. »Ich weiß, was Sie getan haben, doch ich weiß nicht, warum. Aber schließlich werde ich Sie für das festnehmen, was Sie getan haben, und nicht für das Warum.«

»Sie können mich nicht festnehmen.« Rinaldis Verblüffung war nicht gespielt. »Ich glaube nicht einmal, daß Sie einen Haftbefehl haben.«

»Nein«, gab der Maresciallo zu, »den habe ich nicht. Ich muß Sie bitten, mich noch einmal telefonieren zu lassen, damit ich Ihren Freund, den Staatsanwalt, anrufen und einen beantragen kann. Er könnte ablehnen, aber für den Fall, daß er es nicht tut, sollten Sie vielleicht zuerst Ihren Anwalt anrufen. In jedem Fall werden wir wohl abwarten müssen, was mit Ihren beiden Trägern passiert. Ich weiß ja nicht, wo die hinwollen.« Stirnrunzelnd blickte er auf den Zettel mit den Anschriften. »Vermutlich wohl zu dieser Adresse. Hübsche ländliche Gegend, dabei nicht zu weit entfernt von...«

»Das ist doch lächerlich!«

Der Maresciallo sah ihn durchdringend an. Rinaldi tat sein Bestes, um sich zu behaupten, aber er war ein bißchen blaß um die Nase. »Vielleicht sollten Sie sich lieber setzen? Besser noch, Sie rufen erst mal Ihren Anwalt an, und dann setzen wir uns beide. Es könnte eine ganze Weile dauern, bis alles geregelt ist.«

Es dauerte fast den ganzen Tag. Rinaldi wurde nach Borgognissanti ins Präsidium gebracht, und sowie man ihn abgeholt hatte, konnte der Maresciallo aufbrechen, um sich seinen Leuten anzuschließen, die dem Lieferwagen in einem Zivilfahrzeug folgten. Als er sie einholte, parkten sie an einer Landstraße auf einer Anhöhe, von der nach rechts hin ein steiniger Weg ins Tal hinunterführte.

»Es ist eine Sackgasse«, sagte Lorenzini und zeigte auf das an einen Baum genagelte Schild. »Ich glaube nicht, daß sie viel weiter gefahren sind als bis zu der Biegung dort unten, am Ende des Weinbergs. Wir konnten von hier aus hören, wie sie angehalten haben. Ach ja, die Verstärkung ist schon unterwegs.«

»Wir werden womöglich das ganze Gelände durchkämmen müssen – es sei denn, wir hätten Glück und…« Der Maresciallo schickte den jungen Carabiniere, der Lorenzini gefahren hatte, zu einer Villa auf der anderen Straßenseite. »Erkundigen Sie sich, ob's hier irgendwo eine Müllkippe gibt oder einen Platz, wo die Leute unerlaubt ihren Abfall deponieren. Das könnte uns Zeit sparen.« Und an Lorenzini gewandt: »Haben Sie der Verstärkung gesagt, daß sie sich unauffällig verhalten soll?«

»Ja.«

»Gut.« Es gab Zeiten, da mußte man mit Blaulicht und heulenden Sirenen angerast kommen, in einem Tempo, daß der Kies nach allen Seiten stob. Und es gab Zeiten, wo das nicht angebracht war. Sobald der Wagen des Verstärkungsteams neben dem seinen parkte und beide den Zugang zu dem Seitensträßchen blockierten, stieg der Maresciallo zu Lorenzini in das Zivilfahrzeug, und dann fuhren sie fast geräuschlos bis hinunter zum Ende des Weinbergs. Es fing an zu regnen. Rechts und links von ihnen wippten die großen Weinblätter unter den Tropfen, die auf sie niedergingen. Aber bis sie die Kehre umrundet hatten, die der Weg vor einem Bauernhaus nahm, hatte es schon wieder aufgehört. Als sie ausstiegen, konnte man den Regen noch riechen, und der Staub auf dem Weg hatte sich gesetzt. In der Nähe hörte man dumpfes Donnergrollen.

Vor ihnen stand eins der wenigen Bauernhäuser der Ge-

177

gend, die noch nicht von Städtern aufgekauft und mit schmiedeeisernen Miniaturlaternen und unechten Terrakottafliesen zuschanden renoviert worden waren. Dieses hier war jahrhundertelang unverändert geblieben. Es war aus Naturstein erbaut und hatte einen Taubenschlag auf dem Dach. Unter dem Torbogen vor dem Haus hingen Knoblauchzöpfe, Kräuterbüschel und Maiskolben für die Hühner, die in seinem Schatten pickten. Eine alte Frau, die Hühnerfutter aus einem Ölfaß schöpfte, sah auf und blickte ihnen entgegen. Sie trug einen dünnen, geblümten Kittel, der über der Brust von einer großen Sicherheitsnadel zusammengehalten wurde, und billige Plastikschuhe. Als sie auf sie zugingen, schoß zu ihrer Rechten ein bellender Hund aus seiner Hütte, machte aber kurz vor ihnen mit einem frustrierten Jaulen halt, sowie er das Ende seiner Kette erreichte.

»Was gibt's?« Die Alte sah zu ihnen hoch, aber ihr verkrümmter Rücken erlaubte ihr nicht, sich aufzurichten.

»Wir suchen nach…« Der Maresciallo las die Namen der beiden Träger aus seinem Notizbuch ab: »Giusti, Gianfranco und Falaschi, Piero.«

Die Alte deutete mit einer Kopfbewegung auf die Haustür. »Die sind drin.«

Sie zeigte weder Überraschung noch Neugier, was für sich selbst sprach.

Die beiden gingen hinein. Der Maresciallo nahm die Sonnenbrille ab und spähte blinzelnd in den dämmrigen Raum. Es war niemand da. Aber gleich darauf hörten sie, wie hinter dem Haus der kleine Lieferwagen ansprang und laut scheppernd davontuckerte.

»Gut«, murmelte der Maresciallo. »Dann sehen wir uns mal um.« Er wandte sich nach draußen und rief der Alten zu: »Signora? Haben Sie was dagegen, wenn wir uns ein bißchen umschauen? Wir rühren auch nichts an.«

Sie zuckte die Achseln und verstreute das restliche Hühnerfutter, bevor sie einen Korb zur Hand nahm und davonschlurfte, um die Eier einzusammeln.

Die beiden ließen den Blick durch die geräumige Küche schweifen.

»Ich glaube nicht«, sagte Lorenzini, »daß die hier was versteckt haben. Sieht eher so aus, als hätten sie da gesessen und beratschlagt, was sie machen sollen.«

»Ja.« Der Raum war sauber, aber spartanisch eingerichtet. Auf dem großen Tisch mit der Marmorplatte standen eine Korbflasche und zwei Küchengläser mit einem Rest Rotwein darin. Zwei Stühle waren achtlos zurückgeschoben. Normalerweise hatten diese alten Häuser nur einen Eingang, aber der Maresciallo fand bald einen Abstellraum, in dem Dünger- und Futtersäcke gestapelt waren und von dem eine schmale Stiege ins Freie führte. Unten, auf der rückwärtigen Seite des Hauses, waren ein paar windschiefe Schuppen und Verschläge angebaut. Sie stiegen hinunter, um sie näher in Augenschein zu nehmen. Einer der Schuppen war leer und diente vermutlich als Unterstand für den Lieferwagen, der eben fortgefahren war. In einem anderen standen ein verbeulter Traktor, ein Moped und allerlei landwirtschaftliches Gerät. In einem düsteren, übelriechenden Verschlag war ein Haufen Kaninchen in engen Käfigen zusammengepfercht.

»Suchen wir was Bestimmtes?« fragte Lorenzini.

»Nein… doch. Nicht den Safe, aber das, womit sie ihn geöffnet haben. Ich kenne diese beiden Gauner nicht. Vielleicht sollten Sie…« Der Maresciallo kramte sein Notizbuch hervor und reichte es Lorenzini.

Daran gewöhnt, die Gedankengänge seines Chefs auch ohne Hilfe des gesprochenen Wortes zu interpretieren, nahm Lorenzini das Buch und wandte sich zum Gehen. »Bin gleich wieder da.«

Der Maresciallo suchte weiter, ohne irgend etwas anzufassen. Lorenzini würde über Funk die eventuellen Vorstrafen der beiden abfragen. Als er zurückkam, hatte der Maresciallo in einem dreibeinigen Küchenschrank ohne Türen einen Schweißbrenner gefunden und eine Schutzmaske. Dabei hatte er dann doch etwas angefaßt, und zwar ein altes geblümtes Bettlaken, das darüber gebreitet war und das er zurückschlagen mußte. Lorenzinis Nachforschungen bestätigten seinen Verdacht.

»Autoschiebereien in großem Stil, drei Verurteilungen. Wahrscheinlich haben sie hier die Nummernschilder ausgetauscht. Was jetzt? Einen Durchsuchungsbeschluß, damit wir die Bude auseinandernehmen können?«

»Nein, nein… Sie saßen in der Küche und haben Wein getrunken. Wir sollten lieber gehen. Unsere Leute warten noch oben am Weg?«

»Ja.«

Die alte Frau erschien mit Futter für ihre Karnickel. Der Maresciallo fragte sie: »Ist einer der beiden Ihr Sohn, Signora?«

Sie schnitt eine Grimasse. »Piero. Ein Kerl ohne Rückgrat, genau wie sein Vater, aber ich habe nur noch ihn.

Giusti, der Gauner, hat ihn wieder in was reingeritten, stimmt's?«

»Ich fürchte, ja.«

»Und wie soll ich hier zurechtkommen, wenn Sie ihn einsperren? Können Sie mir das mal sagen? Ich weiß, wie's im Gefängnis zugeht. Sie sitzen da rum und spielen Karten, rauchen, nehmen Drogen, und baldowern für hinterher, wenn sie wieder draußen sind, die nächste Gaunerei aus, derweil ich mich hier alleine abschuften muß.«

»Nein, Signora, das können Sie unmöglich schaffen. Sie brauchen Hilfe.«

»Und ob ich die brauche! Aber ich hab ja schließlich einen Sohn, nicht wahr? Er sollte mir zur Seite stehen! *Er!*«

Vorwurfsvoll blickte sie zu ihnen auf. Ihr runzliges Gesicht war tränenüberströmt, auf dem krummen Rücken lastete ein riesiges Heubündel. Die beiden wußten keine Antwort, und sie erwartete auch keine. Ihre Wehklagen waren eine ebenso instinktive Reaktion wie der vergebliche Angriff des Kettenhundes. Man begehrte auf, ohne sich eine Wirkung davon zu versprechen. Alle Hoffnung war längst dem tristen Trott der Gewohnheit gewichen.

Der Maresciallo und Lorenzini wandten sich zum Gehen. Der Donner rollte unaufhaltsam näher.

Man hatte sich darauf verständigt, daß Lorenzini und der junge Carabiniere Giusti und Falaschi festnehmen sollten. Falaschi, der mit dem fettigen blonden Pferdeschwanz, war der Sohn der Alten. Falls er sich um seine Mutter sorgte und darum, wie sie in seiner Abwesenheit allein auf dem Hof zurechtkommen sollte, so erwähnte er es nicht. Aber sein Anwalt würde das harte Los der Alten später zweifellos weidlich ausschlachten. Giusti, der bullige Typ mit dem dunklen, kahlrasierten Schädel, hatte eine Frau und zwei kleine Kinder daheim. Lorenzini würde ihnen die traurige Nachricht überbringen.

Der Maresciallo stand am Rand eines Waldwegs, der steil nach rechts hin abfiel. Neben ihm war ein Schild an einen Baum genagelt, mit der Aufschrift: ›Schutt abladen verboten‹. Irgendwo dort unten, außerhalb seines Blickfeldes, suchten sein Fahrer und die beiden Kollegen aus dem Streifenwagen das Gelände ab. Er war froh und dankbar für den Schatten, den dieses hübsche Waldstück bot, aber die Luft war immer noch schwer und stickig. In kurzen Abständen zuckten Blitze über den Himmel, gefolgt vom Donner, der jetzt so nahe war, daß es ordentlich krachte und dröhnte.

»Maresciallo!« Sie winkten ihm zu, kamen wieder den Hang herauf.

»Der Safe liegt tatsächlich dort unten. Kein sehr großer und völlig demoliert. Die müssen beim Aufbrechen wahllos benutzt haben, was gerade zur Hand war – Schweißbrenner, Axt, Knüppel. Ist noch allerhand drin, aber wir müssen zusehen, daß wir so schnell wie möglich die Spurensicherung herkriegen, es fängt gleich an zu schütten.«

»Ich glaube kaum, daß Fingerabdrücke dran sind«, sagte der Maresciallo. »Was habt ihr sonst…«

»Blut. Eine Menge Blut auf einem Männeroverall und auch am Safe. Da unten liegt alles mögliche Gerümpel, also haben wir mit ein paar Möbelresten und Matratzen einen Behelfsunterstand zusammengebastelt. Aber jetzt müssen wir uns beeilen!«

Sie beeilten sich. Der Maresciallo forderte ein Team von der Spurensicherung an. Zu spät. Mit einem ohrenbetäubenden Donnerschlag brach die Sommersintflut über sie herein.

»Ich kann den Mann nicht festnehmen.« Der Staatsanwalt sah erst den Maresciallo an und dann den Capitano, in dessen Büro sie zusammengekommen waren. Maestrangelo und der Staatsanwalt saßen auf einem langen Ledersofa. Der Maresciallo trat, die Mütze in der Hand, von einem Fuß auf den anderen und blickte starr auf ein Ölgemälde im vergoldeten Rahmen, das über dem Sofa hing.

»Wenn Sie mich ein paar Minuten mit den beiden allein lassen…«

»Sie glauben im Ernst, die würden auspacken?« fragte Maestrangelo skeptisch. »Die Kerle brauchen nicht viel Phantasie, um vorauszusehen, daß Rinaldi ihnen einen anständigen Anwalt zahlen wird, der seinen Namen raushält. Sie könnten sich übrigens setzen, Guarnaccia.«

»Danke, aber ich stehe lieber. Nicht jeder hat Phantasie, oder? Ich für meinen Teil habe, glaube ich, auch keine. Sie sind die ganze Zeit getrennt gewesen, das ist es, was zählt. Und Rinaldi ist so arrogant und selbstsicher, daß er mit so was nicht gerechnet hat.«

Was war das für ein Blick, den die beiden da wechselten? Es dauerte nur den Bruchteil einer Sekunde, aber er sah es doch. Glaubten sie ihm etwa nicht?

»Das dumme ist nur«, versetzte der Staatsanwalt –

lächelte er? –, »daß ich eigentlich auch nicht damit gerechnet hatte. Ich weiß nicht… und Sie stehen im Ruf – na ja, ein bißchen langsam zu sein, daher ist es um so…«

»Ja. Tut mir leid.« Er tat sein Bestes, aber es war immer das gleiche, er kam immer zu spät. »Dieser Wolkenbruch … Aber ich konnte die Spurensicherung nicht alarmieren, bevor ich nicht wußte, wo das Zeug war.«

›Das Zeug‹ lag, in Plastikbeuteln verpackt, auf dem Schreibtisch des Capitanos am anderem Ende des Zimmers: der siebenarmige Leuchter, der Talmud, der Gebetsschal und das Scheitelkäppchen, das der Staatsanwalt eine Kippa nannte, die vergilbten Fotos.

Der Capitano erhob sich, ging hinüber, schaute sich alles noch einmal an und schüttelte den Kopf. »Das wird uns nicht weiterhelfen, denn wir suchen ja nicht das, was sie weggeworfen, sondern das, was sie gestohlen haben. Wofür die arme Frau sterben mußte, ob es nun ein gewaltsamer Tod war oder nicht.«

Hinter ihm hüstelte der Maresciallo. »Ich glaube nicht…«

»Was?« fragten die beiden anderen wie aus einem Mund. Das machte ihn verlegen, und statt sie anzuschauen, richtete er seinen Blick auf ein anderes Ölgemälde, eine Schäferin im seidenen Gewand und mit spitzen Schuhen – warum die nur so aufgeputzt war? »Ich glaube nicht, daß sie gefunden haben, was sie suchten.«

Selbst mit abgewandten Augen spürte er wieder diesen Blick zwischen den beiden hin und her gehen. Sie sollten hier nicht mit fruchtlosen Spekulationen kostbare Zeit verschwenden. Nebenan wartete Rinaldi, den man zu einem ›informellen Gespräch‹ vorgeladen hatte – ein Trick, der ihn veranlassen sollte, aus eigenem Antrieb nach einem Anwalt zu verlangen. Bis jetzt hatte er sich mit großer Unverfrorenheit behauptet und so getan, als bräuchte er keinen. Irgendwie mußte man ihn aus der Reserve locken. Wenn erst ein Anwalt eingeschaltet war, würde der sicher auch die beiden Träger vertreten, und dann konnten die drei sich über ihn als Mittelsmann abstimmen. Sahen sie diese Gefahr denn nicht?

»Sie haben natürlich recht«, begann der Staatsanwalt und hielt inne, um ein Zigarillo aus der Brusttasche zu ziehen. Aber dann fing er Maestrangelos Blick auf und steckte es wieder ein, wohl mit Rücksicht auf das blitzende Parkett, die eleganten Teppiche, den glänzenden Gummibaum, die staubfreie Luft, alles so ganz anders als in seinem Büro. »Die beiden müssen unbedingt getrennt bleiben. Aber machbar ist das nur, wenn ich sie in Haft behalte – die Beweislage reicht dafür aus – und ihn freilasse.«

»Dann schickt er ihnen einen Anwalt.«

»Ja. Sie haben ja recht. Er wird ihnen einen Anwalt besorgen. Aber dann liefern Sie mir die Beweise für einen Haftbefehl, andernfalls kann ich Ihnen nur einen Durchsuchungsbeschluß ausstellen. Woher wissen Sie überhaupt, daß die beiden in der Wohnung nicht gefunden haben, was sie suchten? Daß es nicht doch bei Rinaldi ist?«

Warum vertaten die Leute soviel Zeit mit Reden? Was nutzte es, mit Worten nach dem Warum und Wieso zu suchen? Das konnte man später im Gerichtssaal nachholen. Fürs Disputieren waren die Anwälte zuständig. Hoffnungsvoll blickte er Capitano Maestrangelo an. Der Chef mußte ihn gehen, mußte ihn gewähren lassen. Die beiden waren nicht zum ersten Mal in Haft, sie waren Autodiebe und wahrscheinlich auch für jeden lukrativen Betrug zu haben, doch sie waren keine Auftragskiller. Und darüber dachten sie jetzt nach, dort unten in der klaustrophobischen Hitze, jeder für sich in einer Zelle, so daß sie sich nicht einmal miteinander absprechen konnten. Für die Blutspuren war er zu spät gekommen, er durfte jetzt nicht noch mehr Zeit verlieren.

Der Maresciallo schob sich zur Tür, murmelte irgendeine Entschuldigung und beobachtete ihre Gesichter. Sie ließen ihn gehen.

»Ich hab das Gefühl, ich sollte diese Vollmacht ausstellen. Was meinen Sie?«

Das war die Stimme des Staatsanwalts hinter ihm. Meinte er den Durchsuchungsbeschluß? Nein, nein… damit war ihm überhaupt nicht geholfen. Die beiden Männer unten in den Arrestzellen würden ihm sagen, was er wissen mußte. Ein paar Stunden allein mit dem kahlgeschorenen Schwergewicht. Ein paar Stunden, in denen man sich wahrscheinlich die meiste Zeit anschweigen würde. Und dann der Schwächere. Falaschi mit dem fettigen Pferdeschwanz. Seine Stimme hatte die halbherzige Drohung ausgesprochen, die der Maresciallo vor Rinaldis Tür mitangehört hatte. *Dann sind Sie mit dran.*

Seine Mutter, das war der Schlüssel! »Ich habe nur noch ihn. Wie soll ich hier allein zurechtkommen?« Falaschi mußte vor dem Gefängnis bewahrt werden, und der Maresciallo würde ihn retten. Es dauerte kaum mehr als anderthalb Stunden. Während Giusti, dessen kahler Schädel sogar im trüben künstlichen Licht der fensterlosen Zelle noch glänzte, gegen den schwächeren Falaschi ausgespielt werden konnte, war die beste Waffe gegen Giusti der immer noch auf freiem Fuß befindliche Rinaldi. Der Maresciallo hatte alles erfahren, was die beiden wußten, und kam rechtzeitig und mit gesundem Appetit zum Essen nach Hause.

»Heute scheinst du aber mit dir zufrieden zu sein«, sagte Teresa.

»Ja.«

»Na und? Oder ist es geheim?«

»Nein, nein… Nur eine Sache, die mir ein bißchen Sorge machte und nun doch gut ausgegangen ist. Muß es *pasta corta* sein? Darauf habe ich heute gar keine Lust.«

Teresa schraubte das Nudelglas wieder zu und nahm eine Packung Spaghetti aus dem Schrank. »Ich nehme an, du wirst es mir irgendwann erzählen.«

»Was?«

»Wahrscheinlich mitten in einem spannenden Fernsehfilm.«

»Was für ein Film?«

»Salva, du stehst schon wieder mitten in der Küche.«

Er hielt sie in der Bewegung auf und umarmte sie. Dann fiel ihm ein, was sie gerade gesagt hatte, und er schaltete den kleinen Küchenfernseher ein, wo im dritten Programm gleich die Zwei-Uhr-Nachrichten kamen.

»Jungs! Zu Tisch!« Teresa gab die Spaghetti ins kochende Wasser.

»Und stellt diese Höllenmaschine ab!« ergänzte der Maresciallo, während er am Lautstärkeregler des Fernsehers drehte. Die Rossis hatten Spaghetti gegessen und die Nachrichten im Zweiten gesehen, als er auf dem Heimweg bei ihnen vorbeigeschaut hatte. Der Stuhl zwischen ihnen war zurückgeschoben, der Teller nur zur Hälfte leer.

»Sie schämt sich so. Obwohl wir uns alle Mühe gegeben haben, ihr zu erklären, daß das, was sie getan hat, nur ein dummer Streich war und nichts zu tun hatte mit… mit dem, was passiert ist. Das stimmt doch, Maresciallo, oder?«

»Ja, das stimmt.«

»Sie möchte sich dafür entschuldigen, daß sie sich so aufgeführt hat. Sie ist ganz unglücklich darüber, weil sie Sie doch so gern hat. Würde es Ihnen etwas ausmachen? Vor uns würde sie sich genieren.«

Lisa saß auf ihrem Bett. Ihr Gesicht war gerötet und selbst jetzt noch ein bißchen verweint.

»Außer Ihnen muß doch niemand erfahren, was ich getan habe, oder?«

»Keine Seele. Du hast schließlich unser Geheimnis bewahrt, nicht wahr? Also werden wir dieses auch für uns behalten. Und nun denk nicht mehr daran. Es ist nicht so wichtig. Aber deine Pasta wird kalt. Also komm.« Als sie in die Küche zurückgingen, hatte er ihr freundlich übers Haar gestrichen.

»Papa? Papa! Ich rede mit dir. Nie hört er zu, Mama.«

»Er hört dir zu.«

»Ich höre.«

»Also, wenn wir zu den Mahlzeiten den Computer nicht anhaben dürfen, wieso kannst du dann beim Essen fernsehen?«

»Weil ...«

»Weil was?«

»Weil du tust, was man dir sagt, bis du erwachsen bist.«

»Ach, Papa!«

»Totò, benimm dich«, mischte sich Teresa ein, aber ihrem Mann warf sie einen Blick zu, der ihn zur Besinnung brachte.

»Eßt jetzt auf, und dann machen wir ein Spiel zusammen, bevor ich wieder zur Arbeit muß.«

»Gut«, sagte Totò, zappelte mit seinem drahtigen kleinen Körper auf dem Stuhl hin und her und holzte mit seiner Gabel auf einer imaginären Tastatur herum. »Ich gewinne.«

»Sitz still«, befahl seine Mutter scharf.

Als sie nach dem Essen ins Kinderzimmer gingen, sagte Giovanni leise: »Papa?«

»Was denn, mein Junge?«

»Können wir irgendwann ein Spiel zu zweit machen, damit ich auch mal gewinne?«

»Freilich können wir, und zwar gleich jetzt. Die erste Runde machen wir beide, und der Gewinner spielt dann gegen Totò.«

Nach fünf Minuten, von denen vier mit nutzlosen Erklärungen verstrichen, konnte er sich freimachen und mit Teresa Kaffee trinken.

8

Das ›informelle Gespräch‹, zu dem Rinaldi sich am Nachmittag zurückzukehren bereit fand – wir wollen ihm nicht das Mittagessen verderben, wie der Staatsanwalt in Anspielung auf die angeblich gemeinsam besuchte Abendgesellschaft sagte –, war fast so kurz wie das Computerspiel. Für Rinaldi konnte es augenscheinlich nicht kurz genug sein, und der Grund dafür war der Maresciallo. Der hatte bei solchen Anlässen die Angewohnheit, sich irgendwo im Hintergrund zu postieren und das Reden denen zu überlassen, die darin geübter waren als er. Normalerweise hatte das den Vorteil, daß der Verdächtige oder Zeuge seine Anwesenheit alsbald vergaß und er um so besser beobachten und die Zeichen deuten konnte. Nicht so diesmal. Allein mit dem Capitano und dem Staatsanwalt hätte Rinaldi sich wacker geschlagen. Hätte seine ›Wir-Männer-von-Welt‹- und ›Wir-als-gebildete-und-kultivierte-Menschen‹-Nummer abgezogen. Er wußte nicht, was sie auf der Müllkippe gefunden hatten und war immer noch zuversichtlich, seinen Kopf aus der Schlinge ziehen zu können. Aber während er jetzt sprach, zu viel und eine Spur zu schnell, irrte sein Blick beständig zu dem Maresciallo hin, der sich heute ungefähr so unauffällig fühlte wie eine mächtige schwarze tickende Zeitbombe.

Rinaldi sagte das, was sie erwartet hatten, daß die Träger stark und kräftig seien und zuverlässig im Umgang mit wertvollen Statuen und anderen Antiquitäten, daß er ansonsten nichts über sie wisse und weiter auch keine Geschäfte mit ihnen mache. Übertrieben emphatisch gab er zu, daß er die beiden schwarz beschäftige, und lehnte sich dann mit noch übertriebenerem Lachen und Seufzern der Erleichterung zurück, scheinbar froh, das einzige, was sein Gewissen belastete, ›gestanden‹ zu haben.

Dann erhob sich der Staatsanwalt und bat um Entschuldigung für diese Unterbrechung seiner kostbaren Arbeitszeit, und der Capitano erhob sich ebenfalls und dankte ihm fürs Kommen. Der Maresciallo auf seinem Platz bei der Tür blieb stumm. Rinaldi mußte auf dem Weg nach draußen an ihm vorbei, und er hatte Angst vor diesem Gang. Der Maresciallo spürte mehr als daß er sah, wie die beiden anderen über seinen Kopf hinweg fast unisono die Brauen hoben und sich zulächelten. Benahm er sich etwa irgendwie töricht? Ja, in der Tat, er musterte Rinaldis unehrliches Gesicht so konzentriert, daß er gar nicht merkte, wie er dem Menschen den Weg versperrte. Und das kurze Gespräch mußte zu Ende gegangen sein, ohne daß er auch nur ein Wort davon mitbekommen hätte. Er entschuldigte sich und öffnete die Tür. »Bitte…« Er trat zurück, wohl merkend, daß Rinaldi Angst hatte, an ihm vorbeizugehen, ja, daß er sich zusammennehmen mußte, um nicht auf Zehenspitzen zu laufen. Als er es dann doch geschafft hatte und eben auf den Flur hinaustrat, tauchte der Maresciallo aus seinem dumpfen Brüten auf und erinnerte sich zu fragen: »Würden Sie mir wohl sagen – wir haben Schwierigkeiten, den Besitzer der Wohnung des Opfers zu ermitteln – und da wüßte ich gern, wem die Ihre gehört? Und der Laden. Ich glaube, irgend jemand erwähnte, Sie selbst seien der Besitzer, ist das richtig?«

Rinaldi wandte sich um. »Ich habe den Nießbrauch an Wohnung und Laden.«

»Aber nicht für das übrige Haus?«

»Nein.«

Der Maresciallo überlegte ein wenig. Er sah, wie sich an Rinaldis Schläfen Schweißperlen bildeten und ihm die Wangen hinunterliefen.

»Es ist sehr heiß, nicht wahr? Selbst nach dem Regen. Wie in einem türkischen Bad. Wie lange haben Sie den Nießbrauch schon?«

»Seit etwa zwei Jahren. Seit den Fünfzigern war ich als Mieter im Haus. Und als der Besitzer starb, trug er Sorge dafür ...«

»Oh, gut, gut ...«

»Was ist daran gut?« Die beiden anderen waren unterdessen auch zur Tür gekommen, und Rinaldi blickte am Maresciallo vorbei auf sie, als erhoffe er sich von ihrer Seite Rettung. Sie schwiegen.

»Das Gute daran ist«, sagte der Maresciallo, »daß Sie uns sagen können, wer der Besitzer war und ob ihm das ganze Haus gehörte. War es dieser ... wie hieß er doch gleich?« Wenn er nur ein Gedächtnis für Namen und Fakten hätte, statt bloß für Bilder und Gerüche! Er hätte lieber den Mund halten sollen, statt sich hier zum Narren zu machen. Seine Vorgesetzten waren so cool und überlegen aufgetreten, hatten nichts preisgegeben, und nun kam er daher und verärgerte den Menschen, indem er ihn aufhielt, ihn ins Schwitzen brachte.

»Roth«, sagte der Staatsanwalt. »Jacob Roth. Das war der letzte Name, unter dem das Haus im Grundbuchamt eingetragen ist.«

»Ah, ja.« Der Maresciallo seufzte erleichtert. »Jacob Roth.«

Der Name schwebte im Raum. Rinaldi war rot angelaufen. Seine Augen verschleierten sich vor Furcht, und er sah aus, als müsse er alle ihm zu Gebote stehende Energie aufbieten, um sich aufrecht zu halten.

»Wenn er Sie in seinem Testament bedacht hat, dann war er wohl ein Verwandter oder zumindest ein Freund?«

»Ach, schenken Sie uns doch noch ein paar Minuten, Rinaldi«, sagte der Staatsanwalt, die falsche Vertraulichkeit beibehaltend. »Das könnte uns ungemein weiterhelfen. Wir wären Ihnen sehr verbunden.«

Wieder mußte Rinaldi sich am Maresciallo vorbeilavieren, dessen Blick ihm folgte und den er offenbar so hartnäckig auf sich haften spürte, daß sein Nacken rot anlief. Er redete, weil ihm keine andere Wahl blieb, aber der Maresciallo hatte den Eindruck, daß er an manchen Stellen seiner Erzählung von einer Version abwich und eine andere wählte, ja, manchmal auch zwei verwarf, bevor er sich für eine dritte entschied. Der Capitano schickte nach einem Carabiniere, der die Aussage protokollieren sollte, und alle setzten sich schweigend, um dem widerwilligen Zeugen zuzuhören. Ungeachtet dessen, was der Maresciallo hinterher sein ›sich Drehen und Winden‹ nannte, konnte Rinaldi nicht umhin, ihnen ein paar handfeste Fakten zu liefern.

Jacob Roth war der Sohn von Samuel Roth, einem Juden aus dem Londoner East End, der mit Antiquitäten und Gemälden handelte und dessen Reisen ihn unter anderem auch nach Florenz geführt hatten, wo er mit den Besitzern des kleinen Ladens in der Sdrucciolo de' Pitti ins Geschäft kam. Er heiratete sogar deren Tochter Naomi und nahm sie mit sich nach London. Dort wurde ihr einziger Sohn Jacob geboren. Geschäfts- und Familienverbindungen wurden durch den Ersten Weltkrieg unterbrochen, und Naomis Eltern starben bei der Grippeepidemie gleich nach dem Krieg. Das junge Paar zog nach Florenz und übernahm den Laden in der Sdrucciolo de' Pitti. So wuchs der kleine Jacob in Florenz auf, umgeben von den herrlichsten Gemälden der Welt. Er war selbst ein begabter Maler und hätte gern am Liceo Artistico studiert, aber als Sohn eines Händlers mußte man sich zu jener Zeit mit der Grundschule begnügen. Jacob begann schon mit zwölf für seinen Vater zu arbeiten. Eine Zeitlang nutzte er sein Maltalent, um die Bilder im Laden aufzufrischen, aber mit fünfzehn warf er seine Pinsel fort. Er wollte kein Amateur werden und widmete sich statt dessen nun ganz dem Geschäft. Er und sein Vater bauten ein europaweites Handelsnetz auf, das in den späten zwanziger Jahren schwungvoll florierte. Obwohl er noch jung und unerfahren war, gelang es Jacob, dank seines ästhetischen Gespürs und regen Geschäftsgeistes, aus einem besseren Trödelladen, der nur hin und wieder einmal ein anständiges Bild ergatterte, eine renommierte Kunst- und Antiquitätenhandlung zu machen, die sich bis in die Gegenwart erfolgreich behaupten konnte. Nach und nach kauften Samuel und Naomi das ganze Haus auf. Wie vormals sein Vater, reiste nun Jacob zwischen Florenz und London hin und her, wo ihre besten Kunden ansässig waren. Samuel unterhielt von Florenz aus Geschäftsbeziehungen mit allen namhaften europäischen Metropolen. Dann kam der Zweite Weltkrieg. 1943 wurden Samuel und Naomi deportiert, und beide kamen in Auschwitz um. Nach dem Krieg beschloß Jacob, sich aus dem Geschäft zurückzuziehen, das nun Rinaldi übernahm. Vor seinem Tode hatte Jacob eine Stiftung gegründet, deren Statuten Rinaldi den Nießbrauch seines Ladens und der Wohnung im ersten Stock zusicherten.

Während er das erzählte, wanderte Rinaldis Blick immer wieder zwischen dem Capitano und dem Staatsanwalt hin und her, bemüht, ihre Reaktion abzuschätzen und, indem er einen vertraulichen Ton anschlug und unnötige Details einflocht, die Fiktion aufrechtzuerhalten, daß er einzig danach trachte, ihnen behilflich zu sein. Den starren Blick des Maresciallo mied er geflissentlich.

Als Rinaldi geendet hatte, herrschte kurzes Schweigen. Dann dankte ihm der Staatsanwalt.

»Sie waren uns eine große Hilfe. Damit wäre das Rätsel zufriedenstellend gelöst. Nur zwei Fragen hätte ich noch…«

Sehr viel mehr als zwei, dachte der Maresciallo und sah zu, wie Rinaldi abermals die Angströte ins Gesicht stieg.

»Wie gesagt, zweierlei… diese europäischen Kontakte, die Sie erwähnten, könnte da auch Prag dabeigewesen sein?«

»Tja, ich kann natürlich nur wiedergeben, was ich vom Hörensagen weiß. Das war ja alles ein bißchen vor meiner Zeit, aber ich denke schon, ja.«

»Also hätte zu seinen Kontakten beispielsweise auch Sara Hirschs Mutter gehört haben können? Vielleicht hat Jacob auch ihr im Rahmen seiner Stiftung den Nießbrauch ihrer Wohnung zugesichert.«

»Möglich wär's wohl, aber ich weiß es wirklich nicht. Soweit hat er mich nicht ins Vertrauen gezogen. Verbindlich kann ich Ihnen in der Sache nur Auskunft geben, soweit sie mich persönlich betrifft.«

»Natürlich. War auch nur so ein Gedanke, weil wir kein Mietbuch gefunden haben. Und die andere Sache war – na, was war's doch gleich, was ich Sie noch fragen wollte – ach, ja! Das Rätsel aller Rätsel. Wo ist Jacob Roth heute?«

»Tot natürlich! Das habe ich doch schon gesagt!«

»Ja, ja richtig. Aber auch die sterblichen Überreste eines Toten müssen doch irgendwo zu finden sein, nicht wahr? Ist er in Florenz gestorben?«

»Kann sein.«

»Ach, Sie hatten wohl mit den Jahren den Kontakt verloren, wie? Sahen sich wahrscheinlich seltener, nachdem er sich aus dem Geschäft zurückgezogen hatte.«

»Ganz recht. Ist ja auch nur natürlich.«

»Gewiß, vollkommen. Trotzdem hat er Sie am Ende nicht vergessen. Wofür Sie ihm sicher dankbar waren. Waren Sie auf seiner Beerdigung?«

Die Frage klang ganz harmlos, aber Rinaldi verschlug es die Sprache, und man sah an seinem flackernden Blick, wie emsig er nach einer unverfänglichen Antwort suchte.

»Ist es schon so lange her, daß Sie sich nicht mehr erinnern können? Ab einem gewissen Alter muß man zu so vielen Beerdigungen – erst letzte Woche ist ein Kollege von mir gestorben, mit dreiundfünfzig, Herzinfarkt –, da wird einem dann bewußt, daß wir alle sterblich sind. Aber wenn Sie sich einen Moment besinnen ... Ihr Gedächtnis durchforschen ... vielleicht fällt es Ihnen dann wieder ein.«

»Natürlich erinnere ich mich! Ich rede nur nicht gern darüber.«

»Verstehe. Allein, ich bin sicher, daß Sie umgekehrt Verständnis dafür haben, daß wir unter diesen Umständen – immerhin untersuchen wir den plötzlichen Tod der Signora...«

Rinaldi unterbrach ihn und sagte langsam und mit Nachdruck: »Ich bin nicht zu Jacob Roths Beerdigung gegangen.«

»Verstehe. Gut. Ja, ich glaube, dann brauchen wir Sie nicht länger aufzuhalten. Es sei denn, Sie hätten noch Fragen, Capitano?«

Der Capitano stand reglos, ernst und stumm und hob nur einen Finger, um mit dieser kaum wahrnehmbaren Geste anzudeuten, daß dies nicht der Fall sei.

Rinaldi atmete auf.

»Und Sie, Maresciallo? Noch Fragen an Signor Rinaldi?«

Sichtlich verblüfft stotterte Guarnaccia: »Nein, nein... ich bin nicht ...«

»Doch, doch, Sie sind befugt. Schließlich ist das Ihr Fall, also bitte...«

Der Maresciallo räusperte sich und wagte den entscheidenden Schritt: »Eine Frage hätte ich in der Tat an den Signore.« Er konnte sie nicht diplomatisch verbrämen, so wie der Staatsanwalt. Außerdem lag ihm gar nicht daran, Rinaldi mit Glacéhandschuhen anzufassen, er wollte den Kerl festnageln.

»Wer hat es Ihnen gesagt?«

»Mir was gesagt?«

»Daß Roth tot war. Und das mit der Stiftung?«

»Sein Anwalt natürlich.«

»Und wie heißt dieser Anwalt?«

Jetzt war Rinaldi ernstlich erschrocken – und unschlüssig. Der Maresciallo ließ ihm keine Zeit, einen Namen zu erfinden. »Ich frage nur, weil Sara Hirsch mir einen Namen hinterlassen hat, als sie bei mir auf der Wache war, und nun überlege ich natürlich, ob da vielleicht eine Verbindung besteht, ob es womöglich gar derselbe Anwalt ist. Jetzt, da wir über Jacob Roth Bescheid wissen, könnten wir das freilich auch selber überprüfen, aber Sie würden uns Zeit sparen helfen… ah, ich sehe, es fällt Ihnen wieder ein.«

»Ja«, blaffte Rinaldi, »ich kann Ihnen die Zeit sparen. Der Name ist D'Ancona, Umberto D'Ancona. Und ich kann Ihnen noch mehr Zeit ersparen. Er ist nämlich tot. Er und Jacob waren praktisch gleichaltrig.«

Sie mußten ihn laufenlassen. Der Maresciallo wäre am liebsten mit ihm gegangen, hätte sich an seine Fersen geheftet, bis der Mann es nicht länger aushalten und ihm alles sagen würde. Ihm was sagen? Gleichviel, er war fort. Sie hatten alle soviel geredet, so viele Worte gemacht…

»Maresciallo?«

»Entschuldigung. Ich habe nicht ganz zugehört.«

»Sie sagten, mit einem Durchsuchungsbeschluß für Rinaldis Laden und seine Wohnung sei Ihnen nicht gedient, weil Sie nicht glauben, daß seine beiden Helfershelfer gefunden haben, was sie suchten. Was macht Sie da so sicher?«

»Etwas, das Rinaldi gesagt hat. Sie lassen ihn doch beschatten, Capitano?«

»Von dem Moment an, wo er das Präsidium verläßt, und bis er nach Hause kommt, haben wir sein Telefon angezapft.«

»Gut, gut... Wortwörtlich kann ich nicht wiedergeben, was er gesagt hat, tut mir leid. Aber ich stand draußen vor seiner Wohnung und habe mit angehört, wie er die beiden Träger entlohnt hat. Und da sagte er so was wie, er würde sie umsonst bezahlen. Aus einem der beiden Jungs könnte ich bestimmt rauskriegen, was damit gemeint war...«

All dieses Gerede. Der Maresciallo saß auf der äußersten Stuhlkante, hatte die Füße schon sprungbereit auf den Boden gepflanzt und sah hoffnungsvoll seinen Capitano an, der ihn gut genug kannte, um zu wissen, daß er mit Worten nicht geübt war. Der Staatsanwalt, der Guarnaccia noch nicht lange kannte, versuchte trotzdem, seine Andeutungen zu verstehen. Man sah es ihm an. Und auch, daß er für sein Leben gern geraucht hätte.

»Wir haben einen ausgedrückten Zigarrenstummel in Sara Hirschs Wohnung gefunden. Alles, was sie mir gesagt hat, entsprach der Wahrheit, und ich habe zu lange gezögert...«

Der Capitano sagte: »Hören Sie, Guarnaccia, erinnern Sie sich noch, daß Sie anfangs meinten, es handle sich um so was wie eine versuchte Zwangsräumung?«

»Tut es auch. Genau darum ist keine Zeit zu verlieren.«

»Was denn, jetzt, wo die Frau tot ist?«

»Genau. Sie hatten vielleicht nicht vor, sie umzubringen, aber als sie den Trumpf ausspielte, den sie in petto hatte, da haben sie zugeschlagen. Es muß einen Grund dafür geben, daß sie sie unbedingt aus der Wohnung raushaben wollten, und dieser Grund ist vielleicht... Umgebracht haben sie sie aus Versehen. Sie war im Weg, und das, wobei sie im Weg war, ist auch... Vielleicht ist das Verbrechen, das wir aufzuklären haben, noch gar nicht begangen worden.« Er erhob sich. Er mußte endlich los.

»Ich komme mit Ihnen hinunter«, sagte der Staatsanwalt. Er warf sich eine zerknitterte Leinenjacke um die Schultern, gab Maestrangelo die Hand und griff nach seiner abgewetzten Aktenmappe. Sobald sie im Treppenhaus waren, zündete er sich ein Zigarillo an. Als sie unten im Kreuzgang vor ihren Autos standen, hielt er Guarnaccia noch einmal zurück. »Ich bin Ihrer Theorie mit der Räumungsaktion nachgegangen«, sagte er, »und habe mich mit den Archiven in der Via Laura in Verbindung gesetzt, wo jeder Eigentümerwechsel gespeichert wird, bis das Grundbuch auf den neuesten Stand gebracht ist. Rinaldis Geschichte scheint zu stimmen. Das Haus gehört einer internationalen Stiftung, der ROTH ART EDUCATION, kurz RAE, mit Sitz in Panama. Von dieser Stiftung haben die Rossis vor zwei Jahren ihre Wohnung gekauft. Vielleicht waren die umfangreichen Renovierungsarbeiten, die zu dem Streit zwischen Sara Hirsch und Rinaldi führten, der Grund für diesen Verkauf. Was meinen Sie? Aber solange wir keine Verträge über Saras Mietverhältnis oder ihr Nießbrauchsrecht, je nachdem, finden, helfen uns diese Informationen leider auch nicht weiter. Wahrscheinlich steckt hinter der ganzen Stiftungsidee einer der üblichen Tricks zur Ersparnis von Erbschaftssteuern. Ich hätte allerdings nicht gedacht, daß ein Anwesen dieser Größenordnung dafür stehen würde.«

»Nein. Und …«

»Und?«

»Wer hätte die Erbschaftssteuer umgehen wollen? Wer waren Jacob Roths Erben? Ich bin sicher, Sara Hirsch rechnete damit, daß sie etwas bekommen würde. Aber sie ging leer aus und landete zweimal in der Psychiatrie, erst nach dem Tod ihrer Mutter und vor zwei Jahren dann noch einmal. Wenn ich herausfinden kann, was mit Jacob Roth geschah und wann … und irgendwo muß er doch um Himmels willen auch begraben sein!«

»Wenn er wirklich tot ist. Im Grundbuch ist nur sein Geburtsdatum verzeichnet, 1913. Er könnte also noch am Leben sein. Ich werde das auch in England überprüfen lassen«, schloß der Staatsanwalt.

»Aber was ist mit Rinaldi?«

»Sie möchten ihn festnehmen, ich weiß, aber noch wissen wir nicht, was er im Schilde führt. Halten wir ihn an der langen Leine und warten wir ab, bis er sich selbst den Strick dreht. Ein falscher Anruf …«

»Dafür ist er zu gerissen. Er wird auf Tauchstation gehen.«

»Ich fürchte, da haben Sie recht. Wahrscheinlich sind Falaschi und Giusti in ihren getrennten Zellen tatsächlich unsere einzige Hoffnung. Morgen früh werde ich sie im Beisein eines Pflichtverteidigers vernehmen. Hoffen wir, daß sie bei der Geschichte bleiben, die sie Ihnen erzählt haben.«

»Und wenn sie rausfinden, daß sie bereits einen Anwalt haben? Dafür wird Rinaldi schnellstens sorgen, und zwar über sein Mobiltelefon, das wir nicht abhören können.«

»Dann kann ich auch nichts machen. Aber was ist mit Ihnen? Verraten Sie mir Ihren nächsten Schritt?«

»Ich kann jetzt nichts weiter tun als versuchen, die Hintergründe aufzudecken ... Könnte ich jemanden in Ihr Büro schicken und mir das Fotoalbum aus dem Safe ausleihen – und noch ein paar Aufnahmen, die wir von der Wohnung gemacht haben?«

»Sie brauchen niemanden zu schicken. Ich sorge dafür, daß Ihnen die Sachen umgehend zugehen. Übrigens, ich bin noch gar nicht dazu gekommen, es Ihnen zu sagen, aber ich habe mit den Eltern Rossi telefoniert, und sie waren voll des Lobes über Sie. Tut mir leid, wenn ich Sie unnötig in Sorge versetzt habe.«

»Sie hatten ganz recht, mich zu warnen. Bei Ihren Erfahrungen.«

»Sie haben Ihre eigenen Erfahrungen, Maresciallo, da brauchen Sie meine nicht.« Er drückte Guarnaccias Arm. »Folgen Sie nur Ihrem Instinkt. Einen besseren Ratgeber können Sie sich nicht wünschen. Apropos, hatten Sie tatsächlich den Namen dieses Anwalts, Umberto D'Ancona?«

»Nein, nein …«

»Ha!«

Der Maresciallo sah ihn einsteigen und davonfahren. Dann blieb er noch einen Moment stehen, blickte starr zum Ausgang und tastete nach seinen Autoschlüsseln und der Sonnenbrille. »Ich werde sie finden«, murmelte er, »alle beide. Saras Bruder, wenn er existiert, und Jacob Roth. Aber erst die verflixte Brille!« Es war relativ schattig hier im Kreuzgang, wo ein Brunnen plätscherte und man über Steinfliesen durch dämmrige Gewölbe wandelte. Aber draußen, jenseits des mächtigen Torbogens, flimmerte die regenklare Luft der Via Borgognissanti unter einer unbarmherzig grellen Sonne.

»Stören Sie mich nur, wenn es unbedingt sein muß.« Als ob es bei Lorenzini einer solchen Anweisung bedurft hätte! Er gehörte zu denen, die wir für selbstverständlich nehmen, bis sie einmal krank werden oder in Urlaub gehen und plötzlich tausenderlei Irritationen den reibungslosen Ablauf des Alltags behindern. Lorenzini schloß leise die Tür hinter sich, als er das Büro verließ, und der Maresciallo setzte sich an seinem Schreibtisch zurecht und schlug das große Fotoalbum auf. Es hatte keinen Staub angesetzt, denn es war sehr sorgsam in einer braunen Samthülle mit einer Kordel zum Zuziehen aufbewahrt worden. Die ältesten Fotos stammten noch aus dem letzten Jahrhundert und zeigten Grüppchen steif posierender Damen mit hohen Spitzenkragen und aufgetürmter Coiffure. Das Album war vermutlich nicht so alt wie diese ersten Bilder, die in Passepartouts steckten, welche überhaupt nicht in die perforierten Schlitze paßten und lose unter dem schützenden Seidenpapier zwischen den Seiten lagen. Auf dem Passepartout war der Name des Fotografen vermerkt, in einer schnörkeligen Schrift, die nicht zuletzt deshalb so schwer zu entziffern war, weil es sich um einen ausländischen Namen handelte. Darunter stand, in Druckbuchstaben und deutlich lesbar: PRAHA, was der Maresciallo sich mit ›Prag‹ übersetzte. Einige Bilder von einzelnen Damen oder Ehepaaren waren vor antikisierenden Requisiten aufgenommen, einer Marmorsäule oder einem malerischen Torbogen, andere hatten einen Gartenprospekt oder eine Landschaftsszene als Hintergrund. Es folgten Porträtaufnahmen von Offizieren, die entweder steif, die Handschuhe auf den Knien, in einem Sessel saßen oder stehend, die Hand am Säbel, in Paradeuniform posierten. Ein Foto sah aus wie ein Verlobungsbild. Der junge Mann in Uniform blickte starr in die Kamera, die Braut sah, auf seinen Arm gestützt, zu ihm empor. Dann dasselbe Paar im Hochzeitsstaat, wieder ein Bild im Passepartout, das lose zwischen den Seiten lag, 1919 vom nämlichen Prager Fotografen aufgenommen. Etwas weiter hinten folgte ein anderes Hochzeitsfoto, diesmal mit Brautjungfern, die mit gekreuzten Beinen und riesigen Buketts im Vordergrund saßen. Dieses Bild war undatiert, aber der Maresciallo schätzte, daß es später aufgenommen war, nach den glitzernden Stirnbändern der Frauen, dem engen Rock und den spitzen Schuhen der Braut zu urteilen, wahrscheinlich Ende der zwanziger Jahre. Inzwischen paßten die Bilder auch in die vorgestanzten Schlitze, und die Aufnahmen wirkten nicht mehr so pompös und gestellt. Statt der steif herausgeputzten jungen Leute vor Marmorsäulen und gemalten Landschaftsprospekten saßen pausbäckige Kinder auf pelzbespannten Schemeln, barfuß und – Jungen wie Mädchen – in Hängerkleidchen und mit offenen Locken. Namen und Alter waren in gestochener Schrift unter den sepiafarbenen Aufnahmen vermerkt.

»Ruth mit fünf, 1930.«

Da war sie, Sara Hirschs Mutter im weißen Matrosenkleidchen, eine Atlasschleife im langen, braunen Haar... Ein anderes Bild zeigte sie mit den Eltern im Park, einem echten, keiner Atelierkulisse. Er blätterte ein oder zwei Seiten zurück und fand dasselbe Paar, die Frau mit einem Säugling auf dem Arm, der in ein großes Umschlagtuch gehüllt war. Er sah genauer hin. Sie standen in einem Hauseingang, und über dem schmalen Fenstergiebel zu ihrer Rechten prangte ein Namenszug, von dem nur das H am Anfang deutlich zu erkennen war.

Weiter hinten entdeckte er das Paar wieder, inzwischen etwas gesetzter und offenbar zur Feier irgendeines Jahrestages fotografiert, sie in einem prächtig geschnitzten Sessel, er stehend dahinter, im taillierten Anzug mit steifem runden Kragen. Saras Großeltern. Der letzte Teil des Albums war leer geblieben. Die Welt dieser Familie war in den dreißiger Jahren untergegangen. Saras Mutter Ruth hatte das Fotoalbum, den siebenarmigen Leuchter, den Gebetsschal, den Talmud und ihre Geschichte, ihr kulturelles Erbe mit nach Florenz gebracht, wo ihre Eltern Bekannte hatten, Geschäftsfreunde, bei denen sie die Tochter in Sicherheit wähnten. Eine schwere Bürde für ein so junges Mädchen. Der Maresciallo war sicher, daß Samuel

Roth in der Sdrucciolo de' Pitti dieser Geschäftsfreund gewesen war. Und Jacob Roth, sein Sohn, der so klug war und so begabt…

»Ich wette, er war Saras Vater!« sagte der Maresciallo laut. »Wo ist nur dieses eine Foto? Ich könnte schwören, daß die kleine Lisa Rossi…« Er hatte schon den Telefonhörer in der Hand, als Lorenzini klopfte und eintrat. »Was ist denn?«

»Besuch für Sie. Dauert nur eine Minute. Ich habe alles versucht, aber…«

»Nein, nein. Ist schon gut. Schicken Sie ihn rein.« Denn jetzt war er sich seiner Sache sicher, konnte das komplette Bild im Kopf behalten. Selbst das umständlichste Gerede würde ihn nun nicht mehr aus dem Konzept bringen.

»Es ist eine Sie.«

»Was?« Aber Lorenzini war schon wieder verschwunden.

Statt seiner erschien Dori auf der Schwelle.

»Nein…!«

»Doch! Ich hab's getan, und zum Beweis, hier der Ring. Natürlich haben wir nur standesamtlich geheiratet.« Sie sah hinreißend aus. Dori war immer ein hübsches Mädchen gewesen, aber jetzt bemerkte er eine Veränderung an ihr. Vielleicht lag es daran, daß sie sich weniger auffällig kleidete, vielleicht an dem neuen, geregelten Lebenswandel. Daß sie schwanger war, sah man ihr noch immer nicht an, aber sie war eben auch ungewöhnlich groß und schlank. »Ich sehe, Sie haben zu tun, Maresciallo.«

»Nein, nein, ist schon recht. Setzen Sie sich einen Moment.«

»Na gut.« Sie nahm ihm gegenüber am Schreibtisch Platz. »Was ist das? Ihr Familienalbum?«

»Nein, das von jemand anderem.«

»Hm. Dabei fällt mir ein: Sie haben mich angelogen. Marios Mutter lebt gar nicht mehr.«

»Ich weiß. Tut mir leid...«

»Schon recht. Sie sind ein guter Mensch. Sie haben Enkeleda ein paarmal im Krankenhaus besucht, stimmt's?«

»Das hat sie Ihnen erzählt? Sie ist also wieder klar im Kopf?«

»Machen Sie Witze? Die Ärzte sagen, sie ist geistig auf dem Stand einer Fünfjährigen, und wahrscheinlich wird's dabei bleiben. Die Frau im anderen Bett hat mir von Ihren Besuchen erzählt, die mit dem rasierten Schädel und den Nähten am Kopf... Du lieber Himmel!«

»Ich weiß...«

»Na, jedenfalls versuchen sie Enkeleda in einer Spezialklinik unterzubringen, wo sie wieder laufen lernen soll. Sie macht soweit einen ganz zufriedenen Eindruck. Aber Pictri, das Schwein...«

»Vergessen Sie nicht Ihren Freund, seinen Vetter Ilir, der auch nicht vor solch drastischen Bestrafungen zurückschreckte, wenn eins seiner Mädchen nicht gespurt hat.«

»Ach, Ilir ist schon in Ordnung. Aber ich gehe jetzt lieber und überlasse Sie Ihrem Familienalbum. Nochmals danke, Maresciallo.«

»Ihre Zeugenaussage ist mir Dank genug.«

»Und danke auch, daß Sie sich um Enkeleda gekümmert haben, das arme Ding.«

»Sie hat Pech gehabt.«

»Ja, sie kam als Frau zur Welt.«

Enkeleda… Lange nachdem Dori gegangen war, sah der Maresciallo immer noch den schlaffen kleinen Körper vor sich. – Abermals griff er zum Telefon und wählte die Nummer der Rossis. – Selbst wenn sie wieder laufen lernte, was sollte aus ihr werden? Wo sollte sie hingehen?

»Signora Rossi? Hier Maresciallo Guarnaccia, guten Abend, guten Abend. Ich wollte fragen, ob ich kurz mit Ihrer Tochter sprechen kann – nein, nein, nur etwas, das sie mir erzählt hat und das ich noch einmal überprüfen möchte. Ach, und Signora – wenn Sie so gut wären, sie solange allein zu lassen? Sie hat das Gefühl, daß sie Signora Hirschs Vertrauen genoß, und ich versuche das zu respektieren… Nein, ich glaube nicht, daß sie etwas weiß, das ihr gefährlich werden könnte, außerdem ist sie sehr verschwiegen… danke. Lisa? Lisa, erinnerst du dich noch, wie du mir von den geheimen Fotos im Safe erzählt hast? Nein, ich bin sicher, du hast nichts verraten, und ich auch nicht. Sag mir nur noch mal, ob ich das richtig behalten habe: Da war ein Foto von ihren Eltern, ja? Kannst du mir darüber ein bißchen mehr erzählen? Zum Beispiel ob es aussah, als sei es in einem Fotoatelier aufgenommen worden oder in einem Haus oder im Freien. Was? Tatsächlich? Du bist dir ganz sicher – sie hat es dir selbst gesagt? Kann ich mir vorstellen, ja, schon sehr lange her. Und war sonst noch jemand auf dem Bild? Nur die beiden – wie alt, glaubst du, waren sie? Versuch mir zu beschreiben, wie sie aussahen. Verstehe. Gut, Lisa. Und nun denk einmal ganz genau nach: Hat sie dir je ein Foto von ihrem Bruder gezeigt oder auch nur erwähnt, daß sie eines von ihm hat? Nein. Und das geheime Bild, das war das von ihren Eltern? Richtig, und die Blumen, das Bild mit den Blumen. Danke, Lisa, du hast mir sehr geholfen. Ja, sehr wichtig... und vorläufig immer noch ein Geheimnis, ja. Da kannst du ganz beruhigt sein, ich habe nämlich deine Mama gebeten, dich nicht danach zu fragen. Wenn alles vorbei ist, werden wir's ihr gemeinsam erzählen. Gib sie mir noch mal, bitte... Signora, haben Sie vielen Dank für Ihre Hilfe – doch, das haben Sie. Ja, das stimmt. Zwei Festnahmen. Sie haben's schon gehört... in den Halb-acht Uhr-Nachrichten? Ist es denn schon so spät?«

Er durfte nicht wieder zu spät zum Abendessen kommen. Trotzdem blieb er noch einen Moment sitzen und rekapitulierte, was Lisa ihm erzählt hatte.

Er sah alt aus – ich meine, wie ein Erwachsener. Alle Erwachsenen sehen ein bißchen alt und traurig aus auf diesen braunen Bildern, und er hatte auch noch so traurige Sachen an, einen ganz strengen dunklen Anzug und einen schwarzen Hut. Er war lang und dünn und finster, aber sie war noch ein kleines Mädchen. Sie reichte ihm bloß bis zur Schulter, und Zöpfe hatte sie.

Ein kleines Mädchen. Das man allein, mit ihrer Vergangenheit in einem Koffer, auf die Reise schickte, dorthin, wo die Eltern es in Sicherheit wähnten. Wo das Foto aufgenommen war.

Sie hat's mir gesagt. Und man konnte sogar die Sachen hinter ihnen im Schaufenster sehen. Es wurde hier bei uns in der Sdrucciolo de' Pitti aufgenommen.

Ja, natürlich. Er hatte es ja von Anfang an gesagt und war nie von seiner Überzeugung abgewichen. Egal, welche

Rolle Prag spielen mochte oder London – er wußte, daß es sich um eine Florentiner Geschichte handelte und die wichtigen Puzzlesteine alle hier zu finden waren. *Hier bei uns in der Sdrucciolo de' Pitti…*

Und dieser Rinaldi war schuldig, das war so sicher wie das Amen in der Kirche, aber wodurch hatte er sich schuldig gemacht? Er sagte, er hätte die Träger für nichts und wieder nichts bezahlt. Statt der vereinbarten Ware hätten sie ihm eine Leiche aufgehalst und eine Morduntersuchung vor der eigenen Haustür.

Der Maresciallo nahm einen Bogen Papier aus der Schreibtischlade und kritzelte eine Liste auf die linke Seite des Blattes.

Foto der Eltern in der Sdrucciolo de' Pitti
Foto eines Blumenbildes
Video?

Lisa hatte in Saras Safe kein Video gesehen, aber wenn alle Videos aus dem Schrank verschwunden waren…

Rinaldi hatte die Männer nicht umsonst bezahlt. Alle denkbaren Beweise waren beseitigt worden.

»Nein, nein«, sagte der Maresciallo laut. Sara Hirsch hatte Angst gehabt, aber sie war nicht dumm gewesen, und worum auch immer es bei dieser Geschichte gegangen war, es hatte ihr ganzes Leben bestimmt. Rinaldis Helfershelfer waren zuvor schon bei ihr eingedrungen. Nach den ersten Warnungen wäre sie kein Risiko mehr eingegangen.

Sprechen Sie mit Ihrem Rechtsanwalt und sagen Sie ihm, was ich Ihnen geraten habe.

Das werde ich. Ich bin entschlossen, meine Rechte zu verteidigen.

Ihr Anwalt. Er mußte ihren Anwalt finden. In der Wohnung hatten sie nicht den kleinsten Hinweis auf ihn entdeckt. Das zumindest war Rinaldi gelungen. Wenn Jacob Roth Saras Vater war, dann hatten sie vermutlich denselben Anwalt gehabt, diesen Umberto D'Ancona. Wenn er ihr Vater war …

Auf der rechten Seite seines Merkblatts notierte er ein paar weitere Stichworte, die er aus den wenigen amtlichen Dokumenten der Akte Hirsch kopierte. Aus dem Grundbuchauszug das Geburtsdatum von Jacob Roth, aus den Taufurkunden das von Sara und ihrer Mutter. Das Jahr, in dem Jacob das Haus in der Sdrucciolo de' Pitti gekauft hatte. Diese wenigen Fakten, und es waren ihrer herzlich wenige, mußten zusammenpassen. Taten sie es, dann würde sich irgendwo eine Lücke ergeben. Eine Leerstelle, die ihm, wenn er sie richtig interpretieren konnte, zeigen würde, wonach er zu suchen hatte.

Jacob Roth war 1913 in England geboren.

Ruth Hirsch kam 1925 in der Tschechoslowakei zur Welt.

Auf dem Foto, das Lisa gesehen hatte, war Ruth ein Kind mit Zöpfen, der um zwölf Jahre ältere Jacob ein erwachsener Mann in Anzug und Hut. Aber Ruth wuchs heran. Die Wohnungen in dem Haus in der Sdrucciolo de' Pitti hatten jeweils nur zwei Schlafzimmer, doch es war Krieg, die Menschen mußten sich irgendwie arrangieren. Und 1943 wurde Ruth schwanger. War es Liebe, waren es diese engen Wohnverhältnisse, waren sie verheiratet? Nein, letzteres wohl nicht, warum sonst das Kloster? Jacob besaß einen britischen Paß und hätte sie noch vor der

Okkupation außer Landes bringen können. Hatte er Italien verlassen? Wo war er, daß es ihm gelang, den Krieg zu überleben, während Ruth sich in einem Kloster verstecken mußte und seine Eltern deportiert und im KZ ermordet wurden?

Es lief immer wieder auf die gleiche Frage hinaus: Wo war Jacob Roth? Wo war er damals, wo starb er, wo lag er begraben? Rinaldi hatte nur sehr widerwillig über ihn Auskunft gegeben und wußte bestimmt sehr viel mehr, als er ihnen erzählt hatte. Und natürlich wußte man nicht, ob das, was er gesagt hatte, der Wahrheit entsprach.

»Moment mal! Rinaldi …« Der Maresciallo machte sich eine Notiz, die Übernahme des Antiquitätengeschäfts durch Rinaldi betreffend.

Die Tür ging auf, und Lorenzini streckte den Kopf herein. »Haben Sie gerufen?«

»Nein, nein … Ich meine – ach, nichts. Hab nur laut gedacht. 'tschuldigung.«

»Macht nichts, ich wäre sowieso gekommen. Das hier schickt Ihnen der Staatsanwalt. Ergänzung zum Autopsiebericht im Fall Sara Hirsch. Und das Krankenhaus hat angerufen, wegen des albanischen Mädchens. Sie hätten darum gebeten, daß man Sie auf dem laufenden hält.«

»Wie geht's ihr?«

»Sie haben noch mal operiert. Zustand des Mädchens ist stabil. Was in ihrem Fall aber wohl nicht viel heißt, oder?«

»Nein. Nein, wirklich nicht.«

»Fast möchte man wünschen … nun ja. Ach, und dann wartet draußen noch ein junger Mann auf Sie.«

»Und er besteht darauf …«

» ...nur mit Ihnen zu sprechen, ja.« Zwar hatte sich mittlerweile auch Lorenzini eine ganz beachtliche Klientel erworben, aber die Leute akzeptierten im einen wie im anderen Fall keinen Ersatz für den Mann ihres Vertrauens. Der Maresciallo blickte stirnrunzelnd auf das Blatt Papier vor sich. Ein paar flüchtige Bemerkungen, eine Handvoll Daten. Der große Ermittler! Er hätte sich geschämt, dem Staatsanwalt oder auch nur Lorenzini seine Notizen zu zeigen. Lorenzini war aufgeweckter, mehr auf Draht, jünger. Allein, mit Stolz war kein Fall zu lösen.

»Also gut, schicken Sie ihn rein – aber erst werfen Sie noch einen Blick auf die Daten hier, ja? Diese beiden Männer, die wir heute morgen festgenommen haben...«

»Falaschi und Giusti?«

»Genau. Der Antiquitätenhändler, für den sie arbeiten, Rinaldi, was wissen Sie über den?«

»Nun, ich kenne ihn. Hin und wieder mache ich Stichproben bei ihm anhand der monatlichen Liste gestohlener Wertgegenstände.«

»Und was halten Sie von ihm? Gerissen, wie, ein Gauner?«

»Das würde ich nicht sagen, nein. Aber für ehrlich halte ich ihn auch nicht. Das genaue Gegenteil von dem Händler an der Piazza San Felice, der seine Sachen selber restauriert und ein passionierter Handwerker ist. Rinaldis Passion, wenn er überhaupt eine hat, ist der Profit. Und ich glaube nicht, daß er direkt ein Gauner sein muß, wie Sie es nennen, um bei seiner Art von Geschäften zum Zuge zu kommen. Ich habe ihn schon seit Jahren auf dem Kieker, aber bis jetzt hatte ich nie was gegen ihn in der Hand, und das weiß er. Er würde uns glatt ins Gesicht lachen, wenn wir gegen ihn vorgehen wollten.«

»Davon bin ich überzeugt. Aber schauen Sie sich diese Daten aus dem Fall Hirsch trotzdem mal an, ja? Rinaldi sagt, er habe den Laden nach dem Krieg übernommen. Nun versuche ich die Zusammenhänge herzustellen und komme nicht weiter. Ich weiß nicht, woran es liegt, aber… alle in dieser Geschichte sind Juden, bis auf Rinaldi, das ist das eine. Ach, nehmen Sie einfach die ganze Akte mit und bringen Sie sie mir wieder, wenn ich mit diesem Mann gesprochen habe.«

»Ich schicke ihn rein.«

Die engen Wohnverhältnisse, Liebe, Ehe… was immer der Grund gewesen sein mochte, dem Maresciallo stand am deutlichsten das Bild vor Augen, das er in Wirklichkeit nie gesehen hatte. Das von dem Mädchen mit den Zöpfen neben dem jungen Mann im dunklen Anzug. Die Verhältnisse, Liebe, Ehe… mit siebzehn schwanger in einem fremden Land, auf der Flucht vor Krieg, Rassenhaß, Verfolgung.

»Mama!«

Das war Enkeledas Stimme. Auch sie noch ein Kind. Man hatte sie noch einmal operiert…

Ein junger Mann war leise hereingekommen und stand nun vor seinem Schreibtisch. Das Gesicht kam dem Maresciallo bekannt vor, blaue Augen, die angenehme Assoziationen weckten, ohne daß er sie hätte einordnen können.

»Sie werden sich wohl nicht mehr an mich erinnern. Wir sind uns neulich in der Villa L'Uliveto begegnet. Ich arbeite dort als Gärtner.« Zögernd, fast schüchtern fuhr er sich mit der Hand durch die glatten blonden Strähnen. In diesem kleinen Büro wirkte er ungewöhnlich groß. Der Maresciallo hatte ihn schon einmal gesehen, aber im Freien... »Natürlich! Der arme Verwandte – oh, verzeihen Sie! Ich wollte nicht...«

»Sie brauchen sich nicht zu entschuldigen. Schließlich habe ich mich Ihnen ja so vorgestellt. Mir geht's übrigens genauso. Ich vergesse niemals ein Gesicht, aber wenn ich jemanden in anderer Umgebung wiedertreffe, dann weiß ich nicht, wen ich vor mir habe. Ich heiße Jim. Aber auch wenn Sie jetzt wissen, wer ich bin, wundern Sie sich wahrscheinlich immer noch über meinen Besuch. Darf ich mich setzen? Ich sagte Ihnen doch neulich, wir sollten uns mal unterhalten, wissen Sie noch? Nun, ich denke, jetzt ist es an der Zeit.«

9

Du lieber Himmel... am besten, er klärte das gleich vorab. Heute konnte er sich weiß Gott keine weitere Verzögerung leisten.

»Hören Sie, es ist sehr freundlich von Ihnen, eigens herzukommen, um mir zu sagen, daß Sir Christopher eine so gute Meinung von mir hat. Und ich zweifle auch nicht an Ihren Worten, weil es tatsächlich so zu sein scheint. Außerdem sind Sie nicht der erste, der mir das sagt. Trotzdem kann ich's mir nicht erklären, wo er mich doch kaum kennt. Ja, und ich weiß auch, wie schwer es für euch junge Leute ist, heutzutage Arbeit zu finden. Aber ich kann Ihnen da nicht weiterhelfen. Es tut mir leid...«

»Mir helfen? Ich glaube, Sie haben mich mißverstanden. Was mir Sorge macht, ist unser kleiner Diebstahl. Sehen Sie«, er beugte sich vor und sah den Maresciallo mit ernstem, fast beschwörendem Blick an, »ich denke, und der Obergärtner ist derselben Meinung, daß dieser Raub nur vorgetäuscht war. Eigens als Insider-Job inszeniert, damit später, wenn es zu einem richtig großen Diebstahl kommt, der Verdacht auf jemanden fällt, der die Einbrecher hereingelassen haben könnte – die Haushälterin zum Beispiel.«

»Aber ich habe Ihnen doch schon gesagt, daß wir die nie in Verdacht hatten.«

»Das habe ich ihr auch ausgerichtet, aber Sie wissen doch, was letztes Mal passiert ist: Der damalige ›Giorgio‹ und der Butler mußten gehen, verjagt von denen, die im Haus das Sagen haben, obwohl Ihre Leute die beiden damals auch nicht verdächtigt haben. Und es nicht den Hauch eines Beweises gegen sie gab. Aber die Haushälterin sagt, diesmal sei es noch viel schlimmer. Sie meint, mit den DNA-Tests, die es heute gibt…«

»Die Frau redet Unsinn.«

»Glauben Sie? Das mag ja sein, aber wie ich Ihnen schon neulich erzählte, geht sie im August in Urlaub, und sie trägt sich mit dem Gedanken, hernach zu ihrer Schwester zu ziehen. Wir glauben, daß Sir Christopher im Sterben liegt, und wenn er nicht mehr ist … nun, Sie wissen schon, was ich meine, Sie bearbeiten ja den Fall. Aber das ändert alles nichts an der Tatsache, daß, wenn es zu einem Diebstahl im großen Stil kommen sollte, immer noch Giorgio da wäre, den man beschuldigen und zugleich vor der Polizei in Schutz nehmen könnte. Also wird er den Mund halten oder nur das sagen, was man ihm eingetrichtert hat. Sie verstehen?«

»Ich… nein. Giorgio ist der Junge aus dem Kosovo, der die Bibliotheksbestände katalogisiert oder so was Ähnliches, ist das richtig?«

»Die Kunstsammlung. Theoretisch ist das seine Aufgabe, ja. Aber auch darüber wird er schweigen. Und Sie haben recht, er kommt aus dem Kosovo. Der letzte in einer langen Reihe von ›Giorgios‹.«

»Ich dachte mir schon so was, obwohl Sir Christopher … ich meine, in seinem Zustand…«

»Oh, nein! Er hat sie einfach nur gern um sich. Viele wurden mehr oder weniger von der Straße aufgegriffen und fanden in L'Uliveto Unterschlupf – illegale Einwanderer, italienische Kids, die mit dem Gesetz in Konflikt gekommen waren … Nichts als ein bißchen selbstsüchtige Barmherzigkeit von seiner Seite, und in diesem Fall tut er wirklich ein gutes Werk. Giorgio spricht fließend italienisch und dazu noch ganz gut russisch, und er ist sehr intelligent. Hat zu Hause Medizin studiert. Neben seiner Arbeit am Katalog erledigt er bereitwillig alles, was ihm aufgetragen wird, und das, obwohl sie ihm nur einen Hungerlohn zahlen.«

»Langsam kann ich Ihnen folgen. Sicher hat er auch Heimweh. Er ist ja noch so jung.« Ein Blick durch den Türspalt auf einen weinenden Jungen und Porteous' massierende Hand …

»Heimweh? Nach dem Kosovo? Ein illegaler Einwanderer, der seine Rettung den Finessen eines angesehenen Anwalts verdankt? Und nun, da er sich wegen dieser geklauten Haarbürsten ängstigt, wird derselbe angesehene Anwalt wieder die Güte haben, sich seiner anzunehmen.«

»Verstehe. Doch dieser letzte große Raubüberfall? Sie sagten, der Butler wurde entlassen. Aber Sir Christopher hatte doch sicher …«

»Nicht Sir Christopher! So was ging nie von Sir Christopher aus. Es sind die anderen, angeführt von Porteous. Die führen ihn hinters Licht, verleumden jeden, den sie loswerden wollen. Personal, das schon zu lange im Haus ist, zuviel weiß. Sie werden froh sein, wenn die Haushälterin tatsächlich nicht wiederkommt. Sie ist in der Villa geboren, müssen Sie wissen. Sie und Sir Christopher sind gleichaltrig, und ihre Mutter war schon als Haushälterin bei Sir Christophers Eltern, also weiß sie auch über diese Geschichte bestens Bescheid.« Der junge Mann, der immer noch weit vorgebeugt auf seinem Platz saß, dämpfte jetzt die Stimme zu einem Flüstern, genau wie neulich im Park. »James Wrothesly war anscheinend ein wüster Schürzenjäger, und eines Tages, als sie einen Tag früher als geplant von einer Reise nach England zurückkehrte, hat seine Frau ihn in flagranti in ihrem Blumengarten erwischt. Sie ließ just an der Stelle eine Marmorplatte anbringen und setzte nie wieder einen Fuß in ihren geliebten Garten. Das Personal vergötterte sie, besonders die Gärtner. Die schwärmen heute noch von ihr und erhalten ihren Blumengarten genauso, wie sie ihn angelegt hat – als ob sie noch am Leben wäre.«

»Das hat Sir Christopher mir auch erzählt. Und ich habe sogar die Marmorplatte gesehen.« Der Maresciallo sah auf die Uhr. Er durfte nicht schon wieder zu spät kommen, und er wollte auch noch mit Lorenzini sprechen, aber die leise, vertrauliche Stimme und die Erinnerung an einen weißblühenden Garten und einen traurigen Mann, der im Sterben lag…

»Da fällt mir ein: Bei meinem letzten Besuch, als ich nicht zu Sir Christopher vorgelassen wurde, hörte ich seine Stimme durch die Tür, und ich muß gestehen, es kam mir so vor, als ob er ein bißchen zu tief ins Glas geschaut hätte. Er lallte so eigenartig. Was ist, trinkt er?«

»Ein Glas Wein zu den Mahlzeiten, neuerdings kredenzt von Giorgio, dessen Lippen versiegelt sind. Sir Christophers Bett hat man, weil er immer schwächer wurde, ins Erdgeschoß hinuntergeschafft, in den früheren Salon seiner Mutter. Giorgio schläft gleich nebenan, so daß Sir Christopher nie alleine ist. Und seinen kleinen Plausch mit den Gärtnern, den er doch früher keinen Tag versäumt hat, hält er auch nicht mehr. Obwohl sie ihn immer in seinem Rollstuhl auf die Terrasse über dem Garten seiner Mutter fahren, wo wir leicht an ihn herankönnten. Wir sehen ihn ja täglich vom Küchengarten vor der Limonaia, dem Citrushaus. Ich habe ihm ein paarmal gewunken, aber er winkt nie zurück. Was ihm gar nicht ähnlich sieht. Früher galt am Morgen sein erster Gedanke immer dem Garten.«

Wo um alles in der Welt sollte das hinführen? Der Maresciallo fixierte den jungen Mann mit seinen großen, leicht vorstehenden Augen, als wolle er ihn zwingen, endlich zur Sache zu kommen. Vergeblich.

»Jetzt steht der August vor der Tür, und wir haben Anweisung, die Limonaia in Ordnung zu bringen und auszuräumen – draußen im Garten ist ja jetzt kaum was zu tun, außer sprengen und gießen. Nun geht am Ersten auch noch der Obergärtner in Urlaub… Aber Sie wissen ja von dem großen Raub damals und können sich vorstellen, warum ich mir Sorgen mache. Selbst dem Pförtner haben sie freigegeben, und ich soll statt seiner ins Pförtnerhaus ziehen.«

»Verstehe. Ja, das ist schon Grund zur Sorge. Die großen Häuser sind im August immer besonders diebstahlgefährdet, aber Sie können unmöglich die Verantwortung für ein solches Anwesen übernehmen. Zumal Sie selbst sagen, daß Sir Christopher kaum weiß, wer Sie sind.«

»Eben. Ich denke bloß, er ist ein guter Mensch ... irgendwie naiv, in manchem wie ein Kind, und es kotzt mich an – entschuldigen Sie –, daß er so schamlos betrogen wird. Das hat er nicht verdient.«

»Sie glauben, man betrügt ihn?«

»Wir wissen es, und das nach allem, was er für die Bande getan hat. Porteous war nämlich auch mal ein ›Giorgio‹, einer, den er von der Straße aufgelesen hat, und wenn er sich jetzt noch so groß aufspielt.«

»Neulich sagten Sie, Sir Christopher würde Sie nicht einmal erkennen, wenn er Ihnen begegnete. Demnach wäre also die Mühe, die Sie sich machen, indem Sie eigens zu mir kommen...« Ja, was? Der Maresciallo suchte nach Worten und fand keine.

»Eine Donquichotterie? Das denken Sie doch, oder? Aber wenn ich etwas nicht in Ordnung finde, dann mache ich den Mund auf. Ich habe nichts zu verlieren. Solange Sir Christopher lebt, werden sie mich nicht rauswerfen, und wenn er tot ist, stellen sie mich sowieso nicht wieder ein – was riskiere ich also?«

»Sind Sie denn nicht – also, Sie werden ganz allein sein dort im Pförtnerhaus, auch nachts? Haben Sie denn da keine Angst? Ich meine Angst um die eigene Sicherheit?« Der Maresciallo fühlte sich plötzlich an den Fall Hirsch erinnert, und er wollte um keinen Preis, daß sich solch ein Unglück wiederholte, nur weil er nicht aufmerksam genug zugehört hatte. Er war erleichtert, als der junge Mann seine Frage mit einem Lachen abtat.

»Dafür nehmen die mich nicht ernst genug. Ich zähle ungefähr so viel wie eine Schnecke im Garten – noch weniger. Die Schnecken sind Sir Christophers großer Kummer. Früher haben wir bis zu einer halben Stunde über die Vorzüge von Schrotkugeln kontra Eierschalen diskutiert! Fast bis zu dem Tag, als Sie das erste Mal nach L'Uliveto kamen, wissen Sie noch, einen Tag, bevor er krank geworden war? Seitdem haben wir ihn nicht mehr gesprochen. Giorgio sagt, inzwischen kann er überhaupt nicht mehr laufen.«

»Verstehe. Nun, ich werde das, was Sie mir erzählt haben, an meinen Vorgesetzten weitermelden – und machen Sie sich keine Sorgen, die Möglichkeit eines nochmaligen Einbruchs hat auch mein Capitano schon in Erwägung gezogen. Er ist außerdem ein großer Bewunderer der Villa und ihrer Gärten. Wir werden L'Uliveto im August also besonders im Auge behalten.«

»Danke! Tja, ich glaube, ich geh dann mal wieder.« Aber an der Tür drehte er sich noch einmal um und sagte: »Darf ich Ihnen eine Frage stellen? Ich entschuldige mich im voraus, falls sie indiskret sein sollte und Sie sie nicht beantworten können. Aber wir haben uns heute morgen darüber unterhalten, als wir mit der Arbeit an der Limonaia angefangen haben. Und als ich dann sagte, daß ich zu Ihnen wollte... Also, alle in der Villa sind neugierig, ich eingeschlossen, und ich finde, von dem, was in den Zeitungen steht, kann man höchstens die Hälfte glauben. Sehen Sie, zuerst machte der Mord an Sara Hirsch Schlagzeilen, und es hieß, man habe ihr die Kehle durchgeschnitten. Und dann schreiben sie auf einmal, sie sei an einem Herzanfall gestorben. Was stimmt nun? Oder ist Ihnen die Frage unangenehm?«

»Durchaus nicht. Sie starb an einem Herzanfall.«

»Danke. Ich fürchte, die anderen werden enttäuscht sein. Nicht aus Unbarmherzigkeit gegenüber der armen Frau, nur weil es anders aufregender gewesen wäre. Auf Wiedersehen.«

Leise schloß er die Tür hinter sich. »Ein spannenderer Gesprächsstoff als Blattläuse«, murmelte der Maresciallo vor sich hin. Arme Sara. Die Enterbten und die Supererben. Wenigstens bekam er langsam Einblick in die Alltagsprobleme eines reichen Mannes. Schnecken …!

»Lorenzini!« Kaum, daß er seinen Namen rief, ging auch schon die Tür auf.

»Ich war grade auf dem Weg zu Ihnen. Mit diesen Daten stimmt was nicht, Maresciallo.« Lorenzini legte die Akte Hirsch auf den Schreibtisch.

»Aber die sind alle korrekt. Ich habe nichts auf die Liste gesetzt, was nicht amtlich belegt ist. Alles, was auf Vermutungen oder Rinaldis alleiniger Aussage beruht, habe ich weggelassen.«

»Das ist gut – zumindest soweit es Rinaldi betrifft. Aber trotzdem paßt es nicht recht zusammen, oder? Ich meine, hier steht, Rinaldi habe den Antiquitätenladen gleich nach dem Krieg übernommen. Wir können das natürlich überprüfen, denn es muß ja in seinen Geschäftspapieren stehen, und er weiß, daß wir's nachprüfen können, aber an der Stelle sind Ihre Daten nun mal nicht überzeugend.«

»Wußte ich's doch, daß es richtig war, Sie zu fragen!«

»Sie wären auch selbst drauf gestoßen. Wir haben Rinaldis Geburtsdatum hier im Protokoll seiner Aussage. ›Nach dem Krieg‹ ist, zugegeben, ein bißchen vage, aber selbst wenn wir 1950 als das Jahr ansetzen, in dem Jacob Roth sich zur Ruhe setzte und Rinaldi seinen Laden übernahm, wäre Roth mit siebenunddreißig aufs Altenteil gegangen und Rinaldi mit neunzehn Geschäftsführer geworden. Ich sage nicht, daß das unmöglich wäre, aber ein bißchen ungewöhnlich ist es schon, oder?«

»Komisch... ich könnte schwören, daß ich vor einer Weile den gleichen Gedanken hatte. Aber wahrscheinlich bilde ich mir das im nachhinein nur ein. Mit siebenunddreißig in den Ruhestand, hm? Da hätte er ja ein Vermögen verdient haben müssen.«

»Haben die Leute im Krieg auch.«

»Einige Leute.«

»Ja. Aber, Maresciallo, wissen Sie eigentlich, wie spät es ist?«

»O Gott... Teresa spricht kein Wort mehr mit mir. Haben Sie den Tagesbefehl schon fertig?«

»Hier. Sie müssen nur noch unterschreiben. Ich habe schließlich auch eine Frau daheim.«

Das Telefon klingelte. Teresa.

»Soll ich jetzt die Pasta aufsetzen oder nicht?«

»Ja – nein. Haben die Jungs schon gegessen? ... Gut, dann eßt ihr drei zusammen. Tut mir leid, aber ich muß noch einmal mit dem Capitano sprechen. Ich rufe ihn gleich an. ... Nein, nein, vielleicht muß ich noch mal rüber zu ihm. ... Du weißt doch, daß er nie vor halb zehn oder zehn aus dem Büro geht. ... Hast recht, er sollte...«

Es war auffallend ruhig drüben in Borgognissanti. Als der Maresciallo die Steintreppe im Präsidium hinaufstieg, kam jemand aus der Einsatzzentrale, und durch die offene

Glastür hinter ihm drang ein leises Summen, wie aus einem friedlichen Bienenstock, ins Treppenhaus. Dann fiel die Tür zu, und alles war wieder still. Im Obergeschoß war der Maresciallo ganz allein auf dem Korridor. Durch die Fenster zu seiner Linken sah er über den Kreuzgang hinweg in einen erleuchteten Gymnastikraum, wo vier junge Burschen in weißen T-Shirts Tischtennis spielten. Dabei war es bestimmt selbst um die Zeit noch zu heiß für diese Hopserei. Der Maresciallo blieb neben einem hohen Gummibaum stehen und klopfte an eine helle Eichentür unter einem steinernen Bogen. Eine Mönchszelle war wahrhaftig der passende Rahmen für den Capitano. Es ärgerte den Maresciallo immer ein bißchen, wenn Teresa sagte, er sei ein so gutaussehender Mann, aber abgesehen davon, schätzte sie ihn durchaus richtig ein. Er würde es noch bis zum General bringen, keine Frage, trotzdem sollte er sich hin und wieder ein wenig amüsieren und das Lächeln nicht ganz verlernen. Sogar der Staatsanwalt hatte schon darauf angespielt.

»Herein!« Auch jetzt lächelte Maestrangelo nicht. Aber er war immerhin da, oder? Wie er immer da war, wenn man ihn brauchte. Verläßlich wie ein Fels in der Brandung, gewissenhaft, seriös, ein guter Mann. »Ah, Guarnaccia… grade habe ich an Sie gedacht.« Und aus unerfindlichem Grund erhellte sich sein düsteres Gesicht für den Bruchteil einer Sekunde, als ob die Sonne durch eine Wolkenbank bräche, und er lächelte.

Der Maresciallo saß immer noch unbeweglich, die Hände auf die Knie gestützt, auf seinem Platz und wartete darauf, daß Maestrangelo die Welt wieder in Ordnung brächte. Womöglich hätte er den Capitano nicht so einfach überfallen sollen, aber am Telefon konnte man nicht sehen, was die Leute wirklich meinten.

»Ich denke, Sie sind da ein bißchen überängstlich, Guarnaccia.«

»Meinen Sie? Das habe ich mir auch schon gesagt, aber ich hielt es doch für das beste, Ihnen die Sache vorzutragen. Sir Christopher ist schließlich ein prominenter ausländischer Mitbürger. Wenn dieser junge Mann recht hat und L'Uliveto im August tatsächlich überfallen wird, nachdem wir vor kurzem erst wegen dieser Kinkerlitzchen oben waren und obwohl der junge Mann uns eigens gewarnt hat … Was ich meine, ist, wenn jemand Sir Christopher hinters Licht führen will …«

»Dann treiben diese Leute ihr Spiel auch mit uns?«

»Ja, genau. Ich muß sagen, ich fand die ganze Geschichte schon etwas merkwürdig.«

»Und dieser Porteous hat Ihnen nicht gefallen.«

»Nein, nein … das will ich nicht sagen. Es geht nicht darum … Doch, Sie haben recht. Ich mochte ihn nicht. Aber das ist nur eine Seite der Medaille. Hinzu kommt, daß ich das Gefühl habe … also im Fall Hirsch …«

»Ja, ich weiß, der Staatsanwalt ist sehr zufrieden damit, wie Sie die Ermittlungen führen.«

»Das ist sehr freundlich von ihm, aber ich glaube, er weiß nicht, daß ich einen schweren Fehler gemacht habe, indem ich nicht früher zu ihr gegangen bin, und ich möchte den gleichen Fehler nicht noch einmal machen.« Der Maresciallo rieb sich das Kinn. Er war müde und hungrig. Er sollte nicht hier sitzen. Was konnte er schon erreichen?

»Sie glauben doch nicht im Ernst, daß Sie die Dinge hätten aufhalten können, wenn Sie die Frau besucht und noch einmal mit ihr gesprochen hätten?«

»Nein, natürlich nicht. Das habe ich mir selbst auch schon gesagt. Und doch – vielleicht hätte es etwas geändert. Rinaldi steckt da mit drin. Wenn er mich zu ihr hätte hinaufgehen sehen, wäre er vielleicht vor dem Risiko zurückgeschreckt. Nein, nein… Sie haben recht. Trotzdem, in letzter Zeit komme ich entweder zu spät, oder ich treffe die falsche Entscheidung. Nehmen Sie nur die Sache mit dem albanischen Mädchen, das war eine böse Fehleinschätzung. Wenn ich…«

»Wenn Sie das Richtige getan hätten, was immer das Ihrer Meinung nach auch sei, dann wäre das ganze albanische Problem über Nacht vom Tisch gewesen – meinen Sie das? Wie geht's übrigens dem Mädchen?«

»Sie ist noch einmal operiert worden. Und Rinaldi? Hat er niemanden angerufen?«

»Nein. Da tut sich leider überhaupt nichts.«

»Dachte ich mir. Und ist er ausgegangen?«

»Auch nicht. Erst war er eine Weile im Laden, dann hat er zugesperrt. Kurz danach sah unser Mann ihn im ersten Stock die Fensterläden öffnen. Aber wenn er etwas unternimmt, erfahren Sie's als erster.«

»Er ist zu gerissen für mich.«

Der Capitano lehnte sich in seinem Sessel zurück und musterte den Maresciallo forschend. »Der Staatsanwalt ist, wie gesagt, nicht dieser Ansicht.«

Der Maresciallo wollte sagen: »Sie dürften den Leuten kein falsches Bild von mir vermitteln, Ihnen keine übertriebenen Hoffnungen machen. Das ist nicht recht.« Aber er hatte zuviel Respekt vor seinem Vorgesetzten, um ihm offen zu widersprechen. Also blickte er finster auf seine linke Schuhspitze hinunter und sagte: »Morgen will er Falaschi und Giusti vernehmen. Ich bin sicher, er wird die Hintergründe aufdecken.«

»Ich dachte, sie hätten die beiden schon weichgekocht. Sie haben Ihnen doch gestanden, daß sie Signora Hirsch in Rinaldis Auftrag die Handtasche entrissen, ihre Schlüssel nachgemacht haben und bei ihr eingedrungen sind, um sie zu erschrecken.«

»Ach, ja. Das schon. Sie behaupten, er habe gesagt, sie sollten ihr Angst einjagen, damit sie die Kombination des Safes rausrückt. Und dann sollten sie eine Akte herausholen mit der Aufschrift ›Wohnungsunterlagen‹, sowie ihr Adreßbuch und alle vorhandenen Videos. Auf meinem Schreibtisch liegt ein Autopsiebericht, der höchstwahrscheinlich nachweist, daß der Tod, den die Signora unter ihren Händen erlitt, ein Unfall war…«

Der Capitano wartete eine Weile, doch als weiter nichts kam, sagte er: »Ich weiß nicht, ob ich Ihnen ganz folgen kann.«

»Nein, nein… das hat schon seine Richtigkeit so«, sagte der Maresciallo unglücklich. »Ich meine, die Fakten stimmen, aber was fangen wir damit an? Ich glaube, die beiden haben mir heute morgen alles gesagt, was sie wissen. Doch sie sind nicht sehr gescheit, wissen Sie, und ich bin's natürlich auch nicht. Also können wir nur hoffen, daß der

Staatsanwalt sich einen Reim auf die Sache machen kann, bevor...«

»Bevor?«

»Bevor das eintritt, womit Sara Hirsch gedroht hat. Und ich wieder zu spät komme. Das Geheimnis liegt in den Fotos. Ich würde Gott weiß was dafür geben, wenn ich ein Bild von Jacob Roth sehen könnte.« Der Maresciallo löste seinen trüb verhangenen Blick von seiner Schuhspitze und sah den Capitano an. Er versuchte sich zu konzentrieren, aber er bekam das Bild nicht aus dem Kopf. Nicht das von Jacob Roth, auf das er sich konzentrieren wollte, sondern eines, das sich immer wieder davordrängte und nicht verscheuchen ließ. Eine zierliche Gestalt, taumelnd am Rand der Autobahn, die auf ihn zukam, sobald sie ihn sah, und, ein vertrauensvolles Lächeln auf den Lippen, vor das heranrasende Auto lief. Und sein Magen krampfte sich zusammen, als er wieder den dumpfen Aufprall hörte. »Ich habe in meinem Leben schon einiges mit angesehen, aber ich geniere mich nicht, Ihnen zu sagen...« Allein, er genierte sich doch, und er konnte nicht darüber sprechen. »Haben Sie Lek Pictri gefunden?«

»Noch nicht, aber das dürfte nicht allzu schwer werden. Ich bin nicht mal sicher, ob ich ihn jetzt schon verhaften will. Dem Mädchen ist damit nicht mehr geholfen, und wenn wir ihn noch eine Weile frei rumlaufen lassen, besteht immerhin die Chance, über ihn endlich auch an die Hintermänner heranzukommen.«

»Das stimmt. Seit dem Unfall ist sie auf dem geistigen Stand eines Kindes – und keine Mutter, die sich um sie kümmert...«

»Sie können nicht alle retten, Guarnaccia. Die Probleme sind zu groß und zu zahlreich. Und das Schlimmste daran ist, daß mit jedem solchen Vorfall die Rassenvorurteile zunehmen. Wir haben Jurastudenten aus dem Kosovo, die auf dem Bau arbeiten, Lehrer, die Fußböden schrubben, ein ganzes Heer von Vertriebenen, die all die niederen Arbeiten verrichten, für die wir Italiener uns zu schade sind, aber diese Menschen machen keine Schlagzeilen. Sie sind nachgerade unsichtbar. Die Öffentlichkeit erfährt nur von Diebstahl und Prostitution und Fällen wie dem dieses Mädchens, das aus dem fahrenden Auto geworfen wurde. Hoffen wir, daß sich die Lage auf dem Balkan früher oder später wieder beruhigt. Wir haben schließlich schon im eigenen Land zu wenig Soldaten, wie sollen wir da auch noch in Albanien für Ordnung sorgen. Außerdem verlangen unsere Jungs exorbitante Zulagen, ehe sie überhaupt bereit sind, sich dorthin versetzen zu lassen. Weiß der Himmel, wo das alles enden soll. Ach, gehen Sie nach Hause, Guarnaccia. Gehen Sie heim zu Frau und Kindern. Und schlafen Sie sich mal richtig aus, das ist alles, was Ihnen fehlt.«

Also trottete er durch den Kreuzgang zurück, wo es jetzt so still war, daß er nichts hörte außer dem eigenen Atem und seinen schweren Schritten auf den Steinfliesen. Den Autopsiebericht hatte er immer noch nicht gelesen. Aber morgen war auch noch ein Tag…

»Du brauchst was Gescheites zu essen, das ist alles, was dir fehlt«, lautete Teresas Diagnose, die sicher zutreffend war. »Soll ich dir ein Stück Fleisch braten?«

»Pasta reicht.«

Als er geduscht hatte und in bequemen, alten Khakiho-sen, T-Shirt und Gummilatschen vor einer großen Schüs-sel Pasta und einem Glas Rotwein saß, während Teresa von alltäglichen Dingen plauderte, kam die Welt langsam wie-der in Ordnung.

Aufwärts geführte Schnittwunde am Hals links, mit ab-getrenntem Hautlappen bis hinauf zum Ohr, verursacht durch Schneidgerät mit einfacher Klinge, wahrscheinlich ein Haushaltsmesser. Aus weiteren geringfügigen Ver-letzungen unter der linken Kinnhälfte erschließt sich der Winkel, in dem die Tatwaffe gehalten wurde, mit der der Angreifer – Rechtshänder – das Opfer von hinten bedrohte. Eingangs erwähnte Schnittwunde entstand vermutlich, als das Opfer dem Täter durch den Infarkt bzw. den damit einhergehenden Kollaps entglitt, wel-cher kurzfristig zum Exitus führte...

»Hallo? Ja, hier Maresciallo Guarnaccia. Ah, wie geht es Ihnen, Signora? Nein, nein... durchaus nicht. Sagen Sie nur... oje, oje! Daß dieses junge Volk aber auch so gar keine Rücksicht nimmt. Nein, Signora, nein! Wenn ihm et-was zugestoßen wäre, dann hätte man Sie bereits be-nachrichtigt. Ist er früher schon mal die ganze Nacht fortgeblieben oder... nein, nun, ich versichere Ihnen, das kommt ziemlich häufig vor. Sie werden sehen, er hat be-stimmt bei einem Freund übernachtet. Telefonieren Sie seine Freunde durch, das wird das beste sein. Er ist doch ein vernünftiger Junge, wahrscheinlich war es ihm nur zu riskant, mit dem Moped heimzufahren, wenn er ein bißchen zu sehr gefeiert hatte… gut, gut… mit Auszeichnung bestanden? Oh, Signora! Also seinen Schulabschluß müssen Sie ihn schon gebührend feiern lassen – was denn, er kommt eben zur Tür herein? Na, dann lege ich jetzt auf – und, Signora, sagen Sie ihm nicht, daß Sie mich angerufen haben. Nochmals Glückwunsch!«

Welcher kurzfristig zum Exitus führte…

»Hallo? Maresciallo Guarnaccia, Pitti Wache. Herr Staatsanwalt, guten Morgen. Leider bin ich mit dem Autopsiebericht noch nicht ganz durch.«

»Das eilt auch nicht. Steht ohnehin nichts drin, was Sie nicht schon wissen. Ich habe grade die Vernehmung von Falaschi und Giusti beendet.«

»Und der Anwalt?«

»Pflichtverteidiger. Rinaldi hat den beiden anscheinend doch keinen Anwalt gestellt. Ist verdammt vorsichtig, der Bursche.«

»Ja…«

»Sie sind nicht der Ansicht?«

»Ich dachte bloß… na ja, das zeigt doch, daß er keine Angst vor ihnen hat. Den Eindruck hatte ich schon, als ich die drei vor seiner Wohnung belauschte. Ich glaube, es war Falaschi, der ihm drohen wollte – vermutlich weil Rinaldi nicht soviel gezahlt hat wie versprochen. Aber er ließ sich nicht aus der Ruhe bringen. Die beiden wissen nichts, womit sie ihm ernstlich schaden könnten. Ich glaube, sie haben allerhand heiße Ware für ihn verschoben, aber er nimmt das ganz locker.«

»Also nicht vorsichtig, sondern einfach kaltblütig?«

»Ich fürchte, ja. Ich habe mit Lorenzini, meinem Stellvertreter, über ihn gesprochen, und er sagte wörtlich: ›Er würde uns ins Gesicht lachen‹, wenn wir versuchen wollten, ihn festzunageln. Lorenzini meint, wir täten gut daran, nichts von dem zu glauben, was er uns erzählt, und ich denke, er hat recht.«

»Ganz meine Meinung. Das dumme ist nur, er sagt nicht viel, was wir glauben oder nicht glauben könnten, oder? Maresciallo? Maresciallo? Sind Sie noch dran?«

»Ja. Ich muß diesen Jacob Roth finden, und da fiel mir ein…«

»Hallo? Maresciallo?«

»Anwälte… verzeihen Sie, ich blättere gerade im Telefonbuch… So eine Anwaltskanzlei vererbt sich doch oft innerhalb der Familie, nicht wahr?«

»Was meinen Sie?«

»Also könnte die Kanzlei von diesem Umberto D'Ancona ein Sohn oder Neffe weiterführen, dessen Mandantin Sara Hirsch war… ja… hier. Natürlich ist das Telefonbuch ein bißchen veraltet.«

»Bestimmt nicht so wie die Einträge im Grundbuchamt. Haben Sie jemanden gefunden?«

»Ja. Sogar wieder einen Umberto, also ist es bestimmt ein Verwandter. In der Via Masaccio. Wenn Sie mich entschuldigen, Herr Staatsanwalt, möchte ich gleich hin. Ich rufe Sie an, sowie ich zurück bin.– Lorenzini! Ich brauche einen Fahrer. Sie halten hier die Stellung, ja? Ich muß dringend weg.«

Als sie die Via Masaccio auf der anderen Seite der Stadt erreichten, war dem Maresciallo, der es für passend erachtet hatte, seinen Uniformrock anzuziehen, unerträglich

233

heiß. Sein Fahrer, ein schlanker junger Mann in Hemdsärmeln, hielt in zweiter Reihe und fragte: »Wird es lange dauern? Ich meine, soll ich versuchen, einen Parkplatz zu
kriegen? Na, ich fahre auf jeden Fall lieber in den Schatten.« Auf all das erhielt er keine verständliche Antwort.
Der Maresciallo stieg aus und richtete die Augen hinter
der schützenden Sonnenbrille auf das elegante Stadthaus,
das ganz dem Stil dieses Viertels entsprach. Hinter einem
schmiedeeisernen Gitter ein paar Lorbeer- und Oleander-
sträucher, nicht das, was man einen Garten nennen würde.
Wahrscheinlich gab's nach hinten raus was Größeres…
Nur ein schlichter Name, U. D'Ancona, auf einem Mes-
singschild.

Er klingelte. Eine junge Frau, vermutlich eine Philip-
pina, öffnete, ließ sich seinen Namen geben, bat ihn herein.
In der Eingangshalle, dunkel getäfelt, mit kunstvollem
schwarzrotweißen Fliesendekor, lugte ein junger Mann, sicher der Ehemann der Hausangestellten, aus einem
Durchgang hervor, musterte ihn kurz und verschwand.
Das Mädchen hieß den Maresciallo neben einer Aspidistra
in einem großen Majolikakübel warten und führte ihn
dann in einen Raum, in dem es mehr Bücher als Möbel zu
geben schien, obwohl auch an letzteren kein Mangel
herrschte. Durch die geöffneten Terrassentüren wehte ein
schwacher Luftzug herein, obgleich die grünen Läden zum
Schutz vor der Hitze fast ganz geschlossen waren. Hinter
dem ausladenden Schreibtisch, auf dem eine Leselampe
brannte, saß in einem großen Sessel ein kleiner Mann.
Kein Sohn oder Neffe, nein, das war Umberto D'Ancona
persönlich! Das Alter hatte sein Gesicht geschrumpft, so

daß man fast die Skelettform durchschimmern sah. Bläulichweiß, ja, fast durchscheinend spannte sich die Haut über Schläfen und Nasenrücken. Nur die Stirn war von hellbraunen Flecken gezeichnet.

»Sie werden es mir nachsehen, wenn ich nicht aufstehe«, sagte er und wies auf einen Sessel vor seinem Schreibtisch. »Ich habe Sie erwartet. Offen gesagt hatte ich schon früher mit Ihnen gerechnet.«

»Ich wäre auch früher gekommen«, sagte der Maresciallo und ließ sich dankbar in dem großen, kühlen Ledersessel nieder. »Aber man sagte mir, Sie seien gestorben.«

»Noch nicht«, versetzte der Anwalt lächelnd, »noch nicht ganz.« Und das Lächeln erlosch. »Aber die arme Sara. Mußte sterben, ohne je richtig gelebt zu haben. Sie kommen doch wegen Sara, nicht wahr?«

»Ja, ganz recht«, sagte der Maresciallo. »Und das war übrigens auch mein Eindruck von ihr, obwohl ich sie kaum gekannt habe.«

»Ach, nein? Das überrascht mich. So wie ich es verstanden hatte, waren Sie ein geschätzter und vertrauter Freund unserer unglücklichen Sara. Sie versetzen mich wirklich in Erstaunen, Maresciallo.«

»Nein, nein…« Der Maresciallo wehrte verlegen ab. Er hätte D'Anconas Worte als Kompliment auffassen können, wenn er ein bißchen früher daran gedacht hätte, die Signora aufzusuchen. Wenn sie jetzt nicht tot wäre. »Ich habe sie nur ein einziges Mal gesprochen. Kurz vor ihrem Tod kam sie zu mir auf die Wache und erzählte mir, daß sie sich… nun ja… bedroht fühlte. Über die Hintergründe hat sie mir leider nicht viel verraten – ehrlich gesagt, wußte ich überhaupt nicht, was ich von der Sache halten sollte. Sie erwähnte allerdings, daß sie einen Rechtsbeistand hätte, und da riet ich ihr, zu ihm zu gehen ... also zu Ihnen. Ich dachte, daß Sie, der Sie mehr über die Signora wissen, eher beurteilen könnten ...«

»Ach Gott ...« D'Ancona stützte den Kopf in die Hand und verstummte. Dann seufzte er und blickte den Maresciallo forschend an, so als suche er zu ergründen, warum Sara Hirsch diesem Fremden so bedingungslos vertraut hatte. Der Maresciallo erwiderte seinen Blick und schwieg bedrückt. Endlich erklärte der Anwalt: »Sie und ich, Maresciallo, wir hätten uns früher treffen sollen. Gemeinsam ... tja, nun ... sinnlose Spekulationen.«

»Ja. Ich habe viel darüber nachgedacht. Die Signora Hirsch habe ich, wie gesagt, nur einmal gesprochen. Es hatte in der Tat den Anschein, als erwarte sie sehr viel von mir, aber ich denke, Sie irren sich, wenn Sie glauben, daß sie mir vertraut hätte. Es sei denn, im nachhinein. So was kommt vor. Wenn es zu spät ist, ahnen wir manchmal den guten Willen eines anderen und wissen, wir hätten uns offenbaren, hätten ihm mehr Vertrauen schenken sollen. Vielleicht erkannte sie im Gespräch mit Ihnen, daß sie mir trauen konnte, aber ich bin heute hier, weil sie's eben nicht getan hat. Ich weiß so gut wie nichts über sie, weiß nicht, warum sie eines so grausamen Todes sterben mußte, obwohl ich die Männer, die dafür verantwortlich sind, gefunden habe. Ich weiß nur, was in zwei psychiatrischen Gutachten stand, verfaßt von Ärzten, denen sie auch nicht vertrauen konnte oder wollte, und was ich in ihrer Wohnung gefunden oder besser gesagt nicht gefunden habe.«

»Ich verstehe.« Wieder versank der Anwalt in nachdenkliches Schweigen und betrachtete seine Hände, die jetzt auf dem Schreibtisch ruhten. Bleiche, durchscheinende Finger mit leicht verformten, wahrscheinlich arthritischen Gelenken, die Handrücken von Altersflecken übersät.

Sollte das etwa eine Wiederholung seiner Begegnung mit Sara Hirsch werden, nur ohne die Tränen? Nun, der Maresciallo hatte auch so schon genug Zeit vertan, er würde sich mit Fragen zurückhalten. Wenn der Mann reden wollte, würde er von allein damit anfangen.

»Ich kann mir vorstellen«, sagte der Anwalt endlich, »wie schwer Sara es Ihnen gemacht hat. Sie hatte Angst, und sie wollte Ihre Hilfe, genau wie sie damals, als sie mit dem Leben, mit der Realität nicht mehr zu Rande kam, in ihrer Angst psychiatrische Hilfe suchte. Aber sie lebte in ganz anderen Dimensionen, nach einem völlig anderen Kodex, und so gelang es ihr in beiden Fällen nicht, Vertrauen zu fassen, sich zu öffnen.«

»Und was ist mit Ihnen? Also jetzt, wo sie tot ist …«

»Sie meinen, da brauche ich ihr Geheimnis nicht länger zu hüten? Ja. Ja, bis zu einem gewissen Grad ist das sicher richtig, und einige der Rätsel aus Saras Leben kann ich Ihnen gewiß lösen helfen.«

»Einige?«

»Auch ich habe meinen Kodex, Maresciallo, und der ist größer, umfassender als Saras, wenngleich beide sich in manchen Punkten berühren.«

Er würde ihn genauso im dunkeln tappen lassen wie Sara, würde bestenfalls ein paar Fakten preisgeben, aber ohne die nötigen Begründungen. Der Maresciallo sah es kommen.

»Nun seien Sie nicht gar so enttäuscht.«

Doch damit ließ der Maresciallo sich nicht abspeisen. »Sie sagten, Sie hätten mich früher erwartet, und ich habe Ihnen geantwortet, daß ich annehmen mußte, Sie seien tot. Verzeihen Sie, wenn ich das so offen sage, aber Sie wußten, daß Sie's nicht sind. Sie wußten andererseits auch, daß Sara Hirsch tot war. Sie wußten, daß sie mich aufgesucht hat. In den Zeitungen stand, sie sei ermordet worden. Warum sind Sie nicht zu mir gekommen?«

»Eine berechtigte Frage. Ich habe gewartet, beobachtet ...«

»In einer Morduntersuchung kann man nicht warten. Nach achtundvierzig Stunden sind die Spuren kalt.«

»Aber soviel ich weiß, war es doch kein Mord, nicht wahr?«

»Juristisch gesehen, nein. Moralisch ...«

»Ach, die Moral. Wenn wir moralisch werden, suchen wir nach dem Guten und Wahren, statt nach dem, was juristisch haltbar ist. Ich kann Ihren Groll, ja, Ihre Mißbilligung verstehen. Allein, Sie haben Ihren Auftrag zu erfüllen und ich den meinen, und wenn Sie wissen, worin der besteht – und ich will es Ihnen sagen –, dann werden Sie mich verstehen. Doch bleiben wir zuerst bei Ihren Vermutungen. Ich weiß von Sara, daß Sie sofort davon ausgingen, die Drohungen gegen sie hätten etwas mit ihrer Wohnung zu tun, und Sie hatten recht damit. Die anonymen Mitteilungen, die mysteriösen Besuche sollten ihr Furcht einjagen und sie zum Ausziehen bewegen. Genau wie ihre

Mutter hatte sie den Nießbrauch ihrer Wohnung und der darunter, solange sie in dem Haus lebte.«

»Wenn sie ausgezogen wäre, hätte sie also ihr Nießbrauchsrecht verloren?«

»Sie sagen es. Und obendrein die Mieteinnahmen für die Wohnung im zweiten Stock, deren Bewohner man allerdings schon mit einer Abfindung zum Auszug bewogen hatte, bevor die Schikanen gegen Sara begannen. Ohne dieses Einkommen ging es ihr finanziell sehr schlecht, doch sie konnte nicht direkt dagegen vorgehen, weil das Haus einer Stiftung gehört und sie keinen Ansprechpartner hatte.«

»Befand sich in ihrem Safe ein Vertrag, in dem diese Regelung festgelegt war?«

»So ist es«, antwortete der Anwalt betont zurückhaltend, aber der Maresciallo ließ sich nicht beirren.

»War Jacob Roth Saras Vater?«

»Ja.«

»Aber er war nicht mit ihrer Mutter verheiratet.«

»Nein. Er hat Ruth nie geheiratet. Jacob war geschäftlich in England, als die Deutschen 1943 Florenz besetzten. Sein Vater, Samuel Roth, fürchtete um die Zukunft seines Sohnes und riet ihm, in London zu bleiben. Ruth, deren Eltern sie zu den Roths nach Florenz geschickt hatten, weil sie sie dort in Sicherheit glaubten, war bereits schwanger, als Jacob abreiste. Doch niemand erfuhr davon. Wem hätte sie es auch sagen sollen? Jacob war fort. Ihre Eltern in Prag hatte man verhaftet und in ein KZ verschleppt. Ruth war ganz auf die Roths angewiesen, die aber seit der Okkupation selbst in Gefahr schwebten. Aber sie haben sie gerettet. Sie gaben sie in ein Kloster und ließen sie taufen. Durch die hiesige jüdische Gemeinde beschafften sie ihr einen italienischen Paß. Ich selbst hatte dabei meine Hand im Spiel. Ich arbeitete damals mit der ›Delasem‹ in der Via de' Rustici zusammen, einer Hilfsorganisation für jüdische Einwanderer. Im Schutz des Klosters brachte das Kind Ruth ihr Kind Sara zur Welt. Die Roths retteten, was sie konnten, ihren Sohn, Ruth, Ruths Erbe – zwei kostbare Gemälde, die sie neben ein paar Familienerbstücken zusammengerollt in ihrem Koffer mitgebracht hatte –, und die wenigen wertvollen Bilder und Kunstgegenstände, die sie selbst besaßen und die hier in meinem Garten vergraben wurden. Kurz darauf wurden diese braven Leute von der Gestapo verhaftet und nach Fossoli geschickt, von wo aus man die italienischen Juden nach Auschwitz deportierte.«

»Und Sie? Waren Sie zu der Zeit hier?«

»Ich war hier. Die Deutschen drangen in mein Haus ein, genau wie in die Häuser der anderen. Aber ich besaß genug Wertgegenstände, um die Forderungen der befehlshabenden Offiziere befriedigen zu können. Meine Frau haben sie nicht angerührt. Ich hatte großes Glück.«

»Aber…«

»Aber?«

»Einiges von dem habe ich bereits von den Schwestern im Kloster gehört, aber was ich nicht verstehen kann, ist: Warum sind nach dem Erlaß der Rassengesetze von 1938 Juden wie Sie, die es sich hätten leisten können, nicht außer Landes gegangen?«

»Maresciallo, ich bin Italiener so gut wie Sie! Wir wissen doch beide, schon durch unseren Beruf, daß ein Gesetz zu verabschieden und es in Kraft zu setzen in Italien zwei ganz verschiedene Dinge sind. Niemand hätte geglaubt, daß diese Gesetze mehr waren als ein politischer Schachzug, der Hitler beschwichtigen sollte. Damit, daß sie tatsächlich angewandt würden, hat keiner gerechnet. Außerdem dürfen Sie nicht vergessen, daß italienische Juden in erster Linie Italiener sind. Nicht, weil wir seit sechshundert Jahren in diesem Land leben, was die Juden anderer Länder genauso für sich geltend machen könnten, sondern weil Italien, als politische Einheit, erst seit hundertfünfzig Jahren besteht und wir wesentlich an seiner Gründung beteiligt waren. Wer wäre wohl besser geeignet gewesen, die nötigen Allianzen zu schmieden, die dem Risorgimento zum Sieg verhalfen, als die jüdischen Kaufleute, die im ganzen Land herumreisten und überall in Europa Kontakte hatten? Und haben wir schließlich im Ersten Weltkrieg nicht genauso für unser Land gekämpft wie jeder andere?«

»So habe ich das noch gar nicht betrachtet ... Ich glaube, ich habe mich auch noch nie so richtig damit auseinandergesetzt. Trotzdem weiß ich, daß man bereits in den dreißiger Jahren auch bei uns wußte, was in Nordeuropa geschah – durch eben die Kanäle, von denen Sie gerade sprachen. Warum also kamen die Leute, denen Sie mit dieser Organisation halfen, warum schickten Familien wie die Hirschs ihre Tochter ausgerechnet nach Italien? In ein Land unter faschistischem Regime?«

»Und was sie wohl auch nie bedacht haben, ist die Tatsache, daß es hier Juden gab, die dieses faschistische Regime unterstützten. Das überrascht Sie? Aber es ist die Wahrheit. Diese Kollaborateure wähnten sich völlig sicher, und etliche von ihnen waren es auch. Andererseits haben viele Flüchtlinge in Italien auch nur einen Zwischenstop eingelegt, um einige ihrer Vermögenswerte zu veräußern, insbesondere diejenigen, die Kunstwerke zu verkaufen hatten, und sind dann weitergezogen – nach Amerika, wenn sie es sich leisten konnten.«

Warum fiel es so schwer, danach zu fragen? Und zu wissen, wie die Antwort ausfallen würde, machte es nicht leichter. D'Ancona verstand das offenbar.

»Sie haben Jacob Roth nicht gekannt. Er war ein schwieriger Charakter, ein Enttäuschter, aber er war nicht von Grund auf schlecht.«

»Das ist kein Mensch. Roth hat im Krieg ein Vermögen verdient.« Keine Frage, sondern eine Feststellung, ohne eine Spur von Wertung in Stimme oder Miene.

»Er hat ein Vermögen verdient, ja. Ein stattliches Vermögen. Die Flüchtlinge nahmen mit, was sie tragen konnten. Jacobs Kunden kamen, wie die kleine Ruth, mit aufgerollten Gemälden in den Koffern bei uns an. Sie verkauften ihre Schätze an Jacob und zogen weiter.«

»Er ist damit reich geworden, daß er flüchtenden Juden wertvolle Gemälde zu niedrigen Preisen abkaufte, die er nach dem Krieg vermutlich mit hohem Gewinn weiterveräußert hat?«

»Kriegsgewinnler gibt es in jedem Krieg, Maresciallo.«

»Aber er war Jude!«

»Und deshalb hätte er rechtschaffen bleiben müssen? So wie alle Deutschen Nazis waren?«

»Nein, nein … das ist natürlich lächerlich. Es gibt überall gute und schlechte Menschen. Nein …«

»Aber es fällt Ihnen leichter, sich einen unschuldigen Deutschen vorzustellen als einen schuldigen Juden.«

»Ich … Ja. Wenn Sie damit meinen, ich sei schockiert über das, was Jacob Roth getan hat, ja.«

»Dann, lieber Maresciallo, sind Sie ein Rassist. Schauen Sie, Opfer zu sein, ist ein tragisches Unglück, keine Tugend. Und schon gar keine, die sich durch irgendeine magische Osmose auf eine ganze Rasse überträgt. Diesem Mißverständnis entgegenzuwirken ist zentraler Bestandteil meiner Arbeit. Der ständige Kampf gegen jene emotionale Unreife, die nicht zulassen will, daß die Sünden eines Jacob Roth gleich bewertet werden wie die jedes anderen Menschen. Für mich hat das Individuum Jacob Roth ein großes Unrecht begangen. Für Sie war er ein Jude, der große Schuld auf sich geladen hat. Hier ein Einverständnis zu erzielen, dürfte nicht leicht sein. Also will ich Ihnen nur versichern, daß Jacob nichts Illegales getan hat, und mich im übrigen bei meinen Ausführungen auf das beschränken, was mit Saras Tod zusammenhängt.«

D'Ancona hielt inne, beugte sich über ein Fach auf der rechten Seite seines Schreibtischs und kämpfte mit einem offenbar recht sperrigen Gegenstand.

»Kann ich Ihnen helfen?«

»Nein, ist nur ein bißchen unhandlich«, ächzte der Anwalt, als es ihm endlich gelang, eine längliche Pappschachtel herauszuziehen. »Dies sind die Sachen, auf die Saras Angreifer es abgesehen hatten. Und nach denen, wie ich vermute, auch Sie suchen. Sara hat sie, angeblich auf Ihren Rat hin, mir zur sicheren Verwahrung übergeben.«

»Auf meinen Rat hin … Nun, sie hat auf jeden Fall richtig gehandelt. Ich hätte ihr in der Tat dazu geraten, wenn ich von der Existenz dieser Sachen gewußt hätte.«

»Sie hat Ihnen wirklich nichts davon erzählt? Vielleicht helfen Sie mir mal mit dem Deckel. Der klemmt ein bißchen … dann brauche ich nicht extra aufzustehen … danke, danke. Vermutlich werden Sie überrascht sein, wie wenig spektakulär der Inhalt ist.«

»Nein, nein. Ich habe schon eine Vorstellung davon. Ein kleines Mädchen, ein Nachbarskind, hat mir die Sachen beschrieben. Unter anderem ein paar Fotos, die Signora Hirsch ihr gezeigt hat.«

»Hier.«

Und dann war der Maresciallo doch überrascht, als er unverhofft jenes Foto in der Hand hielt, das er um jeden Preis hatte sehen wollen, die Aufnahme von Saras Eltern, dem dreiundzwanzigjährigen Jacob und der elfjährigen Ruth. Sie sahen genauso aus, wie Lisa sie beschrieben hatte, nur daß dem Kind angesichts der altmodischen Kleidung und der tristen Brauntöne der verblichenen Fotografie entgangen war, daß Jacob Roth nicht nur ein hochgewachsener, sondern auch ein sehr gutaussehender junger Mann war. Die kleine Ruth war dünn und staksig, aber ihre großen dunklen Augen und die feingeschnittenen Züge verhießen künftige Schönheit. Überraschend war ferner, daß es sich, statt des Schnappschusses in einem Stück Seidenpapier oder einem Kuvert, den der Maresciallo erwartet hatte, um eine Vergrößerung handelte, die obendrein gerahmt war. Mit einem jener Florentiner Rahmen, wie sie auf der Piazza Pitti verkauft wurden, die marmorierte Maserung war unverkennbar.

»Sie hat dieses Bild also nicht immer versteckt gehalten.«

»Nein, durchaus nicht. Es stand die ganze Zeit bei Ruth im Wohnzimmer. Es war das einzige, auf dem sie gemeinsam zu sehen waren. Sara versteckte es erst, als diese Drohkampagne begann. Die Fotos in dem Umschlag waren allerdings aus naheliegenden Gründen immer im Safe.«

Es war ein steifer, kartonierter Umschlag mit großen, sorgfältig in Seidenpapier eingeschlagenen Schwarzweißfotos.

»Die Blumenbilder.«

Jetzt war es an D'Ancona, überrascht zu sein. »Sie hat jemandem diese Bilder gezeigt? Sind Sie sicher?«

»Ganz sicher, ja. Demselben kleinen Mädchen. Jeder hat das Bedürfnis, sich irgendwem anzuvertrauen, und bei einem Fremden oder zumindest jemandem, der mit dem eigenen Leben nicht unmittelbar zu tun hat, fühlt man sich oft am sichersten. Sagen Sie mir, was es mit den Blumenbildern auf sich hat?«

»Es wird mir wohl nichts anderes übrigbleiben. Wie Sie schon sagten, irgendwem vertrauen wir uns alle an. Aber Sie müssen mir versprechen, daß es unter uns bleibt.«

Der Maresciallo starrte ihn an. »Sie wissen, daß ich Ihnen das nicht garantieren kann.«

»Aber die Männer, die Sie festgenommen haben, wissen nichts davon.«

»Genausowenig wie von allem anderen. Sie haben einfach getan, was ihnen aufgetragen wurde. Von Rinaldi.«

»Ach ja, Rinaldi.«

»Sie kennen ihn?«

»Ich kannte ihn, als er noch als Ladenjunge für Samuel und Naomi Roth arbeitete. Er hat großes Glück gehabt. Die Roths nahmen sich seiner an, als er im Krieg den Vater verlor. Er lebte mit seiner Mutter in einer Wohnung im ersten Stock ihres Hauses, und ich nehme an, er wohnt heute noch dort. Als Jacob sich zur Ruhe setzte, ließ er ihn das Geschäft weiterführen, sagte, er habe Geschmack ...«

»Es war Rinaldi, der mir gesagt hat, daß Sie tot wären. Weiß er, wie Jacob sein Geld gemacht hat?«

»Er weiß einiges aus Jacobs Leben, aber das nicht. Er war ja noch ein Kind damals, in den Dreißigern. Rinaldi ist ein Problem, und er ist sicher nicht unschuldig an Saras traurigem Ende, aber wenn Sie Geduld mit mir haben und mir zuhören, dann werden wir gewiß eine Lösung finden. Doch wollen wir nicht zuvor über die Gemälde sprechen? Ruth hat sie damals, wie gesagt, aus Prag mitgebracht. Diese beiden Bilder waren ihre Zukunft. Ihr Vater vertraute sie den Roths an, die Roths wiederum gaben sie, bevor sie deportiert wurden, in meine Obhut. Einige Jahre lagen sie zusammen mit anderen Bildern, die Jacob gekauft hatte, und ein paar Wertsachen aus seinem Laden in einem Safe, der hier im Garten vergraben war. Als Jacob zurückkam, nahm er alles wieder an sich. Eins von Ruths Gemälden hat er dann für sie verkauft. Später ging aus dem Erlös eine Schenkung an das Kloster, das Ruth und die kleine

Sara beherbergt hatte. Der Rest des Geldes wurde für die beiden angelegt.«

»Warum hat er sie nicht geheiratet?«

»Urteilen Sie nicht zu schnell. Bedenken Sie, daß er von dem Kind nichts gewußt hatte, bis er nach Hause kam. Er dachte, Ruth sei mit seinen Eltern deportiert worden. Er wußte nicht, ob sie noch lebten oder tot waren. Er kam zu mir, wie sein Vater es ihm in seinem letzten Brief aufgetragen hatte. Aber nicht einmal ich wußte etwas von Ruths Kind. Als wir Sara zum ersten Mal sahen, war sie fast ein Jahr alt. Jacob hatte sich inzwischen in England verlobt. Was mit Ruth gewesen war ... die beiden waren so jung, der Zufall führte sie zusammen, durch den Krieg wurden sie wieder getrennt. So etwas kam vor, damals.«

Der Maresciallo konnte das nicht akzeptieren. »Nein, nein ... Gut, ich gebe zu, daß solche Dinge im Krieg passierten, aber in dem Fall stand auf der einen Seite ein Kind und auf der anderen ein Vermögen, ein unrechtmäßig erworbenes Vermögen obendrein, ob Jacobs Methoden nun illegal waren oder nicht.«

»Sie betrachten das sehr pragmatisch, aber einen wichtigen Punkt haben Sie dabei übersehen: Ruth liebte Jacob. Bis zum letzten Tag hat sie ihn geliebt. Er war ein sehr gutaussehender junger Mann, talentiert, ein Zerrissener, eine komplexe Persönlichkeit. In ihrem zarten Alter faszinierte er sie, seelisch wie körperlich, und sie traf nie wieder jemanden, der ihn hätte ersetzen können. Ich würde meinen, das kommt öfter vor, als wir glauben, und es trifft Männer ebenso wie Frauen. Die meisten Menschen versuchen mit praktischer Vernunft dagegen anzugehen und sich mit einem weniger geliebten Partner zu arrangieren, vielleicht sogar zwei-, dreimal oder noch öfter. Sie ›beugen‹ sich nicht. Das ist das einzige Wort, mit dem ich es, wenn nicht erklären, so doch beschreiben kann. Ruth war da anders. Und wenn Sie die Verhältnisse hinzunehmen, den Krieg, die Verfolgung, Angst, Einsamkeit, Ruths isolierte Situation in einem fremden Land, mit einer fremden Religion, mit einem Kind, obwohl sie selbst noch ein halbes Kind war. Wie hätte sie danach je wieder eine ähnlich intensive Beziehung haben können? Was konnte ihr je wieder so nahegehen? Ihre Liebe zu Jacob war so rein und bedingungslos, daß sie auch in der Einsamkeit und meist ungenährt ruhig und hell weiterbrannte, ein Leben lang.«

»Meist ungenährt…«

»Ja, ihr Verhältnis… es ging weiter. Wenn Sie so wollen, hat Ruth von den Krumen seines Tisches gelebt.«

Der Maresciallo runzelte die Stirn. Das Wesen der Liebe war auch so etwas, worüber er nicht oft nachgedacht hatte, aber ihm wäre etwas Herkömmliches sympathischer gewesen als das, wovon D'Ancona sprach und was ihn zu sehr an das Leben der Heiligen erinnerte, deren Namen er längst vergessen hatte, aber von denen der Priester in seiner Kindheit Geschichten erzählte, die einem das Blut in den Adern gefrieren ließen. Ihn schauderte vor all der brennenden Reinheit und Opferbereitschaft.

»Als ob er eine Art Gottheit gewesen wäre.«

»O nein. Sie kannte seine Fehler. Aber die schienen sie nur noch fester an ihn zu binden.«

»Und er? Ich meine, während sie sein Kind zur Welt

brachte, raffte er ein Vermögen zusammen. Also was hat sie ihm bedeutet?«

Es war eigentlich nur eine rhetorische Frage, denn der Mann hatte schließlich eine andere geheiratet, aber der Anwalt schien doch ernsthaft darüber nachzudenken. Endlich sagte er: »Sein Gewissen, seine Wahrheit. Der Mann, den Ruth liebte, war der echte Jacob Roth. Daran hat er sich geklammert.«

Der Maresciallo musterte D'Ancona prüfend. Was hatte er doch vorhin gesagt? Es trifft Männer ebenso wie Frauen. Der Maresciallo war sicher, daß der Anwalt verliebt gewesen war in Ruth Hirsch und die reine Flamme, die in ihrem Herzen brannte. Vielleicht hatte er auch für sie beide geschwärmt und für ihre außergewöhnliche Geschichte. Was konnte so einem Provinzanwalt schließlich je Romantischeres widerfahren? Die einzige Verliererin in dieser Geschichte war Sara, die nie ein eigenes Leben leben durfte. Sara, die mit den Überbleibseln eines hehren Traums aufgezogen wurde und die doch vielleicht zufrieden gewesen wäre mit einem vernünftigen Mann und ein paar netten Kindern. Statt dessen hatte sie ihr Leben, überschattet von Krieg und Habgier, Egoismus und Leidenschaft, in einem Kloster versteckt begonnen, zusammen mit ihrer einsamen, verängstigten Mutter. Und wie hatte es geendet...

»Darf ich fragen, warum Sie so skeptisch dreinblicken? Scheint Ihnen meine Einschätzung ihrer Beziehung nicht überzeugend?«

»Nein, nein... Darüber würde ich mir kein Urteil erlauben. Ich dachte daran, daß Saras Tod ein Unfall war und...

ach, es klingt vielleicht töricht, aber sie scheint nie eine Rolle gespielt zu haben, nicht wahr? Sie war nicht einmal wichtig genug, um ermordet zu werden. Warum wollte man sie unbedingt aus ihrer Wohnung vertreiben?«

»Ich weiß nicht, aber vermutlich, um sie zu verkaufen?«

»Sie sagten, das Haus gehört einer Stiftung.«

»Die Jacob gegründet hat, ja.«

»Sind Sie im Vorstand?«

»Ja.«

»Und Rinaldi?«

»Auch.«

»Also handelt er eigennützig.«

»Ich muß Sie bitten, Geduld zu haben. Wenn Sie alle Fakten kennen und ermessen können, was ich zu tun versuche, dann werde ich auch in der Lage sein, Ihnen zu helfen.«

»Verzeihen Sie, ich bin hier, um Ihnen zuzuhören, nicht um Sie zu vernehmen. Es ist bloß – nun ja, wie ich eben schon sagte – Sara scheint nie jemand ernst genommen zu haben.«

»Sie haben sie ernst genommen. Das hat sie mir selbst gesagt. Ich muß gestehen, daß ich es nicht getan habe.«

»Nein?«

»Ich bin sicher, auch Sie hatten Ihre Zweifel, ob diese Bedrohungen, von denen sie sprach, echt oder nur eingebildet waren.«

Der Maresciallo war erleichtert. »Ja. Ja, ich hatte meine Zweifel, und bis jetzt dachte ich, es hätte daran gelegen, daß ich sie nicht gut genug kannte. Aber wenn es Ihnen genauso ging... Ich hatte ihr versprochen, sie zu besuchen, doch ich habe zu lange damit gewartet. Als ich hinkam, war sie schon tot.«

»Und jetzt machen Sie sich Vorwürfe.«

»Nicht direkt. Ich weiß, daß das Unsinn wäre. Es ist nur so ein Jammer, daß sie nie jemand wirklich wichtig genommen hat. Manche Menschen können mit den trivialsten Dingen Aufmerksamkeit erreichen, während andere …«

»Ach, ja. Wissen Sie, das war die treibende Kraft hinter allem, was Jacob getan hat. Andere Jungen konnten studieren, aber nicht der Sohn eines Kaufmanns, andere konnten ihre Zukunft frei wählen, ihre Talente entfalten, aber nicht der Sohn eines Kaufmanns. Jacob hatte Verstand und Begabung. Er wollte malen, aber seit seinem zwölften Lebensjahr mußte er seinem Vater im Laden helfen. Seine Eltern hatten so hart gearbeitet und waren so stolz darauf, ein florierendes Geschäft aufgebaut zu haben, eine sichere Zukunft für ihren Sohn. Nie hätten sie sich die Zukunft vorstellen können, die sie in Auschwitz erwartete, oder die von Jacob, den dasselbe Terrorregime so reich gemacht hatte, daß er ihren kleinen Laden praktisch herschenken konnte. Jacob hatte danach gestrebt, reich zu werden, aber viel mehr noch wollte er nach oben, wollte nicht länger zu denen gehören, die getreten werden, sondern einer von denen werden, die selber austeilen. So hat er seine Pinsel schließlich weggeworfen.«

»Und hätte er wirklich ein großer Künstler werden können?«

»Hätte … könnte … von solchen Spekulationen habe ich nie viel gehalten, Maresciallo. Aber bei seinem Ehrgeiz wäre Jacob wohl in jedem Beruf erfolgreich geworden –

wie Picasso, dessen Mutter einmal gesagt hat, wenn er religiös gewesen wäre, hätte er es bis auf den Heiligen Stuhl gebracht. Aber Jacob stellte seine Kraft nicht in den Dienst der Kunst, er nutzte sie für sich selbst, um aus sich das zu machen, was er in seinen und in den Augen der Welt sein wollte.«

»Ja, das habe ich verstanden. Aber konnte er malen?«

»Oh, ja, er konnte malen. Leider habe ich keine Bilder hier, die ich Ihnen zeigen könnte, zumindest kein eigenständiges Werk. In jungen Jahren hat er viel Zeit damit verbracht, nach Art der Florentiner Studenten die großen Meister zu kopieren. Darunter war eine ganz besondere Arbeit... ich bat ihn, sie mir zu schenken, so sehr war ich davon beeindruckt. Bin es noch. Wenn Sie dort neben der Terrassentür das Licht anknipsen wollen, können Sie sich selbst ein Urteil bilden.«

Die Mütze in der Hand, tastete der Maresciallo sich ans andere Ende des vollgestopften Raums vor. In dem schummrigen Halbdunkel stieß er sich die Hüfte an der Ecke eines mit Büchern und Akten beladenen Tisches. Genau wie im Büro des Staatsanwalts, nur daß sich dort die Bücher auch noch auf dem Fußboden türmten. Er sollte wohl lieber aufpassen, wo er hintrat. Die schmalen Lichtstreifen, die zwischen den halb geöffneten Lamellen der Verandatüren hereindrangen, betonten nur die dämmrige Atmosphäre im Zimmer.

»Der Schalter ist links.«

Der Maresciallo betrachtete das Bild, und auch er war beeindruckt.

»Tizians *Konzert*.«

»Ah, Sie kennen es – aber natürlich, wo Sie doch im Pitti stationiert sind. Das sagten Sie ja, ich hatte es nur wieder vergessen. Da sind Ihnen die Galerien sicher sehr vertraut.«

»Nein, nein… Nur ein paar Bilder… An dieses erinnere ich mich, weil es nach seiner Restaurierung eine Sonderausstellung gab. Und bei solchen Anlässen sind wir für die Sicherheit verantwortlich. Aber – der Jüngling auf der linken Seite, der mit dem Federhut – sein Gesicht ist ja ganz weiß.«

»Ja. Wenn Sie allerdings genau hinsehen, werden Sie feststellen, daß die Züge doch ganz zart angedeutet sind. Jacob sparte die Gesichter immer bis zuletzt auf, weil sie das schwierigste waren, und am Ende hat er weder dieses noch irgendein anderes Bild, an dem er damals arbeitete, fertiggestellt.«

»War das die Zeit, als er die Malerei aufgab?«

»Ja.«

»Und haben Sie dieses Bild als eine Art Vorwurf gegen ihn aufgehängt?«

»Der Gedanke ist mir noch gar nicht gekommen, aber Sie könnten recht haben. Aber damals habe ich sicher nicht so weit gedacht. Ich war ja nur zweieinhalb Jahre älter als Jacob, hatte gerade mein Jurastudium begonnen. Ich hatte mehr Glück als er. Meine Eltern besaßen etwas mehr Geld als die seinen, und ihre Pläne für mich deckten sich mit den meinen. Ich durfte mir kaum erlauben, ihn zu kritisieren. Damals verstand ich ihn ja nicht einmal. Und wer weiß, ob ich ihn je verstanden habe. Wie wir alle in vergleichbaren Situationen, schmeichelte es mir, der einzige in seinem Leben zu sein, der ihm wirklich nahekam, bis auf Ruth natürlich. Aber die hat ihn ja auch geliebt.«

Zögernd kehrte der Maresciallo zu seinem Ledersessel zurück. Sollte er sich wieder hinsetzen, oder wäre es nicht klüger, den Staatsanwalt mit diesem Mann reden zu lassen? Er wirkte sehr gesprächig, gewiß, aber wo waren die Fakten? die Fakten über Saras Tod. Er war schon entschlossen, D'Ancona dem Staatsanwalt zu überlassen, als er sich fragen hörte: »Dieses leere Gesicht ... auch in Saras Familienbild ist ein Gesicht immer noch leer. Ich bin Ihnen natürlich sehr dankbar für Ihre Hilfe, Signore, aber ich wüßte doch gern, wo der Bruder ist. Sie sprach nämlich von einem Bruder. Und wo ist Saras zweites Gemälde?«

10

Die Käfige mit den vertikalen Eisenstreben, die eine ganze Wand des Gerichtssaals einnahmen, waren allesamt leer. Ihnen gegenüber, am Presseeingang, stand der Maresciallo und hielt Ausschau nach dem Staatsanwalt. Endlich entdeckte er ihn rechts unten, in der ersten Reihe vor dem Richtertisch. Ganz ruhig, fast reglos saß er da, wodurch es leichter wurde, ihn ausfindig zu machen, da die Anwälte um ihn herum alle aufgesprungen waren und sich fürchterlich über irgend etwas ereiferten. Die Verhandlung wurde fortgesetzt. Der Maresciallo fragte den Beamten an dem Pult hinter ihm: »Ich dachte, heute fände dieser Mafiaprozeß um das Parkhaus statt?«

»Nebenan.«

»Ah.« Darum also all die leeren Käfige.

»Hier geht's um den Witzbold, der, als er einen Tag Freigang hatte, eine Prostituierte umbrachte, ihr Bett in Brand steckte und dann seelenruhig in seine Zelle zurückmarschierte. Nach diesem Zeugen wird der Richter vertagen. Eigentlich wäre noch ein psychiatrisches Gutachten fällig, aber der Sachverständige ist nicht erschienen.«

»Danke.« Der Maresciallo betrat den Saal, sowie das Gericht sich erhoben hatte, aber noch ehe er den Staatsanwalt erreichte, drängte sich ein Mann in Zivil zu ihm vor und verwickelte ihn mit gedämpfter Stimme in irgendeinen Disput. Der Maresciallo trat zurück und wartete, bis das Gespräch beendet war. Der Staatsanwalt sah ihn gleich, als er sich zum Gehen wandte.

»Ist etwas passiert? Wie haben Sie mich gefunden?«

»Ich habe Ihr Büro angerufen.«

»Der Prozeß ist auf Montag vertagt. Kommen Sie, wir trinken irgendwo einen Kaffee.« Sein Platz an dem langen Tisch war eine Miniaturausgabe seines chaotischen Büros. Er schaufelte die Papierstapel in seine abgewetzte Aktenmappe und lockerte seine Halsbinde.

Als sie die Bar auf der anderen Seite der belebten Piazza erreichten, hatte der Maresciallo ihm das meiste schon erzählt.

»Und hat er Sie aufgeklärt?«

»Über den Bruder? Es gibt ihn, soviel steht fest.«

»Also hat er das Bild.«

»Möglich wär's.«

»Zwei Kaffee! Und angenommen, Sara hätte es zurückverlangt, dann könnte er hinter dem Anschlag auf sie stecken. Was hat D'Ancona dazu gesagt?«

»Eigentlich nichts. Aber er hat mir das hier gegeben. Er meinte, jetzt, wo Sara tot ist, sei es zu sonst nichts mehr nütze.« Damit griff der Maresciallo in die Tasche seines Uniformrocks und brachte eine Videokassette in schwarzer Papphülle zum Vorschein. »Er meinte, wir sollten Jacob Roth persönlich kennenlernen.«

»Guarnaccia! Sie wollen mir doch nicht erzählen, daß der auch noch lebt?«

»Nein, nein … Er ist tot. Das hier hat er seiner Tochter Sara hinterlassen.«

»Na, dann los! In dem Büro neben meinem steht ein Videorecorder – nein, Sie sind eingeladen.«

Sie stürzten den sämigen Espresso in einem Zug herunter und zwängten sich durch eine hereindrängende Touristengruppe zum Ausgang.

»Haben Sie einen Wagen dabei?«

»Dort drüben.«

»Falls Sie vor mir da sind: Das Büro links von meinem.«

»Meine liebe Tochter, wenn du dies siehst, werde ich nicht mehr unter den Lebenden sein. Ich übergebe das Band Umberto, der es als eine Art Versicherungspolice gegen eventuelle Schwierigkeiten für dich aufbewahren wird. Ich rechne zwar mit keinen Unannehmlichkeiten, aber das meiste, was in meinem Leben geschah, ließ sich nicht vorausberechnen.«

Jacobs Gesicht war hager geworden und sein Haar weiß, aber der durchdringende Blick seiner dunklen Augen war noch der gleiche wie auf dem Foto des Dreiundzwanzigjährigen. Er saß in eben dem Sessel, auf dem vor nur zwei Stunden der Maresciallo Platz genommen hatte.

»Du weißt, daß dein Name in meinem Testament nicht erwähnt ist. Dafür schulde ich dir eine Erklärung, und die sollst du auch bekommen. Deine Mutter, meine Ruth, hat niemals Erklärungen, Rechtfertigungen oder Entschuldigungen verlangt. Wenn ich eine zu geben versuchte, legte sie mir den Finger an die Lippen und schaute mir tief in die Augen, so lange, bis sie mich zum Schweigen gebracht hatte. Du hast ihre Augen, Sara. Schon als ich dich das erste Mal sah, in diesem dämmrigen Empfangsraum des Klosters, schauten mich aus deinem Säuglingsgesichtchen Ruths ernste Augen an. Du schienst mich zu tadeln dafür, daß ich mich zwischen euch drängte und dich um die ungeteilte Aufmerksamkeit deiner Mutter brachte. Beim Klang der fremden Männerstimme verbargst du dein Gesicht in ihrem Haar, und später, als eine der Nonnen dich forttrug, schriest du aus Leibeskräften. Als du gestern von uns gingst, hattest du wieder denselben Gesichtsausdruck. Und da beschloß ich, diese Botschaft an dich vorzubereiten. Ich werde dir die Wahrheit über dein Gemälde sagen, denn es gehört ja dir, und du wirst es zurückbekommen, auf daß du dich daran erfreuen kannst, wenn du eines Tages, was ich sehr hoffe, heiraten und ein sorgenfreies Leben führen wirst. Andernfalls möge es zu deiner finanziellen Absicherung dienen.

Wie du von deiner Mutter weißt, hat sie zwei Monets mitgebracht, als sie damals aus Prag zu uns kam. Einen davon habe ich nach meiner Rückkehr aus England für sie verkauft. Zusätzlich zum Erlös des Bildes überschrieb ich Ruth eine gewisse Summe Geldes und sicherte ihr den Nießbrauch zweier Wohnungen in der Sdrucciolo de' Pitti, um euch beiden ein Heim und ein kleines Einkommen zu geben.

Bis dahin waren die beiden Gemälde zusammen mit vielen anderen in Umbertos Garten vergraben, damit sie der deutschen Besatzung nicht in die Hände fielen. Nach dem Krieg holte ich eine Reihe von Bildern aus dem Versteck und verkaufte sie. Als ich mit meiner naiven jungen

Frau – für sie hatte der Krieg nichts weiter bedeutet als rationierte Lebensmittel und Seidenstrümpfe und daß auf dem Gut ihres Vaters nun statt der Männer Frauen arbeiteten – nach Florenz kam, sah sie dein Bild. Das war die erste einer Reihe unvorhersehbarer Katastrophen. Natürlich hätte sie es niemals zu Gesicht bekommen sollen, aber es wurde mit den übrigen noch bei Umberto verbliebenen Kunstschätzen geliefert, und sie kam im falschen Augenblick dazu… Hätte es etwas geändert, wenn mir rechtzeitig eine plausible Geschichte eingefallen wäre? Daß ich das Bild nur für einen Freund in Verwahrung genommen hätte zum Beispiel? ›Ach, ist das wunderschön!‹ rief sie aus. ›Das sind ja meine Lieblingsblumen‹, sagte sie. ›Schenk es mir, Darling! Das soll dein Hochzeitsgeschenk für mich sein, bitte!‹ Ich hatte Angst. Ich war ein Feigling. Ich sagte ja … Und sie hängte es in das schönste Zimmer im Haus und liebte es ihr Leben lang, mehr als alles, was wir besaßen. Wenn ich an sie zurückdenke, dann denke ich an Licht, Heiterkeit und Blumen. Doch wenn ich auf mein Leben zurückblicke, dann sehe ich Dunkelheit und nur mühsam in Schach gehaltene, alptraumhafte Gespenster. Alles, was ich tat, diente nur dem Versuch, dieser anderen, ihrer Welt teilhaftig zu werden. Heute weiß ich, daß all mein Streben zum Scheitern verurteilt war. Man muß in ein solches Leben hineingeboren werden, darf nie ein anderes gekannt haben, um so zu sein wie meine Frau.

Ich sagte Ruth, was geschehen war. Ich bot ihr den Preis für das Bild. Ich bot ihr an, ein anderes, noch wertvolleres aus meinem Besitz für sie zu verkaufen. Aber sie lehnte ab. Sie wollte kein Geld. Sie hatte ihre Familie verloren und ihre Heimat, hatte alles verloren bis auf das, was sie in diesem einen Koffer mit nach Florenz gebracht hatte. Sie verlangte nichts und sie nahm nichts außer dem Nötigsten, um deine Zukunft zu sichern. Als ich sie fragte, warum sie mir nicht gesagt hätte, daß sie schwanger war, bevor ich nach England ging, wo ich dann bis zum Ende des Krieges nicht mehr weg konnte, antwortete sie: ›Ich war erst siebzehn. Warum hast du mich nicht gefragt?‹ Deine Mutter war eine stolze Frau, liebe Sara. Und sie hat mich bedingungslos geliebt. Sie wäre nie auf den Gedanken gekommen, dich zu benutzen, um mich zu einer Heirat zu bewegen, obwohl ich, als ich sie wiederfand, doch erst verlobt war. Ich glaube, nein, ich bin sicher, sie wußte, worum es in meiner Ehe ging. Sie wußte auch, daß ich sie liebte und sie nie verlassen würde. Sie war ein Teil von mir. Und am Ende der einzige, der überlebt hat. Ruth und Umberto, die beiden haben mich am Leben gehalten. Was dein Bild angeht, so blieb es im Zimmer meiner Frau, blieb aber auch Ruths Eigentum. Wir hatten beschlossen, daß es nach dem Tode meiner Frau an sie – oder an dich – zurückfallen sollte. Aber wie du weißt, ist Ruth zuerst gestorben. Meine Frau überlebte sie nur um wenige Monate. Ihr Lieblingsbild vermachte sie unserem Sohn. Er zahlte die Erbschaftssteuern aus ihrem Nachlaß. Das Bild war die einzige Erinnerung an glücklichere Zeiten, die sie behalten hatte. Nicht, weil es mein Hochzeitsgeschenk war, sondern weil ich ihr versichern konnte, daß es nicht zu den… den unehrenhaft erworbenen zählte, deretwegen sie mich verachtete… Wie hätte ich ihr sagen können, daß es der Frau gehörte, die ich liebte, und dir, unserer Tochter?«

Hier unterbrach Jacob seinen Monolog. Seine Blickrichtung wechselte, und eine andere Stimme murmelte irgend etwas im Hintergrund, worauf Jacob den Kopf zur Seite drehte und »Ja« sagte. Dann flimmerten unscharfe weiße Flecken über die Mattscheibe, und mit einemmal war der Bildschirm schwarz.

»Verdammt!« Der Staatsanwalt sprang auf und griff nach der Fernbedienung. »Das kann nicht der Schluß sein. Aber da war offensichtlich ein Amateur am Werk. Hoffentlich ist das Band nicht gerissen.«

Es war nicht gerissen. Jacobs Gesicht erschien wieder auf dem Bildschirm. Er saß jetzt in einem anderen Sessel, und das Bild, das sich vorhin zusehends verdunkelt hatte, war nun merklich heller und schärfer. Rosig geädertes Blattwerk wiegte sich am rechten Bildrand sanft auf und ab, und man erkannte jetzt auch, wie erlesen Jacob gekleidet war, sah seine schmalen, braunen Hände. Offenbar war er in den Garten hinaus gewechselt, vielleicht weil es auf den Abend zuging und das Licht in dem großen Arbeitszimmer nicht mehr hell genug war.

Anscheinend war auch noch eine dritte Person anwesend. Denn jetzt sagte eine weitere Stimme: »So ist's gut. Aber nichts anfassen. Wenn's Probleme gibt, dann ruft mich.« Eine junge, fröhliche Stimme, die einer anderen Welt angehörte. Dann trat eine Pause ein.

»Sara, das Unvorhergesehene...« Jacob hielt einen Moment inne und schloß die Augen, und als er weitersprach, blieben die Lider noch sekundenlang geschlossen, als ertrüge er es nicht, in die Kamera und der imaginären Sara ins Gesicht zu schauen. »Das Unvorhergesehene, das mir und meiner Frau widerfuhr, ist etwas, worüber zu sprechen mir sehr schwer fällt. Aber mein Leben neigt sich dem Ende zu, und das letzte, was mir noch zu tun bleibt, ist, dich zu schützen, indem ich dir die ganze Wahrheit offenbare und sie in Umbertos Obhut gebe, bis zu dem Tag, da du sie vielleicht einmal wirst brauchen können.«

Er hustete, senkte den Blick und murmelte etwas. Von hinter der Kamera wurde ihm ein Glas Wasser gereicht. Der Maresciallo erkannte die durchscheinende, altersfleckige Haut, die arthritischen Fingergelenke. Jacob nippte an dem Glas, das er in der Hand behielt, und zwang sich fortzufahren.

»Zehn Jahre nach meiner Heirat erhielt ich einen Brief von einem Mann, dessen Name nichts zur Sache tut. Er ist inzwischen gestorben. In den dreißiger Jahren hatte er mir eine Reihe impressionistischer Gemälde zu einem sehr niedrigen Preis verkauft. Wie deine Mutter war auch er auf der Flucht vor den Nazis. Er und mein Vater hatten viele Jahre miteinander Geschäfte gemacht. Jetzt wandte er sich wieder an mich, weil er und seine Frau alt, krank und mittellos waren. Ich empfing ihn persönlich und führte ihn ins Zimmer meiner Frau, weil sie nicht im Haus und dort keine Störung durch die Dienstboten zu befürchten war. Der Mann war sehr erregt. Als ich ihm eine Entschädigung anbot, die ihm zu gering, ja, kränkend erschien, echauffierte er sich noch mehr, wurde zornig und laut. Aus Angst, daß man ihn hören könnte, bat ich ihn hinaus in den Garten.

›Sie fürchten wohl, es könnte jemand die Wahrheit über Sie erfahren, wie? Ihre Eltern sind eines unvorstellbar grausamen Todes gestorben, aber wenigstens brauchten sie nicht mitzuerleben, wie Sie ihre engsten Freunde bestohlen haben. Wie viele von uns waren es? Wie viele verzweifelte Menschen haben Sie noch um ihr Leben betrogen?‹

›Ich habe niemanden betrogen. Ich habe bezahlt. Ich habe für alles bezahlt.‹

›Spottpreise haben Sie gezahlt, Sie unverschämter Mensch!‹

›Ich habe soviel geboten, wie ich mir damals leisten konnte.‹

›Sie werden schon noch bezahlen müssen für Ihre Wuchergeschäfte! Denken Sie an meine Worte. Vielleicht nicht in Geldeswert, aber bezahlen werden Sie, und Sie werden elend zugrunde gehen. Unter Ihrem feinen Tuch sind Sie schon jetzt nichts als faules Aas.‹

›Ich habe bezahlt! Meine Eltern sind im KZ umgekommen. Niemand wurde gründlicher um sein Leben betrogen als ich. Aber ich habe mir ein neues aufgebaut, und das werden Sie nicht zerstören.‹

›Ich verlange nur zurück, was Sie mir schulden!‹

Ich gab ihm einen Scheck. Einen Scheck über ein große, eine stattliche Summe…«

Hatte Umberto D'Ancona hinter der Kamera etwas gesagt, das sie nicht hören konnten? Oder hatte er ihn nur angesehen?

»Nein… es war nicht der volle Gegenwert, nicht einmal dann, als ich reich war und alles hatte. Aber es… ich hatte Angst. Wie viele andere mochten noch aus der Vergangenheit auftauchen und Forderungen stellen?

Doch dieser eine erlebte die Genugtuung, mir nicht nur eine akzeptable Summe abzunehmen – oh, ich sah in seinen Augen, daß er wußte, er wurde noch immer betrogen –, sondern auch mit anzusehen, wie sein bitterer Fluch in Erfüllung ging. Meine Frau war während unserer lautstarken Auseinandersetzung zurückgekehrt und hatte alles mit angehört. Meine Ehe endete mit diesem Abend. Es war der dreizehnte Juni, mein Geburtstag. Darum war sie früher heimgekommen als vorgesehen. Sie wollte nicht, daß ich an meinem Geburtstag allein zu Abend aß.

Wenn Umberto je beschließen sollte, daß es nötig sei, dir dieses Video zu übergeben, dann wirst du auf Erden der dritte Mensch sein, der die Wahrheit über mich erfährt. Umberto wußte immer Bescheid, deiner Mutter habe ich gebeichtet. Was ich auch getan hätte, sie hätte mich weiter mit all ihrer Kraft, mit der ganzen leidenschaftlichen Glut und Großmut ihres Herzens geliebt. Ich glaube, nur ihr Frauen seid zu solcher Liebe fähig, und auch unter euch nur die wenigsten.«

Jacob beugte sich vor, und unsichtbare Hände halfen ihm, das gerahmte Bild auf seine Knie zu stellen.

»Dieses Bild, Sara, gehört dir. Umberto sagt, wir müßten eine Polaroidaufnahme davon machen, mit mir und einer Zeitung von heute darauf, als ob es sich um ein Entführungsopfer handelte. Aber so etwas Ähnliches ist es ja wohl auch. Umberto hat mir weiter gesagt, daß dieses Video vor Gericht keine Beweiskraft hätte. Es kann dich lediglich vor dem Verdacht schützen, unrechtmäßige Ansprüche zu erheben. Umberto meint, ich wolle mit dieser

Aktion mein Gewissen erleichtern, und er findet, ich solle auch meinem Sohn die Wahrheit sagen. Ich hoffe, er irrt sich, wenn er denkt, meine Hoffnung, daß Kista schon das Rechte tun werde, diene nur dazu, meine Feigheit zu bemänteln. Ich bin überzeugt, er wird dir dein Bild zurückgeben, wenn er nach meinem Tod die entsprechende Verfügung in meinem Nachlaß findet. In dem Jungen steckt mehr von seiner Mutter als von mir. Ich habe kein Recht auf deine Nachsicht, Sara, und doch bitte ich darum. Der Brief, der für meinen Sohn bestimmt ist, wird ihn über Ruth unterrichten, über dich und den Monet. Aber sofern du dieses Video nicht einzusetzen brauchst, wird niemand außer Umberto je erfahren, wie ich an das Vermögen gekommen bin, das es mir ermöglichte, in das noch größere meiner Frau einzuheiraten. Niemand außer… meinen Opfern. Wir haben alles Erdenkliche getan, um das Scheitern unserer Ehe vor Kista geheimzuhalten. Meine Frau benahm sich stets untadelig. Nie hat sie die Beherrschung verloren. Kista mag, ja, er muß etwas geahnt haben, aber Beweise für seine Vermutungen hat er nie bekommen. Vor dem übrigen… meiner Vergangenheit, muß ich ihn beschützen. Seine Mutter hat ihr Leben lang darunter gelitten. Und ich empfinde sie wie eine angeborene Krankheit, die ich nicht an meinen Sohn vererben will. Manchmal sieht er mich so eigenartig an, stellt eine Frage, und ich denke, er verdächtigt mich, aber wenn ich ihm ausweiche, insistiert er nicht. Ich weiß, daß er mich nicht liebt. Er gehört zur Welt seiner Mutter und betrachtet mich als Fremdling. Ich rede kaum mit ihm. Was könnte ich auch sagen? Ich habe einmal den Satz gehört, der Grad der

Zivilisation bemesse sich an der Distanz, die der Mensch zwischen sich und seine Exkremente legt. Auf die Geschäftswelt übertragen wäre das wohl die Distanz zwischen einem reichen Mann und der Quelle seines Reichtums. Ein paar Generationen, und aller Gestank ist verflogen.

Ich hoffe sehr, daß du, solltest du diese traurige Geschichte je erfahren müssen, die Kraft und das Mitgefühl aufbringen kannst, die deine Mutter besaß – nicht um meinet-, sondern um deines Bruders willen. Versuche ihn zu lieben, Sara. Denn Einsamkeit ist etwas Furchtbares... Einsamkeit...«

Er trank einen Schluck Wasser. Die Hand, die das Glas hielt, zitterte. Wieder erklang eine leise Stimme hinter der Kamera. Jacob schüttelte den Kopf und wandte sich ab. Der Bildschirm wurde schwarz.

Sie warteten, aber diesmal kam nichts mehr, und schließlich drückte der Staatsanwalt auf die Rückspultaste. »Und er sagt, er hätte das Sara nie gezeigt?«

»Nein. Als sie bei ihm Hilfe suchte, hat er ihr von dem Band erzählt und ihr gesagt, was drauf ist, aber nur den Teil erwähnt, der sie betrifft – Jacobs Bekenntnis zu seiner Vaterschaft – und ihr Gemälde. Er schlug vor, sie solle ihrem Bruder einfach sagen, daß sie von diesem Bild weiß.«

»Ist ihm klar, daß er damit ihren Tod heraufbeschworen hat?«

»Ja, natürlich. Aber er meinte, wenn er ihr das Video gezeigt hätte, wäre es auf das gleiche hinausgelaufen.«

»Scheint nicht leicht zu erschüttern, dieser Umberto

D'Ancona. Und Sie meinen, ich sollte trotzdem noch mal mit ihm reden?«

»Unbedingt. Nicht, daß ich glaube, Sie könnten ihn dazu bringen, seine Meinung zu ändern. Die Arbeit seiner Organisation ist zu wichtig, als daß er sie unsretwegen aufs Spiel setzen würde – und, wie er richtig sagt, für Sara käme ohnehin jede Hilfe zu spät.«

»Hat seine Organisation es denn wenigstens geschafft, anderen zu helfen?«

»O ja. In vielen Fällen. Er hat mir von einem französischen Ehepaar erzählt, daß seine letzten Jahre in bitterer Armut verbrachte. Die Frau hatte Krebs. Eins ihrer Gemälde, die die SS beschlagnahmt hatte, wurde von einem Mitglied der Organisation auf einer Pariser Ausstellung entdeckt. Natürlich rede ich jetzt, wie gesagt, von gestohlenen Kunstwerken. Da liegt der Fall etwas anders als bei Jacobs Geschäften, aber es ist trotzdem ein schwieriges Unterfangen, solche Bilder zurückzubekommen, besonders, wenn sie mehrmals den Besitzer gewechselt haben und der letzte Käufer durch die Rückführung den kürzeren zieht.«

»Hm. Auch die Käufer müssen von der zweifelhaften Herkunft der Bilder gewußt haben.«

»Trotzdem ist es nicht leicht.«

»Nein. Und D'Ancona hat natürlich recht. Wenn Jacob Roths Geschichte in den Zeitungen breitgetreten würde – nicht nur seine unlauteren Gewinne, sondern auch Ruths Schicksal und der Tod der armen Sara –, dann würde es für die Organisation in Zukunft noch sehr viel härter. Wäre ein gefundenes Fressen für die Rassisten: ›Diese

Juden hauen sich gegenseitig übers Ohr, und wir sollen uns wie die Chorknaben benehmen.‹ D'Ancona wird seine Meinung auch mir zuliebe nicht ändern, Guarnaccia.«

»Bitte, sprechen Sie trotzdem mit ihm. Es muß einen Weg geben. Gemeinsam würden Sie bestimmt eine Lösung finden.«

»Na schön, ich will's versuchen.«

»Gut. Wir müssen den Bruder finden, feststellen, was Rinaldi mit der Sache zu tun hat, und...«

»Und?«

»Ja, da ist noch etwas.«

»Den Satz habe ich von Ihnen schon ziemlich oft gehört. Aber Sie wissen doch von D'Ancona, daß Sara mehr aus Jacobs Nachlaß beanspruchte als nur ihr Bild und wie verbittert sie war, weil man ihr die Wahrheit so lange vorenthalten und sie darüber ihr Leben vergeudet hatte. Ich würde sagen, vieles davon ging auch auf das Konto ihrer Mutter. Aber Sie haben mir die Daten gezeigt, und es paßt doch alles zusammen. Nachdem ihre Mutter gestorben war, brauchte Sara psychiatrische Hilfe. Aber bezeichnenderweise nicht gleich nach ihrem Tod – da war diese seltsame Lücke. Nun wissen wir, warum. Es war der Tod von Jacobs Frau, ein paar Monate später, der Saras Zusammenbruch verursachte. Sie dachte, jetzt würde sie ihr Gemälde zurückbekommen, aber Jacob hielt sie weiter hin, weil er sich nicht traute, seinem Sohn die Wahrheit zu sagen. Und dann Saras Rückfall in jüngerer Zeit. Da war Jacobs Tod die Ursache. Sie erbte einen Bruder, aber immer noch kein Bild. Sie nahm Verbindung auf zu dem Bruder, sie trafen sich. Sara wollte Geld, er wird ihr vermutlich die Tür gewiesen haben. Ich stimme Ihnen zu, wir müssen den Bruder finden, und wir müssen den Fall Rinaldi klären, aber auch damit können wir das, was passiert ist, nicht ungeschehen machen. Der Anwalt hat recht, wenn er sagt, daß Sara jetzt nichts mehr helfen kann. Das Problem ist nunmehr ein rein juristisches. Wir wollen diejenigen dingfest machen, die für den Überfall auf sie verantwortlich sind. Der Rest ist Geschichte.«

»Ja, natürlich. Sie haben recht. Mir fehlt die Kompetenz, um… Aber Sie werden zu ihm gehen?«

»Versprochen. Und ich sorge dafür, daß Rinaldi weiterhin unauffällig beschattet wird. Wenn wir ihn lange genug in Ruhe lassen, das Gerücht ausstreuen, unser Fall sei mit der Festnahme der beiden Träger abgeschlossen – ich lasse die Jungs auf Kaution frei –, dann wird er irgendwann leichtsinnig werden und wieder übers Festnetz telefonieren. Womöglich trifft er sich nach einer Weile sogar wieder mit den beiden. Warum auch nicht? Sie arbeiten schließlich für ihn. Mit der Zeit werden alle unvorsichtig, fallen in ihre alten Gewohnheiten zurück. So gesehen ist es sogar von Vorteil für uns, wenn Rinaldi glaubt, er könne uns ins Gesicht lachen, wie Ihr Lorenzini meint.« Der Staatsanwalt erhob sich und drückte auf die Eject-Taste. »Ich lasse uns eine Kopie von dem Video machen und bringe D'Ancona das Original zurück.«

Der Maresciallo erhob sich gleichfalls und griff nach seiner Mütze. »Und was soll ich als nächstes tun?«

»Weiß ich nicht, aber ich weiß, was ich jetzt machen werde: Ich geh rüber in mein chaotisches Büro und rauche eine Zigarre. Vorher sollten wir allerdings noch das Ding ausschalten... So, dann wollen wir mal.«

Draußen auf dem Gang sah er den Maresciallo prüfend an und sagte: »Gönnen Sie sich mal eine Pause, Guarnaccia. Im Moment können Sie in dem Fall sowieso nicht viel tun. Haben Sie sonst viel um die Ohren zur Zeit?«

»Nein...«

»Das klingt nicht sehr überzeugend.«

»Nein, nein... Nur ein Fall, in den ich hineingezogen wurde, nicht einmal mein Fall, aber...«

»Kommen Sie rein und setzen Sie sich einen Moment.«

Der Maresciallo ging mit sich zu Rate. Hatte er es nicht selbst gesagt, als er erfuhr, daß Sara Hirsch ihn D'Ancona gegenüber als Vertrauensperson gerühmt hatte, als jemanden, dem sie sich anvertraut hätte, auch wenn das gar nicht stimmte? Erst wenn es zu spät ist, hatte er gesagt, erkennt man, daß Hilfe möglich gewesen wäre, wenn man nur jemandem Vertrauen geschenkt und sich geöffnet hätte. Er saß, die Hände auf die Knie gestützt, stumm vor dem Schreibtisch des Staatsanwalts und versuchte sich dazu durchzuringen, seinen eigenen Rat zu befolgen.

Der Staatsanwalt versuchte hartnäckig, einen Aschenbecher aufzustöbern.

»Es mag unordentlich aussehen, aber solange niemand hier aufräumt, weiß ich genau, wo alles ist... Ah!« Er zündete sich ein Zigarillo an und lehnte sich zufrieden zurück. »Ich wollte Sie übrigens noch was fragen. Ich habe heute früh mit Ihrem Capitano gesprochen – sehr früh, geht der Mann eigentlich jemals heim, oder – na, egal, jedenfalls haben wir die Überwachung Rinaldis diskutiert, und da kam er auch auf Sie zu sprechen. Anscheinend ist er ein bißchen in Sorge um Sie. Daher auch meine Frage, ob Sie im Moment viel um die Ohren haben. Maestrangelo erzählte mir von der jüngsten Albaneraffäre, das junge Mädchen auf der Autobahn. Sie waren dabei?«

»Ja, ich war dabei. Und wenn ich früher...«

»Wie geht's dem Mädchen?«

»Sie ist zweimal operiert worden. Jetzt hat man sie in eine Reha-Klinik gebracht, wo sie wieder laufen lernen soll, aber es klappt nicht besonders. Sie weint immerzu nach ihrer Mutter.«

»Ich fürchte, die Mutter wird umgekehrt nicht um sie weinen. Und wenn doch, dann sucht sie jedenfalls nicht nach ihr. Aber man wird ihr schon wieder auf die Beine helfen, warten Sie's nur ab. Und wenn es soweit ist – ich glaube, ich habe Ihnen schon erzählt, daß ich früher als Jugendrichter gearbeitet habe?«

»Ja.« Guarnaccias Miene hellte sich auf. »Könnten Sie vielleicht etwas für sie tun?«

»Ich glaube schon. Ein guter Freund von mir – ein sehr alter Freund obendrein, wir sind schon zusammen in die Grundschule gegangen – leitet draußen auf dem Land ein Heim für notleidende Kinder. In meiner Zeit als Jugendrichter habe ich seine Hilfe oft in Anspruch genommen. Sie kennen ja diese Fälle. Ein Mann ermordet seine Frau, er wandert in den Knast, und die Kinder sind auf einen Schlag Doppelwaisen. Oder nehmen Sie all die Fälle von Kindesmißhandlung, sexuellem Mißbrauch innerhalb der Familie, Kinder, die in Gott weiß welchen Ländern gestohlen wurden und vor ihren Peinigern, die sie zum Betteln auf die Straße schickten, geflohen sind. Im Augenblick beherbergt das Heim vierzehn solcher Sozialwaisen. Für die meisten von ihnen ist es das erste geordnete Zuhause ihres Lebens. Sie gehen zur Schule, machen gemeinsam Hausaufgaben, können sich rundum satt essen, helfen beim Füttern von Hühnern und Kaninchen, und sie spielen. Haben Sie schon einmal Kinder erlebt, die nie spielen durften, Maresciallo?«

»Ich denke, Enkeleda könnte so ein Kind gewesen sein. Aber Hühner und Kaninchen füttern, das könnte sie wahrscheinlich. Sie ist ja eigentlich kein Kind mehr, aber der Schaden, den sie durch die Gehirnverletzung davongetragen hat, der hat sie auf das geistige Niveau einer Fünfjährigen zurückversetzt.«

»Ich könnte mir vorstellen, daß der Umgang mit Kindern ihr guttun wird. Das Heim ist sehr schön gelegen, hoch oben in den Bergen, wo es kühler ist und die Luft besser. Aber die Kehrseite dieses gesunden Klimas ist die Abgeschiedenheit, und die ist Kindern, die ohnehin schon verängstigt und kontaktscheu sind, pädagogisch natürlich nicht so zuträglich. Darum ist es wichtig, daß sie in ihrem Heile-Welt-Asyl möglichst viel Besuch von außerhalb bekommen, um die Verbindung zur realen Welt nicht zu verlieren. Ich bin dort, sooft es meine Zeit erlaubt. Und ich würde vorschlagen, daß wir demnächst einmal zusammen hinfahren und mit den Kindern essen. Sie sollten Ihre Uniform tragen und ihnen ein bißchen was über Ihre Arbeit erzählen, bevor Sie ihnen Enkeleda vorstellen.«

»Enkeleda …?«

»Ganz recht. Ich werde mit den Therapeuten in der Klinik reden, und dann nehmen wir sie mit. Sie werden staunen, wie schnell sie laufen lernen wird, wenn wir ihr begreiflich machen, daß sie dort leben darf, sobald ihre Beine ihr wieder gehorchen. Ich telefoniere mit den zuständigen Stellen, und wir organisieren das sobald wie möglich. Und in der Zwischenzeit sollten Sie sich eine Pause gönnen und den Fall Hirsch ruhen lassen, bis Sie von mir hören, daß es neue Erkenntnisse gibt. Ich denke, ich werde unseren Freund Rinaldi anrufen und nett mit ihm plaudern, mich vielleicht sogar entschuldigen. Mir scheint, ich erinnere mich jetzt, auf wessen Abendgesellschaft wir uns getroffen haben könnten.«

»Wirklich?«

»Nein. Ich bin sogar sicher, daß wir uns nie begegnet sind, aber wenn ich ihm einen recht illustren Namen präsentiere, selbstverständlich einen mit Titel, dann wird er mir aus der Hand fressen.«

»Ja.«

»Eine kleine Scharlatanerie. Sie sehen, ich lerne von Ihnen.«

»Von mir?«

»Natürlich ist mein Einfall nicht halb so gut wie der Trick, mit dem Sie Rinaldi aus dem Stegreif D'Anconas Namen entlockt haben.«

»Ich hätte lieber Sara Hirsch nach dem Namen ihres Anwalts fragen sollen, und noch nach einigem mehr. Aber jetzt will ich Sie nicht länger aufhalten.«

»Hören Sie auf mich, Guarnaccia, und treten Sie erst mal kürzer.«

Er befolgte den Rat des Staatsanwalts. Das heißt, er unternahm nichts Produktives im Fall Hirsch. Aber da er das, nach seiner Auffassung, von Anfang an nicht getan hatte, empfand er diese ›Pause‹ keineswegs als erholsam. Immerhin gewann er soviel Anschluß an den normalen Alltag, daß er sich mit Teresa wegen Giovanni in die Haare geriet.

»Salva, man kann ein Kind nicht zu etwas zwingen, das ihm partout nicht liegt.«

»Hab ich was von Zwang gesagt? Ich sage nur, wir hätten darüber diskutieren können, das ist alles!«

»Diskutieren? *Diskutieren?* Den ganzen letzten Monat habe ich versucht, mit dir darüber zu diskutieren, aber das war ja, als ob man gegen eine Wand redet. Tag für Tag hab ich davon angefangen, aber du hörst ja nicht, was man dir sagt. Nicht ein Wort von dem, was ich dir erzählt habe, hast du mitbekommen, oder? Na, sag schon!«

»Natürlich habe ich…« Aus dem Nebel stiegen Sätze auf, Sätze, die er mit einem Knurren oder einer Umarmung beantwortet hatte, je nach Stimmung. In der Nacht … dieser entsetzlichen Nacht nach der Verfolgung auf der Autobahn… er war ihr so unendlich dankbar gewesen dafür, daß sie so lange und tröstlich zu ihm sprach, ihm von den Jungs erzählte, bis er endlich einschlafen konnte. Diese schlaffen, hilflosen Glieder, ein armes totes Kaninchen, aber der Staatsanwalt…

»Salva, um Himmels willen! Du hörst mir ja nicht einmal jetzt zu! Wenn du zu beschäftigt bist, um dich für die Zukunft deiner Kinder zu interessieren, meinetwegen, aber dann fang auch nicht an, herumzukommandieren, wenn der Krieg vorbei ist.«

»Krieg? Kommandieren, ich?«

»Den ganzen Tag scheuchst du deine armen Carabinieri herum, und wenn du nach Hause kommst, fängst du wieder…«

»Arme Carabinieri? Was meinst du mit ›arme Carabinieri‹?«

»Weil's wahr ist! Die Jungs hausen in der Kaserne, getrennt von ihren Familien. Und dabei sind manche nicht viel älter als Giovanni. Und wenn sie mit dir reden wollen, hörst du ihnen wahrscheinlich genausowenig zu wie deinen eigenen Kindern.«

»Die Armee ist kein Beichtstuhl!«

»Wie du meinst. Möchtest du Kaffee?«

»Ja, aber was soll das heißen, ›der Krieg ist vorbei‹?«

»Das soll heißen, daß Giovanni sich bereits entschieden hat. Er hat sich an der Technikerschule angemeldet.«

»Aber das bedeutet…« Er wußte jetzt, daß er sich auf dünnem Eis bewegte, und lenkte vorsichtshalber ein. »Aber er hatte sich doch schon am Ende des Schuljahres entschieden, bevor wir in Urlaub gefahren sind.« Er sagte das so, daß es hoffentlich wie ein Mittelding zwischen Feststellung und Frage klang – für den Fall, daß sie ihn auch darüber bereits aufgeklärt hatte. Sie hatte. Ergeben ließ er eine zweite Gardinenpredigt über sich ergehen.

Er konnte es nicht fassen. Er selbst hatte mit vierzehn von der Schule abgehen müssen, und er hatte seinen ganzen Ehrgeiz darein gesetzt, daß seine Söhne einmal aufs Gymnasium gehen würden. Das letzte, was er gehört hatte, so jedenfalls meinte er sich zu erinnern, war, daß Giovanni aufs naturwissenschaftliche Gymnasium wollte.

Eine Perspektive, die ihn mit Genugtuung und Stolz erfüllte.

»Er sagte damals, er sei sich ganz sicher.«

»Gut, aber nun hat er seine Meinung geändert. In seinem Alter…«

»Nein, nicht er hat seine Meinung geändert, Totò hat ihm das eingeredet, um sich später auf ihn berufen zu können. Und schuld an allem ist nur dieser verdammte Computer.«

»Du willst doch, daß Giovanni zu den Carabiniere geht.«

»Was hat denn das damit zu tun?«

»Heutzutage braucht man dazu eine moderne technische Ausbildung, Salva. Ich wette, du bist der einzige auf deiner Wache, der nicht mit einem Computer umgehen kann.«

»Nein, bin ich nicht. Lorenzini ist fünfzehn Jahre jünger als ich, und er kann's auch nicht.« Lorenzini wäre überrascht gewesen, das zu hören, aber Teresa wußte es nicht besser, und so berief er sich wie immer auf seinen bewährten Verbündeten. »Außerdem wird Totò sich schon anstrengen müssen, den Wehrdienst durchzustehen, von einer Karriere als Berufssoldat ganz zu schweigen. Er hat also keinen Grund, nicht auf eine gute Schule zu gehen, bloß damit er später mal Diebstahlsprotokolle in einen Computer tippen kann.«

»Die Technikerschule ist eine gute Schule, und Totò möchte Softwaredesigner werden. Das hab ich dir doch gesagt.«

»Was soll denn das sein … nein, sag's mir nicht! Ich will nichts mehr davon hören!«

Sein Herz hämmerte. Es dröhnte bis in den Kopf hinauf. Teresa erhob sich von ihrem Platz am Küchentisch, wo sie ihren Kaffee tranken.

»Wo willst du hin?«

Sie kam um den Tisch herum und zog seinen Kopf an ihre Brust. »Was ist denn nur los mit dir, Salva? Warum regst du dich so auf?«

»Ich weiß es nicht«, sagte er und schluckte mühsam. Das Hämmern in seiner Brust machte ihm das Atmen schwer. »Ich weiß nicht, was mit mir los ist, und ich weiß nicht, wie du's mit mir aushältst. Ich bin zu nichts nütze. Ich hätte dir bei dieser Entscheidung vor Wochen helfen sollen, nicht jetzt. Jetzt ist es zu spät. Ich bin zu langsam. Meine Mutter hat das immer gesagt, und sie hatte recht.«

»Sag so was nicht.«

»Warum nicht? Du sagst es doch auch immer.«

»Na, dann brauchst du's doch nicht zu wiederholen, oder?« Sie hielt seinen Kopf und blickte hinunter in seine großen, traurigen Augen. »Was ist los, Salva? Es geht doch nicht bloß um die Schule. Da ist noch etwas anderes, das dir auf der Seele liegt, nicht wahr?«

»Nur meine elende Langsamkeit. Sag schon, was wirst du mir noch ankreiden, weil ich nicht zugehört habe…«

Solange sie ihn im Arm hielt und er das Vibrieren ihrer Stimme spüren konnte, war alles gut. Aber in der übrigen Zeit fühlte er wieder die kalte, fette Kröte, die sich in seinem Magen eingenistet hatte, und er konnte die bangen Vorahnungen, die ihn plagten, nicht vertreiben.

Allein, ein Tag um den anderen verstrich, und nichts geschah. Er zwang sich verbissen, seiner gewohnten Klientel mit ihren gewohnten Problemen ein aufmerksames Ohr zu leihen. Manche von ihnen waren völlig verblüfft über das Interesse, das ihrem verlorenen Paß, dem gestohlenen Moped, dem zerbrochenen Autofenster zuteil wurde.

»Sie glauben doch nicht, daß da ein Zusammenhang mit einem größeren Verbrechen besteht, oder?«

»Nein, nein…«

Mit dem August brach die erste große Reisewelle an. Die Abendnachrichten zeigten kilometerlange Staus vor den Fähren nach Elba, Sardinien, Sizilien. Die Lokalnachrichten meldeten den Tod von Sir Christopher Wrothesly, der einem Schlaganfall erlegen sei.

»Sir Christopher war, wie berichtet, schon vor einiger Zeit erkrankt.«

Armer, trauriger Mann. Immerhin, eine Sorge weniger. Falls jetzt tatsächlich ein größerer Überfall auf die Villa verübt würde, hätte Sir Christopher nicht mehr darunter zu leiden.

In der Stadt stiegen die Temperaturen auf neununddreißig Grad. Am Flughafen, dem heißesten Punkt, wurden sogar einundvierzig Grad gemessen.

Die Warnungen vor sportlicher Betätigung im Freien während der Mittagsstunden häuften sich. Die Ozonwarnungen, die fast täglich über die Leuchttafeln an den Hauptstraßen geflimmert waren, wurden abgeschaltet, als die Anwohner in Scharen aus der Stadt strömten. Im Norden und Süden des Landes gingen schwere Unwetter nieder, aber in Florenz dauerte die extreme Hitzewelle an, grillte die Touristen, machte sie müde und apathisch, so daß sie immer öfter ihre Kameras oder Handtaschen ver-

gaßen. Im Büro des Maresciallos herrschte täglich Hochbetrieb.

Endlich aber brach, nachdem es ein paarmal falschen
Alarm gegeben hatte, doch das erste Augustgewitter los,
tauchte die Stadt mitten am Nachmittag in schwarze Dunkelheit und wusch sie rein. Als gegen Abend die Sonne
wieder hervorlugte, trieften die Terrakottaziegel auf den
Dächern vor Nässe, weißer und grüner Marmor leuchtete
frisch und hell, und die Vergoldungen der Prunkfassaden
glänzten im rosigen Abendlicht.

Wie gewöhnlich war die Küstenregion von den Unwet-
tern verschont geblieben. In den Nachrichten sah man
überfüllte Strände, an denen die Sonnenhungrigen wie die
Heringe nebeneinanderlagen, beschallt von Radiogedudel,
Kindergeschrei und den heiseren Rufen der Getränkever-
käufer. Ein Reporter fragte eine geschmeidige junge Frau,
die gut eingeölt und knackig braun zwischen zahllosen anderen Leibern lag: »Nach neuestem Trend werden jetzt
Juni oder September als Urlaubsmonate favorisiert – was
halten Sie davon?«

»Das ist ja wohl ein Witz! Im August in der Stadt bleiben? Da würde ich ja eingehen vor Hitze!«

»Hier ist es aber auch ganz schön heiß.«

»Wenn's mir zu heiß wird, springe ich ins Meer.«

Schwenk aufs Meer mit ebenso dichtgedrängten Leibern wie am Strand.

Am Morgen nach dieser Sendung, die den Maresciallo
und seine Frau dankbar sein ließen dafür, daß sie nicht am
Meer waren, klingelte, kaum daß er sich in seinem kühlen
Büro an den Schreibtisch gesetzt hatte, das Telefon.

»Guarnaccia? Bist du's?«

»Am Apparat. Wer…?«

»Ich weiß nicht, ob du dich noch an mich erinnerst. Brogio, Antonio. Wir waren zusammen auf der Unteroffiziersschule.«

»Ich fürchte…«

»Macht ja nichts. Ist lange her, und ich war auch nur zehn Jahre in der Armee. Als mein Vater starb, bin ich ausgeschieden. Hab dann sein Bestattungsinstitut übernommen.«

»Ah! Brogio, ja. Jetzt weiß ich Bescheid. Das müssen jetzt… ich weiß nicht, wie viele Jahre es her ist.«

»Zu viele, also denk lieber nicht drüber nach. Hör zu, ich will deine Zeit nicht mit Plaudereien über die Vergangenheit vergeuden, mein Anruf ist geschäftlich.«

»Geschäftlich? Nein, also…«

»Nein, nein, nein, nein, nein! Nicht was du denkst.« Es war bekannt, daß Bestattungsunternehmer Bestechungsgelder an Polizisten und Unfallstationen zahlten, damit die ihnen Aufträge zuschanzten. »Nein, ich brauche deinen Rat. Es geht um eine etwas merkwürdige Geschichte – also nichts, weswegen man gleich 112 anrufen würde, aber da wir uns kennen, dachte ich, du könntest mir vielleicht sagen, an wen ich mich wenden soll. Die Sache ist die, daß ich hier eine Leiche habe, die ich nicht beerdigen kann.«

»Wieso denn nicht? Der Staatsanwalt sagte mir…«

»Ein anderer hätt's vielleicht getan und sich nichts dabei gedacht, aber nach zehn Jahren als Carabiniere kann mich keiner für dumm verkaufen, wenn du weißt, was ich meine?«

»Ich … nein.«

»Die Leiche hätte obduziert werden müssen.«

Der Maresciallo wußte, daß der Staatsanwalt Sara Hirschs Leiche gestern zur Beerdigung freigegeben hatte, und für einen verrückten Moment krampfte sich sein Magen zusammen, als ihm der Gedanke in den Kopf kam, daß er den zweiten Teil dieses Autopsieberichts nie gelesen hatte – hatte der Staatsanwalt nicht gesagt, es sei unnötig? Auf jeden Fall …

»Bist du noch da?«

»Ja. Ja, ich bin noch dran.« Der Maresciallo riß sich zusammen. »Es wurde eine Autopsie durchgeführt, ich habe eine Kopie des Berichts bei den Akten. Außerdem müßtest du doch selber sehen …«

»Ich sehe einen Schulterbruch am linken Arm und vier gebrochene Finger an der linken Hand, das sehe ich.«

»Am Arm …? Nein, nein, ich glaube nicht … Wenn du willst, kann ich dir vorlesen …«

»Ich verstehe mich auf mein Geschäft, Guarnaccia, und den Zustand einer Leiche kann ich mit oder ohne Obduktion deuten. Und ich sage dir, der linke Arm ist gebrochen, und außerdem ist da noch eine Verletzung am Hinterkopf. Und bevor du mir erzählst, daß die entstanden sein könnte, als der Körper beim Eintritt des Todes auf dem Boden aufschlug …«

»Ja, genauso war's. Ich habe die Leiche gesehen, und ich erinnere mich an die Kopfverletzung …« Der Maresciallo hatte die Akte Hirsch aus dem Stapel gezogen und klemmte sich den Hörer unters Kinn, um den Autopsiebericht herauszufischen. Ein gebrochener Arm? Vielleicht in dem zweiten Gutachten... »Der Angriff war ziemlich brutal, und die Rekonstruktion...« Verdammt! Was war das für ein Wust von Seiten. »Ein mit Gewalt auf den Rücken gedrehter Arm könnte natürlich... Wenn du dich nur eine Minute geduldest...«

»Solange du willst, aber ich habe das Gefühl, du verwechselst da was. Ich bestreite ja gar nicht, daß er an einem Herzanfall gestorben ist, so wie's im Totenschein steht. Sogar ich sehe an seinem Gesicht, daß er einen Herzanfall hatte. Ich sage nur, daß ich diesen Mann nicht ohne vorherige Autopsie beerdigen kann, denn, woran er auch gestorben ist, irgendwer hat da ein bißchen nachgeholfen, und wenn du noch eine Akte über den Fall offen hast, dann solltest du vorbeikommen und ihn dir ansehen.«

So. Jetzt war es passiert.

11

Im Garten regnete es. Das nachmittägliche Gewitter war abgeklungen, und der Himmel hatte sich wieder etwas aufgehellt, war aber immer noch in neblige Wolken gehüllt, die leise auf nasse Erde und feuchtes Laub herniederweinten. Der Maresciallo stand hinter den Verandatüren des kleinen Salons, blickte hinaus in den Regen und wartete darauf, daß er aufhören würde. Ein-, zweimal glaubte er schon, es sei soweit, doch wenn er hinaustrat und die überdachte Veranda verließ, mußte er jedesmal feststellen, daß er sich getäuscht hatte. Wenn er hinaufschaute, sah er nichts als dunstige Nebelschleier, aber der feine Sprühregen netzte sein Gesicht und tropfte auf die dunklen Schultern seiner Uniform und machte sie noch dunkler. Der Maresciallo scheute den Regen ebenso wie die Katzen. Ein Mann in Uniform, der sich fast den ganzen Tag im Freien aufhalten muß, hat naturgemäß nichts für Regen übrig. Kein Schirm, keine Möglichkeit, die Jacke auszuziehen und sich, bis sie trocken ist, ein anderes Kleidungsstück auszuborgen. Wenn ein Uniformierter naß wird, bleibt er naß.

Also wartete der Maresciallo, spähte nach draußen und ging alle paar Minuten wieder vor bis zum Gartenweg, um das Wetter zu prüfen. Er wollte unbedingt zum Seerosenteich. Ein paar Vögel begannen zu singen, aber im Garten regnete es immer noch.

Der Besuch in der Gerichtsmedizin in der schwülen Vormittagshitze schien Tage zurückzuliegen. Sir Christophers Leiche war tags zuvor dort eingeliefert worden. Sein Hausarzt, mit dem sich der Staatsanwalt in Verbindung gesetzt hatte, blieb stur bei seiner Diagnose.

»Natürlich bin ich auf die Kontusion am Kopf aufmerksam gemacht worden. Sir Christopher hat eine ganze Reihe geringfügiger Infarkte erlitten und vor ein paar Monaten dann einen wirklich schwerwiegenden, nach dem er rechtsseitig gelähmt und sein Sprachvermögen beeinträchtigt war. Ich empfahl, ihn in eine Klinik zu verlegen, aber die Vorstellung bedrückte ihn, und man konnte ihn schwerlich dazu zwingen. Er hatte einen jungen Mann im Haus, einen Medizinstudenten, der ihn rund um die Uhr betreute. Sir Christopher war die letzte Zeit an den Rollstuhl gefesselt, und die einzig selbständige Bewegungsmöglichkeit, die er noch hatte, war der Wechsel vom Bett in den Rollstuhl, vom Rollstuhl in den Sessel und so weiter. Für jede komplexere oder potentiell gefährliche Aktion, wie etwa den Gang zur Toilette, war er auf Hilfe angewiesen. Soviel ich weiß, hat er es doch einmal allein versucht, ist dabei gestürzt und hat sich den Kopf aufgeschlagen. Ich habe die Wunde untersucht. Ich stellte eine sehr oberflächliche Hautabschürfung fest, die bei der Bestimmung der Todesursache überhaupt nicht in Betracht kam… Aber ich bitte darum, fragen Sie mich alles, was Sie wollen.«

Doch die Fragen führten zu nichts.

»Nein, den linken Arm und die Hand habe ich nicht untersucht, weil dazu keine Veranlassung bestand.«

»Ich würde sagen, er war seit schätzungsweise zwölf Stunden tot.«

»Sir Christophers Sekretär rief mich kurz vor acht an, und da ich noch zwei dringende Hausbesuche zu machen hatte, traf ich gegen neun Uhr dreißig in L'Uliveto ein.«

»Er lag im Bett. Der junge Mann, der ihn versorgte, fand ihn dort, als er wie gewöhnlich gegen halb acht in sein Zimmer kam.«

»Der Leichnam wirkte friedlich, das Bettzeug war nicht in Unordnung. Der tödliche Schlaganfall dürfte also im Schlaf erfolgt sein.«

»Ich habe keinerlei verdächtige Anzeichen entdeckt. Andernfalls hätte ich selbstverständlich die zuständigen Behörden informiert. Sir Christopher war seit geraumer Zeit schwer krank, und sein Tod kam durchaus nicht unerwartet.«

»Ich bin sicher, eine Autopsie wird meine Diagnose bestätigen: Todesursache akute Ischämie, wahrscheinlich einhergehend mit einer Hämorrhagie, hervorgerufen durch die Verhärtung der Arterien.«

Und so war es. Der Pathologe hatte Maestrangelo und Guarnaccia über die halb entblößte Leiche hinweg angesehen. Die abgesägte Hirnschale war mit großen schwarzen Stichen wieder angenäht worden.

»Was ist mit der Kopfverletzung?« fragte Maestrangelo.

»Nur äußerlich.«

»Und der Arm? Die Finger?«

»Das fällt in Ihr Ressort. Die Brüche hat er sich nicht durch einen Sturz aus dem Bett zugezogen.«

Eingedenk dessen, was mit Sara Hirsch geschehen war, sagte der Maresciallo: »Er sollte sich ruhig verhalten und jegliche Aufregung meiden, um keinen weiteren Schlaganfall zu riskieren. Als Kind hatte er rheumatisches Fieber. Falls ihn nun jemand angegriffen hätte, ihm den Arm verdreht, gar gebrochen, hätte das …«

»Seinen Blutdruck hochtreiben können, den Herzschlag beschleunigen, Blockade und Platzen der Arterien forcieren? Ist es das, worauf Sie hinauswollen?«

»Ich … ja.«

»Nein.«

»Nein …?«

»Keine Chance. Sehen Sie her.« Der Pathologe hob den kalten, wächsernen Arm. »Was Sie hier auf der Unterseite sehen, das sind Leichenflecken …«

»Moment mal!« Der Capitano schaute erst die roten Sprenkel auf der Haut des Toten an, dann den Pathologen. »Können Sie bestätigen, daß er auf dem Rücken liegend gestorben ist?«

»Ich kann bestätigen, daß er nach Eintritt des Todes viele Stunden auf dem Rücken gelegen hat, aber die Ausbildung der Leichenflecke braucht Zeit, und wenn die Position des Leichnams rechtzeitig verändert wird und der Prozeß noch nicht zu weit fortgeschritten ist, dann tritt die Schwerkraft in Aktion, und das Blut setzt sich entsprechend. Aber wie dem auch sei, was ich sagen will, ist, daß weder die ausgerenkte Schulter noch die gebrochenen Finger erkennbare Hämatome aufweisen. Dies sind *Post-*

mortem-Brüche. Aber warum sollte jemand einem Toten den Arm ausrenken? So was gehört in die Trickkiste der Leichenbestatter.«

»Nein, nein…« Die großen, schwarzen Stiche erinnerten ihn an die Friseuse… er hatte sie nicht mehr gesehen, seit Enkeleda verlegt worden war. »Nein. Der Leichenbestatter hat mich eigens angerufen, um mir diese mysteriösen Knochenbrüche zu melden. Er weigerte sich, den Mann zu beerdigen. Er ist ein ehemaliger Carabiniere, müssen Sie wissen…«

»Dann kann ich Ihnen auch nicht weiterhelfen. Leichenbestatter müssen manchmal zu solch drastischen Maßnahmen greifen, wenn die Extremitäten beim Eintritt des Todes nicht in Ruhestellung sind und die hinzukommende Leichenstarre das Ankleiden des Toten erschwert.«

»Er hat ihn nicht angezogen«, erklärte der Capitano. »Er hat uns gleich verständigt. Und der Mann ist angeblich in seinem Bett gestorben, höchstwahrscheinlich im Schlaf. Als sein Hausarzt ihn untersuchte, war der Tote entspannt.«

»Ich sag's ja, Ihr Ressort, eine Aufgabe für die Carabinieri.« Und der Pathologe schob die Bahre ins Kühlfach zurück.

Es regnete immer noch. Der Maresciallo stand vor dem Salon unter dem schützenden Terrassendach und wartete. Wenn er, statt hinauf in den nebelverhangenen, trügerischen Himmel zu spähen, die Blätter der Kletterrosen und der Glyzinien beobachtete, die sein Blickfeld einrahmten, dann, so hatte er festgestellt, konnte er sie zittern sehen, wann immer ein winziger Regentropfen auf sie niederfiel.

Eine Aufgabe für die Carabinieri. Eine, die einen ernstlich in Bedrängnis bringen konnte, wenn man sie nicht gründlich anging, und wenn man sie gründlich anging, erst recht.

Nun, der Fall fiel nicht in seine Verantwortung, und Capitano Maestrangelo war genau der richtige dafür. »Aufgrund eingegangener Informationen sehen wir uns genötigt, in Anbetracht der exponierten Stellung des Verstorbenen alle gebotenen Untersuchungen einzuleiten, um die Umstände seines Todes zweifelsfrei zu klären.« Eine MSU-Ermittlung – Mord, Suizid oder Unfall, aber das führte er nicht eigens aus –, reine Routine, mit der Bitte um Verständnis an alle Beteiligten. Genau der richtige Mann für diese heikle Aufgabe. Der Maresciallo hätte eigentlich gar nicht mitzukommen brauchen. Als er nach dem Mittagessen auf den Capitano wartete, der ihn abholen wollte, war ein Anruf vom Büro des Staatsanwalts gekommen. Rinaldi war ausgegangen, und eine Zivilstreife hatte ihn bis zur Via Petrarca verfolgt.

Der Staatsanwalt war selber an den Apparat gekommen, als der Maresciallo sein Problem darlegte.

»Machen Sie sich keine Sorgen. Mir ist es ohnehin lieber, wenn wir ihn weiter an der langen Leine lassen. Melden Sie sich, sobald Sie zurück sind. Dann sage ich Ihnen, wo er hingegangen ist.«

Oben in der Villa hatte der junge Gärtner, der jetzt im August auch als Pförtner tätig war, ihnen das Tor geöffnet.

Mit seiner gedämpften Stimme hatte er gesagt: »Ist

ein ganz schöner Auftrieb da drinnen. Ich bin froh, daß Sie da sind. Ich dachte, sie würden wenigstens soviel Anstand besitzen zu warten, bis er tot ist – aber beim letzten Mal, als sein Vater im Krankenhaus lag, hatten sie ja auch keine Skrupel, also hätte ich mich wohl nicht zu wundern brauchen.«

Diesmal war es der Maresciallo, der sagte: »Ich denke, wir sollten uns mal unterhalten – aber später.«

»Sie brauchen nur zu rufen. Die haben mich angewiesen, die Limonaia wieder zu öffnen. Halten scheint's gar nichts von Pietät. Sie haben ihm doch nichts angetan, oder?«

»Ich weiß es nicht.«

»Ich werde oben anrufen und Sie anmelden. Gehen Sie beim Haupteingang rein. Dienstboten sind zur Zeit keine da. Aber Sie sollten sich beeilen, es ist schon wieder ein Gewitter im Anzug.« Und wirklich grollte der Donner über den Bergen, und von Westen her blies ein heißer, feuchter Wind. Als sie vor der Villa aus dem Wagen stiegen, war es fast finster.

Sie standen in der Halle mit dem Mosaikfußboden und dem verstaubten Springbrunnen, als mit einem ohrenbetäubenden Donnerknall das Gewitter losbrach und ein Wolkenbruch herniederprasselte. Trotz der Dunkelheit war es nicht schwer, sich zurechtzufinden. Es waren vielleicht keine Dienstboten im Haus, aber der einzige Lichtschein kam von einer Tür zur Rechten, aus dem Raum, in dem der Maresciallo einen weinenden Jungen gesehen hatte und Porteous' Hand, die mit langsamen Bewegungen seine Schulter massierte.

Männerstimmen drangen durch die halboffene Tür, laute, autoritätsgewohnte und selbstbewußte Stimmen. Der Capitano bat um Erlaubnis, eintreten zu dürfen, und der Maresciallo folgte ihm, hielt sich aber ein, zwei Schritte hinter seinem Vorgesetzten.

Man hörte den Regen gegen die hohen Fenster prasseln, als die Männer im Raum verstummten. Die Vertreter des Finanzamts und die Abgesandten des Ministeriums für Kunst und Denkmalschutz verharrten in fragendem, der schmächtige blonde Jüngling, der etwas abseits stand, in ängstlichem Schweigen. Aber weder der Capitano noch der Maresciallo beachteten diese Leute. Ihre Aufmerksamkeit galt den drei Männern im Zentrum der Gruppe, um die eine Art elektrischer Spannung zu knistern schien. Porteous und der smarte junge Anwalt sahen ihnen wachsam, aber selbstsicher entgegen, Rinaldi maß sie mit trotzigem Blick. Er hatte Zeit gehabt, sich zu sammeln, während sie vom Pförtnerhaus die Auffahrt heraufkamen, aber sein Gesicht war gerötet.

»Guten Tag, Signor Rinaldi«, sagte der Capitano. »Meine Herren…«

Mehr oder minder geistesgegenwärtig rang sich jeder von ihnen einen Gegengruß ab. Oder blieb Rinaldi stumm? Der Maresciallo achtete nicht darauf. Seine großen Augen hatten den langgestreckten Saal im Blick, die verstaubten Brokatsessel, die gewirkten Tapeten. Rinaldi nahm er nur flüchtig wahr, wie einen langgesuchten Wegweiser in der Dunkelheit… Renato Rinaldi… *Und der gute Renato, dessen Kunstverstand mir immer ein Vorbild war und der mich wohl noch mehr geprägt hat als mein Vater …* ein Wegweiser, der auf ein viertes Gesicht hindeutete, eines, das seine ganze Aufmerksamkeit beanspruchte, während der Capitano mit seinem Verhör begann. Das Gesicht neben dem lebensgroßen Ölgemälde der schönen Frau in ihrem Garten.

… die schönste Frau, die ich je gesehen habe … Wenn Sie ins Haus zurückkommen, dann schauen Sie sich Ihr Porträt im großen Saal an. Natürlich hängt auch ein Bild meines Vaters dort …

Auch dies lebensgroß und in Öl gemalt. Im Smoking vor einer Innenansicht. Der Vater. Er war es, der den Blick des Maresciallo gefangennahm. Jung noch und gutaussehend, James Wrothesly in der Blüte seiner Jahre. Aber diese Augen hätte er überall erkannt, diese finstere Entschlossenheit, den festen Blick. Der Mann auf dem Bild war Jacob Roth.

Jetzt sprach Rinaldi.

»Das Steueramt hat mich gebeten, ihnen bei der Taxierung der Kunstgegenstände behilflich zu sein, weil ich mit der Sammlung vertraut bin, und da habe ich natürlich …«

Ohne den Blick von Jacobs Augen zu wenden, zupfte der Maresciallo den Capitano am Arm und sagte achtlos mitten in Rinaldis Erklärung hinein: »Wir müssen den Staatsanwalt anrufen.«

Der Capitano sah ihn an. Das genügte. Ohne sein gewohnt gravitätisches Gebaren im mindesten zu ändern, bat er, man möge sie in das Zimmer führen, in dem Sir Christopher tot aufgefunden worden war, und dort angekommen gab er Anweisung, sie allein zu lassen. Porteous, der sie hingeführt hatte, wollte offensichtlich nicht gehen, aber falls er vorhatte, Einwände zu erheben, so genügte auch ihm ein Blick in das Gesicht des Maresciallo. Er ging und schloß die Tür hinter sich.

Der Maresciallo atmete schwer. Gerüche, Geräusche, Bilder erfüllten seinen Kopf. Gesichter starrten ihn an, mal mit der ausdrucksvollen Mimik der Lebenden, mal mit dem stummen, verständnislosen Vorwurf der Toten. Der düstere Gestank eines Vernichtungslagers, ein duftender, lichtdurchfluteter Garten…

Doch der Capitano brauchte Erklärungen, logische Zusammenhänge, Worte, ach, so viele Worte…

Er tat sein Bestes, während seine Augen dieses neue Ambiente in sich aufnahmen, es gleichsam fotografierten: den geschändeten Raum, dessen schönes Mobiliar man achtlos beiseite geschoben hatte, das große Eichenbett mit den am Fußende aufgetürmten Decken und Laken, in dem der Abdruck seiner traurigen Last fast noch sichtbar war. Daneben ein Rollstuhl. Und das Gemälde! Saras Bild, nicht mehr reduziert auf die unscheinbaren Striche und Konturen der Schwarzweißfotografie, sondern eindrucksvoll plastisch und funkelnd vor Lebendigkeit. Seerosen… *Und wenn ich sie lange genug anschaute…*

»Guarnaccia!«

»Ja. Ich muß es selbst erst verarbeiten. Mein Sohn hat mir einmal etwas in einem seiner Schulbücher gezeigt. Eine Art Trickbild. Man konnte es entweder als orangefarbene Silhouette eines Kelches sehen oder als die schwarzen Konturen zweier Gesichter. Dabei schaute man immer auf das gleiche Bild, es kam nur auf den Blickwinkel an, aber man konnte nie beides zusammen sehen, nicht mal für den

Bruchteil einer Sekunde. Ich weiß nicht, ob Sie mir folgen können...«

Der Capitano schien allmählich zu verzweifeln.

»Entschuldigen Sie. Das Gemälde drüben im Saal hat mir einen Schock versetzt, obwohl ich einsehe, daß das vermutlich gar nicht nötig gewesen wäre. Wenn jemand seinen Namen ändert, hält er doch immer an irgendeinem Merkmal fest, nicht wahr? Manchmal sind es die gleichen Initialen, mal der zweite Vorname. Sie kennen sich da wahrscheinlich besser aus als ich.«

»Guarnaccia, bevor der Staatsanwalt eintrifft, brauche ich...«

»Ja. Wrothesly. Meine Zunge tut sich schwer damit, den Namen auszusprechen, aber wenn Sie ihn geschrieben sehen – und ich habe ihn schließlich geschrieben gesehen –, kann man ihn deutlich erkennen, nicht wahr? Seinen richtigen Namen. James Wrothesly, Sir Christophers Vater, war Jacob Roth. Er machte ein Vermögen damit, daß er seine jüdischen Mitbürger übervorteilte, die in den dreißiger Jahren vor den Nazis flohen. Dann änderte er seinen Namen, vielleicht in England, und heiratete eine reiche junge Frau, brachte sie mit nach Florenz, wo sie ihm einen Sohn gebar. Aber bevor er nach England ging, hatte er im Hause seines Vaters über dem Laden in der Sdrucciolo de' Pitti ein jüdisches Mädchen zurückgelassen, das von ihm schwanger war. Sir Christopher und Sara Hirsch waren Stiefgeschwister. Es gab Probleme wegen der Erbschaft. Wir wissen, was mit Sara geschah, aber...«

Der Maresciallo trat vor das große Bett und beugte sich über die Kuhle.

» ... was geschah mit dir?«

Als der Staatsanwalt eintraf, wurden Porteous und Giorgio gerufen und aufgefordert zu schildern, was sich vor Sir Christophers Tod zugetragen hatte. Es war von Anfang an klar, daß Porteous damit keine Probleme hatte. Aber der Junge war nervös und peinlich darauf bedacht, nur zu reden, wenn er direkt angesprochen wurde. Die übrige Zeit ließ er den Blick nicht von Porteous, der flüssig drauflossprach. Alle Anwesenden standen. Niemand schien geneigt, sich in diesem Zimmer hinzusetzen.

Es gab scheinbar nur wenig zu berichten. Sir Christopher hatte den letzten Tag seines Lebens im wesentlichen genauso verbracht wie viele vorangegangene. Er stand zeitig auf, wie immer mit Giorgios Hilfe, und verbrachte die erste Hälfte des Vormittags auf der Terrasse mit Blick auf den Garten seiner verstorbenen Mutter, sein Lieblingsplatz und praktischerweise ganz in der Nähe seines Zimmers gelegen. Als es draußen zu heiß wurde, brachte man ihn wieder ins Haus, und Giorgio las ihm die Zeitung vor. Zu Mittag aß er sehr wenig, wirkte ansonsten aber ganz normal. Nach dem Essen legte er sich aufs Bett und schlief ein wenig. Am Nachmittag braute sich ein Gewitter zusammen, weshalb er nicht mehr hinauskonnte. Wieder las der Junge ihm aus der Zeitung vor, die Sir Christopher, der bei seinem letzten Schlaganfall den Gebrauch der rechten Hand teilweise eingebüßt hatte, nicht mehr allein halten konnte. Nachdem er zwischen sechs und sieben, wie gewöhnlich, diverse Geschäftspapiere durchgesehen hatte, nahm er ein leichtes Abendessen ein und wurde von Giorgio zu Bett gebracht. Er klagte über keinerlei Unwohlsein.

Doch als Giorgio am nächsten Morgen um halb acht in sein Zimmer kam und die Läden zur Terrasse hin öffnete, fand er ihn tot im Bett liegen. Er verständigte sofort den Sekretär. Gewiß hatte sein Zustand sich in letzter Zeit etwas verschlechtert, dennoch war dieser plötzliche Tod Sir Christophers, der so ganz ohne Vorwarnzeichen eintrat, natürlich ein furchtbarer Schock.

»Natürlich«, bekräftigte der Staatsanwalt.

»Versteht sich«, sagte der Capitano, und beide sahen den Maresciallo an.

Was erwarteten sie von ihm? Was sollte er sagen? All dieses Gerede und dann das Gesicht des Jungen… er hatte Giorgios Gesicht beobachtet und sich wieder daran erinnert, wie der Junge an jenem Tag geweint hatte. Jetzt war er verängstigt, verängstigt und tieftraurig. Nicht so der andere, der redete und redete, der sich seiner Sache sicher war und so selbstbewußt auftrat – aber warum log er dann? Der Junge wußte es.

»Als Sie ihn am letzten Abend verließen, was hat er da gemacht?«

»Er…« Ein Blick zu Porteous. »Ich glaube, er war eingeschlafen.«

Jetzt wandte sich auch der Maresciallo an Porteous.

»Und was war während der Nacht?«

»Ich verstehe nicht…?«

»Ach ja, das sollte ich Sie fragen… Giorgio ist Ihr Name, nicht wahr? Ich nehme an, Sir Christopher brauchte Sie, wenn er nachts rausmußte?«

»Ja.«

»Und wie ging das vor sich? Wo schlafen Sie?«

Giorgio zeigte auf eine hinter seidenen Portieren versteckte Dienstbotentür. »Dort über den Korridor. Ich habe da eine kleine Kammer, gleich neben dem Bad.«

»Und das ist die Klingelschnur, da neben dem kleinen Sekretär? So weit vom Bett entfernt?«

»Nein. Ich meine, ja. Die ist mit der Küche verbunden. Für mich benutzte Sir Christopher eine Handglocke aus Messing. Die konnte ich leicht hören. Die hat er auch immer mit nach draußen genommen, für den Fall, daß er mich dringend brauchen sollte.«

»Und in dieser letzten Nacht, hat er sie da gebraucht?«

»Ich… nein… nicht, daß ich wüßte.« Giorgio errötete, wieder suchten seine Augen die von Porteous, der ihm jedoch nicht zu Hilfe kam.

»Ist das denn nicht ein bißchen merkwürdig? Oder mußte er nachts nie raus?«

»Normalerweise schon, ja.«

»Einmal pro Nacht? Oder zweimal?«

»Zweimal.« Gegen das Tosen des Sturms war Giorgios Stimme kaum zu hören.

»Sagten Sie zweimal?«

»Ja.«

Man merkte, daß er einen trockenen Mund hatte. Der Maresciallo gab ihm Zeit, sich zu sammeln. »Nun, der Doktor sagte, als er gerufen wurde, sei Sir Christopher seit gut zwölf Stunden tot gewesen, das würde es erklären, meinen Sie nicht auch, Capitano?«

Der Stoßseufzer des Jungen war deutlicher vernehmbar als seine Antworten es gewesen waren.

»Haben Sie vielen Dank, Sie beide«, sagte der Capitano.

»Und nun sollten wir den Maresciallo allein lassen, damit
er das Zimmer überprüfen und den erforderlichen Bericht
schreiben kann. Es sei denn, Sie…?« Er hob die Brauen
und sah den Staatsanwalt fragend an.

»Nein, nein, mir scheint, die Sachlage ist ziemlich klar.
Also räumen wir das Feld, damit der Maresciallo seinen
Bericht vorbereiten kann. Bürokratie, der Fluch unseres
Berufes.« Sie wandten sich zur Tür, Giorgio als letzter. Im
Hinausgehen spürte der Junge eine schwere Hand auf sei-
ner Schulter.

»Giorgio? Darf ich Sie Giorgio nennen?«

»Ja…«

»Sie müssen verzeihen, aber Ihren Familiennamen habe
ich nicht behalten – und Ihren richtigen Vornamen könnte
ich nicht aussprechen – lassen Sie sie gehen, lassen Sie sie
ruhig gehen. Sie haben es doch nicht besonders eilig,
oder?«

»Nein.«

»Dann bleiben Sie und gehen Sie mir ein wenig zur
Hand. Zeigen Sie mir die Glocke, von der Sie sprachen.«

Die Augen des Jungen richteten sich ohne Zögern auf
den Nachttisch. Ein Kästchen mit Einlegearbeit, eine
Nachttischlampe, eine gefüllte Wasserkaraffe mit einem
umgedrehten Glas über dem Stöpsel.

»Ja… dort hätte ich sie auch vermutet, aber sie ist nicht
da. Ich frage mich, wo sie wohl hingekommen ist. Meinen
Sie, sie ist in der Aufregung verräumt worden?«

»Ja. Ja, so muß es gewesen sein … Entschuldigen Sie, ich
… ich muß mal kurz zur Toilette.«

Der Maresciallo nahm die Hand von seiner Schulter,

aber als der Junge auf die kleine Tür zuging, sah man ihm an, daß er ihr Gewicht immer noch auf sich lasten fühlte.

»Augenblick noch – tut mir leid, aber wenn Sie mir nur rasch eine Kleinigkeit beantworten könnten – was waren das für Papiere, die Sir Christopher an diesem letzten Abend durchgesehen hat? Ich weiß, was es bedeutet, wenn man die rechte Hand nicht mehr gebrauchen kann. Bei meiner Mutter war's genauso. Sie konnte die Zeitung nicht mehr halten, keine Papiere zusammenlegen. Dazu braucht man eben zwei Hände. Ich nehme an, Sie haben Sir Christophers Unterlagen für ihn geordnet?«

»Ja.«

Der Maresciallo machte ein paar Schritte auf den Jungen zu und pflanzte seine große Hand auf ein paar Dokumente, die auf dem kleinen Sekretär lagen. Um was für Papiere es sich handelte, war bei dem schummrigen Licht nicht zu erkennen. »Ich nehme an, das sind die Sachen, mit denen er sich an seinem letzten Abend beschäftigt hat, diese Versicherungspolice … nun ja, in seinem Zustand … war es das?«

»Ja. Die Versicherungspolice.«

»Schön. Dann ab mit Ihnen. Ich warte auf Sie.« Er schaltete die kleine Schreibtischleuchte ein. Die Papiere erwiesen sich als Bankauszüge. Der Maresciallo verließ das Zimmer. Der Junge würde bestimmt eine ganze Weile brauchen. Hundeelend hatte er ausgesehen, der Ärmste. Zum Glück waren die anderen noch in der Eingangshalle und unterhielten sich neben dem untätigen Springbrunnen.

»Entschuldigen Sie.« Das Gespräch verstummte mit einem Schlag. »Ich habe eine Frage an Sie.« Er faßte Por-

teous scharf ins Auge. Was fand der Mensch denn so amü-
sant? Nun, dem Maresciallo war es herzlich egal, wenn
Porteous ihn für eine komische Figur hielt. Er wollte nur
eine Antwort. »Ich habe mich gefragt … Sie sagten doch,
Sir Christopher hätte an seinem letzten Abend Papiere
durchgesehen, und der Junge erinnert sich nicht, worum es
dabei ging. Aber Sie als sein Sekretär haben derlei doch sicher für ihn in Ordnung gehalten, Privatdokumente und
so weiter. Also wollte ich fragen, ob er sich an jenem letzten Abend mit den Briefen seiner Mutter beschäftigte, die
drinnen auf dem Sekretär liegen. Der Junge meint ja, aber
ich dachte, ich sollte mich doch bei Ihnen vergewissern.«

»Das war ganz richtig von Ihnen. Ja, die Briefe seiner
Mutter. Wir dachten, wir sollten sie einmal durchgehen
und entscheiden, welche davon er aufheben wollte. Da sein
Zustand sich zusehends verschlechterte, hatte Sir Christopher begonnen, seinen Nachlaß zu ordnen.«

»Gut. Verstehe.« Er machte kehrt. Das anhaltende
Schweigen hinter ihm brachte ihn auf den Gedanken, daß
er nicht ohne ein Wort der Entschuldigung hätte gehen
sollen – oder hatte er…?

Er war schon wieder in Sir Christophers Zimmer, als
der Junge zurückkam. Seine Wangen waren feucht, und die
blauen Augen in dem abgespannten Gesicht ganz klein
und verschwommen. Er war ein sehr viel hellerer Typ, und
trotzdem, vielleicht weil er so schmächtig war, erinnerte er
den Maresciallo an Totò, wenn er wußte, daß er etwas
Schlimmes angestellt hatte.

Die Hand, die sich jetzt auf die zitternde Schulter
senkte, war sanfter als zuvor.

»Ist schon gut. Du brauchst keine Angst vor mir zu haben. Glaubst du mir das? Schau mich an. Glaubst du mir?«

»Ja.«

»Dann erzähl mir um Himmels willen, was passiert ist.«

Der Himmel klarte langsam auf, aber es nieselte immer noch. Prüfend trat er wieder ins Freie. Er mochte den Geruch nach nasser Erde und den Kamillenduft, der irgendwo in der Nähe aus dem nassen Gras aufzusteigen schien. Seine Mutter hatte auf den Feldern Kamille gesammelt und in Sträußen zum Trocknen aufgehängt, um später aus den Blüten Kamillentee zu kochen. Teresa kaufte ihn in Beuteln und tat Honig hinein, wenn er sich nicht gut fühlte. Man brauchte jemanden neben sich. Es ist nicht gut, allein zu sein. Man braucht eine Familie. Und das traurige an Sir Christopher Wrothesly – das allertraurigste – war, daß ihm, wäre sein Urteilsvermögen nicht durch die sogenannten Freunde getrübt worden, die ihn aus Eigennutz zu isolieren suchten, durchaus eine Familie hätte erwachsen können, eine Schwester, die nach dem Tod ihrer Mutter so dringend jemanden brauchte, der sich um sie kümmerte, daß sie sich ein Nachbarskind ›borgte‹, ein armer Verwandter, der ihn schätzte und respektierte und seinen Garten betreute, der junge Giorgio, der so dankbar war für die Errettung aus den Kriegswirren des Kosovo, der einzige, dem Sir Christophers Tod zu Herzen ging. Nun, der Maresciallo wußte jetzt, was den Jungen quälte. Wie gern hätte er all das hinter sich gebracht und wäre geflohen vor dem drückenden Gewicht der Trauer, der weichen, eindringlichen Verzweiflung auf dem nassen Knabengesicht. Er sollte wohl besser hineingehen und, während er den Regen abwartete, noch einmal überdenken, was Giorgio ihm erzählt hatte.

»Als ich ihn an seinem letzten Abend verließ, ging es ihm gar nicht gut.«

»Giorgio, warte. Setz dich. Du zitterst ja. Dort, an den Sekretär. Nein, ich brauche Bewegung.«

»Er wollte mich nicht gehen lassen. Er…«

»Sprich weiter, ich hör dir zu.« Er mochte weder über dem Jungen stehen und ihn einschüchtern, noch ihm gegenübersitzen wie bei einem Verhör. Außerdem konnte er im Auf- und Abgehen die Geschichte, die er erzählt bekam, besser rekonstruieren. Jetzt machte er vor dem leeren Bett halt und sah hinunter auf die Delle im Kissen.

»Er griff mit dem linken Arm nach mir und versuchte zu sprechen, aber er konnte keine Worte mehr formen. Ich wußte trotzdem, was er sagen wollte. Der Sekretär hat mich fortgeschickt. Er drängte sich zwischen uns und nahm seine Hand, aber Sir Christopher hätte mich gebraucht. Ich war der einzige, der immer erriet, was er sagen wollte.«

»Du hast ihn gern gehabt.«

»Ich mochte ihn, ja, weil er gut zu mir war. Vor dem Schlaganfall hat er sich oft mit mir unterhalten, mich nach meiner Kindheit ausgefragt. Als ich ihm erzählte, daß mein Vater gefallen ist, schien er richtig bewegt. Meine Mutter opferte alles, was sie hatte, um mich außer Landes zu bringen. Das letzte, was sie sagte, war: ›Vergiß. Geh fort. Fang ein neues Leben an.‹ Das wollte ich auch und will es noch, aber es… ich bin so einsam. Seit der Bombardierung habe ich nichts mehr von zu Hause gehört, von keinem.

Ich habe einen Asylantrag gestellt. Eine nette Polizistin fragte mich nach meinem Werdegang. Ich spreche gut Italienisch und kann auch etwas Russisch. Ich hatte in Belgrad Medizin studiert, aber als dann die Unruhen ausbrachen, bin ich auf dem schnellsten Weg nach Hause… Die Polizistin gab mir die Nummer von Sir Christophers Anwalt. Sie sagte, in L'Uliveto habe man schon öfter Jungen wie mich aufgenommen. Aber sie warnte mich davor, daß man meine Notlage ausnutzen würde. Sie würden mich Überstunden machen lassen und mir kaum ein Taschengeld dafür zahlen, aber sie würden mir zu einer legalen Aufenthaltserlaubnis verhelfen. Es würde leichter und schneller gehen als über ein Asylgesuch, und sobald ich die Papiere hätte, könne ich mich ja nach etwas Besserem umsehen.

Bevor ich hierherkam, habe ich in einer Tanzschule die Fußböden gescheuert und die Toiletten geputzt.

Das ist jetzt fast anderthalb Jahre her. Ich kann nicht zurück! Werden Sie mich zurückschicken?«

»Mach dir darüber keine Sorgen.«

»Ich habe die Manschettenknöpfe nicht gestohlen, die sie in meinem Zimmer gefunden haben, ich schwöre es! Ich weiß, einige der Dienstboten glauben, ich sei's gewesen. Die Haushälterin zum Beispiel und ein paar von den Gärtnern. Ich hörte, wie einer von ihnen sagte, ich sei Albaner, und Albaner sei bloß ein anderes Wort für Dieb.

Und das war sogar noch bevor der Sekretär sagte, daß ein paar der gestohlenen Sachen in meinem Zimmer gefunden worden seien, als die Carabinieri das zweite Mal kamen, einen Tag, nachdem Sie mit Sir Christopher gesprochen hatten. Sie mögen die Sachen ja bei mir gefunden haben, aber ich habe sie nicht dort versteckt.«

»Nein, nein... Meine Männer haben gar nichts gefunden.«

»Sie haben aber meine Fingerabdrücke genommen, und dann sind Sie ja ein paar Tage später mit einem Haftbefehl für mich zurückgekommen – das hat man mir jedenfalls erzählt. Der Sekretär sagte, er hätte Sie abgewimmelt, indem er Ihnen versicherte, Sir Christopher würde keine Anzeige erstatten, weil er es nie erfahren würde, und daß man es ihm gar nicht erst sagen werde, weil er so krank sei und sich nicht aufregen dürfe. Er sagte, ich bräuchte mich nicht zu fürchten, er und Sir Christophers Anwalt würden mich schon beschützen.

Der einzige, dem ich's doch erzählt habe, war Jim, der Engländer, der im Garten arbeitet. Wir sind gleichaltrig, Jim und ich, und gehen manchmal zusammen runter in die Stadt.

Er meinte, sie wollten mir nur Angst einjagen, damit ich den Mund halte und nicht sage, was hier vorgeht. Er meinte, wenn Sie die Manschettenknöpfe wirklich bei mir gefunden hätten, dann hätten Sie mich darauf angesprochen.«

»Hätten wir auch.«

»Er meinte, Sie seien in Ordnung. Aber er dachte und der Obergärtner dachte es auch, daß es bei dem Diebstahl in Wahrheit um die Haarbürsten gegangen sei, und zwar wegen der Signora Hirsch, Sir Christophers Stiefschwester. Sie hielten es für möglich, daß sie vielleicht nur eine Hochstaplerin war, und um das beweisen zu können, ohne Sir Christopher etwas zu sagen, hätten sie ein paar Haare aus den Bürsten für eine DNA-Analyse gebraucht. Wenn die bestätigt hätte, daß sie nicht seine Schwester war, hätten sie sie verjagt. Aber dann schienen sie den Plan aufgegeben zu haben. Natürlich erübrigte sich das Ganze, als die Signora starb.«

»Das ist alles Unsinn, Klatsch, weiter nichts. *Sie* haben diesen Kleinkram gestohlen und bei dir versteckt, weil jemand in deiner Position so was leicht hätte beiseite schaffen können. Sie brauchten dich, verstehst du? Sie wollten Sir Christopher daheim behalten, damit sie ihn besser unter Kontrolle hatten, als er schwächer wurde. Sie wollten aber auch keine Pflegerin im Haus, niemand Außenstehenden, der gegen sie hätte aussagen können. Sie wollten dich hierbehalten und dich durch die Ängste, die sie dir einflößten, abhängig machen.«

»Aber die Haushälterin hat doch mit angehört…«

»Vielleicht. Mag sein, daß sie mit dem Gedanken spielten, als sie die Haarbürsten entwendet hatten. Trotzdem ist es nicht mehr als Tratsch. Sie wußten, daß Sara Hirsch Sir Christopher besucht hatte. Er wird ihnen gesagt haben, daß sie wirklich seine Stiefschwester war. Und sie müssen gemerkt haben, daß sie ganz und gar nicht der Typ einer Hochstaplerin war. Hast du die Signora einmal gesehen?«

»Wir haben sie alle gesehen. Sie kam öfter und trank mit Sir Christopher im Garten Tee. Ich war bei ihm, als er in der Zeitung las, daß man sie tot aufgefunden habe, und gleich danach hatte er den Schlaganfall. Er war, auf seinen Stock gestützt, aus dem Gartenstuhl aufgestanden und ein paar Schritte gegangen, und ich folgte ihm mit dem Rollstuhl. Da entglitt ihm plötzlich der Stock, und er ist gestürzt. Aber er war bei Bewußtsein und wollte mir unbedingt etwas sagen, doch anscheinend bekam er keine Luft, und sein Gesicht war ganz verzerrt. Nach ein paar Tagen ging es mit dem Sprechen wieder etwas besser, aber er hat seine Schwester nie mehr erwähnt. Dafür sprach er manchmal von seinen Eltern.«

Der Maresciallo trat näher und betrachtete eine Fotografie, die im silbernen Rahmen auf dem Sekretär stand.

»Das sind seine Großeltern mütterlicherseits. Sie waren Engländer. An dem Tag, an dem ich ihm von meinem Vater erzählte, sagte er, sein Vater habe nie viel mit ihm gesprochen. Ich glaube, er unterhielt sich mit mir, weil sonst nie jemand da war, mit dem er hätte reden können, außer über Geschäftliches. Nach dem schweren Schlaganfall kamen der Sekretär und der Anwalt und der Mann, der manchmal kommt, um sich die Bilder und die Statuen anzusehen, nur noch in sein Zimmer, wenn er etwas unterschreiben mußte. Wahrscheinlich lag es daran, daß er nicht mehr richtig sprechen konnte. Aber ich habe ihn meistens verstanden. Alle Wörter konnte ich zwar auch nicht erraten, aber ich wußte immer, was er wollte. Ja, und dann haben sie sein Bett nach unten geschafft, wegen der Lärmbelästigung im Obergeschoß.«

»Was denn für Lärm?«

»Wir mußten ein paar von den Statuen und Bildern herunterholen und in die Limonaia schaffen, weil die einen Zugang zur Straße hat und die Sachen abtransportiert werden sollten. Sie sagten, sie müßten restauriert werden.«

»Verstehe. Und du hattest sicher den Verdacht, daß das nur ein Vorwand war und sie Sir Christopher bestohlen haben. Aber deshalb brauchst du dich jetzt nicht zu grämen. Ihm kann es ja nicht mehr weh tun.«

»Darum geht es nicht. Das Problem war, daß er mich brauchte, aber dauernd mußte ich ihnen helfen. Jeden Morgen fuhr ich ihn in seinem Rollstuhl hinaus auf die Terrasse oder in den Garten seiner Mutter und ließ ihn dort stehen... sie zwangen mich dazu. Er war nirgends so ruhig wie dort unten im Garten, wo er stundenlang auf den Seerosenteich blicken konnte. Aber wenn ich ihn nach dem Mittagessen im Haus allein lassen mußte, dann hat er sich immer sehr aufgeregt. Man hat einen hübschen Blick von diesem Zimmer aus, aber es ist nicht besonders hell. Dadurch ist es zwar kühler, aber doch auch sehr trist. Und er konnte nichts tun, weder lesen noch... gar nichts eben. Nur den ganzen Nachmittag im Rollstuhl sitzen. Es stimmt auch nicht, daß ich ihm vorgelesen habe. Ich hätt's gern getan, aber sie sagten, sie bräuchten mich... und... Sie werden das niemandem weitersagen? Er hatte große Angst, daß sein Verstand ihn im Stich lassen würde. Das darf niemand wissen, und *sie* wollten auch nicht, daß es herauskommt. Dauernd nötigten sie ihn, irgendwas zu unterschreiben. Sachen, die er nicht mehr lesen konnte, und er war auch nur noch selten bei klarem Bewußtsein. In solchen Momenten weinte er. Ich glaube, weil er nicht sprechen konnte. Sie können sich nicht vorstellen...«

»Doch. Meiner Mutter erging es nach ihrem Schlaganfall genauso. Sie weinte immerzu und verlangte, man solle
sie heimbringen. Über sechzig Jahre hatte sie in ihrem
Haus gewohnt, aber wahrscheinlich dachte sie in diesen
letzten Wochen an ihre Kindheit.«

»Wenn Sir Christopher mich um etwas zu bitten versuchte, dann wollte er meistens, daß ich ihn hinausbrachte
zum Seerosenteich. Und wenn ich ihm erklären wollte, daß
es zu heiß sei draußen, dann verstand er mich nicht, sondern streckte seinen gesunden Arm aus und zeigte auf das
Bild und versuchte etwas zu sagen. Weil da auch Seerosen
drauf sind. Ein Monet. Er hing sehr daran. Ich glaube,
wenn ich ihn allein lassen mußte, hat er stundenlang dieses
Bild angeschaut. Oft habe ich mich bei den anderen unter
dem Vorwand weggeschlichen, daß ich ihn zur Toilette
bringen müßte oder so, nur damit ich zwischendurch einmal nach ihm sehen konnte. Und dann saß er manchmal
noch genauso da, wie ich ihn zwei oder drei Stunden vorher verlassen hatte, aber er war nicht eingeschlafen, sondern starrte nur unverwandt auf das Bild. Oder an die
Wand. Einmal fand ich ihn da drüben. Er versuchte, mit
der Linken die Verandatür zu öffnen, aber der Riegel geht
ein bißchen schwer, und man muß ihn im Stehen runter-
drücken. Es war ganz dunkel im Zimmer, weil ein Gewitter heraufzog, genau wie heute, und er schluchzte, vielleicht vor Enttäuschung und weil er so schwach war, oder
auch aus Angst. Von da an habe ich immer eine Lampe bei
ihm brennen lassen. Eines Tages schaffte er es, sich an dem
Messingknauf am Fensterriegel hochzuziehen und mitten
in einem Gewittersturm die Terrassentür aufzuklinken. Er

fuhr in seinem Rollstuhl nach draußen, landete in einer Regenpfütze, und als ich ihn fand, waren seine Schuhe und Strümpfe patschnaß. Er kicherte bloß vor sich hin. Manchmal war er wie ein Kind.«

Der Maresciallo trat an die Terrassentür. »Er konnte den Rollstuhl also allein bewegen?«

»Oh, ja. Der ist speziell für Linkshänder gebaut. Er mußte nur diese Lenkradgabel bedienen. Das da sind die Kratzer, wo… die Schrammen…«

»Sprich nur weiter.«

»Sie sagten: ›Nimm dir den Abend frei. Geh runter nach Florenz.‹ Es war ein Befehl. Ich war tatsächlich über einen Monat nicht mehr ausgewesen. Der Sekretär sagte, er würde bei Sir Christopher bleiben, und als ich ging, war er auch wirklich hier bei ihm im Zimmer. Dann bin ich mit dem Bus in die Stadt gefahren. Viel habe ich nicht unternommen – eine Pizza gegessen, ein bißchen gebummelt. Ich habe noch nicht allzuviel von Florenz gesehen, und in letzter Zeit war ich dran gewöhnt, nur noch von hier oben auf die Dächer hinunterzuschauen. An dem Abend kam mir die Stadt ganz sonderbar vor, vielleicht weil es so schwül und stickig war dort unten, oder wegen der Flutlichter und all der Touristen, die in den Straßen flanierten… auf der Piazza della Signoria war sogar ein Feuerschlucker… ich weiß nicht, irgendwie kam mir alles so unwirklich vor. Und immer wieder ging ein Wetterleuchten über den Himmel. Ich hatte ein paar Bier zu meiner Pizza getrunken, also war ich vielleicht ein bißchen beschwipst, aber auf jeden Fall war ich sehr nervös.«

»Und warum warst du nervös? Hattest du den Eindruck, daß es ihm schlechter ging an diesem Abend?«

»Ja. Er hatte den ganzen Tag nichts gegessen. Und er wollte sich nicht von mir anziehen lassen und mochte auch nicht nach draußen. Zur Frühstücks- und zur Mittagszeit hatte er sich weinend an meinen Arm geklammert und versucht, mir zu sagen, daß etwas nicht in Ordnung sei. Aber alles, was er herausbrachte, war: ›Schmerz.‹

Als ich ihn fragte, wo er Schmerzen habe, da weinte er bloß. Ich glaube, er wußte es nicht. In der rechten Seite hatte er kein richtiges Gefühl mehr. Sehen Sie da am Rollstuhl die gepolsterte Stütze für den rechten Arm? Einmal fand ich ihn dort neben dem Tisch. Seine Hand, die an der Stütze festgeschnallt wurde, damit sie nicht herunterrutschen und er sich verletzen konnte, war unter der Tischkante eingeklemmt. Er schwitzte vor Schmerzen, aber er zog die Hand nicht raus, weil er nicht begriff, wo der Schmerz herkam. An dem Tag habe ich dem Sekretär gesagt, daß er ernstlich krank sei. Zweimal habe ich es ihm gesagt. Aber der Doktor kam nicht. Ich weiß nicht mal, ob er ihn angerufen hat.«

»Bestimmt nicht. Aber nun erzähl mir, was passiert ist, als du aus der Stadt zurückkamst.«

»Ich wußte, sie wollten, daß ich möglichst lange wegblieb, aber es fing an zu regnen, und außerdem geht um zehn nach eins der letzte Bus. Als ich von der Bushaltestelle kam, sah ich Licht in der Limonaia, und draußen parkte ein dreirädriger Lieferwagen. Da begriff ich, was für eine Dummheit ich begangen hatte. Ich hatte sie gewarnt, daß er sterben würde, und darum beeilten sie sich,

die Sachen wegzuschaffen. Wenn ich nichts gesagt hätte…
Ja, ich weiß, er wäre trotzdem gestorben, aber nicht so,
nicht… Nein! Nein, ich hätte – wäre ich doch nur…«

»Schon gut. Ist ja gut. Beruhige dich. Tief durchatmen.
Atmen! So ist's besser.«

»Sie wollten mit allem fertig sein, wenn er starb, verstehen Sie, damit ihnen keiner was nachweisen konnte, wenn
die Herren, die jetzt dort draußen sind, kommen und nach
der Inventarliste fragen und alles überprüfen würden. Ich
sage mir immer, wenn ich nur daran gedacht hätte, Jim ein-
zuweihen… er gehört nicht zu denen, die alle Albaner für
kriminell halten. Er war immer gut zu mir. Wenn ich es
ihm gesagt hätte…«

»In deiner Lage hättest du gar nichts tun können. Also
quäl dich nicht unnötig.« Wie leicht sich das sagte.

»Ja, tut mir leid, ich weiß, Sie haben recht. Jim ließ mich
herein, ohne aufzustehen. Er erkannte meine Stimme und
drückte einfach auf den Knopf. Ich kam durch die Küche
ins Haus, ohne daß sie mich bemerkten. Ich sah sie unten
in der Limonaia, den Sekretär und den Anwalt und die beiden Träger, die immer kamen. Ich habe mich dann durch
den Dienstbotengang hier hereingeschlichen. Ich dachte,
er hätte vielleicht nach mir geläutet, weil er mal raus
mußte, während ich weg war. Aber er war gar nicht im
Zimmer. Ich hatte seinen Rollstuhl links neben dem Bett
stehenlassen, aber der war auch nicht da. Die Terrassentür
stand offen. Es regnete immer noch sehr stark. Ich wußte
sofort, wo er sein könnte. Vielleicht hatte er dort sterben
wollen, an dem Seerosenteich, wo er sich immer so wohl
gefühlt hat. Aber soweit war er nicht gekommen. Er muß

aus Versehen von dem Weg, der in den Garten hinunter-
führt, abgekommen und auf die Speiseterrasse geraten
sein.«

»Zeig mir die Stelle.«

Der Junge wollte nicht hinaus, aber der Maresciallo bestand auf seinem Wunsch. So sehr auch ihm der Regen zu-
wider war, es mußte sein und zwar bevor der Staatsanwalt,
der Capitano oder der Sekretär zurückkamen und Giorgios Geschichte unterbrechen konnten. Ihre Schritte
knirschten auf dem nassen Kies, und feuchte Blätter streif-
ten ihre Schultern, als sie schweigend unter der Pergola
entlanggingen. Vor der offenen Speiseterrasse machten sie
halt. Zu ihrer Rechten reckte eine triefnasse Statue in wal-
lenden Marmorgewändern eine Hand so gebieterisch gen
Himmel, als wolle sie dem Regen oder sonst etwas Einhalt
gebieten. Die glänzenden Lorbeerblätter hinter ihr nickten
tropfend.

»Da hat er gelegen – wie eine überfahrene Katze, die
man auf der Straße verrecken läßt. Der Regen prasselte auf
ihn nieder. Der Rollstuhl war umgekippt, aber ich sah, daß
er in Fahrtrichtung zur Limonaia gestanden hatte. Verstehen Sie, was das heißt? Er hat alles mit angesehen.«

»Ja.« Die großen Tore der Limonaia standen offen. Es
war eine ziemliche Entfernung, aber man braucht keine
Gesichter auszumachen, um Personen, die einem vertraut
sind, zu erkennen. Die eigenen Freunde. »Ja, er hat alles
gesehen.«

»Danach, als ich mich in meinem Zimmer verkrochen
hatte, während sie… sich an ihm zu schaffen machten,
habe ich mir die ganze Zeit einzureden versucht, daß er

eine seiner kindischen Phasen gehabt hätte, wie damals, als er schon einmal allein herausgekommen war und so lachte, weil er sich die Füße naßgemacht hatte. Aber so war es nicht. Er wußte, daß er todkrank war. Und er wußte, daß ich fort war. Er muß seine Glocke mitgenommen haben, denn sie ist verschwunden. Er muß etwas gehört haben. Die Schmerzen ließen ihn nicht schlafen, und als er hinauskam, muß er sie gesehen haben. Seine Freunde. Ich weiß, daß sein Verstand klar war in dieser Nacht, denn um aus einem Rollstuhl aufzustehen, den man noch dazu nur mit einer Hand bewegen kann, muß man die Fußstützen hochklappen und die Bremsen anziehen. Das hat er alles ganz richtig gemacht. Er starb im Stehen, während er seine Freunde beobachtete. Im Fallen muß er sich an der linken Armstütze festgehalten haben. Man sieht noch die Kratzer an der Seite, wo er mitsamt dem Rollstuhl umgestürzt ist. Als ich ihn fand, umklammerte seine Hand immer noch die Lehne. Die Glocke habe ich nicht gefunden, es war zu dunkel. Und er war ganz steif und durchnäßt.«

»Hast du ihn berührt?«

»Nur am Hals nach dem Puls gefühlt, aber ich wußte… und seine Hand, die linke Hand, die wollte die Stuhllehne einfach nicht loslassen. Dann habe ich noch nach seinen Augen getastet. Sie standen offen, und es regnete hinein. Also habe ich sie zugedrückt.«

»Du hast nicht versucht, ihn dort wegzuschaffen?«

»Nein. Ich wußte, er war zu schwer für mich. Selbst als er noch lebte, hätte ich ihn nicht allein tragen können. Ich bin rüber zur Limonaia und habe ihnen Bescheid gesagt. Sie trugen gerade ein Gemälde weg, und ich glaube, sie waren furchtbar wütend, weil ich sie entdeckt hatte. Sie ließen mich einfach stehen, während sie flüsternd beratschlagten, was zu tun sei. Ich hatte selber Angst, aber sie waren richtig in Panik. Sie sagten, ich solle zu Bett gehen und am nächsten Morgen wie immer um halb acht in Sir Christophers Zimmer kommen.

Sie brauchten sehr lange, bis sie ihn ins Haus geschafft hatten, und dann laborierten sie auch drin noch ewig an ihm herum. Ich zog mir die Decke über den Kopf, um es nicht zu hören, aber ich lag die ganze Nacht wach. Ich war ganz steif und kalt und naß, denn ich war ins Bett gegangen, ohne mich auszuziehen. Nur die Schuhe hatte ich abgestreift.«

»Du bist auch jetzt halb erfroren«, warf der Maresciallo ein. »Komm wieder ins Haus.«

Das Zimmer wirkte noch dunkler, seit der Himmel draußen aufgeklart hatte.

»Kannst du nicht noch irgendwo Licht machen? Ah, na Gott sei Dank. Du solltest dir ein trockenes Hemd anziehen.«

»Ist schon gut.«

Der Maresciallo öffnete die Tür zum Korridor, der ins Bad und zu Giorgios Kammer führte. »Wieviel konntest du hören von dem, was sich hier abspielte, als du im Bett lagst? Hast du mitbekommen, was sie anstellten?«

»Ich denke schon. Darum habe ich ja den Kopf unter die Decke gesteckt, weil ich das nicht mit anhören wollte. Die Stimmen konnte ich unterscheiden, aber was gesprochen wurde, habe ich nicht verstanden. Dann gingen sie irgendwann. Ich blieb unter der Decke, aber meine Ohren

summten, weil es auf einmal so still war. Dann fingen die
Vögel an zu singen. Und von da an dauerte es noch einmal
endlos lange, bis der Wecker ging. Alles schien ganz normal, aber wie in einem Alptraum wußte ich, daß es nicht
so war. Hier habe ich mich nicht hereingetraut, sondern
ich bin in die Küche, habe aus dem Fenster geschaut und
gewartet. Als das Küchenmädchen kam, sagte sie: ›Du bist
aber früh dran heute. Soll ich seinen Tee machen?‹ Und ich
sagte: ›Nein. Er ist tot.‹ Weil ich wollte, daß sie den Sekretär rief. Ich habe die Sachen seines Vaters nicht gestohlen, Maresciallo.«

»Nein, ich weiß.«

»Hinterher habe ich bei ihm gesessen, bis der Arzt kam.
Sie hatten ihm den blauen Pyjama angezogen, den er nicht
mochte.«

Die letzten Minuten, bevor es endgültig aufhörte zu regnen, verbrachte der Maresciallo allein im Salon. Aber er
dachte nicht an Sir Christopher, sondern an seine Mutter.
Dieser hübsch eingerichtete Raum war tatsächlich so angelegt, daß er die Hitze aussperrte, besonders dank der dicht
belaubten Veranda. Aber die sperrte eben auch das Licht
aus und ließ das Zimmer an einem regnerischen Nachmittag selbst bei Lampenschein düster und trist erscheinen.
Als der Maresciallo eine große Stehlampe entdeckte, knipste er auch die noch an. Als erstes betrachtete er Saras Seerosen. Sara hatte nie etwas gehabt von ihrem kostbaren
Gemälde. Aber was war mit der jungen Frau, die es ihr un-
wissentlich gestohlen hatte? Wie hieß sie doch gleich?
Rose, nicht wahr? Oder war das nur eine Gedankenasso-

ziation, auf die er durch ihren Garten kam? Nein, sie hatte Rose geheißen. Die silbergerahmte Fotografie ihrer Eltern trug eine Widmung, die das bestätigte. An der Wand neben dem kleinen Sekretär hing ein schlichter Holzrahmen mit einer Kinderzeichnung des Seerosenteichs. Ein frühes Werk von Sir Christopher, aus einer Zeit, als er noch nicht richtig schreiben, keine gleich großen Buchstaben formen, ja, nicht einmal den eigenen Namen aussprechen konnte. »Für Mami von Kista.«

Solche Babyabkürzungen blieben mitunter ein Leben lang an einem hängen. Sein Totò würde auch nie Antonio werden, außer für Fremde.

Vielleicht kannte nur die Haushälterin, die auf dem Anwesen geboren war und ihre Kindheit mit Sir Christopher zusammen verbracht hatte, heute noch diesen Namen, aber sie gehörte zum Personal und hatte ihn sicher mit Sir Christopher angesprochen.

Seine Schwester hatte den Kindernamen wahrscheinlich nie gehört. Sein armer Verwandter, der hilfsbereite Jim, kannte ihn vermutlich auch nicht. Aber sie hätten ihn kennen sollen. Sie hätten um ihn sein sollen, als es zu Ende ging. Sie hätten gewußt, welchen Pyjama er nicht mochte.

Als der Regen aufhörte, ging er nach draußen, zurück auf die Speiseterrasse, wo Sir Christopher gestorben war. Er bückte sich, und es dauerte nicht lange, da hatte er die Messingglocke entdeckt, die hinter eine Terrakottaurne gerollt war, über deren Rand tropfnasse, üppig blühende Geranien quollen. Er nahm die Glocke an sich. Der Nebel über dem Garten löste sich auf, und er spürte die warmen Sonnenstrahlen auf Kopf und Schultern. Drüben an der

Limonaia strich eine Gestalt um die großen Citruskübel, die ihm bekannt vorkam. Er schwenkte die Glocke, die Gestalt hielt inne, blickte auf, erkannte ihn und winkte. Der Maresciallo deutete eine Richtung an und stieg die Stufen zu Roses Nachtgarten hinunter.

Sie trafen sich am Seerosenteich.

»Wie geht's voran? Haben sie Ihnen das Testament gezeigt?«

»Sie wollen mir doch nicht erzählen, *Sie* hätten es gesehen?«

»Zwei der Gärtner haben es beglaubigt. Sind keine Begünstigten eingetragen, deshalb wollten sie es keinem Außenstehenden zeigen. Ist natürlich eine Fälschung – er hat eine krakelige Unterschrift druntergesetzt, aber die wird niemand anfechten, da er ja seine rechte Hand nicht mehr benutzen konnte. Aber er konnte auch nicht mehr lesen. Fragen Sie Giorgio. Dieses Testament ist eine Fälschung.«

»Es hätte schon früher aufgesetzt worden sein können. Sie wissen ja nicht …«

»Die Gärtner waren überhaupt nicht bedacht und das Personal auch nicht. So ein Testament hätte er nie gemacht.«

Natürlich! *Besonders die kleinen Legate…* Sir Christophers flehende Stimme, die damals schon nicht mehr richtig zu artikulieren vermochte. *Besonders die kleinen Legate… schondersch…*

Seien Sie unbesorgt. Bis morgen habe ich alles aufgesetzt.

»Sie haben ihn ganz allein sterben lassen, wie einen

Hund, aber er war ein nobler Herr. Können Sie sie denn gar nicht belangen dafür, daß sie ihn so mutterseelenallein haben sterben lassen?«

»Es gibt ein Gesetz, das unterlassene Hilfeleistung bei Kranken oder Behinderten unter Strafe stellt... aber die beiden, Porteous und der Anwalt, die gehören nicht zur Familie. Wenn überhaupt, würde man Giorgio, als seinen Pfleger, zur Rechenschaft ziehen. Sein Wort gegen ihres.«

»Nicht nur seines. Wir wissen doch alle, was hier abgelaufen ist. Wir schnappen immer was auf.«

»Ich glaube Ihnen, aber sehen Sie, das« – und er deutete auf die Marmorplatte zu ihren Füßen – »ist ein gutes Beispiel dafür, wie Klatsch und Tratsch die falschen Gründe für die richtigen Fakten erfinden.«

»Sie meinen, Rose hat ihn gar nicht hier ertappt?«

»Doch, das schon, aber nicht mit einer anderen Frau. James Wrotheslys Frau hatte etwas viel Schlimmeres über ihren Mann herausgefunden.«

»Aber er muß eine Geliebte gehabt haben. Diese Sara Hirsch war seine uneheliche Tochter. Das wußten wir alle. Und es gab sie wirklich, sie ist öfter hiergewesen.«

»Ja. Sara Hirsch gab es wirklich.«

»Wird es nun herauskommen, das echte Geheimnis?«

»Nein.«

»Dann wird es unaufgedeckt in die Geschichte eingehen?«

»Ich nehme es an. So ist das nun mal mit der Geschichte.«

»Jetzt möchten Sie wohl, daß ich Ihnen alles über das Testament erzähle.«

»Nein. Ich möchte, daß Sie mir sagen, was sie da geschrieben hat, falls Sie es übersetzen können. Rose, die Dame, die ihren Garten über alles liebte.«

»Und dann doch keinen Fuß mehr hineingesetzt hat. Ich kann auch kein Latein, aber den Spruch kennen wir doch alle.

Mitten aus dem Quell der Freude
Steigt ein bitterer Geschmack auf,
An dem wir ersticken,
Selbst im schönsten Blumenduft.«

»Nach dem Regen heute werden wir hier ordentlich Unkraut jäten müssen.«

Die Abendsonne strahlte von einem tiefblauen Himmel herab. Die letzten Wolken segelten schneeweiß, rosig und goldgerändert vorbei, wie große Wattekissen für rosige Cherubim mit goldenen Schwingen, ein passendes Freskofirmament für die Stadt dort unten.

12

Das Berufungsgericht bestätigte den Spruch der Kammer, die die beiden Träger, Gianfranco Giusti und Piero Falaschi, zu jeweils vierzehn Jahren Haft verurteilt hatte. Rinaldi war in erster Instanz mit ihnen schuldig gesprochen worden, aber ohne die Informationen über Jacob Roths Geschäftspraktiken und ohne die Fotos des Monets war die Beteuerung der beiden Träger, daß er, Rinaldi, der Anstifter gewesen sei, nicht überzeugend, und das Urteil gegen ihn wurde in der Berufung abgewiesen.

»Sie hat das wohl nicht überrascht«, sagte der Maresciallo. Sie fuhren hinaus aufs Land, und der Staatsanwalt, der am Steuer saß, war sichtlich guter Dinge.

»Die erste Lektion auf dem Weg zu einem glücklichen Leben lautet: Vergiß einen Fall, sobald er abgeschlossen ist. Im übrigen dürften Sie auch nicht überrascht gewesen sein. Es war schon ein Glück, daß wir in erster Instanz eine Verurteilung erwirken konnten. Er hatte einen guten Anwalt, und wir hatten herzlich wenig, insbesondere kein Motiv. Und ich dachte, wir seien uns alle einig gewesen, daß die Freude, Rinaldi hinter Gitter zu schicken, gering sei im Vergleich zu der über Umberto D'Anconas Erfolg. Er hat wirklich eine Menge erreicht mit seiner Organisation. Ich habe vielleicht die Berufung nicht mehr aufmerksam verfolgt, dafür D'Anconas Aktivitäten um so mehr. Haben Sie nicht letzten Freitag den Artikel in der Magazin-Beilage gesehen? ›Tochter des Sammlers … erhält Cézanne zurück‹? Ich kann mir nicht vorstellen, daß ich D'Anconas Energie aufbrächte, sollte ich je so alt werden wie er. Ich kann heute schon nicht mehr mit ihm mithalten. Und im übrigen, ich weiß ja nicht, wie's Ihnen geht, aber die Sünden des verstorbenen Jacob Roth publik zu machen, wäre doch wohl längst nicht so befriedigend gewesen wie durch den dankbaren Rinaldi zu erfahren, was all die Jahre in der Villa L'Uliveto abgelaufen ist. Welch ein Triumvirat! Porteous, Rinaldi und dieser aalglatte junge Anwalt. Wie die sich alle hochgeschleimt haben bis in den Stiftungsrat, damit sie die Kontrolle über die Villa bekamen und über den Nachlaß von Sir Christophers Mutter.«

»Trotzdem wissen wir nicht alles«, wandte der Maresciallo ein. »Zum Beispiel wird man nie erfahren, wie viele Kunstschätze erst gar nicht in die Inventarliste gelangt sind, sondern einfach unter der Hand verschwanden, manches beim Tode von Jacob, der Rest, als Sir Christopher nach unten verlegt wurde, von dem sogenannten ›großen Raub‹ ganz zu schweigen. Als ich das erste Mal oben war in L'Uliveto, da sagte Sir Christopher, das Obergeschoß sei eine Schatzkammer wie Aladins Höhle.«

»Ach, wirklich? Tja, so sah es freilich nicht mehr aus, als Maestrangelo und ich oben waren. Natürlich gab's verräterische Indizien. Die Bilder an den Wänden hatten alle nicht die gleichen Ausmaße wie die hellen Wandflecken hinter ihnen – in meinen Augen eine etwas dilettantische Mogelei.«

»Das war denen völlig egal, ob's jemand merkte oder nicht. Porteous hatte freie Hand und konnte über die Kunstschätze nach Gutdünken verfügen. Aber das Steueramt hat noch nicht aufgegeben, und der junge Gärtner war natürlich auch eine große Hilfe.«

Jim war eines Morgens im Präsidium in Borgognissanti erschienen, aufgeweckt wie immer und vor Neuigkeiten sprudelnd.

»Also ich denke, und der Obergärtner meint auch…«

Und mit Hilfe des prächtigen Bildbandes von Capitano Maestrangelo hatten sie einige Urnen und Statuen identifizieren können, die mit Sicherheit einmal im Garten der Villa L'Uliveto gestanden hatten, auch wenn sie im Inventar nicht vorkamen. Die Fotos für den Bildband waren vor etlichen Jahren aufgenommen worden, als Jacob noch lebte.

»Freilich«, gab der Capitano zu bedenken, »freilich wissen wir nicht, was Jacob und oder Sir Christopher selber verkauft haben und was ihnen von den Menschen gestohlen wurde, zu denen sie mehr als großzügig waren.«

»In der Limonaia stapelte sich das Zeug doppelt und dreifach«, warf Jim ein. »Und der Obergärtner sagt, Sir Christopher waren durch das Testament seines Vaters die Hände gebunden, das Rinaldi nur den Nießbrauch seines Ladens und der Wohnung zugestand, aber er hätte ihm beides gern vermacht. Und als Sir Christopher nicht mehr klar war im Kopf, da haben sein Sekretär und der Anwalt Rinaldi die Immobilien einfach für einen Apfel und ein Ei verkauft. Die gleiche krakelige Unterschrift auf dem ungelesenen Vertrag wie auf dem gefälschten Testament – aber die Lippen der drei Saubermänner sind versiegelt.«

Und sie glaubten ihm, aber wo waren die Beweise?

Trotzdem war die Neugier von Staatsanwalt und Capitano in einem Punkt gestillt worden.

»Er hat doch tatsächlich gelächelt«, sagte der Staatsanwalt jetzt zum Maresciallo, »nicht gleich und vor allen Leuten, aber hinterher – ich darf nicht wieder die falsche Ausfahrt erwischen … geht's hier ab? Ja! – haben Sie gesehen, wie er sich gefreut hat? Ich glaube, er hat sogar mit dem Finger über den Rahmen gestrichen. Erinnern Sie sich?«

»Nun ja«, murmelte der Maresciallo und tastete in seiner Tasche nach der dunklen Brille, als ein kräftiger Frühlingswind die Regenwolken vertrieb und die Sonne durchbrach, »kommt auch nicht jeden Tag vor, daß man eine echte Leonardo-Zeichnung in Privatbesitz antrifft.«

»Nein.« Der Staatsanwalt nickte. »Ich weiß nicht, woran das liegt, aber es ist nicht dasselbe, als wenn man sie in den Uffizien sieht, oder? Wenigstens dieses Kleinod konnten sie nicht verschwinden lassen. Ausgezeichnet mit dem Wappen des Ministeriums – hätte zuviel Aufsehen erregt. Haben Sie sich eigentlich mal gefragt, was aus Ruth und den Kindern geworden wäre, wenn Jacob seine Energie und diese fast manische Willenskraft auf seine künstlerischen Ambitionen konzentriert hätte und wirklich Maler geworden wäre?«

»Den Hirschs wäre es dann keinen Deut besser gegangen«, sagte der Maresciallo bestimmt. »Ruth hätte statt hinter Rose hinter seiner Malerei zurückstehen müssen.

Sie hätte Sara auch dann Jacobs egozentrischen Ansprüchen geopfert, und Sir Christopher wäre genauso ein drittklassiger Amateurmaler geworden. Nur daß er versucht hätte, sich über den Namen seines Vaters Geltung zu verschaffen, statt durch seine vornehmen adeligen Freunde.«

Der Staatsanwalt hob resigniert eine Hand. »Ich gebe mich geschlagen – streichen Sie die Frage.«

Auch der Maresciallo sah sich, zumindest in einem Punkt, zufriedengestellt. Er hatte jetzt eine ungefähre Vorstellung von den alltäglichen Problemen eines reichen Mannes. Geldsorgen rangierten offenbar an erster Stelle. Jacobs grandiosen Pläne waren anfangs ganz gut aufgegangen. In den Nachkriegsjahren, unter der neuen republikanischen Regierung mit ihren verschärften Steuergesetzen und der Verstaatlichung brachliegender Ländereien, als der Florentiner Adel seine Besitztümer reihenweise abstieß, hatte er die Villa L'Uliveto zu einem Spottpreis erworben. Um sie zu erhalten, erheiratete er sich ein Vermögen, aber zu der Zeit, da er starb, reichte auch das nicht mehr aus, und in den letzten Jahren hatte Sir Christopher das Kapital des mütterlichen Erbes angegriffen, um seinen Lebensstandard auf dem Niveau halten zu können, das er seinen exklusiven Gästen bieten mußte. Seine einzige Alternative zum Bankrott war die Flucht in ein chronisches Leiden. Das betrügerische Triumvirat hatte, um im Bild zu bleiben, seinem Cäsar ein Reich abgerungen, dessen Mittel knapp dazu reichten, es in Gang zu halten, ohne daß eine Lira für die umfangreichen Restaurierungsarbeiten übrig blieb, die nach jahrzehntelangem Versäumnis überfällig waren. Und deren Ausführung der Gesetzgeber verlangte, da die Villa unter Denkmalschutz stand. Die drei waren schon seit langem in einer verzweifelten Lage. Sie mußten alles nur Erdenkliche zu Geld machen, einschließlich der Wohnungen in der Sdrucciolo de' Pitti, und natürlich besonders die Werte, die sie von Sir Christophers mütterlichem Erbe abzweigen konnten, allen voran den Monet. Das letzte, was sie in ihrer Situation brauchen konnten, war eine uneheliche Tochter, die überraschend auftauchte und Anspruch auf den Nachlaß erhob. Der Staatsanwalt hatte prophezeit, daß ihr machiavellistischer Geist eine Lösung finden würde, nun, da sie Sir Christopher nicht mehr zu betrügen und sich keine Drohungen mehr auszudenken brauchten, um die arme Sara in die Flucht zu schlagen. Und er hatte recht behalten. Die Statuten der von Jacob gegründeten Stiftung sahen vor, daß die Villa nach Sir Christophers Tod als Fortbildungseinrichtung genutzt werden solle: ein dehnbarer Begriff, der sich leicht dahingehend auslegen ließ, daß künftig Prominente mit klingenden Namen sündteure Kurse für Leute abhalten würden, die genug Geld und Muße hatten, um die Villa mit der Klientel zu bevölkern, die dort auch früher schon zu Gast gewesen war. Was die Klausel anging, die die Aus- und Weiterbildung begabter jüdischer Knaben, insbesondere in den schönen Künsten vorsah, so hatte man D'Ancona, den einzig überlebenden jüdischen Kurator, überstimmt, und die Klausel geriet in Vergessenheit. Der Maresciallo tröstete sich mit dem Gedanken, daß Jim, ein Überlebenskünstler, wie er im Buche stand, und natürlich sein Obergärtner auch weiterhin Roses Garten pflegen und nach jedem Regen getreulich dort Unkraut jäten würden. Sie hatte ihren Garten geliebt und ihn, ungeachtet der schmerzlichen Erfahrung, die sie dort erleiden mußte, in die Obhut derer gegeben, die ihn liebten und sie.

»Finden Sie, daß der Wagen nach Zigarren riecht? Meine Frau denkt nämlich, ich hätte mit dem Rauchen aufgehört ... jetzt sind wir gleich da. Ich muß sagen, Sie scheinen nicht allzu böse darüber, daß unser Schurkentrio mit einem blauen Auge davongekommen ist. Dabei haben Sie doch die ganze Kärrnerarbeit geleistet.«

»Ich? Nein, nein ... Außerdem: Der liebe Gott schlägt nicht mit dem Stock.«

»Was? Wissen Sie am Ende wieder mal mehr als ich?«

»Oh, nein! Ich weiß eigentlich gar nichts, nur ab und zu kommt mir ein bißchen Klatsch aus der Villa zu Ohren. Wie ich höre, beschäftigen sie immer noch ein paar Jungs, die aus irgendeinem Grund in Bedrängnis geraten sind, für einen Hungerlohn. Angeblich wird bei der Auswahl mehr Wert auf ein hübsches Gesicht gelegt als auf das Führungszeugnis, und das soll schon zu allerhand Zerwürfnissen geführt haben. Wenn das Wetter hält, werden die Jungs bald die Zitronenbäume rauskarren ...«

»Rauskarren ... Oh, verstehe. Sie meinen, die drei werden auch ohne unser Zutun ihr Fett abkriegen.«

»Sie hätten den jungen Kosovaren nicht rauswerfen sollen. Der war nicht mit Gold aufzuwiegen.«

»Wo ist er denn hin, wissen Sie's?«

»Nein. Ich weiß nur, daß er furchtbar unglücklich war, weil sie ihn nicht mal bis zur Beerdigung bleiben ließen.«

Sie durchquerten ein Dorf und nahmen am Ortsausgang eine kleine Straße, die talwärts führte, und kurvten von dort über einen unbefestigten Weg in die Berge hinauf.

»Um die Zeit werden zumindest die jüngeren Kinder schon gegessen haben.«

Sie hatten. Diejenigen, die sich bereits gut eingelebt hatten und nicht mehr so schüchtern waren, rannten dem Auto kreischend entgegen, nahmen die beiden Männer an den Händen und zerrten sie in sechs Richtungen gleichzeitig – um ihnen den neuen Hund zu zeigen, die kleinen Kaninchen, eine brütende Henne, ein Schulzeugnis, den neuen Fernseher. Die Neuankömmlinge warteten scheu, aber interessiert im Hintergrund.

Der Staatsanwalt begrüßte seinen alten Freund, den ›Vater‹ dieser großen Familie, und fragte: »Wo ist Nicolino?« Er hatte dem Maresciallo von diesem Siebenjährigen erzählt, während sich der Wagen bergauf mühte. Ein Kind, sexuell mißbraucht vom Stiefvater, der dann später die Mutter umbrachte. Die kleine Schar teilte sich, Nicolino erschien und fragte: »Wer bist du?«

Der Staatsanwalt erklärte es ihm und sagte: »Ich habe gehört, daß du gestern hier eingezogen bist, und da dachte ich, ich komme mal vorbei und schaue, wie's dir geht. Und das ist Maresciallo Guarnaccia.«

»Ich bleibe hier.« Beim Anblick einer Uniform hatte sich der Kleine an seinen ›Vater‹ gedrückt, der ihm beruhigend die Hand auf die Schulter legte. »Und das ist jetzt mein Papa.«

»Gut. Wir wollten auch noch Enkeleda besuchen.«

»Ich weiß, wo sie ist. Wenn ihr wollt, kann ich euch hinbringen.«

»Aber gern.«

Nicolino führte sie über einen Feldweg und dann eine grasbewachsene Böschung hinunter. Das sei eine Abkürzung, erklärte er und bot ihnen, ganz der kleine Hausherr, die Hand als Stütze. Wilde Narzissen nickten im Wind, und der Blick schweifte ungehindert meilenweit über die Talsenke. Auf dem unteren Weg angekommen, blieb Nicolino stehen und warnte sie im Flüsterton: »Jetzt leise sein. Sie mistet die Kaninchenställe aus. Und da mag sie's nicht, wenn man Krach macht, wegen der Jungen.«

»Keine Sorge, wir sind mucksmäuschenstill«, flüsterte der Staatsanwalt zurück.

Die Kaninchenställe standen in langer Reihe links vom Weg, der so schmal war, daß sie hintereinandergehen mußten. Zuerst entdeckten sie Enkeleda gar nicht, so still kauerte die dunkel gekleidete Gestalt zwischen den Verschlägen. Aber dann hielt der Staatsanwalt inne und drehte sich nach dem Maresciallo um.

»Schauen Sie sie nur an«, flüsterte er, sobald Guarnaccia herangekommen war.

Die Aluminiumkrücke, die das Gehwägelchen ersetzt hatte, lehnte am ersten Stall. Enkeleda kauerte ein Stück weiter vorn. Ihr dunkles Haar war schon ein gutes Stück nachgewachsen und ringelte sich in weichen kindlichen Locken über ihrem Kragen, während sie sich über etwas beugte, das sie in den hohlen Händen hielt. Es dauerte einen Moment, ehe sie die Besucher wahrnahm. Dann wandte sie den Kopf und sah den dreien entgegen. Ihre Augen leuchteten vor Staunen über das Wunder des winzigen, braunweiß gefleckten Kaninchenbabys, das sich zitternd in ihre Hand schmiegte. Sie schwankte ein bißchen, als sie sich umwandte, und da der Boden überdies noch recht uneben war, streckte der Maresciallo ihr fürsorglich die Hand entgegen. Sie aber deutete die Geste anders und hielt ihm ihren kleinen Schützling hin, damit er ihn sich ansehen könne. Vorsichtig – aber mit einer Vorsicht, die einzig dem kleinen Kaninchen galt –, ging sie dem Maresciallo entgegen, ein Lächeln auf den Lippen.

Wie es sich ergab, war es schon nach fünf Uhr, als der Maresciallo endlich auf seine Wache zurückkam. Er sperrte die Tür auf, und dann stand er, die Schlüssel noch in der Hand, baß erstaunt im Warteraum.

»Ja, ich bin's. Es ist lange her. Haben Sie mich etwa am Ende vergessen?«

Wie hätte man sie vergessen können – Dori mit ihrem schimmernden Blondhaar und den vollen, roten Lippen. Er hätte sie überall erkannt, auch wenn ihre atemberaubend langen Beine jetzt in schlichten Jeans steckten.

»Natürlich habe ich Sie nicht vergessen! Bloß, was machen Sie hier? Aber kommen Sie erst mal rein, kommen Sie in mein Büro.«

Als sie ihm gegenübersaß und immer noch keine Erklärung anbot, fragte er: »Was ist mit dem Baby? Junge oder Mädchen?«

»Weiß nicht. Hab's im fünften Monat verloren. Danach war ich ewig lange krank. Einmal und nie wieder.«

»Das tut mir leid, Dori. Aber sagen Sie nicht ›nie wieder‹. Das geht vorbei, Sie werden schon sehen.«

»Nein. Ich kann keine Kinder mehr kriegen, und das ist auch gut so. Hören Sie… darf ich rauchen?«

Er schob ihr einen Aschenbecher hin. Als sie sich eine angesteckt hatte, maß sie ihn mit einem halb abwägenden, halb zutraulichen Blick.

»Sie sind der einzige, der jemals gut zu mir gewesen ist. Darum wollte ich's Ihnen selber sagen, bevor's ein anderer tut. Und erfahren würden Sie's ja doch. Ich geh wieder anschaffen.«

»Was? Ich hör wohl nicht richtig? Und Mario?«

»Ach Gott, Mario! Der ist jeden Morgen um dreiviertel acht losgedüst, und dann hätte ich seine Krümel aufkehren sollen und den Boden aufwischen, und mittags kam er wieder angeschlappt und erwartete, daß das Wasser für seine Pasta kochte, und dann gab's ein endloses Gemeckere: Wieso sind keine sauberen Hemden im Schrank? Hast du die Flusen unterm Bett nicht gesehen? Wo ist der zweite Socken von dem Paar? Du hast schon wieder die Milch vergessen… Nein, nein, in dem Trott wäre ich erstickt. Also bin ich auf und davon.«

»Zurück zu Ilir?«

»Warum nicht? Er ist wieder draußen, und er will mich zurückhaben. Keine hat ihm soviel Kohle gebracht wie ich, und dafür hat er mir was geboten. Jeden Abend haben wir im Restaurant gegessen. Ich amüsiere mich gern, und ich hab Kunden, mit denen ich mich amüsieren kann, wenn Sie verstehen, was ich meine. Ich liebe Champagner und hin und wieder kleine Geschenke. Man ist nicht ewig jung, und ich vergeude nicht meine besten Jahre damit, die winzige Küche von einem pickligen Bürohengst zu schrubben und ihm die Socken zu waschen, bloß weil der Langweiler sich einbildet, er hätte ein Recht drauf, weil er so gnädig war, mich von der Straße zu holen.«

»Aber was soll werden, wenn Sie nicht mehr jung sind?«

»Na, dann ist sowieso alles vorbei, oder? Nutze deine Chance, solange die Kugel rollt, das ist mein Motto. Ich wollte halt bloß… Sie sollten es von mir selbst erfahren. Und denken Sie nicht, daß ich Ihnen nicht dankbar wäre. Ich weiß, Sie haben's gut gemeint. Sind Sie jetzt sauer auf mich? Ja, nicht wahr?«

»Nein, nein…«

»Sie hätten allen Grund dazu. Ich geh jetzt lieber. Es tut mir leid, wegen Ihnen, meine ich, nicht wegen Mario, dem kleinen Arschloch – nur Ihretwegen. Ich weiß, Sie haben Ihr Bestes getan.«

›Setzt mir das auf den Grabstein‹, dachte der Maresciallo, während Dori in einer Wolke aus Zigarettenrauch entschwebte.

Er wünschte, Giorgio wäre zu ihm gekommen, statt einfach unterzutauchen. Gjergj, das war sein richtiger Name. Man hörte nie wieder von ihm, aber der Maresciallo konnte ihn nicht vergessen. Vor allem dieser eine Satz blieb ihm aus irgendeinem Grund im Gedächtnis: *Sie hatten ihm den blauen Pyjama angezogen, den er nicht mochte.*

War er heimgekehrt in den Kosovo? Die Kämpfe dort dauerten noch an. Wo er auch sein mochte, der Maresciallo wünschte ihm Glück.

*Bitte beachten Sie auch
die folgenden Seiten*

Georges Simenon
in der Diogenes Neuedition

Seit 1977 betreut der Diogenes Verlag das Gesamt-
werk Georges Simenons in einer Werkausgabe. Im
Laufe der Jahre erschienen über 200 Bände. Seit 1995
werden Simenons Werke im Rahmen einer Neu-
edition in zum Teil neuen oder überarbeiteten Über-
setzungen wieder aufgelegt.

»Allmählich gibt es wieder Simenon zu kaufen, und
gerade wer ihn noch nicht kennt, der hat jetzt die
Möglichkeit, sich Zug um Zug und auf ganz über-
sichtliche Weise in Simenon einzulesen.«
Rolf Vollmann / Südwestfunk, Baden-Baden

»Georges Simenon hat es wie kein anderer verstanden,
in Worte zu fassen, wozu der Mensch fähig ist, in seinem Leben, mit seinem Lieben, mit seinen Lastern. Er
war der Mann, der den Nobelpreis hätte erhalten
müssen.« *Johannes Mario Simmel*

Im Rahmen der Neuedition bisher erschienen:
(Stand Frühjahr/Sommer 2002)

Romane

Bellas Tod
Roman. Aus dem Französischen von
Elisabeth Serelmann-Küchler

Der Schnee war schmutzig
Roman. Deutsch von Willi A. Koch

Drei Zimmer in Manhattan
Roman. Deutsch von Linde Birk

*Der Mann mit dem kleinen
Hund*
Roman. Deutsch von Stefanie Weiss

Die Großmutter
Roman. Deutsch von Linde Birk

Der große Bob
Roman. Deutsch von Linde Birk

*Die Wahrheit über Bébé
Donge*
Roman. Deutsch von Renate Nickel

Der kleine Heilige
Roman. Deutsch von Trude Fein

Die Glocken von Bicêtre
Roman. Deutsch von Magda Kurz

Tropenkoller
Roman. Deutsch von Annerose Melter

Der Mörder
Roman. Deutsch von Lothar Baier

Die Komplizen
Roman. Deutsch von Stefanie Weiss

*Die Verlobung des
Monsieur Hire*
Roman. Deutsch von Linde Birk

*Der Mann, der den Zügen
nachsah*
Roman. Deutsch von Walter Schürenberg

*Die Fantome des
Hutmachers*
Roman. Deutsch von Eugen Helmlé

*Der Tod des Auguste
Mature*
Roman. Deutsch von Anneliese Botond

Die Witwe Couderc
Roman. Deutsch von Hanns Grössel

*Der Bürgermeister von
Furnes*
Roman. Deutsch von Hanns Grössel

Antoine und Julie
Roman. Deutsch von Eugen Helmlé

45 Grad im Schatten
Roman. Deutsch von Angela von Hagen

Der Zug aus Venedig
Roman. Deutsch von Liselotte Julius

Wellenschlag
Roman. Deutsch von Ulrich Hartmann

Schlußlichter
Roman. Deutsch von Stefanie Weiss

Das Testament Donadieu
Roman. Deutsch von Eugen Helmlé

Die Katze
Roman. Deutsch von Angela von Hagen

Die Marie vom Hafen
Roman. Deutsch von Ursula Vogel

Das Haus am Kanal
Roman. Deutsch von Ursula Vogel

Der Zug
Roman. Deutsch von Trude Fein

Der Mann aus London
Roman. Deutsch von Stefanie Weiss

Die Zeit mit Anaïs
Roman. Deutsch von Ursula Vogel

Das blaue Zimmer
Roman. Deutsch von Angela von Hagen

Der Bericht des Polizisten
Roman. Deutsch von Markus Jakob

Im Falle eines Unfalls
Roman. Deutsch von Hansjürgen Wille und Barbara Klau

Sonntag
Roman. Deutsch von Hansjürgen Wille und Barbara Klau

Die grünen Fensterläden
Roman. Deutsch von Alfred Günther

Der ältere Bruder
Roman. Deutsch von Ingrid Altrichter

Betty
Roman. Deutsch von Raymond Regh

Maigret-Romane und -Erzählungen

Maigret und die alte Dame
Roman. Deutsch von Renate Nickel

*Maigret und der Mann auf
der Bank*
Roman. Deutsch von Annerose Melter

Maigret und Pietr der Lette
Roman. Deutsch von Wolfram Schäfer. Mit einer Nachbemerkung des Autors

Maigret und die junge Tote
Roman. Deutsch von Raymond Regh

Maigrets erste Untersuchung
Roman. Deutsch von Roswitha Plancherel

Maigret und der gelbe Hund
Roman. Deutsch von Raymond Regh

Maigret als möblierter Herr
Roman. Deutsch von Wolfram Schäfer

Maigret und die Bohnenstange
Roman. Deutsch von Guy Montag

Maigret bei den Flamen
Roman. Deutsch von Claus Sprick

Maigret und die widerspenstigen Zeugen
Roman. Deutsch von Wolfram Schäfer

Maigret und der Gehängte von Saint-Pholien
Roman. Deutsch von Sibylle Powell

Maigret und der verstorbene Monsieur Gallet
Roman. Deutsch von Roswitha Plancherel

Maigret und die Keller des ›Majestic‹
Roman. Deutsch von Linde Birk

Maigret zögert
Roman. Deutsch von Annerose Melter

Maigrets Nacht an der Kreuzung
Roman. Deutsch von Annerose Melter

Maigret und der Verrückte von Bergerac
Roman. Deutsch von Hainer Kober

Maigret und das Schattenspiel
Roman. Deutsch von Claus Sprick

Maigret und das Dienstmädchen
Roman. Deutsch von Hainer Kober

Maigret in der Liberty Bar
Roman. Deutsch von Angela von Hagen

Maigret regt sich auf
Roman. Deutsch von Wolfram Schäfer

Maigret und der einsame Mann
Roman. Deutsch von Ursula Vogel

Maigret und der Spitzel
Roman. Deutsch von Inge Giese

Maigret am Treffen der Neufundlandfahrer
Roman. Deutsch von Annerose Melter

Maigret und das Verbrechen in Holland
Roman. Deutsch von Renate Nickel

Maigret kämpft um den Kopf eines Mannes
Roman. Deutsch von Roswitha Plancherel

Maigret amüsiert sich
Roman. Deutsch von Renate Nickel

Maigret macht Ferien
Roman. Deutsch von Markus Jakob

Mein Freund Maigret
Roman. Deutsch von Annerose Melter

Hier irrt Maigret
Roman. Deutsch von Elfriede Riegler

Maigret hat Skrupel
Roman. Deutsch von Ingrid Altrichter

Maigret contra Picpus
Roman. Deutsch von Hainer Kober

Weihnachten mit Maigret
Erzählung. Deutsch von Hans-Joachim Hartstein

Biographisches
Als ich alt war
Tagebücher 1960–1963. Deutsch von
Linde Birk

Brief an meine Mutter
Deutsch von Trude Fein

Außerdem erschienen:
Meistererzählungen
Deutsch von Wolfram Schäfer, Angelika Hildebrandt-Essig, Gisela Stadelmann, Linde Birk und Lislott Pfaff

Über Simenon
Essays, Aufsätze und Zeugnisse von André Gide bis Alfred Andersch. Mit Lebensdaten, Bibliographie und Filmographie. Herausgegeben von Claudia Schmölders und Christian Strich. Zweite, erweiterte und verbesserte Auflage

Simenon auf der Couch
Fünf Ärzte verhören den Autor sieben Stunden lang. Deutsch von Irène Kuhn. Mit einer Vita in 43 Bildern, einer Bibliographie und Filmographie

Stanley G. Eskin
Simenon
Eine Biographie. Mit zahlreichen Fotos, Lebenschronik, Bibliographie, ausführlicher Filmographie, Anmerkungen, Namens- und Werkregister. Aus dem Amerikanischen von Michael Mosblech

Carissimo Simenon
Mon cher Fellini
Der Briefwechsel zwischen Federico Fellini und Georges Simenon. Mit einem Vorwort von Claude Gauteur und einem Gespräch von Georges Simenon mit Federico Fellini. Aus dem Italienischen und Französischen von Linde Birk. Herausgegeben von Claude Gauteur und Silvia Sager

Robert J. Courtine
Simenon und Maigret
bitten zu Tisch
Die klassischen französischen Bistrorezepte der Madame Maigret. Aus dem Französischen von Pierre F. Sommer